JN097385

原罪

キツネ目は生きていた

山本 音也

原罪

キツネ目は生きていた

本作品は戦後最大の未解決案件〈グリコ・森永事件〉を新たな視点、認識で叙述したフィクションです。登場する地名、人物、組織、団体、店舗などは一部を除き、実在したものとは一切関係がなく、時代期日の若干の改変もあること、ならびに作品描写の時代背景を鑑み、今日では不適切とされる国名、語句を使用していることを注記します。なお、本文中の挑戦状、脅迫状は本事件を各紙誌が報じたものに最少の加除のもと記述しています。

主な登場人物

キツネ目　福松満治　1942（昭和17）年出生
春　満治の連れ合い　1937（昭和12）年出生
許英姫（ホヨンヒ）　元・銀座クラブママ　1953（昭和28）年出生、現・美容学院長
サブ　元・大阪府警防犯部巡査長
堀口亮兵　プレス機械工作会社・従業員
辛島壮介　元・大阪地検刑事部検事
宮坂松雄　元・大阪府警捜一特殊班巡査部長
本多忠司　元・大阪府警捜一特殊班課長代理、現・法務教官
手袋の男　瀧本譲二
ホ・ユナ　ヨンヒの妹
源田仁一（ユキコ）　西成区山王町男娼
花　西成区飛田新地　襦袢姫
三ツ森夏希　歌手
加藤義久　丸互通運社長
藪原雅紀　ナイコク製粉社長
赤岩作造　青森県上北郡六ヶ所村立尾駮弥栄平（おぶちいやさかだいら）中学校元・教諭、現民宿主人

目次

表紙カバーデザイン　katachi

1　事件続発

「きゃっ、これ」黄色い砂遊びバケツの中で触ったものを取り出した矢島美佐は、素っ頓狂な声をあげた。

白く堅い鉛筆ほどの太さの棒だ。全体に粟粒に似たこまかい気泡が広がっている。得体のしれぬ不気味さに思わず放り投げた。棒は玄関扉に当たって乾いた音を立てた。もういちど恐る恐る拾いあげて目を凝らした。やはり正体不明で気味が悪い。

美佐の子・四歳のまあちゃんが、大和川の河川敷で遊んだバケツから出てきた。

子の名を呼んだが、すぐにまた河川敷に遊びに出たか前の路地にも家にもいない。

バケツに棒を入れ直し、一戸建て隣り並びの主婦・内山きぬ子の勝手口の戸を叩いた。きぬ子はすぐに顔を出した。

「奥さんこれ、なんやと思う？」

「えっ、これて？」

棒を手にきぬ子は首を振った。

「気色悪い。なんやろな。人間のホネかな。こないに細いのん、指のホネかもしれんで。肉はどっかへ行って、ない。ハッコツか」

本当に人間の骨か犬の屍骸かなにかではないのか。警察を呼べばとんだ騒ぎになるか。

ふたりの主婦は好奇と不気味のあいだで口の端に泡を溜め、なんべんも目を見開いて10分ほど通報を迷った。

しかしやはり、犯罪に結びつくものであればこのままにしておくわけにはいかない。

午後4時45分、きぬ子の家に上がりこんだ美佐が食事テーブルの脇で110番をまわした。

なにか事件が起きたのか騒がしいテレビの音を消した。テロップに〈豊田商事・永野一男会長刺殺〉と出ている。一瞬送った目に、画面は〈男女雇用機会均等法審議の衆議院会場〉の風景に切り替わった。

1985(昭和60)年6月18日。4時50分。

大阪府堺中央署・刑事二課と地域課の天井のスピーカーが、警務課からの警電音を張り上げた。放送担当の女子巡査・吉村律子の声はいつも甲高い。部屋中に鳴り響いて耳に痛い。

〈緊急! 堺市七道東町(しちどうひがしまち)で、白骨手指らしきものの届け入電〉

永野一男を殺しに来た男の犯行場面の中継を壁掛けテレビで見ていた警部補も、炊事台のポットからコップに番茶を注ごうとしていた巡査長も、スピーカーに耳をそばだてた。早崎二課長は律子の声に「おっ、りっちゃん登場や」と硝子の灰皿に吸い殻をにじりつけた。

だが手指の白骨らしいものが出た警電のスピーカーより、銃剣を手にしたくすぼり風のテレビの男がアルミサッシを蹴破り、窓ガラスを割って永野一男の部屋に侵入していく中継の方がにぎわわされる。

テレビは、そのままマンションの廊下の映像を流し、1分半後に部屋から出てきて「おい警察呼べ早(は)よ。わしが犯人や」とわめくくすぼりを映しだした。

さらに30秒経って、血まみれの頭と顔をボディバッグからはみ出させた人間がストレッチャーで運ばれてきた。

金の延べ棒の売買を成立させ、現物の代わりに紙一枚の預かり証券を渡す詐欺商法で高齢者から2000億円を掻き集め、兵庫県警の強制捜査が入った男の最期だった。ＮＨＫニュースは、「子どもには見せないでください」とアナウンスした。

侵入したごくどぼしは、〈義に駆られて永野をぶち殺した〉とあとで供述した。

中継を眺めていた二課に律ちゃん放送のざわつきが戻った。早崎二課長が首をひねった。

「指のハッコツ？　ニンゲンのか。珍しいもんが出よったな。頭も脚もないのか」

早崎はしかし間を置かず、急行させる担当課員の名を呼んだ。「木村、畠山、金沢、内田！」

名を呼ばれた全員が立ちあがった。

テレビ中継のアナウンサーは、永野が殺害された現場のレポートを続けている。

「被害者のテーブルに711円があったと捜査員が明かしたようすです」

堺中央警察署を飛び出た木村、畠山らのパトカーは八尾街道から阪神高速の高架下を横切り、通報してきた矢島美佐宅前の露地に入った。

木村捜査員が自車のコールサインと時刻を通信指令センターに復命した。

〈堺19、17時5分現着〉

人間のものらしき〈白骨発見〉の通報は大阪城と濠を挟む府警本部も受けた。〈砂場から切断された指が出た〉の通信でやくざの抗争を疑い、暴力団担当四課・橋本と鑑識課・中林、両課の2名が通報してきた美佐宅前に赤色灯を回してタイヤをすべり込ませた。所轄の堺中央署木村捜査員らの30秒後だった。

本部と所轄のいずれが指揮を執るか。事件発生のたびに、相容れないやりとりや、敵愾心を妙に隠し持った気配が生まれるが、堺署の木村、畠山は顔も名も本部四課や機動捜査隊とは知り合いで、この時は本部が所轄に遠慮を見せ、鑑識だけを本部課員が担当する。

堺署の木村と畠山は〈ホネ〉をニトリルの薄地白手(しろて)に載せて、「ヒトの骨、右・中指」と検(あらた)め、〈ホンシャ〉さんもとパケ小袋に詰めた〈骨〉を本部四課・橋本に渡してから、矢島美佐に訊ねた。

「砂場いうのはどのあたりに」

「いや、砂場も公園もありませんの。子どもがな毎日、あっちの土手の下の砂山で遊んでますんです」

持ち場を離れぬ用心で所轄パトカーに畠山を残し、ほかの捜査員は大和川の土手に向かった。

案内された河川敷の隅で、同じ歳ほどの子の中に黄色のTシャツを着た子が遊んでいる。美佐が呼ぶと振り返った。夏が近いというのに洟水(はな)を垂らしている。木村が膝を落として訊く。

「ぼく、寒いんかな。このバケツに今日はどこで砂入れたん？」

男の子は知らない大人にだしぬけに訊かれたのに母親がいたからか怪訝(けげん)を見せなかった。4、5人のまわりの子らにも警戒心はない。

「あっち」と指した方角は、矢島美佐の住まいの隣り町・鉄砲町から南海本線住ノ江駅に向かう大和橋の方角だった。大和川向かい岸にある駅にはその橋を渡って行く。辺りは大阪から南の方角に向かう二本の高速道路と二本の南海線、国鉄大和路線、阪堺電軌が錯綜(さくそう)している地点で工場敷地、倉庫が立ち並ぶ。

大和川の河川敷に降りるのは、犬を散歩させる近所の住人ぐらいしかいない。夏をめざして繁るアシ、ヨシ、ススキが茎を太らせて剣先に似た鋭い葉を伸ばし、カラスムギが白い花穂の先をのぞかせている。幼児がこんな場所にどう入っていったのか。

「犬が知ってますのや。子どもらそのあとを従いていく」

「物騒ですな」

「なん、ここらの子には庭でして」

「しかし市内に近いのに、ずいぶん寂しいとこですね」

子が立ち止まって指す。「おっちゃん、ここや」

「そうか、毎日ここらで遊んどるのか。気ィつけや」

橋本は治安の不審をぬぐえない気持ちをひきずったまま警邏棒で砂山を掘った。砂に湿り気はなく、子どもらが盛ったらしい椀を伏せたかたちの山が崩れる。

その山肌から長さの微妙に違う白い〈棒〉が、出てきた。そのたびに橋本は「おおっ」と声をあげた。堺署の木村も本部の鑑識・中林も膝をついて砂山に顔面を寄せた。

橋本がひとつひとつもういちどそれらの棒を白手に摘まみ直し、たしかめた。

「人間の骨に間違いありません。中指、人差し指、薬指。拇だけ、左に反っとる。右手やなあ」

傍らの者も順に取り上げ、最後に鑑識の中林がパケ袋に仕舞った。

「切り口はこれ、なんや。バサッとひと息や。やくざがドスで痛いぞ痛いぞとビビってエンコしたのとは違う。肉はついとらん、色も白いうても、ちょっと土色がかっとるから切断後、2、3年は経っとるか。成人男子。推定年齢はまあ30前後か、車にはABO判定液の検査キットしかありませんから。抗原は戻ってから。ここではない場所で腐って、骨だけがここに来たかと」鑑識の中林がもさもさと並べた。

「骨だけ来た？　どないして来るのや」橋本が訊く。

「おそらく犬です。散歩の飼い犬か、離れ野犬（やけん）か分かりませんが」

美佐が相槌を打った。

「そんなんやわ。最近この辺り、野犬が多いの」

橋本がパケを持ちあげた。

「ほれこれ、指はそれぞれ長さが違いますが、掌に近い第三関節と第二関節のあいだの中節骨（ちゅうせっこつ）が揃えたように切断されてます。それもよう切れる刃で一気に」

「あとは切断面の確認やな」中林は頷いた。「ドスと違ごうて、なにか切断具で」

かつて同じように切り落とされ白骨化した指が鑑識にまわってきたことがある。その時は関節と関節のあいだをばらばらに一本一本切り落とした暴力団の仕業だった。これは違う。鋭利な刃を備えた器具ですべての指を一気に切り落としている。

「どういうことですか」訊く。

「例えばチェーンソーとか、草刈りのチップソー、植木鋏とか」

「植木鋏？」

南海本線が、大和川鉄橋をなんばに向かっている。暮れ落ちる日脚が車両の窓に赤く射しこんでいる。

聞き込み、地取りを急がなければならない案件ではないが、辺りに事件の痕跡がないか、３人は、薄暗くなった近辺の雑草を警邏棒で薙（な）ぎ倒してさぐり歩いた。

白骨屍体、あるいはばらばらにされた胴や頭部、脚その他、さらに着衣のかけらがないか。

だが結局出てきたのは、砂山の４本の手指だけだった。しかしなんの役に立つのかは分からないが、他にも収穫はあった。土手際のカラスムギの草叢に小さな紙切れが舞い落ちていた。濡れて乾いたか、拾いあげてみた。辛うじて印字が判読できた。

〈阪和自動車道　利用証明書1980年4月7日11時26分。車種、ＶＸ〉大型トラックを示す記号だ。5年2か月前の午前中のものになる。指と関連があるのか、品割り（ナシ）に役立つのか分からない物証だ。指とは無縁の可能性が高いが一応パケにしまった。

急ぎ、パトカーに戻った。

車両に残っていた所轄の畠山が「急いでください」とドアを開けた。

「なんぞあったか」

「これ、聞いてください」

畠山はシートに飛び込み、ダッシュボードにかじりつく恰好で、カセットレコーダーに搭載されている録音テープを再生した。

〈緊急連絡！　警察庁広域需要114号指定捜査・丸ナイ事件新展開！　播但（ばんたん）ハム本社に2億円脅迫状〉

続いて指令センターの声が入る。

〈各車、至急、所轄及び本部に帰庫せよ〉

「わっほんまモンか、114号の模倣犯か。いや、114号がもう一遍おんなじことをやりおったか。えらいのが出よった」堺署の木村、畠山が同時に驚きの声をあげた。府警本部だけでなく、堺署の捜査員たちも連日ローラーに駆り出されているが、捗々（はかばか）しい成果に辿りつけないままでいる1年前の114号〈丸ナイ〉事件が新たに動いたのか。

木村が溜息をまじらせながらこぼす。

「今日は白骨、豊田商事刺殺、丸ナイに新展開の播但ハム。よう警電入るのう。しかしこっちは大のオトナが大勢パトカーで駆けつけてシケたネタ、指4本や」

木村はごつい躰で顔もいかめしいが、なにかというとぶつくさと細かい不平に口許をゆがめる警部補だった。30を過ぎて昇進が遅かったのも不満のタネだ。

木村の背中を新米に毛の生えた巡査の畠山が押す。

「まあまあ、木村先輩、所轄の出番ですよ。手柄立ててやりましょ」

「なにが手柄や、10年早い。この調子もんが。おれらは、なに働いても所詮、公務員でございますよ。それよりいまの砂の骨はどうする。さっぱり見当もつかんぞ」


白骨の捜査パトカーのレコーダーで丸ナイ事件の新展開を堺署員らが聞いたこれより10分前の17時40分。

大阪府警本部の各階、刑事部、捜査一課特殊班、警務部、組織犯罪対策本部、機動捜査隊、方面本部に、通信局の発する警電スピーカーが鳴り響いた。会議で間に合わない捜査会議や各種伝達事項を共有する総務部発の、緊急放送だ。

〈緊急！　発令、発令。播但ハムに脅迫状！　広域重要指定第１１４号に含む〉

警察庁が発する〈重要事件特別捜査要綱〉は１９６４（昭和39）年に制定されて、〈横須賀線爆破事件〉〈永山則夫事件〉などを数え、〈丸ナイ〉が１１４件目だった。

通信局巡査の声音は大阪府警、全12階の本部庁舎で執務する2万3千人の耳に届く。

「全課、全部署の参事官、管理官、警視、巡査長、課長、部長以上はただちに8階大講堂・会議室に集合せよ」

すべて警察官は、機敏迅速が不変の教条だ。天井から降り落ちるスピーカーの声に、みな、椅子を蹴落とす勢いで立ちあがり、エレベーターを待ちきれない者は、息を切らせて階段を駈けあがった。

議案は錯綜していた。１年前の１９８４（昭和59）年３月18日社長誘拐、翌19日〈10億円脅迫〉、４月２日、〈キツネ目〉と名乗った犯人がマスコミに挑戦状を送付した。

以後、〈キツネ目〉は手を変え品を替え、企業、マスコミに挑戦状、脅迫状を送りつけ、〈キツネ目の男事件＝丸ナイ事件〉と通称されるようになっていた。

一連の犯行が発生してから１年３か月が経つ。〈播但ハム〉脅迫とは〈広域重要指定〉に新たな模倣犯・便乗犯が現れたということか、それともキツネ目はさらに別な標的をさだめたのか。

総務部の緊急発令に、本多忠司捜査一課特殊班警部・課長代理も、心臓を押さえながらコの字に折れる踊り場、階段を２階から８階に上った。

この数刻前に、「堺管轄で白骨の指があがった」と、もうひとつの緊発が鳴り響いてびくっと胸を震わせたばかりだった

どんな指か。まさか右手ではないだろうな。

〈白骨〉については、堺の現場に飛び出した四課暴対の橋本、鑑識の中林が戻ると、捜査会議の報告があるだろう。

冷静にと気を落ち着かせた。

それから１時間も経っていないのに、また緊発だ。

〈１１４号キツネ目事件〉は発生以来、おのれがローラー捜査指揮の一端を担ってきた。そこに模倣犯か。新たな犯行か。いよいよサッチョウが霞ヶ関から乗り込んで来ることになるのか。

本多忠司の気持ちは混乱した。不整脈の動悸も中年を越えて階段を駆け上る心臓に響く。8階の階段口から講堂前までの廊下は捜査員たちで溢れていた。なんとか進み入った。

帳場が立ったわけではないが、奥のひな壇の長い事務机に、本部長、府警本部任警視正捜一の管理官、参事官を挟んで、任ではない元々の警視、刑事課長ら役職が勢ぞろいした。本多は最後部から3列目の窓際のパイプ椅子を見つけた。

管理官の発する「起立」「着席」に始まってすぐに本部長・伊賀上修也の訓令に入った。

「全館発令のとおり、広域捜査指定丸互通運社長誘拐、ナイコク製粉脅迫の一連事件に新たな便乗犯或いは、キツネ目の犯行をエスカレートさせる案件が加わった。

今回の広域捜査は、現今では大阪府警、兵庫県警、京都府警、滋賀県警、並びに域内それぞれの所轄である。いうまでもなく、交通、通信手段が格段に進歩した当節にあって当該指令は、さらに各県に広がり、警察庁の陣頭指揮に入る可能性もある。縦割り捜査に陥りがちな弊をあらため、他とよく協力しあい、迅速かつ的確な捜査を期待する。

なお、府警所轄各署員1210名、各派出所員5821名、駐在所員1万2911名にはそれぞれの当該署・参事官、署長より通達する。以上」

管理官が見渡す。

「なにか質問はないか。諸君にはすでにローラーで地取り鑑取りも御苦労をかけておるが、〈広域〉であろうとなかろうと、現場は私どもの足許にある。大阪府警の名誉に懸けてわれわれの手で解決せねばならぬことはいうまでもない」

ひな壇に挙手した者があった。

「サッチョウが出張ってくることもあるんですか」

「場合によっては」刑事課長の杉村警視が応えた。
本部長がわきから添える。
「いま私が言った通りだ。他とよく協力しあってと。諸君の奮闘を期待する」
訓示に前のめりになっている者もあれば、何も聞いてないようすで手帳をめくりつづけている者もある。本多はずっと心臓に手を当て、堺署管轄で出た砂の中の指に冷や汗を滲ませていた。
落ち着け、こっちまで堺署が届くことはないと、もういちどおのれに言い聞かす。
〈キツネ目の男〉事件の最初の通信指令は「兵庫県西宮署管内で強盗事件発生」と大阪府警本部に以下を伝えてきたものだった。
〈拳銃使用の強盗発生
西宮市二見町　甲子園口から１５０㍍　１１０番通報
午後９時42分　緊急配備指令
機動捜査隊　機動鑑識　出動
防弾チョッキ着用
武庫川堤防上の車両ナンバーチェック
静かにせよ、家人を赤のテープで後ろ手にしばる
入浴中の主人を裸のまま　拉致〉
キツネ目と自称した重要容疑者が丸互通運の社長をさらい、倉庫に火をつけ、運んだ段ボールに工業用塩酸の顆粒を仕込んで10億円の身代金を要求した。さらにナイコク製粉に、〈食パンの小麦粉に青酸カリの粉末結晶をまぜた、４億５千万円出せ〉と脅迫した事件である。
のちになってこのヤマに投入された捜査員は延べ１３２万人、捜査対象者12万５千人に上った

ことが府警本部より公開された。

〈キツネ目事件〉に〈広域捜査〉が指定される2年前の１９８２（昭和57）年8月28日付、泉南新聞に若い男の犯罪の以下の短信が報じられた。

〈泉南〉は、対岸に関西空港を臨む泉佐野市、阪南市、岸和田市、貝塚市など、大阪府の南部、人口57万人地域をいう。

《【金属バット殴打工員逮捕】

見出しに続いて、10行もない短い記事だ。


【本年4月7日午後2時、岸和田私立修成館高校二年生打本力也さん、同渡辺裕介さんを金属バットで殴打し、打本さんに重症を負わせ、逃亡し、行方を手配されていた容疑者の大正区泉尾の機械コンプレッサ工員・16歳が逮捕された。

岸和田城北署は傷害容疑で取り調べている。なお、未成年のため実名は報じない。】》

2　アヴェ・マリア

「おう、松やん、こないだの電話、あれ本当か。まさかそんなことがあるのか」

ドアを開けて部屋に入った辛島壮介（からしまそうすけ）は、宮坂松雄（みやさかまつお）にいきなり声を飛ばした。２００９（平成21）年2月15日、壁のテレビは総選挙は民主圧勝かと報じている。次いでオバマ訪日日程、ＪＡＬ会社更生法申請とニュースを伝える。

「民主３００議席を超す勢いか。まあそれはどうでもいいが。おまえの連絡で、あれからどんな時代やったか思い返そうと思ってな。家の抽斗(ひきだし)をかきまわしたよ。新聞記事の切り抜きも捜査メモもな。ロス疑惑とか、ジャパンアズナンバーワンとか、とにかくガサガサして落ち着かなかったな。スポーツ紙やと思うがこんな紙っ切れが出てきた」

壮介は切り抜きを松雄に差し出した。

【新春　けいさつかるた
あ　あほあほと　ゆわれてためいき　おまわりさん
い　いいわけは　まかしておいてと　一課長
う　うろうろと　いちにちまわつて　なにもなし
え　ええてんき　きょうはひるねや　ローラーで
お　おそろしい　はんにんのゆめ　みとうない
か　からすにも　あほうあほうと　ばかにされ】

「そんなもんしまっとったのか」
「ああ、これは捨てられない。丸互通運社長拉致、ナイコク製粉脅迫も未解決迷宮入り。とにかく翻弄された。わしは毎年時効の2月13日に何年経ったか算(かぞ)える。親の法事の回数より増えた。それより松やん、いまになって」

駆けつけてきた辛島壮介は息せき切らしたようすを隠せない。

「しかし松やん、ほんまにキツネ目が名乗ってきたいうのか」
「論より証拠。話よりブツ。これや」

事務所の主・宮坂松雄はかぎ裂きの走るソファーに尻を降ろしたまま、袋の中から黄ばんだプリント紙の束をひっぱりだして壮介に突き出した。

「今年の正月明けにな、来た。初めは信じられんだが、だんだんこの手紙のいうことが嘘でないように思えてきてな、あの事案で何足もすり潰したお前に読んでもらうのが一番と思い返した」

「えらいもんが舞い込んできたようやな」

「いや待て、こっちが先か。証拠の中の証拠」と、プリント紙を引っ込め、カセットを引き出してきた。机の上のデッキに挿し入れる。
3、4秒、テープの擦れるノイズが耳に障り、ついで男の声が低く這ってきた。力なく心細い。
『ほんまに殺さんな。娘にも家族にも手ぇ出さんな。二度とこんなことはせん、約束してくれますな』

背後で、ぽつぽつと水の垂れる音が響く。スレート屋根を拍つ雨音か。

『……』なにか訊ねている側の声は、口をタオルなどで塞いでいるのか、くぐもって聞こえない。

『そやから。お金の用意ですね。それは間違いのう。はい、ナミカワとシライシが財務担当の常務と本部長です。あれらに』

『……』

『はい、10億ですね。間違いのう使い古しで段ボールに詰めて白のカローラで』

『はい、シライシと付きの運転手のスギモトにはい、あとで指定される場所にですね、はい』

『……』

『その代わり、家族にだけは手ぇ出さんとくれぐれも約束してくれますね。それから、何ですか。それ言えと？　いまここで、はい。言うんですね』

男の息たえだえの声が続く。

『アヴェ・マリア』

音声はふたたびいびつなノイズを立てて、ぷつっと切れた。

「壮ちゃんお聞きの通りや。これでどうや第一の証拠。丸互の社長が監禁された時の裏取引の声」

「ウラは絶対してないとあの当時、社長は頑強に否定しておったが。こんなもの今になって出てきたら警察面子丸潰れや。どこにあった」

「どこにもないよ。録った奴のとこにしかない」

「キツネ目、本人か」

「監禁した水防倉庫で社長を脅迫したのはあの本人しかおらん。自分の声は巧妙に隠しとる」

「あのヤマは大阪中心の関西がローラーかけたエリアやった。捜査員の半分は死んだか。半分は残っとるか。まあとにかくみんなばらばらや。犯人の数も分からん。生きとるのやら死んどるのやらもな。わしは、府警の捜一特殊班の課長代理をやってた男といまでも年賀状、暑中見舞いのやりとりはあるが」

「誰？」

「本多忠司さんというてな。いま法務教官をやりながら南海高野線の御幸辻で畑仕事の生活らしいが」

「捜一特殊のチュウさん？　なんや、不祥事起こして、〈丸ナイ〉事件やない、別のヤマでカイシャ（警察）馘になったというてたか。それから採用試験通っていま法務教官やっとるの？」

「受刑者の再犯防止や社会復帰の世話をする、法務省保護局管轄の自立更生なんとかセンターの職員らしい。少年刑務所を出てきた者らを保護・矯正する仕事やと」

「若禿げで、線の細かった、あのチュウさんかよ。検察から捜査にまわされた私も組んだことがあるが、温厚な人格者でな。カイシャ勤めしながらサッチョウの内示みたいなことらしいが地域課長の警視に昇格して観察官を兼務した人やったな。柔道か空手をやっとるような奴ばっかりの中で、細い枯れ枝みたいなチュウさん、吊り上がった目だけが特殊班の捜査員と思わせたな。少年保護というのはぴったりや。いまでも年賀状のやりとりあって、時々思い出すよ」

「今日はちょっと冷えるな。この歳や、ぬくうしとかんと、気いつけんとな。しかし、いまになって監禁された社長の声を聞かされるとはびっくりしたよ。そういえば、犯行ネームは【アヴェ・マリア】やった」


辛島壮介は、ここに来る地下鉄新宿線神保町駅A3出口を出たところで足先をつんのめらせた。連れ合いに「おとうさん背中」と気をつけるよう言われる70過ぎになり、眼前の光景が不意に昔に揺り戻されたと錯覚したような時、丸まった背の足許がもつれる。

この時は2年ぶりに神保町に出てきて、古いビルの褪せ朽ちかけたコンクリート壁を目の前にし、ふっと気が薄らいでめまいも起こした。アスファルトを叩く冷雨に心臓が縮こまったせいばかりではない。不意の異変はみな、歳と、諸事不如意と長年の不摂生の賜物と思うことにしている。

ここはああ、まだあの頃のままだ。この2階の一室で大阪地検から異動してきた東京地検刑事部や公判部の事務官、検事、現場の捜査員、弁護士らと応接し激論を交わし、15年間、幾多のファイルと格闘した。

松雄が立ちあがって迎えた。

「俺、ぽんぽこ腹ますます出てきた。小肥りでツルッパゲ。お前はデブにならんでいいな」

「いや考えもんだ、骨皮スジエモンのガリになっちゃったよ。皺だらけでな。脚も痛い。年寄自慢をしに来たわけじゃないが、電車に乗っても空いた席をきょろきょろ目で捜してな。二駅でも三駅でも坐りたい。眉毛も白いのが多くなってきた。手が震えてきやがる。食いもんを口からぽろぽろこぼしてな。女房が『お父さんごめんね』と泣くんだ」

「なんで？」

「『わたしが仆れてなにからなにまでお世話をかけて、お父さんどんどん歳をとるのよ』って」

「そうか、もう10年以上になるか。おまえがここに来てた時、奥さん寝たきりになって」

「それでも生きていてくれて張り合いがある。毎日ベッドの脇で手を合わせて感謝してるよ」

「おめえんとこはいいな、夫婦善哉だ。おれも口からぽろぽろこぼすが、『あんたなんでそうだらしないの』って、女房が何枚もティッシュをひっぱりだしてわざとらしくテーブルを拭きやがる。ちっと気にいらねえことがあると、夜中に皿や鍋を洗いだしてな」

「まあみんな後期高齢、末期高齢に突入だな。ところで松やん、この〈丸ナイ〉のヤマのときは世の中、乱気流に巻き込まれとったな」

「おしんとか、ファミコンとか、侠道会と岡山から出張った浅野組の残党が広島でまたドンパチ始めて、応援要請で行った」

「第三次第四次の広島抗争な。〈菱〉潰しに地検も広島、呉から笠岡にまで駆り出された」

「そのあとじきにつくば万博になった、かな。あの頃のことになると、ああとなんぼでも思いだす。ミナミへ、ほら府警と検察連中でカラオケに行ったの覚えてるか。おれは、壮ちゃんが歌たのを忘れてないぞ。

〈♬春色の汽車に乗って海に連れて行ってよ〜〉

みんなもわしもひっくり返った。どこのギャルに教えてもらったんやと冷やかされてたな。ギャルゆうのは、ワンレン、ボディコンとかゆうて元気のええネエチャンが心斎橋や、ひっかけ橋を大股で歩いとった時分や。わしはいつもの十八番(おはこ)を怒鳴り上げた。

〈♬ゼニのない奴ぁおれんとこに来い。おれもないけど心配すんな。見〜ろよ、青い空ぁ白い雲〉

みんなが、松やん、またそれかいなと囃(はや)しよる。それで誰も聞いとらんだ」

「まあ歌などどうでもええが、その年か、最高検の熊崎さんや、のちに東京地検特捜部長になったパンチの親父さんとかな」

「ああ、パンチ森本さん。ほかにも堀田力さんらもおったが、堀田さんはロッキード事件丸紅ルートで総理大臣に指揮権を発動し、結局、東京地裁が角栄どんに懲役4年と追徴金5億円の実刑を出した。私らは寄ると触るとその話でな。検察にすりゃ昭和最高の重大事、あの話になると止まらなんだ」

「それからたしか年越して4、5か月後か。〈丸ナイ〉事件の通信指令が府警、地検の鍋の底をひっくり返した。いままでに見たことも聞いたこともない日本犯罪史上特大のヤマや」

「張り込み、追撃。なんぼ緊迫したか。〈キツネ目〉と呼んだ男のモンタージュをマスコミにばらまき、兵庫、大阪、京都に130万以上といわれた数の捜査員を投入してローラーかけたが、取り逃がした。ああカラオケで思いだした。さっきの本多チュウさんといえば、娘さんを大型トラックに轢かれて、奥さんが1年後に娘さんの墓の前で農薬呑んで後を追うた。そりゃ、気の毒な、わしらみんな本部で粛然とさせられた事件やった。それから、チュウさんは腑抜けになってもうて」

「そやったな。それがなんとか、兼務しとった法務省保護局の観察官に立ち直ってくれたわけか」

「わしらの捜査で〈丸ナイ〉ほど、エライヤマはなかった。しかも最後の最後に取り逃がした。大阪府警・捜一特殊班わしら悔やんでも悔やみきれん失態をやってな。結局なんの手柄もあげられんで。壮ちゃんはあの時、大阪地検。立場は違うたが、わしはいまだに夢の中で歯ぎしりしとる」

「私もだ。本多チュウさんは最後は捜一刑事特殊班警部、課長やったか、〈代理〉がついとったか。いや、保護局の兼務でもあったはずやったが、あの人とは事あるごとにぶつかった。いまも年賀状をかわしているとは、われながら縁は不思議やと思うわ。おまえとのずぶずぶの腐れ縁はまあ前世からだが」

　辛島壮介と宮坂松雄は、検察と警察、勤めはちがったが互いに奉職し始めたごく新米の頃に〈有馬温泉土地取り込み詐欺〉に発展する地面師摘発の事案で調書を交わして知り合った。

　爾来(じらい)ほぼ五十年連れ立っている。その後、大阪から東京に移ってきても、年に数度、酒に誘い合った。「どう、そろそろ」一方が声をかけて折り合いがつかなかったことはない。

　東京の信用金庫の支店長の引きで、ミナミの宗右衛門町から、お茶の水駿河台下に出店した小料理屋〈石神〉の女将から「あんたたち男同士でいっつもくっついておっかしわ」と言われて、「そう、わしらホモ達」と返すセンスのない仲だった。酒席でも会議の席でも言葉が多いのは常に松雄で、壮介はずっと受身にまわってきた。この先も変わりようのない相性である。

宮坂松雄は大阪府警で定年を迎え、背後に荒川が流れる江東区東大島八丁目の生家に戻り、神保町のこの薄汚い一室を共同の事務所とした。

辛島壮介は、一部上場の建設会社の政治資金収支報告書に虚偽記載を発見して収賄側の衆議院議員を追い詰めたが、党要人からの横槍を許した詰めの甘さが新聞報道の餌食になり、それが引き金で地検を逐われ、生まれ育った渋谷区初台にのがれてきた。

松雄は事務所開業以来、身上調査、弁解録取の書面づくりなど溜息しか出ないような、ろくでもない雑件で糊口をしのいできた。幾人もの手伝い弁護士や女事務員を雇って合同事務所をかまえる高名な法曹人とは対極の冴えない助っ人稼業である。ヤミ金屋を追う町の探偵業と変わらない。

ふたりとも昔とはちがって尾羽打ち枯らした暮らしで、しかも歳を食った。定年となってから女房、嫁以外の女というものと声を交わしたこともない。

ミナミのカラオケで声を張りあげて、帰りは阪和線・百舌鳥の家までタクシーチケットを週に五枚も六枚も使おうと、府警や検察庁事務局会計部からひとことのクレームもなかった。その浮かれた頃から時代のようすは一変して原油価格があがり、土地は急落し、プラザ合意で為替相場が激変した。プラザとは、ニューヨークのホテルだと、壮介は遅まきながら後で知った。松雄も似たようなものだった。円高不況もデフレも分からないマルケイ、マルケン勤めは総じてカネに疎い。プラザホテルの一室から、空前の財テクブームは始まった。10年も前のことだ。

そのころに〈石神〉でおでんを頬張る二人はため息をつき合った。

「バブルにも119万7000円のNTT株にも、わしら、縁ないわい」

がんもを摘まもうとした時、松雄のポケットで、〈ピロピロ〉と忙しい音が鳴った。

「ちっと」掌に取りだして壮ちゃんに見せる。

「これや」

1058、724106、4951、8451
ヨコ列の暗号数字が、画面に浮きあがっていた。

どこや、なにしとる、至急来い、はよ来い、とわめいている。

警察を辞めたのに、元上司が酔った勢いでときどき東京の松雄に悪ふざけを送ってくる。

「おもちゃみたいな電話やで、これは」

「そうやな」

松雄が受けた数字が出る電話は、警察無線の代わりに使う時のポケベルといった。

次に〈石神〉に行った時は、ポケベルは自動車電話に、次いで肩掛け電話が現れ、チャリ銭をつっこんでいた公衆電話が、ポケットのふくらまないテレカ用に変わり、不良債権が拡散して山一證券、長銀が倒産した。

「その8年前に裕仁（ひろひと）天皇が崩御し、昭和は終わっていた」

「けど何が先やら後やらいまになってみるとよう分らん。過ぎたことは、何もかもごちゃごちゃや。まあわしらロートルには、過去はなんもかも消しゴムのカスか」

警察庁重要指定広域114号〈丸ナイ〉の後を継いで117号に指定されたのが、昭和から平成にかけて東京、埼玉とまたがって幼女を連続誘拐殺害した宮崎勤事件だ。

「宮崎を落としたのは、本部捜一のエースと言われた大峯さんだったよな」

「大峯泰廣警部補、あれで総監賞や。大変な手柄だったからな」

松雄は、久しぶりに、この事務所に顔を出してきた壮介とその昭和の終わり、ベルリンの壁が撤去された平成の始まりから地下鉄サリン事件などについて何年のことかは曖昧ながら、もっとしゃべりあってみたい気がした。

〈丸ナイ〉のあと広域重要に指定されたのは、元・京都府警巡査部長の広田雅晴だった。同僚と距離を置いて〈俺は一匹狼や〉と吠え、配置転換に恨みを抱き、パトロール中の警官をナイフで刺殺し、4時間後、押し入ったサラ金屋で73万円を強奪して店員を射殺した。逃走中、さらに警邏の巡査を刺殺し、署に電話を入れた。

「署長出さんかい。おまえらが捜しとる広田やで」

この6年前にピストルを持って郵便局を襲ったことも判明した。

のちに死刑が確定した1984年の事件だった。

同じ職に奉ずる全警察官が少なからぬ衝撃を受けた。がんじがらめのタテ系に縛られている警察機構で、煮え湯をのまされた配置転換、降格などは、異動の季節でなくとも常に待ち構えている。

署で誘いあって飲みに行く。「広田の気ィはよう分かるで。わしら毎日毎日アタマ来ることばっかりじゃわ」と酔った勢いで口から泡を飛ばす者、口にはせぬが、署内で広田に似た反撥（はんぱつ）の目を上司に向ける者は数えきれない。

松雄は、広田をツマに、当時の府警の思い出話もしたかったが、この日の本題ではない。

壮介にまず手紙とコピー紙を読んでもらい、後日、席をあらためて、昭和を肴に、〈石神〉で、酒、めしにしようと思い直した。

半分ほどに減ったウイスキーボトルの仆れたテーブル越しに、壮介は松雄に向く。

「まあ、あのヤマが私らの無念の人生の総括やな」
『検挙だけが捜査員の役目だぞ。検挙せん者は無価値無能だ。世の中の間違いを消す消しゴムにもなれん』と上から耳にタコほど言われた。捜査員というのはやっぱりそういうもんだったな。総監賞の大峯さんなんかは特別だ。わしも報われることは何もなかった。警察官であることに誇りを覚えた時期もあったが結局は、〈丸ナイ〉を未解決に終わらせてしまったのが馘につながった。本多チュウさんと似たよなもんだ。あの人はその上に娘と女房を失くした気の毒がかさなったが」

事務机の電話が鳴った。

「はいはい、宮坂松雄事務所です」

受話器を戻してから、「鳴ったのは四日ぶりかな」と、壮介に振り返った。

「ＤＶか？　失踪か」

「ロクでもない電話ばっかりじゃ。それもめったに鳴らん。わしももう消しゴムカスのぎりぎりや」

「そう言うな、もうちっとがんばれよ。家にこもったら悲惨やぞ。俺を見てみい。あれから花の咲かん枯れすすきのままだ。神保町も遠くなったしな。さっき地下鉄をあがって来てこのビルの壁を目にした時、めまいがして足許取られてな。

長年連れ添った婆さんがいてくれるのでやっとなんとか息をついどる。寝たきり女房を世話するのは、ゴルフ、ゲートボールより、案外性に合ってるようでな。この歳で少なくとも人の役に立っとる。

婆さん、昨日、自分の耳たぶを摘まんで揺するんだ。何をやってるか、あとで気が付いた。そういえば、昔、ぶらぶら揺れるイヤリングが欲しいとゆうとった。寝っきりの婆さん、覚えておったんだ。そんなものどこで売ってる。女のアクセサリー屋なんか分らん。帰りに伊勢丹にでも寄ってみるか」

「イヤリングなあ。デパートしか分らんなあ」

「冴えん話やが、共済組合連合〈ＫＫＲ〉の年金と、鉛筆ビルの1階に店先を貸した家賃だけが頼りの暮らしだが、揺れるイヤリングぐらいなら買ってやれるだろ。

　松やん、『このオレがキツネ目だ』いうその手紙をきっかけにもうひと踏ん張りするか。一発逆転。カネにはならんが、どん詰まりで辛うじて生きとる末期高齢者の意地見せてやるか」

「悪くねえな」

「悪くねえなどころか、消しゴム最後の勝負だ。寝たきり婆さんのイヤリングの耳元に、『おい、キツネ目にたどり着いたぞ』と報告してやったら喜ぶ反応を見せるかもしれんしな。

　勤めの頃、毎日ズボンをアイロンしてもらい、靴を磨いてもらい、それでどこか旅行に誘ったこともねえ。いまだに悔やんでいるのは、草津に行きたいというから、そんなとこ行ってどうすんだと鼻もひっかけなかった。いまなら、車椅子を押してナイアガラの滝でもマンハッタンでも連れて行ってやりたい気ィするぜ。

　松やん、人間はやる時にはやっておかねえと後悔するな。人生は一瞬だな。昨日な、婆さんの寝顔を覗いたんだ。ありゃ、死んだのかなと。びくっと動きもしない。で、頬っぺたをつついてやろうと指を伸ばしたら、〈ふうっ〉と鼻の穴をふくらました。よかったよお、死なれんで」

「鼻の穴びくっか、そりゃありがたいが。そうか、草津ぐらいなら、一緒に行ってやってもよかったのにな。そういえば、うちの〈皺〉が草津の〈湯もみ〉を見たいといってたことがあったな。

いまからでも遅くないか。いちどはおいで、あ、どっこいしょのとこだろ」

「いや、松やん。草津なんぞに行ってる暇ねえぞ。とにかく、こっちの話が先だ。俺は、婆さんにキツネ目に辿り着いたと伝えたいその程度の志で大望とはいえんが、最後の踏ん張りだ。簡単にはいかんし、この手紙の主が真犯人でなければなんの価値もないという話だが、嘘かまことかその男は〈私が、キツネ目だった〉と書いてあるのか。全警察官とマスコミが血眼になった、本当にあの〈キツネ目〉か。俺たち、最後の最後にツキがまわってきたのかもしれんぞ」

「いまどこにいるかは明かしていないが『宮坂松雄先生　侍史』という表書きでな、要旨こんなことだ。読んでみる」

『なんとかやっておりますが、それ程先は長くありそうにございません。愚生の一生は、親の代から開拓開墾した痩せ地がやっと実りをつけるようになったところを国と時代に数度におよんで踏みつぶされ、その間には、警察に理不尽な扱いを受け、なけなしの家財も母も喪いました。家財はリヤカーとお人にいただいたじゃがいも6個でありました。

　小生はここから出発いたしました。爾来、高度成長とは無縁の戦後、昭和の底を這いずり、惨苦を舐めました。そしていま残り少ない身となり、このままついえていく愚生の跡をどなたかに辿ってもらいたいと御慈悲を願う心境に至り、まことにぶしつけながら、まったく見も知らぬわけではない大兄にこの手紙をしたためさせていただきました。

　牧師や僧侶ではなく、か細い糸に似た不思議な御縁をこの身に感じます貴殿に宛てました御無礼をお許しください。

【アヴェ・マリア】の名の挑戦状、脅迫文で社会と警察を翻弄したわたしどもは野球が好きで、ナカマ同士〈ナイスナイン〉と呼んでおりましたが、このナインのほかに、小生にはいま知る人もございません。後先になりましたが、テープ、写真を同封しておきます。枯れ落ちる愚生の最後の切願をお聞きとどけくだされたく、伏してお願い申しあげます』

「とある。別件かこの件か分らんが、府警本部でうろうろしていた頃の私の顔と名を知ったのだといってるんだがな」

「松やん、そりゃおかしいぞ。6億か、10億かはどうした。何が悲惨だ。まことにキツネ目か。カネはどうしたんだよ、それだけ手にして、惨めは、ねえだろ」

「脅迫した通りのカネを手に入れたかどうかは、警察もあの時捕捉していない。おまえはそのころ地検でなんだった」

「極道や闇金のけちな経済事犯を扱う主任だったか。いや、ただのヒラ検やったな、お前は？」

「俺は副参事で肩書だけは巡査部長やったが。下っ端で這いまわる現場だ」

「そうか、それでそいつはおまえを覚えとった。ならば、追えるな。自分がうろうろしとったころの調書をひっくり返せばよい」

「ところがいや、こいつは私に担当されたことはなく、その後、中津の教会前と住之江ボートの南スタンド2階の一般席と川崎の図書館で私を見かけて、思いだした私の顔と名と肩書を日記に書き付けたと書いている」

「川崎？　神奈川の？　ローラーには入ってなかったエリアだな。全捜査員が歩きまわったのは関西だぞ。脅迫状も挑戦状も、現金授受の追跡ゲームも西やった。しかも、摂津、茨木、寝屋川と、本部は網を絞った。たしか中津は入っとった。で、そいつは川崎といってきたのか。

あの当時、オール大阪府警、大阪地検の誰も、川崎や神奈川など思いもせんかった。しかも図書館？　ホシは図書館に行くような男やったって？　それに日記かよ？　当時の捜査員が聞いたらみな腰ぬかすで。お前、しかし、住之江と川崎の図書館に覚えはあるのか。中津は？」

「中津は捜査のエリアやった。住之江はたしかに2階の屋外一般席が定位置やった。そこが〈1マーク〉を見られるベストポジションやったからな、覚えとる。無料席だ。座席番号までは分からんが、オレンジ色の椅子が手前の通路から右へ数字を増やしていっていた」

「よう行ったんか」

「いや開催日に当たればな。ミナミや泉南に事務所を置く会社に調べに出た帰り、四ツ橋線なんばのホームにあがって住之江競艇まで15分ほどか、息抜きに何遍か通った。まさか、キツネ目がそこで私の顔に気づいていたとは私も驚いたが。南入場門の有料券売所からすぐの位置やった。後ろの通路にいまもあるかどうか、フードトレーに〈ホルモン、塩焼きそば〉を盛る出店があってな。その匂いが後ろから流れてくる。たしか〈ニュートップ〉いう店やったか」

「松やん、いまでもそこ行ったら、お前を見とったその男の輪郭でも思い出せるか」

「まさか。川崎の図書館には、〈川崎りんこう信用金庫〉の聴取で出張した帰り、思い立って生コンの組成について高津というところの図書館に調べにいちどだけ寄った。川崎市立だ。一瞬のすれ違いや。思い出せるわけはないな。しかし住之江はだいぶ通った」

「そうか。そいつはお前の顔をいまも覚えとるかなあ。やっぱり、なんとなくでも思い出せんか。ところで、そいつはいまのお前の東大島の地番をどうやって知った？」

「公務員共済組合の本部で訊き出したようだ」

「ザルキョウじゃな。元公務員の住所などあっさり漏らすのか」

「偶々（たまたま）か、いやキツネ目な。この男はとんでもない狡知に長けているのかもしれん。強請（ゆす）った相手は、一部上場の日本のトップ企業で、公安、警察庁、大阪府警、兵庫県警合わせて百三十二万の捜査員が追いかけた。しかし捕まらんかった。手紙ではそして〈仕切ったのは私だ。私がキツネ目だ。母となけなしの財産を警察の理不尽な扱いで喪った〉といってる。

いったいどんな環境に育ったか。この〈母と財産〉のくだりはひっかかる。当時、府警、県警は、これに通じる証言や心証のかけらも得なかった。捜査会議で、報告にのぼったこともない。

私はこれにそそられる。

私らは、とんでもないミスを犯したんとちがうのか。

キツネ目の真向勝負の敵は、丸互通運でもナイコク製粉でものうて、警察だったんではないか。目的はカネではなく、警察をきりきり舞いさせることやった。じゃがいもとリヤカーの家財、母親を喪わせた復讐戦だったとすれば、私らはとんでもない迷路を歩きまわる絶望的な捜査をしていたことになる。

手がかりは、じゃがいもと、リヤカーと母親やった。壮ちゃんはどう思うよ」

「日本国中を騒がせたあの大掛かりな事件のきっかけか動機が、母親とじゃがいも、リヤカー、そんなことがあるのか」

「あったんだよ」

【けいさつのあほどもえ　犬警の　よしの　え　わるいこと　ゆわへん　ローラー　週まつやめときや　むだや】

「あれは、挑発でもなんでもなかったんだな。西でローラーをかけるのは壮大な無駄だといってたんだ。キツネ目は私らを嗤（わら）っとった。

『わしら事件（ヤマ）は東で起こしたんや。なぜ東にローラーをかけん。社長をさろうて監禁したのが西やからか。関西弁で挑戦状を送ったからか。それでアタマから、ホシとそのナカマ、わしらを西のもんと、決め込んだんか』

　奴どもはそういうて嗤ってたんだ。壮ちゃん、私もおまえも検察も府警も幹部もマスコミも、舞台は西、ホシは西もんと思い込んだのや。目的は警察を嗤いとばすこと、復讐すること、もともと、カネが狙いではなかった」

　松雄はそれからいくつか指を折った。

「壮ちゃん、覚えとるか。あのヤマ、捜査対象にどんなのがあった？」

「ああ、算(かぞ)えんでもわかる。覚えとる。

【アヴェ・マリア】の犯行名から大阪、近県中のキリスト教会関係者、殊に韓国系のな。全学連、京浜安保共闘の残党、元自衛官、作家の誰やら、韓国人実業家、部落解放同盟、民団、朝鮮総連、パチスロ遊技機メーカーと設備機業界、まだまだあったな」

「食肉事業団、コリアンコネクション、ほかにもな」

「そこまで遡るかと思うたが、憲兵とか関東軍とかもあった。関東軍は、満州から引き揚げる満(まん)蒙(もう)（満州、内蒙古）開拓団を現地に見捨てて逃走した。その怨念の過去があるからとな」

「ほかにも、兄弟合併のごたごたを抱えて抗争しておった企業、そもそも創業に良からん問題を抱えていた会社」

「人員整理、組合潰し、下請けとの取引停止とか、膿(うみ)やトラブルが噴きこぼれておった会社を対象にして12万5千人に事情聴取した」

「しかし、わしら警察機構にも大きな問題があった。全部、徹底的に保秘、保秘で、府警のどこの課がどのグループを追っているのか、お互いにバリアー張って濃い霧の中で捜査しとるようやったな。やっぱり警察いうのはヨコの連絡は極端に嫌うとこで。広域がかかったあとも、聞き込みに訪ねると『おたくらの人、昨日もウチに訊かはりに来ましたで』と言われる無駄足が毎日あった。

しかも、本部長らの意向は〈一網打尽〉や。難しい捜査やったで。未解決に終わったのは、この連絡の悪さと、ひと網で掬おうとする方針が間違ごうてたのか」

「反省はどうでもできるが、この手紙では結局、それらのすべてが的はずれだったということになるな。警察に尋常ではない恨みを抱いておった、どうやら、犯行の背景はそれか。ともかく警察のせいで、母親とリヤカーとじゃがいもを喪ったと。食うや食わずの時代のことだろが、その復讐だ。行きがけの駄賃に、〈丸〉と〈ナイ〉を脅迫した」

「警察への復讐戦やった？　130万を超す捜査員のわしらそんなことを考えもしなかった。しかし本当に丸互とナイコクは、無差別の攻撃を受けて行きがけの駄賃稼ぎで狙われたのか。私の前からの疑問にひっかからんこともない」

「なにが？」

「いっぺん議案にあがりかけたことがあったやろ。満州や。覚えてないか」

「満州？」

「丸互の加藤義久とナイコクの藪原雅紀といったか、もう忘れかけた名前やが、狙われたあのふたりの社長には共通点があった。個人的なつながりは分からんが、あの会社の創業者はふたりとも満州からの引き揚げ者で、初代がな。いまの社長はどっちも三代目や。いまでも思うが、本部はなんで満州をもっと追わんかったか。どうもひっかかっておったが」

「満州がどうしたって？」

「のちに運送会社、製粉会社の社長を継いだこの二人とホシに強い縁があったのではないかと」

「縁って？」

「良縁、悪縁。あのヤマの時、戦争が終わって何年になるか忘れたが、ともかく、狙われた会社とホシに、戦後ずっと隠しておかないかん縁と過去があった、のではないかと。しかし府警本部はそこから目をそらしてしもうた。

さらにもうひとつ。監禁した倉庫の遺留品に古い外套、オーバーやな、があった。ホシが社長に着せた。最後までは追えんだが、戦時中に中国寒冷地の戦争で高級将校らが着ていたものかというセンはあった。ホシはなんでわざわざそんなもんをさろうてきた社長に着せた？　しかもアシがつくように遺留品に残した？　ここは大事なポイントやったと思うが」

松雄は膝を乗り出した。

「それなら動機は警察への恨みだけということではなくなる。ふたつの会社への恨みか、どう整理する。難しいというだけやない。深い謎解きのよな話になってきたな」

「やってみるか」

「末期高齢の最後の張り合い、燃えてきたぞ。ゴルフよりおもしろそうだな」

「いかにもな。あれが迷宮入りになったのをきっかけに、いまは2009年やが、お前、これから10年、20年、日本は無責任で曖昧（あいまい）な空気に包まれる国になるよな気がするな」

「お前はなんか理屈がつかんと進めん性分やからまあ聞くが。曖昧というのは？」

「落とし前をつけん。たとえばなんや疑いを持たれた大臣は答えを控えさせていただくを連発してまともに応えん。官僚は公文書を隠す。会社でも不祥事、決算の責任を厳しく問われん社長が出てくる。そうそう辞めん。そんな無責任な曖昧病が蔓延する。まあ遡れば、敗戦のいちばんの責任者は誰か。天皇か東条か、他のA級、BC級の戦犯か。俺はきっちり聞いたことはないが、玉音放送で、天皇は大元帥としてそもそもおのれの戦争責任を明確に国民に謝罪したのか。耐えがたきを耐え、忍びがたきを忍び、私はここに国体を護り、忠実な臣民の真心を信じと降伏を告げられただけか」

「おまえはそのことにはいつもムキになるが。そんなことはないやろ。戦争にはずっと反対されておったと言うよ」

「それでも、天皇が自己に対する積極的な戦争責任を表明しなかった。国体の護持がなにより優先されてな。国体護持とは、天皇家の存続や。それが戦後の日本人を何か割り切れない感情をひきずる国民にさせたのとちゃうのか。全国巡幸より大元帥閣下自らが責任を闡明（せんめい）するお言葉が欲しかったなおれは。国体とは〈国のかたち〉とかいって難しいが、なんのことはない、天皇の血筋ということやろ」

「まっそういう意見もあるか。戦後処理をみんなで寄ってたかって曖昧にしてしもうたのと、このキツネ目みたいな社会事件をそのままにしておくのと、はびこる病巣はおんなじやで。オレらの手でがんばってみるか」

「いや壮ちゃん、俺におまえのような高邁な思想はないが。おっかあが喜んでくれたらいいなという程度で」

　ビール缶を机に戻して松雄は歳は取っているがでっぷりと肉づいた薄桃色の頰から息を吐いた。

「あの折りに立った合同の帳場でも本部長会議でも、報告や復命どころか、ただのひとりもモンタージュの顔とキツネ目以外の犯人像に迫る感想を述べた者はおらんかった。満州も立ち消えになった。襲撃されたふたりの社長の過去、家祖にもっとこだわるべきだったな」

「それよりまず警察への恨みか。さっきの、京浜安保共闘の残党、元自衛官、解放同盟、総連をいくら当たったところで何も出ないはずよ」

「松やん。なら、その手紙をどう証明する？　難題や。追いかけるのはいいが、底が深すぎるぞ。しゃぁけど、ひとつ、ヒントがあるわな。一家は痩せ地の開墾開拓農民やったと？」

　骨の浮いた細い手で壮介も額の汗を拭いた。

「しかしそんなものは戦後、北海道から鹿児島までどこにでもあった。ちっと絞らないとな」

「いや、手紙はもう少し詳しくあとに続けている。どうやら下北半島のどこかのようだ」

「下北半島？　青森のか」

「まああとで地図見て。その前に元に戻して壮ちゃん、犯人たちが闇に消えてから24年ぶりに本当にキツネ目が名乗り出て『オレを捜せ』といってきたこととする。しかし、キツネ目に似た男を最近見かけたと、よくどこからもタレコミがなかったと俺は驚いた。あの顔はテレビ、新聞で厭というほど広められたのに」

「髪のかたちと銀縁の幅の狭いメガネが特徴や、本部も朝から晩まで〈キツネ目、キツネ目〉と血走った。考えてみたら、そんなもの幾らでも変えられる。顔も変えたか。単純に、あのパンチパーマは普段は丸刈りだったか。犯行途中から細工していたのかもしれんしな。〈目見張り（めみはり）〉にもかかっとらん」

　松雄はマスク顔の歩行者の中からでも容疑者を識別する専従員の任務の〈目見張り〉のことをいった。

「ひょっとしたら目も整形したのかもしれんな。キツネ目どころかタヌキやクマに似た円い目だったと考えられないでもない。いや、笑いごとじゃ済まんだりして。ナイスナインに〈手術〉のできる者がおったのか。捜査会議の議題でも聞いたことがないが」

「目尻や目頭、あるいは眉のあたりをいじる、難しくはない美容整形だな。ほくろやあざも取れる。当時、整形外科に網を絞ったのか」

「ローラーはかけたはずやが」

3　挑戦状

問答しながら松雄はウイスキーボトルの腹をむっちりと厚みのある指に握って、また深い溜息をおろした。

「億のカネより実は警察への復讐だった証明、となると、事件のようすも捜査の方角もがらっと違う。あまりにも違った。20年以上前の捜査をひっくり返して一から歩き直すのか。こりゃ大変だぞ」

ボトルを持ち上げた。

「通（かよ）ってるんじゃなかったのか」

「ああやめてやるわと思ってんだけど、いまは経堂へな」

松雄は5年前、信濃町の断酒道場に足を踏み入れていた。

「自慢じゃあるがな。経堂で三軒目じゃわよ。されどや、断酒会なんて笑わせやがる。てめえらの体験を順に披露して、俺の話を聞いたら、あなたこのままでは死ぬだの、ご家族が悲惨だの。ろくなことしかいいやがらねえ、それで、年会費３６００円取られてな。それなら、角打ちでコップ10杯いけるわ。もっと飲むぞバカヤロー、死んでから酒飲めるか、壮ちゃん」

「そういえばあの時分、夜中までガンガン飲って、起きたらペットボトルの水を呑んで肝臓を洗りゃいいと、けろけろしてたな。昼まで真っ赤な目ェしてな」

「ああ、あの頃はわし、おのれでキンメダイとよんどった」

松やんはひと頃、俳句をかじりかけたことがあった。結局〈古池や鯉が尾を打つ水の音〉の一句を「こんな秀句やが」と披露しただけだったが、俳号は冴えていた。〈乱酔亭キンメ松〉。

「肝臓泣いとるぜ。お前が死んだら話相手がおらん」

「人の心配より壮ちゃんお前は？　娘が出戻ってきたと電話で。ロクでもねえ娘だな」

「いやあ、孫を連れてきてくれてありがたい。孫が家の中を走り回り、寝たきりの婆さんに明い様子が戻ってきた。おれも気が紛れる。いうてみれば娘は男とくっついてセックスして頼まんでも孫をつくって戻ってきてくれた。そういう結婚だ。よく出来た娘よ」

「なら万々歳の後期高齢じゃないか。おれんとこも皺婆さんの尖り口さえおさまればな」

「そうだな。しかし奥さんにもいいとこあるんだろ」

「まあそうでもないが。やっぱり苦労かけた。給料安かったし。やりくり大変だったろ。俺が全部飲んじゃうしな。あんた酒屋の酒、全部飲む気？　と泣かれてな。面目ねえことも多いけど、何いってやがる、うるせえわってな。なんとかセクとか、なんとかハラとか女がまだゴタクを並べん時代よ。俺も女房に悪かった」

「あれから俺らも戦後何年か知らねえが、指の脂がのうなってて新聞をうまくまくれんで。まっ年寄りくせえ毎日よ」

松雄はグラスにストレートをつぐ。合間にビールを飲る。

壮介は松雄の手許に軽く目を送った。互いに裏表のない人柄と許し合っている。

「やっいま思いだしたがさっき歌の話になって、おれはあの当時、サラ金〈富士峰〉の更生債権事案に関わっていてな。毎晩8時半に心斎橋の〈富士峰〉の本社に通った。社員四百数十人が1日の営業報告を8時を越した時間に終える。それから全員講堂に集まって合唱だ。こぶしを振りあげてな、これを行くたびに聞かされた。

しかもな、壮ちゃん、愕いたことに、倒産会見で『社員は悪くないんです』と社長が涙を振り絞った〈山一〉でも同じ歌をうたってるのに出遭ってな。こっちは屋上だったが、あれは濡れ手に粟を掴むバブルのシンボルだったんだろうか〈涙をふいて〉という歌だったな」

「そんなことあったか」

「うん、そうよな。土地、株をめぐって詐欺、売り抜け、買い占めに躍って大金を手にする奴らを横目に、私のよな府警の共同試験あがりのしがないノンキャリが地道に靴の底を擦り減らしてもむなしいだけやいう気持ちに駆られた時代やったの。下っ端の刑事はみなそうだった。あの時の土地、株が日本を荒ませた。銀行、証券は悪人の巣窟やったぞ。リクルートの江副はたしか3年の有罪が出ていまどないしてるんなら」

「毎晩営業報告を終えてあれを歌てた人らと昭和はどこに行ったんかと思うよ」

松雄は低く口ずさんだ。

〈♬涙をふいて〜抱きしめあえたら〜あの日のお前に戻れるはずさ〜涙をふいて〜〉

「いまだに耳について離れんわ」

続けて、ボトルをマイク代わりに声を張りあげた。

〈♬死んでも〜お前〜を離しはし〜な〜い　女〜のためいき〜〉

「しかしまあ壮ちゃん、みんな昔のことになったが、過ぎた歌やプラザ合意のことなど、これからキツネ目を追う話のくその役にも立たん、本題いこう」
松雄は机の上の紙を引き出してきた。
「これや。お前覚えてるか」
「なんだ？」
「ほら、工場の敷地から本宅に侵入して丸互の社長、加藤義久を風呂の中からさらった、犯人が初めて出した和文タイプの警察への挑戦状、これは迫力があった。
あの写しだ。全捜査員、忘れた者はおらんだろ。久しぶりに声に出してみるか、うん」
「まだ持ってたのか」
「ああ、時効が成ったというても大事な物証だからな、墓まで持って行くつもりや」
松雄は煙草のヤニの薄黄色く浮いた事務室の壁を見まわして挑戦状をなぞる。
【けいさつの　あほどもえ　おまえら　うそついたらあかんで　うそはドロボーのはじまりや
ちょうせん状は　あまがさきの　けいさつえも　おくったやないか
かくしたら　あかん
なきごというとる　ようやから　またヒントおしえたろ　工場へは　通用門から入った　タイプはパンライターや　ポリようきはひろいものや】
【義久え
おまえはそないに死にたいか　ほんなら死なせたる　塩さんの　ふろ　よおいした　もういっぺん　さろうて　ふろにつけたる　顔あらうだけでは　すまん
けいさつの　うごきは　なんでもしっとる　けいさつに　わしらのナイスナインが　おる

おまえは　かんたんには殺さへん　おまえも　おやのいんができくのどくやが　ゆっくりいたぶって殺したろ　おまえは　わしのいきがい　やからな　じかんかけて殺したる　けいさつちゅうとこら　あてにするな　あほと　こしぬけしかおらんで】

挑戦状を久しぶりに声にした松雄は身を正す心持ちになって、『オレを捜せ』とキツネ目がいまになってなぜ名乗り出る手紙を送ってきたのか、疑問の要点だけを壮介に説明しようと身構えた。

「覚えてるか。もう一回たしかめとくか」

松雄のあげた謎の要点を聞いた壮介は、数年前に酒の席で、検察から見ても、謎が層になってつもっている事件のはずだと、松雄に言ったのをおもいだした。

このヤマで宮坂松雄は、当時、捜査官をやりながら特命を受けて少年犯罪などの保護観察官を務めた本多忠司とともに大阪府警捜査一課特殊班に投入されていた。本多はその後、不祥事を起こし捜一をはずされたが、当時は最先端の現場だ。役まわりに不足はなかった。この頃、特命はさまざまあって外国人窃盗団の内偵で韓国に4年も暮らして現地警察官とまちがえられる組織犯罪対策員もいた。

しかしこのヤマについては最初から大きな謎が松雄の胸に剥いても剥いてもあたらしく盛り上がるかさぶたのようにとりついてきた。

犯人グループは茨木のどぶ川沿いの水防倉庫に監禁した義久社長を、なぜ簡単に解放したのか。身代金目的なら身柄をとどめて金品を要求するはずだ。

だが彼らは社長のロープを解いて、同社取締役宅に電話をかけ、タイプライター字の紙を茶封筒の中に差し込んで高槻市内の電話ボックスに置いたと告げた。こう文面に吠えた。

【人質はあづかった　現金10億円　と　金100kg　を　よおいせえ】

犯人らが姿を消した隙に義久社長が倉庫から自力で脱出できたのは罠だったのではないか。なぜそうしたか。目隠しした社長に裏金を支払わせるように芝居を打って、警察にも世間にも身代金を強奪したとは見せないという策だったか。

それが、宮坂たち特殊班が初めに抱いた謎だった。

人質は、ロープを解かれ上着を着せられ、さらにオーバーコートまで羽織らされて、倉庫の壁をたたくと南京錠の八幡ネジが緩んではずれたと、あとの事情聴取に述べた。

裸だった身に上着、ズボンを着せられ、犯人たちのいない隙に鍵がゆるむ。誘拐された人質に、事前に測ったようなそれほど都合のよい偶然が起きるか。

宮坂松雄も保護観察官を兼務する本多忠司もみな疑問を抱いた。

とすると、ではなぜ裏取引に応じたか。背後に大きな企み、社会には明かされたくない、たとえば一族一統の忌むべき過去があったりしたのか。

ほとんどの者の推理はやはり、世間には知られたくない脛傷（すねきず）があって裏取引をしたに違いないに落ち着いた。このまま犯人を検挙できなければ、裏で巨額のカネが帳消しにされ、事件がなかったものとなりかねない。

後の調べでも、松雄たちはそこを衝（つ）いたが、義久社長はついに脛の傷も裏取引も認めず、〈人質は配達する荷の入った段ボール20万個。荷のいずれかに、青酸ソーダと塩酸を注入してある〉と脅されたとそのことしか述べなかった。

社長は、水防倉庫を脱して幅3、4メートル（ﾒｰﾄﾙ）ほどのどぶ川の細い陸橋を渡り、対岸の国鉄貨物ターミナルの敷地に疲労困憊の末に辿り着き、居合わせた職員に「助けてくれ」と声をよろけさせた。社長が解放されたことで誘拐事件は解決したと発表されたが、犯人グループはその後も、丸互通運さらにはナイコク製粉を脅迫しつづけた。いずれも手が込んで執拗だった。
まず監禁中に読ませた義久社長の声のテープの録音を、同社取締役宅に電話で送った。

〈あんた会社の中村さんやな。わしです。社長です。茨木のレストラン・コトブキ　81局7500番に行ってもらえんか。ほれでひとりで待ってくれませんか〉
松雄捜査員たちはコトブキで逆探を構えたが犯人は現れなかった。5日後、〈丸互通運社長加藤義久〉の差出人名で尼崎中央署と新聞社に新たな挑戦状が届いた。

【けいさつのあほどもえ
おまえら　あほか　人数たくさん　おって　コトブキで　なにしてたんや
プロやったらわしら　つかまえてみ
ハンデー　ありすぎやから　ヒントおしえたる
丸互のみうちに　ナイスナインはおらん　アマのけいさつにもネヤガワのけいさつにも　ナインはおらん
水防くみあいにナインはおらん　西のほうや、西の高速気ぃつけりや
これだけおしえてもろて
つかまえれんかったら　おまえら　税金ドロボーや
犬けいの本部長さろたろか。アヴェ・マリア】
広域重要一一四号に緊急指定されたのは、この挑戦状ののちだった。指定が出て宮坂松雄たち

が合同捜査会議に出た翌日、社長が監禁された水防倉庫の下を流れるどぶ川・安威川にかかる曙橋のたもとで、塩酸入りの赤いプラスチック容器が発見された。紙が貼られてあった。

【えんさんきけん　のんだら死ぬで　丸互通運社長・加藤義久】

壮介が訪ねてきた松雄の神保町の事務所の電話は、結局2回鳴っただけだ。

松雄は「さあ外は寒いがやっぱりこれか」と、腰丈ほどの冷蔵庫から缶ビールを取り出して、壮介に勧めた。

「そうだな」

「しかし【アヴェ・マリア】とはおちょくりやがって。皆、腰抜けたな。由来が今でも分からずじまいでな。時効で未解決のまま。まだまだ謎ばっかりや」

加藤義久社長を誘拐監禁して

【人質はあづかった　現金10億円　と　金１００kg　を　よおいせえ】

と始まった広域重要一一四号事件の第一緊急発令事件の端緒にとらわれていたふたりの思いを、ビールが、一気に事件の終末に戻した。

「最後の最後はまつやんたち特殊班が見届けたんだったな」

「言うな、皮肉。逃げられたんじゃ」

「それは何遍も聞いたが」

「で、いまになってキツネ目が手紙を書いてきたというのか。わしらの一生はこれにかかりきりやな。犯人とわしらがもっとも接近した捕り物の最後の最後も謎やった。

いつぞ、キツネ目にお目にかかる機会があったらな、米原駅のあの時のようすはぜひにぜひに確かめたい」

松雄はひと口めを煽り、「なにが断酒会じゃ、こっちはキンメダイや」口許の泡を肉太の皮のたるんだ手の甲でぬぐった。

「もうなんどもおまえに言うたが、痛恨のへまとはあのことでな」

凹みのついたへこ缶を放さず、泡と一緒に悔いを呑み込んだ。

4　米原駅追跡

犯人から初めに指定された現金受け取りの地点は京都伏見・城南宮バス停だった。そこから名神高速・大津サービスエリアへ、さらに草津パーキングエリアへと次々に授受の場所が変更され、滋賀県栗東町付近の高速下の県道で犯人に違いないと目視した女と男を見失った。１９８４（昭和59）年11月14日、かれらはなぜどのように国鉄米原（まいばら）駅ホームに逃げ込んだのか。

松雄が20年以上ずっと唇を噛んできた痛恨事とはその折りのことだった。回想をやめられない。

机の黒電話が鳴ったが出ない。またかけ直されてきた。しかし出ない。そんな相手をする気はない。やがて松雄は呟いた。

「キツネ目は頭がよすぎた。警察の誰も考えつかん計算をしたんや」

国鉄の東西の結節点である米原駅をＪＲ東海、ＪＲ西日本が走るのは3年後だが、新幹線はこの20年前から開業していた。

名古屋、東京への新幹線は12、13番線、京都、新大阪を経て九州への新幹線は、10番、11番線、

5番、6番線から乗り込めば、敦賀を経て西は山陰へ、東は北陸線を金沢・富山から青森、果ては北海道にも逃げ乗れる。

初めに身代金10億と伝わってきたが、上の阪神高速から投げて一般道で拾いあげたバッグひとつに、その金嵩は詰められない。のちに、〈丸〉も〈ナイ〉も犯人の要求に屈して使いさしの古紙幣で、不足分のカネを段ボールかごみ袋に詰めてやりとりしたに違いないが、警察は警察を差し置いたその裏取引も認めてこなかった。

不都合を徹底保秘するのが警察機構の規律、義務、慣習である。10億の金額は発表されなかった。

いや身代金、脅迫金のことより松雄の胸に居座る悔恨は、大津サービスエリアから草津パーキングエリア、米原駅と追跡しながら絶好機をものにできなかったことだ。

昭和を画した犯罪といわれた事件がなぜ未解決のままか。

「未だに真犯人の尻尾にも辿りつけんのはあの一瞬で決まったっていうことでな」

松雄はへこ缶の口を覗きこんでまたひと口あおった。もう電話はかかってこなかった。

未解決となり、時効に追い込まれた日、本部長、副本部長は総括した。

『身代金＝財物の授受はなかった。ゆえに捜査は失敗したのではなく、以後の広域捜査に十分な教訓を得て有意義だった、犯人側こそ千慮の一失を欠いた』と。

その総括にもなお宮坂松雄たち一課の特殊班員たちは、最後の極秘捜査部分・米原駅の攻防の始末を報告しなかった。

こののち捜査を続けておれば、犯人たちはかならず近くに現れる。白いバッグに詰めただけのカネでは当初の要求額には及ばない。また犯行を予告してくる。取り逃がした状況を公表して次回をつぶしては痛恨の上塗りだ。マスコミに漏れて書き立てられるより、今後起きる事案の教訓に、非公表が有益だと判断した。

運転していたホシの女は名神高速道路・大津サービスエリアから草津パーキングエリアを経て、東に向かう一般道に降り、おそらく後部座席に身を隠していた男と、高速から投げ落として置いてあった白いバッグを拾い上げた。

大津サービスエリアの駐車場で犯人を見逃したあとシートを倒し、犯人の車が目視できる陽が上るのを待って仮睡を取った松雄は同じ特殊班の相棒・本多忠司と、高速の下の一般道に降りる道を見つけられずそのまま米原、関ケ原方面に向かった。

その間、男と女の犯人たちは琵琶湖にそそぐ草津の川原に出て用意した携行缶のガソリンを車内に撒き、ワゴンを燃やした。足紋、指掌紋、毛髪、唾液の飛沫、目印に指定した白い布を括りつけた針金、青酸ソーダの付着した軍手、大阪府警、滋賀県警の周波数に合わせた無線機、それらの痕跡を一気に消し去った。男と女はナカマが停めていた中古タクシー、クラウンの改造車に乗り換え、ワゴンを燃やしたナカマは草津駅に徒歩20分で向かう。

犯人の男と女が改造車に乗り換えたことに、松雄たちは気づかなかった。

その隙に川原に用意していた男と女、ホシの改造車は米原駅をめざしていた。

走っても走ってもワゴンがみつからない。松雄たちは完全に犯人を見失った。

「あっ」と松雄が声をあげたのは、名神高速道・彦根インターチェンジの手前2キロの地点だった。ワゴンではなくタクシー改造車体のクラウンと並走になった時だ。インター出口に向かって速度が落ちている。

パンチパーマの裾(すそ)がはみ出ているタイガース帽をかぶった中背の男の横顔が一瞬の視界に入っ

た。俯いていたが、本部が目星をつけているキツネ目に違いなかった。「あっ、パンチパーマ」と声をあげたのはその時だ。「ホシや」まさか車を替えていたとは。

　しかも運転しているのは女だった。女もこげ茶の鍔広（つばひろ）のバケットハットをかぶっているために、本当のところは女であるかどうかは分からないが、キツネ目と同乗しているのだから、一味に違いない。ハンドルを握って前方を見ている一瞬の横顔に帽子の内側から茶色の髪がかかっていて、女だと推察できただけだった。

　横顔だったが、目の端が張って鼻筋がすらりと高い。美貌らしきようすが目に映った。

　どこに向かっているのか。インターを出て交錯する一般道を目で追うと、改造クラウンは米原駅に向かう矢印の方角に左折した。

　8時35分、キツネ目と女は米原駅西口駐車場でクラウンを捨て、料金所のバーを跳び越え、改札口をくぐった。

　駅員が「あっこれ、お客さん」と声を掛けたが振り返らなかった。

　女はスカートやブラウスではなく、メンズコートに黒いパンツの恰好だ。

　その着衣、走るようすだけでは、宮坂松雄らがホシと思いこんだその者が、結局女であるかどうかを確かめえなかった。

　男の顔もたしかにキツネ目であったかどうか心許ない。

　松雄らも手帳をかざして改札口を跳び越え、右側階段に向かって走った。

「まもなく列車が到着いたします。お急ぎください。敦賀、金沢方面は6番線に、京都大阪方面は13番線にそれぞれ橋を渡ってエスカレーターをご利用ください」

　松雄たちが改札を抜けたとき、女と男は13番線ホームを大阪寄りの後部から東の先頭に向かって走っていた。

「あそこ」松雄は声をあげて指を突き出した。

女が途中のホーム売店の売り棚にぶつけた白いバッグを振り切るようにもぎとって、さらに走る。

「7番線に回送電車が参ります。どなたさまも黄色い線の後ろにお下がりください」

アナウンスが終わるか終わらぬうちに、下りの回送が風を巻き上げながら走り過ぎた。13番線の先頭車両のドア前に、白いバッグをかかげた女が走り込んだ。

「おっ、あっちだ。逃がすな」

背丈のある班長の本多忠司が息を切らせながら叫ぶ。「行けっ宮坂」

「はいっ」言われた通りに向かおうとしたそのとき、松雄の視界から女の姿が掻き消えた。

「なにやっとる。向こうや」

こんどは北陸に向かう6番線を指した本多の指の先に、女と男の背中が浮き上がった。13番線ホームから、線路を挟むバラスト軌道に飛び降りて6番線ホームに這いあがったのだ。

男が頭を下げて、ホームの上から女の手を引いていた。彼らの背中の12番線を名古屋、東京に向かう新幹線が轟音を巻きあげて走り去った。

宮坂松雄らが、キツネ目と連れのホシらしき女を見たのは、それが最後である。

結局6番線の金沢行きに乗ったのか、逆方向の13番線大阪行きに飛び乗ったのか、不覚にも目視できなかった。


あの一瞬の緊迫がいまなお松雄の胸に痛切をあたえている。

「うん。『オレを捜せ』という手紙がホンモノで、うまくいけば松やんが見失のうたあのときの男にもう一度会えるかもしれんのか」

　壮介はつぶやいてから「飲みもんはあるのか。ビールのほかに」と訊いた。

「ジュースか。何もねえよ。ケイちゃんが結婚で辞めてオレひとりで買いもんにも行ってねえ」

　松雄は、壮介が通って来ていた当時の女事務員の名を言った。

「そりゃそうだ、ケイちゃん、よく続いたな。こんな汚い事務所で、爺々と一緒では先がない。あの子なら、気のきくいい女房になりますよ」

「コピーもいまは自分で取ってるんだ」

「そうか。しかし松やん、『私が犯人だ、私がキツネ目だ』と。たしかに社長を誘拐監禁したときの声はあるがダビングかもしれんしな。手紙もなんぼでも書けるぜ。もっと犯人だと明かす証拠がないかな。住之江ボートのなんとかいう通路屋台のやきそばの匂いが乗ってくる屋外スタンドで見たとか川崎の図書館で見かけたとかそれだけではな」

「ああそうや。これを先に出すべきやった。見てくれ、どうや」

　差し出された写真を壮介はつまみ取って見入った。縁が毛羽立って画像が黄ばんでいる。

「手紙と一緒に入ってたんか」

「攫(さろ)うて来た丸互の社長・加藤義久を素っ裸に剥いて監禁した写真だ」

　水か湯でもかけられたのか、濡れた前髪の貼りついた顔のかたちはまさしくあの頃、聞き込みに歩く胸の手帳に挟んでいた社長に似ている。だがこんな水のかかったのは初めてだ。

「松やん、これは」と呻いた。

「うん」

「当時、マスコミにも本部にも出なかった写真だ。あの時は顔だけやった。現場の犯行写真などは手に入らんだ。ホシしか持ちようがない。キツネ目のナカマが撮影した。ということはホンボシや。さっき聞かしてもらったテープといい、いまになってえらいものが舞い込んできたな」

「まさに犯人以外にこれは撮れない。複写にも見えん。いややはり、まあその前に、紙束と手紙を読んでくれ」

「こっちはなんだ」

「警察への挑戦状の下書きだと書いてあるが【けいさつのあほどもえ】もある。さっきの手紙でいってたあれだな。まだワープロがなかった時代。日本語和文タイプライターの脅迫文が新聞に報じられ、おれらはそのコピーを手配書で持ち歩いた」

　松雄はがっしりと太い首まわりに湧いてきた汗をハンカチで拭うのをやめて、身を乗り出してきた壮介の瓜（うり）に似た青白い顔を瞪（みつ）めた。

　それから急に声をこごめた。

「これが本物ならとんでもないことになるぞ。本当に迷宮事件の掘り起こしだ。あのグループがあれからどう生きたか。謎も解けるかもしれん。そもそも昭和の底を這いずってきたといっている人生とはどんなものだったのか。リヤカーとじゃがいもと母親を失ったとは、それで警察に恨みを抱くとはな」

「たしかに松やん、えらいものが飛びこんできたな。やっぱり最後の一発勝負に賭けよう。しかしな分からないことだらけだぞ」

「まったく、それは覚悟して。捜査は【キツネ目の男】と呼んで、さっきの思想犯や仕手筋、ややこしい男をローラーで当たりまくったが、結局どんな、何人の犯行グループで、真犯人・リーダーはどんな男だったか、未だに割ってない。死んだのか生きているのか。脅した10億も奴らは最終的に手にしたのかどうかも不明だ。本部は、カネの授受は成立しなかったと発表したが」

「本部にしてみたら、そりゃそうだ」

「奴らにまんまとカネをせしめられましたとは言えんわな」

松雄と壮介、ふたりの年寄がひとつふたつと謎の数を指折るまでもなく、一から十まで事件は闇に融けている。

迷宮に入った時、本部長、副本部長は総括した。

「諸君の労苦にはどれほど慰労しても足りんが、われわれはモンタージュのキツネ目の捜査に注力しすぎたのではないか。あれはただの不審な男にすぎなかったのかもしれん。一大捜査もマスコミ報道もすべてキツネ目の男でまわってしまった。ここに過誤はなかったか」

松雄は本部長のその言葉にも24年を越して未だに唇を噛む。

そもそも果たして、キツネ目の男は犯人のひとりだったのか。捜査本部に復命しなかった米原駅のその後の顚末もいまに至るまで明かされていない。

一瞬、目にしたあの男は間違いなくキツネ目だったのか。あの男がいまになって手紙を寄越してきたというのか。横顔の女は本当に一味だったのか。

東海道本線、草津・京都に向かう琵琶湖線、東海道新幹線、敦賀・金沢方面の北陸本線、どれに乗ったのか。鉄道公安室への照会は容易ではなかった。十にひとつ、どの路線に乗ったか判明しても降車駅を確認するのは至難である。途中の小さな駅で降りて、車を盗み、また一般道で西へ、九州に入ったか、新潟、秋田と日本海側に抜けたか。列車のデッキにも線路にも監視カメラはない。

結局、松雄たちは為すすべもなく男と女を取り逃がしたことに打ちのめされて、米原駅から重い足どりで引き返した。今の今まで米原駅の顚末は松雄と本多忠司とホシの他は誰も知らない。米原駅で消えたキツネ目たちは年が明けて、唐突に丸互通運への終息宣言を発し、さらに深い闇の底に身を沈めた。

【わしら　もう　あいてきた】

「しかし松やんよ、手紙は無記名で、住之江ボートのスタンド席、川崎の図書館でおまえを見かけたと、ヒントらしいものを書いているのはそれだけか」

「いや、こんなことも書いてある。あとでゆっくり話した方がええやろうと思っていたんだが、嘘でなければこれが一番のヒントになるかな」

「なんや。もうひとつ、あるのか。凄そうやな」

「けど、住之江や川崎と違って古すぎる。洗い直すのは至難やと思うが」

小首をゆるく振りながら松雄はあまり期待を込めないようすで、「こんなことも言ってるんだけどな」と呟きながら便箋を半ばほどまでめくって「あっ、ここだ」と読み始めた。

『宮坂松雄捜査官殿、愚生の申し立てる以下のことにもし興をお示しいただければひとつ手がかりを添えておきます。

まことに遠い住時の話になりますが、戦後12、3年めの昭和32年か33年の夏場、下北郡風間浦（かざまうら）の漁港から、当時はまだ高価で手に入りづらかった発動機付き木造漁船1艘およびA重油500ミリリットル2缶、エンジンオイル1缶、係留ロープ20メートル、艪（ろ）2本を盗まれた記録が下北の警察署か青森県警の書庫に残っておりませぬでしょうか。

小生、まともに就職先が決まれば、そして父母が健勝で存命でありましたならば臨時に仕立てられた夜行就職列車〈しもきた6号〉か、〈むつ4号〉に乗り込む列に加わり、ホームで紙テープを飛ばされ、〈蛍の光〉をブラスバンド演奏されたはずでありました。

しかしそれに乗って東京に出ることは叶いませんでした。コブシが山と野を薄ももいろに染める15歳の4月から5月です。昭和33年です。東京大田区か品川区の雇い先の予定になっていた金属加工の工場から汽車賃支度金が送られてこなかった。じつに集団就職からも落ちこぼれた人生の始まりであります。生まれついてから全くツキのない人生もあるのです。

両親を亡くしている私は列車に乗る代わりに致し方なく親戚のおない歳ほどの子がおる叔父叔母の家に妹とともに転がり込みましたが、半年も辛抱できずに野良犬と変わりのないくらしとなりました。本州の最北の半島の野と山と谷で、ミズ、コゴミ、行者ニンニクなどの山菜、干し大根、凍える季節を越した縮み馬鈴薯をかじり、海岸や沼ではホタテ、ウバガイ、ワカメなどを食いちぎってさまようことになりました。ザリガニも食った。左様です、妹と一緒になんの宛てもない放浪です。最も長く過ごしたのはむつ小川原湖のマテ小屋の中でありました。

身を潜めるのはほかに、カヤ、ススキ、牧草を積み重ねた藁ぼっち、岩穴です。4月、5月になる季節で、秋の末や冬のように寒くなく、どうにか行き仆れずに済みました。

宮坂松雄先生、もし、遠い昔日のその時機に漁船の盗まれた調書がいまなおございましたなら、愚生の名がたった一度だけこの世に刻まれて残っていることになります。小生の生きた証しであります。

実にあの漁船を盗んで海峡に漕ぎ出したのがのちにキツネ目の男と騒がれることになる愚生の出発点でありました。あれから、京浜工業地帯のコンビナート建設、東海道新幹線の橋梁づくり、西成あいりんセンターで寝泊まりして大阪万博用地にかよう日雇い仕事、東京に戻ってからは、夜の間に串打ちしたホルモンを中古の軽バンで焼いて売る仕事を10年近く続けました。

いずれ死ぬが、今日明日でなければよいと願うしかない、踏んだ砂山の足許が崩れ落ちるような暮らしでありました。唯一の救いは父、母の名が墓石に刻まれ、小生にも名が付けられていたことです。

在所は大火、洪水に襲われ、出生届け、原籍簿、戸籍謄本、小学校、中学校に通った学籍簿も失われ、それより上の学校には行かず、屋台の小商売を始める折りは、連れ合いが保健所の営業許可を取り、愚生の仕事は折々の建設土木の事業所が偽の名で就労の手続きを取ってくれました。住民票を作成したことも見たこともございません。したがって、運転免許もない。軽バンは無免です。

敗戦をどうにか生きて上野駅の地下道で躰を横たえる浮浪児に似た生活を余儀なくされて以降、すなわち私はどこにも帰属した証(あかし)がありません。日本国に一切の足跡がないのです。無国籍外国人の他に左様な境遇の者がいるのをご想像いただけますでしょうか。出生地は分かっておりますが、事情によりまして、その村も今は存続しておりません。人も地も時も、紙切れにでもノートにでも帳簿にでも刻まれなければ、この世に生きた、在った証しにはなりません。

しかし、宮坂捜査官さま。小生は、よし、貴官に発見していただいても、いまになって恨む言葉、苦しみの多かった人生を聞いていただく気は持ちあわせておりません。

愚生につけられたキツネ目の名称も手配のあのモンタージュ画も警察がつくりあげた仮想のものであります。

〈漁船を盗んだ調書にお前の名が残っていたぞ〉と教えていただき、そのうえで〈丸ナイ〉のあの事件で足を棒にされました方々の総代として先生に、バカ騒ぎを起こし、褒められることもなかったがなるほどお前はお前なりに生きてきたと教えていただければ本望でございます。

少しお考えいただければ幸いです。墓地に参りますと時々、〈童子××年没〉〈童女××年没〉の墓標を見ることがございます。幼くして名も与えられなかった命です。しかし私の場合、名はあった。

されど、この世に生きた証であるその「名」はどこにも刻まれておりません。

繰り返すようですが、たとえ取るに足りぬ人も歴史もやはり記されて初めて存在したことになるものでございます。

今生最期の望みを抱くようになったのは、一年ほど前であります。懐かしくも、慚愧に堪えない沼を見おろす母の墓前に額ずいた時であります。いえ、いまではもう墓はございませんでした。墓は有刺鉄線で囲われており近づくこともままなりません。当時を知る者は墓ごと埋められたか逃げ延びたか、ひとりとして行方は知れません。

宮坂先生、最後に余話をつけ加えますが米原駅はあれから変わりがあるのでしょうか』

読み終えた手紙を茶封筒に仕舞う松雄のぷっくらと膨らんだ指をみつめながら、壮介は声をあげた。

「なに松やん？　米原とは、こいつお前をからかっているつもりじゃないだろうな。いや違うか。米原駅から消えたのは、あとになって府警の発表があり、新聞にもテレビにも出たから、当時の者なら知っているからかっているのではなく、俺が犯人だと念押ししてるんだな」

「いや、そうかあ、壮ちゃん、昭和32、3年の就職列車、俺らがあの時に思っていたよりずっと歳上のようやな。いまあらためて読むと、ヒントをいっぱいくれてるな。

「しかし、人は名が刻まれて初めて〈生きた証〉になるか。どこにも名が記されたことのない、そういう人生もあるか。

半世紀以上前の漁船の窃盗、青森県下北郡風間浦の近辺？　そりゃどこだ。それから20年、30年、50年前の飯場や工事現場ね。六ケ所村、川崎市、蒲田、釜ヶ崎のあいりん。高度成長期の日本の底の底を支えた場所やな。どう当たる？」

「そうだよな。いちばんのとっかかりは、この漁船かやはり。それと有刺のバラ線に囲われた墓ってなんや。工場の敷地とかか」

壮介は胸のポケットをさぐって取り出した。

「アイフォーンいうのや、これでなんでも調べられる。風間浦、地図も出てくる」

「話には聞いたスマホというのがそれか」

壮介が指し示した画面は本州最北の漁村で、南寄り30キロ地点は廃船となったかつての〈原子力船むつ〉停泊地だったと説明が出てきた。さまよえる原子力船と報じられていまは廃船のはずだ。

「大阪を掻きまわしたキツネ目は、そんなところと関係があったのか。皆、引っくり返るぜ」

5　監禁小屋

「あっ、まだあった。なんにも変わってない。ここが警察をきりきり舞いさせた始まりだ。もう何年になるんや。わしはもうじきに70。ほうぼう痛む躰でよう来られました」

　福松満治は、ワゴン車の中の３人にめずらしく声を昂ぶらせた。

　土手下を流れる安威川のようすも昔のままだ。この辺りでは油膜の浮いたどぶ川だが、茨木、摂津、吹田、高槻を流れてきた淀川水系の一級河川である。上流の岸辺では釣り人が、チョン掛けでオイカワ、ウナギ、ゴミをあげる。

　丸互の加藤義久社長を監禁した水防倉庫は当時のままに残っていた。

　わずかな起伏はあるが、のっぺらぼうに広いばかりでヨシ、クズ、スギナ、セイタカアワダチソウ、ススキが葉と茎をのばし放題の、安威川沿いの文化住宅の住民たちもほとんど知らない工場跡地だ。犬の散歩に歩きたくなる空き地でもない。

　社長をさらってきて監禁する前、満治がここを見つけたのは、偶然だった。大阪に出てきて、仕事も見つからず、住之江や尼崎のボートにかよっている時分、アパートの前の空き地で声を掛けあった保育園児のよっくんに「おっちゃん、汽車見んに連れてって」と言われて、のちに新幹線公園と大阪貨物ターミナルとなる車両基地におよその見当をつけて入りこんだ。

　辺りはたえず列車が行き交う。

　まだ帰りたくないと坐り込んだよっくんの手を引いてなんの気もなく土手から降り、どぶ川に架かった小さな陸橋を越え、二十段ほどの石段を上った先に倉庫があった。

　荒れた草地の中のいつも無人のコンクリートブロックの倉庫だ。

　錆びた鉄扉の錠前は触っただけではずれた。辺りには淀川水系が幾筋も流れている。それら河川を見守る、ボート、ロープなど水防具らしきものがしまわれていた。ここならひと目につかず、中からの声も聞こえない。いつか雨露をしのぐ時に使えるか、と印象に残した。

この日のためにプサンから下関を経て大阪に出てきた許英姫（ホヨンヒ）が声を上げた。

「わっこ、ここ」

2月13日はわしらの記念日、「丸ナイ」時効の日だ。いつか皆で再訪しよう。

満治の発案に連絡を取り合って２００９（平成21）年2月13日この倉庫に集合した。

寝屋川のトラックステーション、さらに用心のために寝屋川市駅前で借り直したワゴンを、狭くてすれ違えない細い土手道にヨンヒが運転して来た。目尻から頬にかけて浮き上がった白いファンデーション、タテにヒビ割れた口紅がバックミラーに映っている。

空き地の反対側は大阪貨物ターミナルが広がる。えび茶色のコンテナを積み上げた貨物車が延々と車両をつなぎ、車輪の重量音を立てて前方、神戸に頭を向けて行く。京都行きの反対側も長い貨物車が過ぎる。手前のフェンス脇の側線（そくせん）を入れ替えの車両がゆっくり動いている。

大阪駅から淀川を越え、尼崎に入る辺りで、頭上を山陽新幹線が往復する。ほかにも阪急線、JR東西線など鉄道路線が錯綜して、絶え間なく轟音が響いている。風の吹き抜ける音しかしない水防倉庫のある向こう側とは正反対だ。

「大阪の真ん中にようもまあこんな広い空き地がずっと変わらんと。わしらのヤマはいかにもここから始まった」

「あの時もあたし思ったけどよくこんなとこをみつけたわね。しかもまんま、変わってないの」

「ほんとになあ、この歳になって。みんな顔を揃えて、悪運強いわい」

いつもは胸の内をあまり開くことのない満治は、ヨンヒと皆に少しの感傷をまじえた。

キツネ目の男と捜査された満治は鼻が隆（たか）く、顴骨（かんこつ）が張り、目にやや薄昏い光を帯びた、若い頃なら俳優養成所からも声のかかる男ぶりで、関西弁をまじらせる。

ヨンヒに変わる前に東京から寝屋川トラックステーションまで大型トラックで長距離を運転してきたサブが半畳を打つ。

「まだまだ元気そうですが、オヤジさんも歳取ったんですかね」

「なんよ。これ見てくれ」

　腰の脇からステッキを持ち上げた。

「これがなければ、車じゃねえと遠出はしんどい」

　満治が「がっちゃ」と呼ぶ春ばあさんが、さえぎる。

「いんや、うんだども。満は、おめらにまんだまんだ敗けておらんぞ。しかしはあ、おれらはこんたなとこで、てえした仕事しだだかの」

　攫ってきた丸互通運の社長をどぶ川沿いの倉庫に監禁したのはタイガースが優勝する前年だ。誰もが覚え易い3連続バックスクリーン弾に沸いた年だ。野球なら、プロのものでも河川敷の試合でも飽きずに見ていられるトラック運転手のサブと亮兵は、その夜のスポーツニュースの映像をいまも目に残して、監督・吉田義男のあの年の采配まで口にしかけたが、代わりに、満治に向かった。

「わし、いっつも思うんですわ。わしら生き残ってきたのは、オヤジさんのお陰しかない」

「いや、みんなでナイスナインを組んだからじゃよ。社長を攫うて、ここで事を始めたあの時がわしの生きる目標の一番光った一瞬やったよ」

「いえいえオヤジさんにはこれからもっと輝いてもらわんとね」

「これでか」満治は足許からカーボンファイバーのステッキのグリップをサブに突き出した。

丸互通運とナイコク製粉、のあとは播但ハム、ネイビーカレーなどを脅迫し、公安、検察、大阪府警や隣県の警察を挑発したこのナインは１９８４（昭和59）年3月から85年8月までの一年半、ヤマを踏む前も後も月に二度三度、東京のアジトに近い土手下で草野球をやった。野球好きが自称ナイスナインのいわれになった。播但とネイビーは府警も検察も徹頭徹尾、極秘とした。

高校生をバットで殴り仆して奈良少年院に受刑し、元・府警課長代理の観察を受けながらひそかにナインに参じた堀口亮兵がピッチャーである。

出所して通称・サブ・和久田三郎にナインに誘われ、満治を紹介された。

アジトは大阪ではなく東京に置いていた。これが、警察の捜査にひっかからずに済んだ勝因になった。

亮兵は府警の捜査官を兼任する特別観察官・本多忠司には満治らのナインに入ったことはむろん報告していない。

草野球監督の福松満治は北国生まれのせいもあるのか、口は少なく重いが、眼光は鋭く、堂々と落ち着きがある。

しかし、脅迫や挑発の指揮を執って【アヴェ・マリア】と名乗った頃の〈オヤジさん〉の迫力は事件を終結させて衰え、そのうえに60を越して、ＭＲＳＡブドウ球菌感染症に罹り、昔日より体力を落とした。引退したら、余生馬の世話をしたいという念願がある。

ヨンヒが運転席から空き地の奥の倉庫の方角を指した。

「いやよかったあたしここに来られて。しかし満ちゃん、今日は時効の日だから府警が何人か張り込みしていると思ったけど、それもない。もうあの事件にはなんの関心もないのかしら。社長を解放してあとでもう一度ここを使こうたわね。幼稚園をあがったほどの子に、脅迫文を読ませたのよ。列車のバックノイズが入って何遍もやり直したけど」

　幼稚園の子の話が出て、思い出話になった。

「アパートの下の広場で遊んでて馴染みになったよっくんいう子や。『おっちゃん、電車おるとこ連れてけ』言われてこの空き地にさまよいこんできた」

　よっくんに、【バスてい　じょうなんぐうの　ベンチのこしかけのうら】と紙に書いたのを読ませた。

「それから【きょうとへ　むかって　いちごうせんを　にきろ】やった。よっくん、三遍も読んだな。あの子とわしにはなんの〈鑑〉もない。犯行現場のこの辺りに、なんべんもローラー入ったようやが、あの子は成功した。それから紙には、【たかつきのせいぶでぱあとのみついぎんこうのみなみのしばすおりばのかんこうあんないづのうらをみれ】や。

　それで【たかつきから8じ19ふんか　35ふんのきょうといき　かくえきにのれ】と指示したな。あんな長いのよう読んだ」

「はい、指示と脅迫をいっぱいやったわね。あの子のあとであたしも吹き込んだ。あたしは風船ガスのヘリウムを吸うて変声した。高いおもろい声が出た。あれも全部時効ですね」

　いま目の前にした水防倉庫のコンクリブロックの壁は崩れることなくあのまま建っている。25年ぶりに、用水路に架かる細い曙橋をひとりずつ縦列で渡ってきた。黒い用水は溜まりになって流れていない。〈えんさんきけん　のんだら死ぬで　加藤義久〉とラベルを貼った赤い容器を置いた橋だ。

　上流の下水処理場の臭気が鼻をつく。ヨンヒは少し昂ぶっている。

「ここよ、ここ」

サブが喉をはじけさせた。「そうです、そうや。ここや。あの晩ここに丸互の社長を引っ張ってきた」

春ばあさんも「ひっ、ここ」と皺喉を動かした。脚、膝を痛めているが、満治の行く所なら、大阪でもどこでも一緒に来たい婆さんだ。

春さんもまた事件で重要な役を果たした。

東京のアジトで、大阪のナインとひそかに連絡する係だった。

倉庫の屋根にも囲いにも邪魔くさそうな雨が降っている。ブロック壁に囲われた小屋にかぶさる波板鉄板の屋根は、錆は浮いているがまくれたり破れたりはしていない。

引き戸に手をかけた先頭のサブがいちど満治に目を送ってから「これですわ、これ」と声をあげた。のちの調べで、錠前がゆるんでいたために脱出できたと丸互の加藤義久社長が供述した引き戸だ。

滑りの悪いいびつな音を立てて戸は開いた。

再訪したこの日ここまで、大して、雨に濡れなかった。

小屋の中は暗がりだと思っていたが、奥の隅のブロックが一、二枚こぼれ落ちたか、強降り(つよぶり)の雨や風の吹き込んでいるようすがある。ぼうっと明るい。小さなボート、オール、川泥を浚(さら)う鋤簾(じょれん)とスコップ、根切り具がそれぞれ2本、土嚢が10数個積まれ、寸法の違う塩ビ管、パイプが倒れ落ちている。錆びた自転車が一台、薄明かりに浮かんだ。

加藤社長を連れ込んで監禁したときの、ロープ、縄など当時の遺物は、すべて事件の証拠品として警察が持ち去っている。逃げる加藤が自分で開けた錠前は、二個のステンレス打掛け鍵に替わっている。この倉庫の管理人がいるのかどうかは分からないが、ここを舞台に二度と事件など起きないと安心しきったかたちばかりの鍵だ。

社長をこの倉庫に放りこんだのはサブと一番若い堀口亮兵だった。満治はあらかじめ待機していた。

逃走を防ぐために入浴中の裸のままで社長を拉致してきた。

ワゴンの中で眼と口にガムテープを二重三重に貼りつけ、足首、腿、手首をマニラ麻のターザンロープで縛って、安威川の土手でワゴンから引きずり出し、腰を蹴り上げ、どぶ橋から落ちぬように肩を貸して、暗がりだったこの倉庫に突き入れた。星明かりもない闇夜だった。

コンクリの床に倒れ込んだ社長の躰にヨンヒが毛布を掛けた。

社長に満治が告げる。

「結論だけ言う。ここで聞こえたこと、見たもん、警察にも家族にも一切しゃべるな。命は奪らん、お前の命などもろうても糞の役にも立たん。殺すんなら、じわじわ行く。それからカネを用意せえ」

サブが、社長の頭から「風呂の途中でさろて悪かったな。代わりに」とどぶ川のバケツ水をかけた。

「聞こえたか、おい。分かったら頭振れ。分からんようなら、こんだは水の代わりにガソリンかぶるか。ライターはなんぼでもある」

満治が脇から足す。

「それとも、警察でしゃべりとうならんよに、いま舌抜いとこか」

目隠しされた社長は声も出せない、全身に水をかぶらされて米搗（こめつ）きバッタのように頭、首を振り折る。

「10億や。新札はあかん。使いさしや、集められるな」

また同じように首折りを繰り返した社長は、口のガムテープの内側で「うっうっ」と呻き声をあげた。「家族にだけは手ェ出さんでください」

写真に撮る。社長の声だけカセットレコーダーに録る。

サブが芋虫のかたちに転がっている社長の躰を長靴の底で蹴りつける。

予定どおりにそれだけの仕事を手短に終え、社長が自力でほどけるようにロープの結び目をゆるめた。

長居は危険だという意識もあったが、警戒をくぐって兵庫、大阪をワゴンで走り回るより、夜が明けるまでここにとどまっているほうが安全だと満治が決め直した。

国中を騒がせることになる社長監禁は、わずか10分ほどの作業だった。

監禁を終え、夜が明けるのを待つ間、満治は尻ポケットに挿しこんでいた新聞を取り出した。神戸港の荷役で知り合った男に勧められて気にするようになった株式欄に目を落とした。自分ではまだ買ったことがない。

〈島津563　37高　エスビー560　25高　いすゞ328　25高〉

朝になった明かりが窓から差し込んで細かな字も読める。

〈一部二部とも軒並み上げているのは、公定歩合引き下げ機運の盛り上がりに企業業績見込みの上方修正が揃ったため〉と市況分析がある。さらに違う囲み記事が予測している。〈不動産、株式の時価資産総額が投機で高騰し、実体経済から離れる懸念が生まれてきた。これを、結んでは消え、消えては浮かぶ〈泡〉の景気と一部証券アナリストは呼び始めているという。いずれ、

〈バブル景気〉という語が市況に蔓延するかもしれない〉

ページをめくったテレビ欄では、〈今週のおしん〉〈西部警察〉〈新・夢千代日記〉が目についた。

○

水防小屋の莚（むしろ）に坐った満治が、みんなにも腰を落とすよう促して続けた。

「時効から9年経ったが、こんな機会しかない。話がある。まっ、亮兵が連絡してこんのはわけ分らんが。案外、どっかで元気に働いとるのかもしれん。

まあみんな元気ならええ。今日はここで会えたのはありがたい。わしらまだまだついとるということや」

かつてとは違う満治の気負いのないようすを3人は笑顔で迎えた。言い出す中身を知っているのか、春さんだけは困惑を交えた笑みを皺顔に泛べて尻の坐わりを直した。

「結論から言うがな、わしこないだ、〈キツネ目の男はわしです〉と昔の知り合いの刑事に手紙を出した」

聞いている2人からともどもに「えっ」と声が漏れた。春さんだけは頷いた。

満治はみなのそのようすを目にしてから続けた。

「今年の正月明けにな、出しました。あんたらに迷惑がかかることはない。もうじきに刑事訴訟法改正されて、いつかもいうたかもしれんが時効そのものが撤廃になるいう話もある。そうなったらわしらのヤマは未解決のままで終結です。

わしももし改めて取り調べがあることになっても、あんたらの名を割ることは決してない。がっちゃも、わしとおなじです。安心しといてください。時効からまあ年も経ったけど、私らはこれからもずっと結束の固いナイスナインや、サブちゃんもな。亮兵も。カネも死ぬまでにぼつぼつゆっくりな使いましょう。もし足りんようになったら、いつか約束したように振り込みます。数えてはおらんが、あと4億何千万かほどはあるはずや。わしの田舎のヒバの木の根方に、ビニール袋に詰めてある。子どもが3人、手ぇつないだ胴まわりの青森ヒバです。誰もめったに近づかん、わしが集団就職できんと山をさまよった時分に雨宿りした湖のきわのとこにな」

　サブが入る。

「なんや、突然のことでよう分かりませんけど、わしはオヤジさんに楯突く真似してご心配をかけて、しかし赦していただいた。亮兵もやが。

　あれから、オヤジさんのご恩は片時も忘れたことはないです。オヤジさん、またもういっぺん、がっちゃとヨンヒネエさんの前で申しますが、お赦しください。改めてこれこのとおりです」

　サブは坐り直して禿げあがった薄黒く光る額を茣蓙にこすりつけた。

「そのうえに自分はこの歳になってなんの心配もせず、カネもあのときに分けて戴いた分で生きておられてます。元々はカイシャで本部長を自殺させるよな不始末起こして懲戒になり、公務員年金もありませんが、それでもどうにかやっておられますのもオヤジさん、がっちゃ、ネエさんのお陰です。最近ちょっとボートの成績は悪いけど、天下茶屋で、女子ども相手のつまらん雑貨を売って、爪に火ぃとぼすよに暮らしてます。お陰さんで、一緒の女が贅沢いわんので助かってます。あっ、女は、御迷惑をおかけしました、あの時のユキコです。ユキコは、オヤジさんの御慈悲で、いま貝鉄板の屋台を出し、わしも手伝うてて、お陰さんでそこそこ繁盛しとります。

アレはオトコオンナやから、子どももいてませんし。わしら二人のたのしみいうのは防波堤のサビキ釣りで、アジ、イワシ、サバ狙うて、食費援けられております。しかし、オヤジさん。昔の刑事に手紙出すやなんてなんぞ心境の変化がおましたんですか」

　満治は笑って手を振る。

「心境の変化？　そんな大げさなものはなんにもない」

「それなら、なんで」訊いたサブと同時にヨンヒも膝を進めた。

「わしのわがままよ」

　春さんが添える。

「満はね、感染症で肺やられた、前立腺もある。躰のあちこち痛い。ほだ、もうそろそろ命の終いの用意せないかんべや。満だけでねが、おれもな。せばここらで始末つけべと。ほんならおめどもにいうとかねばなんねと去年から決めとったんさ。したっけ、おめどもうんと言うてくれるだかどうだか、心配してのす」

　満治が引き継いだ。

「まあ要するに、あちこち弱って、もうそろそろ踏んだヤマの始末もつけえといわれる歳になったんや。それで、見知っていた刑事に手紙書いた。いや、あのヤマのことはわずかなヒントしかいうてないが。まあ私も地べたを這いまわる出稼ぎ、屋台稼ぎでなんとか食うてきて、終いにあんたらと大きなヤマにのぼったけど、いまだに、集団就職にも行けんと半島の山、谷、海で食い物を捜し拾いして、復讐と怒りだけが目的の、身も蓋もない罪を背負うた人生の始まりは忘れられん。生まれて初めて運がついたのは、ずうっと後になって東京で姫に出遭ってからだ」

　ヨンヒに顔を振った。ヨンヒは幾らか皺が目立つようになったがいまだに「姫」と呼ばれる色香を泛べる二重まぶたの目で笑みを返した。

　サブが膝を進める。

「はい。聞かせてもろうております。丸互の社長を攫ろうてきてこの倉庫に預かるいうのは、そもそもオヤジさんと姐さんが初めに考えたんでしたね。あのヤマのホンボシはオヤジさんとヨンヒネエさん。わしはおこぼれを頂戴した身です。それやのに欲を掻きまして」

「いやわしとヨンヒだけでやれることではなかった。

　思えば、サブやん、あんたとも不思議な縁やったな。警察を憎む者が寄り合うてあんな大きな仕事ができたとは僥倖としかいいようがない。ちっと話いいか。わしの育った村では、地主や開拓公社のえらいさんが死ぬと、笊に馬の糞を盛って墓石に供える、黒い円い葬式饅頭を供物にしたつもりやわ。なっ、がっちゃ」

　20で出会ったときから満治は、春さんを『がっちゃ』と呼ぶ。『かあちゃん』が、なまった。春さんにもその時から満治は5歳下のせがれだ。

　がっちゃが引き取る。満治一家の話になれば長くなる。

「うんだなす。されだなば、戦争終わってじきのことだども満のおがちゃ、シノさんおめらも聞いとるが、そん馬の糞さえ供えてもらえんで、墓石に、糞、ぶつけられてのし。誰が投げだ？巡査だあ。ビンボくせえ満の一家が気に入らねとな。満は素手で泣ぐ泣ぐ、糞ば、洗い落としたっちゃ。

　だで満はあとで警察のえらいさんに糞投げとぼしたの。いうたらなんだべか、いままでよう苦しめなすってぐれたと、はあ、ユーモアとはいわんな。なじょ、そん仕返しいうか、もつろんまともな饅頭なぞ買えるふところはながったしな。

まあそったらごどでありやんすが、やっぱり満のおがちゃのばやいは『このビンボくせえおめども、ようも、民主警察の手ば、わずらわせてくれる』と巡査の八つ当たりのよなもんでがんして、アメリカさんに負け戦さ決まってでからまだとしつきばあ、そんげに経ってねえ時節で、あや、なにごども荒っぺえ。

警察は、おいこらお前、でハイ手錠、ホレ監獄。んだで、おっがながったぞ。

あらためていうべもねが、おれども小百姓、ことに開拓べは、お上(かみ)に爪の先も迷惑ばかけてはなんねのす。開拓地ゆうのは、なんしろ、国から下げられた土地だべ。畏れ多くも天皇陛下のもんだべ。たとえクマザサと松の根っこさはびこり、大岩がごろごろしとるとんでもねどごでも、御国(おくに)のもんは御国のもんだべさ。開拓役所も警察も思ってるさ。おめえどもの用向きは開墾して立派に米穫れるよにすることだけずらと。それが終わりゃどごさ行ってもいいぞと。

考えてみんでも哀れなもんさね。おれどもはニンゲンのクズだあ。ジンカクっつうものがねえ。糞(クソ)はぶつけられる、どこにも行き場はねえ。あれからテレビが、ぎだ。自動車が、ぎだ、洗濯機さ買うべと、世間はどんどん浮かれてきなすったがおれども開拓べえは、朝から晩まで働いてはあ、おれちはテレビがねえもんで、東京オリンピック開幕のファンファレゆうのか、とうとうあれも聞けんじまいでやんした。円谷幸吉さの走ったのも見たかったであったども。

おめども、ちっとは想像力いうのを思ってでみでぐれ。満もおれの家も、いんや、家ゆうんでは、ねな。小屋だな、豚小屋牛小屋と変わらねえ開拓の三角小屋でげろ。板っ切れとクマザサとアシを埋め込んだ、はあ、泥壁の小屋だ。

んだども、やっとこ雨風はしのげる。大体そんたなどこが開拓べえの小屋でありあんす。そんたなどうにもこにも地べた這いまわるしかね暮らしで、当たり前のごどだども食いもんもこれより以上に粗末はねえ。水で腹ふぐらまして、はあ。誰に聞がしてもおしょすな暮らしでやんす。はんずかすいというのではねよ。恥だ、はずそのもの。申しわけねえ恥さらしだ。

ニンゲンに生まれてきたのに、せっがぐ言葉も持っているだのに、生ぎるごどそのもんが、同じニンゲンさに見てもらえねえ、はずとしか申しようのねえ暮らしでやんす。

満のうちが、リヤカ、馬鈴薯ごと巡査にとっくらわされたのは、そんげな恥〈はず〉暮らしを目にしておった巡査どの、見ておってほとほとやんたになったのかもすんねな。おめはんども、そっだら暮らしでニンゲンかよと見ていてむかっ腹が立ったずらか。

わがんねが、多分そうだったぺ。うんだな。地べた這う芋虫のごと極端なビンボは、ニンゲンを虫っこやみみず以下に落どす」

久しぶりに皆に会えた弾み心を隠せない春さんは、薄黒い皺手でしきりに白内障の目を擦りながら、満治一家の辛苦の話を引っ張りだした。

サブが訊く。

「ところで春がっちゃ、亮兵からなんも連絡ないですか。いまもぜぜり、直らんで、しかしどっかで元気でやってるんですかね。バッセンもつづけて」

春さんが承ける。

「アレは、はあいまも『ぼ、ぼく、クズ』、そったにつっかえておっても、なんとかやってるべ」

満治が頷く。

「なにアレは、外国にでも逃げたのかもしれん。ガキの時分から逃げてとうとう海外へ。逃げることで息がつける、そういう人間もおる。バッティングセンターも行っとるか。あいつはあれだけが息抜きだからな。それとも少年院を出て観察をつけられながら働いてるか。わしらとは連絡とらんようにして引きこもっとるか。まあ、そのうち海外からでもなんでも出てくる。心配せんでいい」

春ばあさんが割る。

「なんじょでもいい。どごでもいい。生ぎておっでぐれたら、ええ。ほだ、血は繋がってねえが、アレは満の子どもだ。満の子どもなら、おれの孫だ」

◯

1984（昭和59）年、福松満治ら5人が水防倉庫に丸互通運社長・加藤義久社長を押し入れたのは、夜8時50分だった。それから満治らは加藤の躰にどぶ水をかけ、4枚の監禁写真を撮り、声も録した。一連の初期犯行が進む28分前の8時22分に、兵庫県警西宮署が〈誘拐事件発生〉を大阪府警に送電した。

府警が騒然となって2時間後、日付が替わる直前、ナインのうちで一番若い堀口亮兵は、チェーンがガリガリ音を噛む倉庫にあった錆び自転車をこいで、濡れたセイタカアワダチソウに車輪をとられながら、水防小屋から、のちにJR東西線の加島駅が予定されている広場に急いだ。丸互通運・ウエハラ常務宅を呼びだす大事のためだった。

予定していた12時に5分遅れた。広場北口公衆便所手前の電話口に、ポケットの中で躍っていたチャリ銭を20枚落としてから、受話器を持った手をとどまらせた。

満治、サブに教えられたことを、ウエハラにうまく伝えられるか。

ペダルを漕ぎながら胸にせりあがっていた不安が、電話口に硬貨を落として昂まった。

いきなり相手を呼びだしては必ずしくじる。ぜぜる。

常務ではない別な人にダイヤルをまわした。漕ぎながらそうすべきかとは思っていた。

「あっ、ネエさん、ボッボ、ボク。クック、クズです」

「クズやん、待っとったわ。うまいことといってん？」西成山王町のどぶアパートに住むユキコ姐さんの声は急いでいた。亮兵はネエさんの声に、強張っていた息をほどいた。

「こ、こっこれから、丸互のエライさんに電話します」

「そうか。あんじょうやりや。花ちゃんも応援しとるよ。ほかのメンツにはくれぐれも気づかれんよにな」

「あっ、はい」


亮兵は複雑な悲哀から逃れられない幼児期を過ごした。保育園児の頃、愛媛県新居浜市沖の四阪島から出てきた一家の実母が逝き、兄と父に育てられた。次いで小学校にあがったばかりの頃に、父と住む住之江区南港東の鉄工住宅の社宅に秋田出身の新しい母が近所の年寄りの世話で入ってきた。ところが再婚した父は出稼ぎ先の沖縄で行方知らずとなった。残された照代はなにごとにつけ兄弟にふっくらと優しかった。しかし大黒柱が抜けた母と兄と亮兵の3人暮らしに、今度は関空スカイゲートブリッジの作業員の男が転がり込んできた。亮兵と血のつながりのないその男は、〈こら、クズガキ〉と呼んで暴力を揮った。慈しんでくれた母は怯え、無言になった。その時から、ぜぜるようになった。5年になって、さらに発声が不自由になり、ポテトチップスと即席めん、あんぱんで空腹をこらえる日が続いた。怯えると、その震えるようすが気に入らないと余計に殴られた。腹を減らした。盗んだ。いつも手のひらに脂汗が湧き出してくる気に襲われ、額に冷えた汗を湧かせ、しょっちゅう手を濯ぐのが癖になった。そして吃音を治せず、男が呼んだ通りの『クズ』の名が学校でも広まった。照代は男の前でずっと無言で俯いていた。

　6年生で西成区阿倍野の児相に入った。空腹と虐待からは逃れられたが、吃音症だけではなく、自閉症と診断されて中学1年までほとんど通学せず、児相のボランティアの先生に勉強を教わった。そのころから話す相手を上目遣いで見て上下の顎をたえまなく打ち当てて音を立てる奇妙な癖もついた。

　1年の折り、つるんで歩いていた児相のナカマにバッティングセンターに誘われ、野球に面白みを覚えた。バットに球が当たると、小気味のよい音が宙に跳ね返った。不自由な口許から、音がはじけ飛びだすように思えた。

　生まれて初めて夢中になれるものに出会った。

　中学になって、背は伸び、腰にも尻にも肉はついたが、いつも怯えて縮こまっている顔の表情と、あとずさる挙動で、一生未発達だろうと、児相の指導員から見通された。そのうえにずっとついてまわってくる吃音と『クズ』という綽名で、児相のナカマ以外には相手にしてくれる者はなかった。バッセンでも自閉と綽名のためにからかわれるタネになった。「クズやん、ドモドモ」言われると顎を鳴らした。

　中学を卒業してすぐ、大正区泉尾の工作機械製作所に勤めたが、他人との関わりは避けた。従業員十一人の工場の先輩の、飲み席についていける年齢でもない。

　16歳になったばかりの4月だった。

　25球２００円のピッチングマシーンでカーブやスライダーを選択打ちしていたとき、マシーンの脇から高校生がふたりがかりで〈クズ、ドモドモ〉を連呼し、「これ、打ってみいや」と顔面にボールを投げこんできた。

バッセンにかよって日頃の鬱憤を晴らしているという特別な気はなく、どこに行ってもからかわれるのはしょうがないと思っている。この時も特別の反発心はなかった。だが躰が反応して金属バットを振りまわした。

沖縄で行方不明となった実父の体格に似あわず、細柄で力もない。しかし、怒りや鬱屈の感情をある沸点で一挙に爆発させることは一再ならずあった。

前列から向かってきていた男らは、いつも上下の顎を打ち当てている16歳の自閉少年に殴打され薙ぎ仆された。幸い死には至らなかったが、頭蓋骨折の重傷だった。

1982（昭和57）年4月7日、亮兵はバットを放り投げて児相に戻り、抽斗にしまっていた7000円を握って自転車で近鉄大阪難波駅に向かった。駅裏の湊町ジャンクションにつながる高架下の駐輪場で自転車を捨て、車椅子の乗客の介助をしている駅員の眼を擦り抜けて名古屋駅に着いた。自転車で日本を縦断した人をテレビで見たことがあった。日本の上から下まで走りまわることなどなんでもないように思えた。

中央コンコースでこれから先に向かうホームの放送が聞こえたが、駅名だけでは金沢と富山のどちらが遠いのか見当がつかない。入線してきたワイドビューひだに乗り込んで車内の路線図を見た。富山に向かう列車だった。

富山から長野へ、さらに東京に逃げた。

東京では朝から夜まで歩き続けた。スーパーで菓子パンを盗み、堀切水辺公園の蛇口で水を飲み、大きな河の陸橋の下で、八百屋の店先から引っ張ってきたりんごの段ボールを囲い立てて寝た。段ボールは、リンゴ箱が一番頑丈だと聞いていた。

　陽があがって空腹が耐えられない。頭がぼうっとした。前夜の公園に戻り、腹いっぱい水を呑む。空き腹を抱えたまま、また公園の蛇口の水を呑み、ベンチの下に潜り込み、拾った新聞紙をかぶって寝た。

　昼になってベンチ下から這い出し、欅の根方で躰を丸めていると、かさぶたの黒ずんだ裸足草履のおっちゃんが近づいてきた。何枚も上着を重ね、白黒まだらの髭を生やし、髪が絡まりついている。〈箱根・芦ノ湖巡り〉のビニールの土産袋からいきなりアンパンを突き出してきた。

「腹減ってるな。食え」

　さらにごそごそ音を立てて出してきた。

「まだ若い。もっと食え」

「いえ」

　納豆というものらしかった。耳にしたことはあるが、大阪で食べたことはなかった。むりやり飲みこんだ。野球のあとの足の裏に似た臭いがした。

「ごちそうさんでした」

「ニイちゃん、どこに寝てるんだ。来るか」

「いえ」

「そうか。困ったら、この河の向こうに支援の会のホームがあるから、訪ねたらいい。寝るとこがあるからな」

「ホーム」と耳にして思わず首を横に振った。手配がまわっている。また大きな河の橋脚の脇に戻って躰を横にした。明日はもっと遠くへ逃げなければいけない。歩くしかない。歩けば空腹が忘れられる。頭のネジが抜けて意識を朦朧とさせなくて済む。

方角も分からぬまま辿り着いて人に紛れた改札口を抜けると、京浜東北線だった。大宮駅で降りた。３階から2階、１階エスカレーターをなんどか昇り降りして、駅員のいない隙に新幹線17番線ホームに立った。

自由席はほとんど空席だった。息がほどけた。遠くへ遠くへ、少しでも遠くへ。すべて無賃乗車だ。

列車を降りたら聞いたこともない駅の名だった。

そこから、駅前、スーパー駐車場で自転車を拝借し、弁当をかっぱらい、学校の体育館に夜のうちにしのびこんで寝袋、着替えシャツ、靴、トレーニングウエア、ウエアに入っていた８０００円を盗んだ。

寝袋を手に入れたのがありがたかった。地方にはまだ監視、防犯のカメラは普及していない。盗むことに罪を覚え、警察の追及を恐れたが、ほかに生きる方法はなかった。ときどきバスに乗ってさらに導かれたように北に向かった。寝るのは、国道沿いの空き倉庫、大きな駐車場の無人の車、牛小舎もあった。寝袋が役立った。工事現場の暗渠用のコンクリート管の中が外の気配と遮断されてもっとも快適だった。逃げるのはもう終わりにしようと思うこともあったが、朝になると足は大阪と反対に向いた。戻っても何もよいことはない。お母はんはまだあの男と一緒だろう。電話を掛けてみる気も起きなかった。

盗みも逃亡も終わりにしたいが、逃げなければならない。

仙台で公衆電話のタウンページを引きちぎってハローワークに行った。だが、係に、「ボッ、ボク」と声を出したきり、なんの仕事をしたいのかうまく伝えられずに追い返された。

しかし拾う神があった。

背後の待ち合いソファーでようすを眺めていた大柄の坊主頭に呼びかけられた。

「ニイさん、18越えとる？　大学生？　1年か2年か。ちっと細いがな」

「はい」返事ができた。

解体会社の社長といった。

「今日からやれ。仕事はうんざりするほどある。けど、ニイさんは初めてだからうんざりなんかするんじゃねえぞ。がんばれよ。名前は何いうの？」

「リョ、リョウ、ヘイです。堀口亮兵」

深い山から落ちてくる渓谷の脇のプレハブの事務所で、灰色の作業服、安全靴、アスベスト、ダイオキシンを防ぐレベル2マスクを手渡され、白髪の爺さんふたり、金髪の若いのふたりと、ダンプ中古車いすゞエルフに乗り込んだ。1時間近くで解体現場に着き、コンクリートガラ、折れ曲がった鉄骨、ベニヤ板、木っ端、ビニールシートの切れ端をエルフの荷台に放りあげた。

日当7千円を手にしたとき、みんなに社長さんと呼ばれる坊主頭がいった。

「ニイさん、どっかあどけねえとこあるな。おれから見りゃまだまだ少年だ。どうせわけあってこんなとこに流れて来たんだろうが。戻れるとこがあれば戻れよ。いまは俯いて根っこを育ててりゃ、いつか花咲くからな」

そんなことは人に言われたことがない。頷けるどころか、恥ずかしいような言葉だった。花など咲くわけはない。こう生まれて来て、ひとりきりでこうなった。

やはり逃げよう、もっと遠くへ逃げよう。

事務所を抜け出して山を越え、トンネルをくぐり、昼間から眠りこんでいるような集落をいくつも過ぎ、途中の民家の軒先で雨宿りをして干し餅を盗み食い、鶏小舎の卵を五個ポケットに入れ、谷で掴まえたサワガニを焼いてかじり、スーパーの駐車場のごみ箱から残り弁当を拾い、どこかの県境らしい山の麓の交番で職質にかかった。

岩手県九戸郡軽米という町の高校から盗んできた20個の野球ボールが大ぶりのビニールバッグから出てきて、「これはなんだべや。なしてよ、こったにいっぺえ」

パトカーが来た。山肌に紅葉が始まっていた。およそ5か月の逃亡だった。


大阪家裁岸和田支部で判決がくだった。

奈良少年院で弁護人の特別控訴により禁固6か月の刑期を務め、出所して少年院の申し渡しで岸和田の機械プレス工場に拾われ、警察官でありながら特別観察官を兼務している本多忠司の矯正支援下に置かれた。

中学を出て就職した大正区泉尾の工作機械製作所の履歴があったことも幸いした。

今度の主な仕事はパイプの接続部品ニップル配管の製造だった。

岸和田のその工場に落ち着いてからの毎日は、7時の同じ時間に帰り、途中のスーパーで買ってきた変わらぬ弁当かカップ麺を掻き込む。テレビはほとんどつけない。うるさいだけだ。野球理論の雑誌を読み10時過ぎに寝る。雑誌で読んだだけのまだ皆があまり分からないカーブとスライダーの違いをさらに野球技術論本の上でも会得したかった。

出所してなお、片隅で膝小僧をかかえる生き辛さを覚えながらも、日に一度は本多に連絡して17歳を越えた。

堀口亮兵を預かった本多は元・大坂府警捜一特殊班に配属になる前の生野署で警務課長時代に娘と妻を喪う悲痛に見舞われた。

依願退職を認められず、捜一を拝命し丸ナイ事件を担当し、ほどなく少年を保護する特別観察官を兼任拝命した。そのまま職務にあるうちに福島区野田〈靭(うつぼ)信用金庫立てこもり事件〉に遭遇した。

この処理をめぐって、本部長、管理官らの居並ぶ席で警備部警視に殴りかかってその日に辞職願いを出し、結局馘(クビ)の扱いになった。年金も退職金もつかなかった。

1年後、正式に国家公務員試験を受け、大阪府地域生活定着支援センター職員の身分を得たのち法務省法務教官・保護観察官に転じた。のちに統括保護観察官に昇任した。

堀口亮兵と出遭ったのは観察官になってまだ日が浅い年だった。奈良少年院に出所を出迎えたあと、岸和田の機械プレス工場に勤める亮兵から毎夜9時に安心連絡を受けるのが日課になった。そのあいだに亮兵はサブという男と知り合った。

○

水防小屋からボロ自転車をこいで加島駅広場の電話ボックスに入った亮兵は丸互通運の常務より先に電話をしたユキコ姐さんの「花ちゃんも応援しとる。ヨウケンさんに私らとサブさんのこと気づかれんようにな、気ィつけや」と言われて、ひどく励まされた気になった。姐さんはまだ満治を偽名の林養賢(はやしようけん)と思っている。

ついで丸互の常務・ウエハラにダイヤルをまわした。受話器がはずれた。

深呼吸を二度繰り返してから電話口に、サラ金の取り立て屋に似せた声をわめかせた。怖いことは何もなかった。アタマと途中で少しどもっただけだった。

「ウ、ウエハラやな。こら、われ、ええか、一回しかいわんぞ。よう聞け。われんとこの真上(まかみ)北自治会館知っとるな。あっこに〈釜風呂温泉〉の、かか、看板ある。その前の電話ボックスや。いまから19時間後のあしたの晩7時に、そ、そこ行って電話帳開けてみい。こっちゃの用事書いた紙入っとる。しっかりよう読め。

よよ、よ、読んだら分かるが、現金、金(きん)、車にぜったい細工するな。ワイヤレスマイク、無線も意味ない。運転手に刑事(デカ)使こうてもばれる。次にかける電話、長びかそとしてもあかん。声出さんでメモだけ書きとめえ。取引は一切せん。いうことだけ聞け。

わ、われのうちと会社は完全に見張っとる」

怖れることもおどつくこともなかった。ユキコ姐さんと先に話をしたおかげで、丸互のえらいさんに長い怒鳴り声をあげることができた。

帰りのボロ自転車のペダルもガチャガチャ鳴ったが、軽かった。

水防小屋に戻って壁にもたれて仮睡しようとしたが、えらいさんに一方的に怒鳴りあげたさっきの自分のわめき声に追いかけられて目が冴えた。

ほかの人たちも壁にもたれ、さらってきた加藤社長は頭から黒いビニール袋をかぶせられ、ロープにしばられたままで転がされている。陽が昇り始めたら解かれる。

「逃げたら殺すぞ、いまごろ警察と一緒になって騒ぎ立てとる家族もな、命、ない」サブが脅す。

加藤は時々、「ううっ」と声を洩らす。サブは脅しのほかはひとことも構わない。

春さんとオヤジさんはゴザムシロに躰を横たえている。屋根のトタン板に雨粒の跳ねる音が強い。亮兵は、エンジン音や枯れ草を擦るタイヤの音が近づいてこないか耳を立てた。ユキコ姐さんの声もよみがえる。「ほかのメンツにぜったいばれんようにせないかんよ」

念を押されたが、すでに何度も言い含められていたことだった。

膝を抱いたまま、ユキコ姐さんに「うん」と声を返した。

満治、ヨンヒが先に起きて、ナインは夜明け5時半過ぎ、加藤のロープを解き、小屋の鍵が開くように細工し、またワゴンで寝屋川のトラックステーションに引き返した。

結局ウエハラに告げた〈真上北自治会館〉には近づかず、電話帳に手紙を挟む細工も深入りしなかった。

加藤の家族ばかりでなく、ウエハラも通報し、警察がさらに動きだしていないわけがない。水防倉庫でしばらく潜んでいたのは正解だった。

標的はほかに3社決めていた。いずれ、チャンスはあるとみんなで頷きあった。

帰りのワゴンの中でサブが「いよいよ戦争始まるぞ。府警に吼えづらかかしたる。下手打たせたる」とすごんだのは大仰（おおぎょう）のようで皆に少し滑稽に聞こえた。

25年前の事件の発端はそういう夜から朝だった。雨はずっと降りやまなかった。

誘拐から3か月後の1984（昭和59）年6月26日、〈アヴェ・マリア〉＝福松満治は、丸互通運への脅迫の終息状をマスコミ各社に送った。

春さんだけは知っていたかもしれないが唐突な宣言だった。

【わしら　もう　あいてきた
　おまえのとこの社長があたま　さげて　まわっとる　男があたま　さげとんのや
丸互　つううん　　ゆるしたる　スーパーも　丸互の　荷い　封きって　うってええ
　青さんいりの　だんボール　もやしてしもうた】

だが、この終息状を世の中に発表する8日前に、満治は新たな標的にした播但ハム・横内清太郎社長に脅迫状を送っていた。ナイコク製粉からもまだ手を引いていない。終息状は捜査を撹乱する偽装だった。

横内への差出人は丸互通運社長・加藤義久。
句読点と助詞を省いたぶつぶつと途切れた文に格別の強い響きを込めた。

【横内え　マルゴの　かとうや　わしらの　こと　しっとるやろな　わしのとこトラックうごかせんよになって　食品メーカーいちじ　ストップしてしもた　それで　おまえのとこに　わっと買いあさりや　えらいもうかったらしな　ちっと　わしらえ　まわせ　そうせんと　気分わるいやろ　五千万　つかいふるしのさつ千万ずつ輪ゴムでくくって　白いバッグにつめてはこべ】

以後どうすべきか、脅迫状は詳しくつづっていた。

【お前らのとこの専務・サイトウなんたらの自宅前に　運転手乗ったままの白のカローラ待たせとけ　晩八時電話する。はいオオタニです　いうて電話口出たら　次の指示の手紙のあるとこ教える　読んだらじきうごけ　警察に　ゆうたら　おまえもおまえのかぞくもさろたる　わしら　けいさつよりえげつない　えんさんも　せいさんも　てっぽももっとる　おまえんとこのハムに　注しゃき　つこて　せいさんいれたる】

【カネ出す決心ついたら〈新大衆〉〈関西ポスト〉にきゅうじん広告出せ】
【パートぼしゅう　せんでん　はんばいいん　三十五歳までのけんこな　女せい　時給五百円　こうつうひ　全がくしきゅう　播但ハム　人じぶ】

この広告が出ているのを2紙に確かめた泉佐野市住まいのサブが東京・荒川線沿い・庚申塚の二階家に暮らす満治に電話し、折り返し満治が〈姫〉と呼んでいる南麻布のホ・ヨンヒに指示を出した。

大阪府警が大阪中にかけたローラーのなかにはナインのひとりもいない。満治が10年をかけて策した計画だった。

満治の指示はつねに短い。

「姫か、すぐ播但ハムのハシモト監査役の家に、こないだのテープを電話してくれ」

満治が紙に鉛筆書きし、春さんが打った日本語タイプ印刷の文面をヨンヒがマイクに向かって感情も抑揚も入れずに吹き込んであるテープだ。

その声を電話口に送るようにいう。

これもいつもの手順だった。

ヨンヒは監査役宅の受話器が外れた音を確かめて、アカイのカセットレコーダの再生ボタンを押した。在日三世だが、幼時から日本に暮らしたヨンヒに韓国のなまりはない。ヘリウムガスで変声した機械的な女の声がゆっくりテープから流れる。かすかにテープの擦れる音がまじる。それが、

【高槻の西武デパートの三井銀行の南　市バスおりばの観光案内板の裏。そこに紙置いてある】

だった。

満治のアパートに住むよっくんに吹き込ませたのと同じ内容に念を入れた。〈丸ナイ〉を模倣したただの脅しではないことを示さなければならなかった。

亮兵が、観光案内板の裏に、高槻からの３４０円の切符と、後ろから2両目の座席図を示す脅迫状をしのばせに行った。準備段階の先兵役は常に亮兵だ。誰にもまじらず無言で動きまわる役を果たす。

紙にタイプ字を打つのはずっと、春婆さんの役である。

白内障で時に、盤面操作のキーがぼやけて必要な字を取りだすのを間違えることがある。ことに使用頻度順に並んだ二級ノ三あたりの盤の、画数の多い漢字のピックアップが容易ではなかった。

定規を当てて、字を作ったことがあるが、満治がこれでいこうとは言わなかった。タテ・ヨコ・ナナメを定規でまっすぐに引いても、かならず線を引いた者の癖が出る、というのが理屈だった。現に、満治もヨンヒもやってみたが、三人三様の個性が出る。ヨンヒは線が左に傾く。

操作が簡単ではないが、日本タイプライター社のパンライターマックM45を京大に近い川端通り出町柳の裏路地で満治が偶々(たまたま)見つけた。まだ大阪西成区岸里に住んでいた頃である。のちに使う腹積もりがあったわけではない。面白いものが売られていると、岸里で借りたダイハツミラに載せた。

ヨンヒの指示は続いた。

【高槻えきに　はいれ　京都ゆき　かく駅てい車にのれ　うしろから2つ目の　京都えむかってひだりがわの　◯印の　とこにすわれ　バッグを出せるように進行方向に向こうて左側のまど開けて　線路を見とれ。白いはたが見えたらバッグを外にほれ　急行はあかん。雨降っとったら勢いつけてほれ】

電車の中では無線は使えない。

それも満治の策だった。

【のれ】

と指示したこの高槻、京都間の乗車は結果的にのちに、満治、ヨンヒと捜査員のもっとも近接した場のひとつになった。しかもこの策がこのヤマの決定的な役を果たすキツネ目のモンタージュ画をつくらせた。

6　手袋の男

「安いもんですやろ」瀧本譲二は、黒革手袋の右手を座卓の上に突き出した。坐っても、太く張った肩幅、首に、体型の大きさが表れている。腕も太い。座高もある。しきりに手袋をいじる。顔は青白い。

「わたくしこれ、はずしますとな、箸掴むとき、歯ァ磨くとき、この中の〈ない〉もんが〈ある〉よに、勝手に箸も歯ブラシも握ろとするんですわ、ビール飲むときも、そないですわ。〈ない〉もんがコップ掴もうとね。ヨメの乳首も摘めまへん。難儀してますわ」

本多忠司は「いまさら、何を」と応えかける声を喉元に押し込めた。だしぬけに自宅に訪ねてきた客ともいえぬ客だ。不承不承、居間に招じ入れた。

瀧本は手袋の先をこんどは、左指で引き出しかける。

「大和川の川原で指のハッコツ出てきたと、いつぞテレビのニュースで見ましてな。わたくしのこの手ェからアレが離れて行ったのはどれぐらい前になるのか、古い話や。忘れた頃に出てきよった。ウジがたかってたとは言うとらんかったから、肉は付いとらんやろ、ほんでハッコツや。ゆうわけで、来よ、来よと思うてたんですがやっと叶いまして。お住まい、昔のままですな。あれからどないしてはりますやろかと。いやあ、お元気そうでよかった。
　センセに手指切り落とされた現場にわたくし、わざと〈阪和自動車道〉の通行証落としといた。それでサツはわたくしがセンセの娘さんを轢いたとカーナンバーで一発に。ハイ逮捕ですわ。されど私の手指落としたもんは捕まってない。世の中不公平ですな。いやあそれにしても懐かしい」

　本多忠司を、二重底の目で瀬踏みする。

「府警はいま何を狙ってんですかね」

「カイシャ（警察）のことはなんにも分かりません。この歳になって、疲れてもきたし」

「なに言うのよ。大阪府警捜一特殊班長を張ってた大課長はんが」

「いや、課長代理や。カイシャのことはずっと気になるが、いまはなんも分からん」

「サツもご苦労さんなこってす。わたくしの方はまっ、他のションベン刑もかさなって3年務めました。出てきたら電車賃もなにもびっくりするほどあがって。なんとかね、生きとります。歳もとりました。これ、こんな頭にしとるのは」

　スキンヘッドを後ろから撫であげた。

「白髪隠しでな」

　眉根に、尖った皺を寄せながら低い声を這わせる。しかし手袋を外そうとしたのは恰好だけで、そのまま嵌めている。代わりに、手指の根元の辺りを座卓の角にこつこつと打ちつけた。なんのつもりかわからない。

「まあセンセ聞いとくれ。わたくし、情けない話ですわ。猿、木ィ握ってあちこち飛びまわれますな」

一転、目を細め、笑い顔をつくった。「こんこん、わたくし、こないに手首を木ィに打ちとうなるのは、猿の遺伝子継いどるからですやろか」

本多忠司は、長い仕事柄、極道、くすぼり、ムショ帰りを相手にするのは慣れている。瀧本のような煮焼きのできぬ男とは何遍も対い合ってきた。

恐れも怯えも覚えぬのは、警察の傘の下に守られていたからだと了解している。その通りだ。やはり娘を死なせ、肩書が取れ、おのれの手で処罰した男からは危険の匂いを嗅ぐ。

——センセとか、わたくしというのはやめろ。おれとか、わしで良かろ。

喉許から、怒りがせりあがってくる。

だが、この手合いはだしぬけに牙を剝くことがある。無用心な刺激を与えぬようにと気が動いた。長居をさせるつもりはないのに、間が空いた。男の訪ねて来たわけは訊かずとも分かる。服役から放たれたが暮らすのがやっとだ。電車賃もなにもびっくりするほどあがった。予想できる科白が耳に巻きつく。

カネを強請にきた。他に用はない。

だが瀧本は、「安いもんですわ」そう繰り返すだけで、なにが安いのか、幾らを出せといっているのか明かさない。金額も、カネの〈カ〉の字も言わず、眉をとがらせ、目を据え、その間につくり笑顔を見せる。

本多は訊き返した。

「ニュースで？　骨？　わしは見てないが」

「見てよと見とらんと関係ないですわ。大和川の川原の砂から手の骨が出てきたと。まあニュースもいろいろあって、いっつも忙し。いまごろになりましたが、わたくし警察へ行って、その川原の骨、わたくしの〈ない〉のと一致するやどうか鑑定してもらお思いまして」

　掘り返されることのないよう深く埋めたはずだった。しかし、たしか、豊田商事事件があった日だったか、本部の天井の警電放送が大和川の河川敷で指のハッコツが出たとわめきたてるのを聞いた。

　あれからハッコツの行方の所轄は堺中央署になった。それ以後の捜査の進展は耳にしていない。瀧本龍二に警察の娘のひき逃げ捜査が及ぶかどうか分からぬうちにおのれで処罰してやって忘れたが、どれぐらいになるのか。古い話だ。瀧本が服役してきたのは娘の事故とは別の強盗傷害案件である。

　眼前の瀧本は部屋の中を舐めまわして、床の間の隣りの仏壇に向かった。

「ナカでずっと願ごうておりましたんや。今日はひとつこれを」

　スーパーのレジ袋から　線香と短い蠟燭を取り出した。花はない。

　本多が毎日手を合わせる仏壇の高さ丁度に、鉦（かね）、香炉がある。

　瀧本は立ち上がり、やや腰をかがめて遺影に向き合った。

「手ェ合わさせてもらいますわ」

　刺戟しないでおこうと気持ちが動いたばかりなのに、ためらいなく申し出を断った。

「あかん」

「あきませんか」

　かすかな笑いを押し隠して訊き返す瀧本に、本多の声が跳ねた。

「〈ない〉のやろ、お前。生えてきたんか。どないして娘に手ェ合わせる?」

「まあ堪忍したってくれませんか。わたくし、もういっぺんナカに入れてもらいたいと思うてましてな。しかしなかなか捕まえに来ん。ナカのほうが布団も屋根もある、飯も三度三度ありつける。無銭飲食でも窃盗でもやるかと」

笑っている目の底に潜めたもう一枚の薄い目に卑屈ないろを含めている。

「帰ってもらうか。おんしに用はなぃ。去ね」

「さよですか、本多センセ。わたくしもこなな歳になりまして、ほれ、目ェもしぼしぼしますしなあ」

スキンヘッドをまた撫であげ、突然口調を変えた。

「いや、ガキの使いやあらへんで、はあそうですかと帰るわけには参りません。五ォや、五。安いもんですやろ」

付け加えたのはそれからだった。

「指一本一で四、小指をおまけして五本で五ォ」

やはり、牙を向けてきた。

「わたくしからは申せませんが、一いうたら、五いうたらお分かりですね。あっ、ここに寄せてもらう電車賃も。新今宮からですわ。往復で１４００円します」

娘のかな乃はこの男の大型トラックのタイヤに巻き込まれて死んだ。

嘆き苦しんだ妻の達子は2年後、娘の墓前で除草剤・パラコートを呑んで自らを絶った。墓は、高野山の麓の渓谷と峰が折り重なる紀伊神谷（かみや）にある。本多の住まいの南海高野線・御幸辻（みゆきつじ）から車で小一時間の距離だ。以来、妻と娘の月命日の二度、仏花と線香を供えに行っていた。

「堺署にでも本部にでも、わたくしいつでも出る用意はありますが、そないなことしても、なんの得にもなりません。落とされた指が戻ってひっつくわけでもない。警察、本多センセを傷害で捕まえてわたくしにゼニくれますか。誤解せんといてくださいよ。脅迫とちがいますぜ。誰が本部の大課長さんにそないなことしますかいな。気ィがあったら、わたくしにこれからもちょくちょく寄付してほしいと。こうお願いに来たわけですわ」

また手首の断端を卓に打つ。

それから本多に目を据え直していきなり話を変えた。

「丸互通運とナイコク製粉。府警は12万人にローラーをかけとると新聞に出てましたが見通しはどないですか。センセ、わたくし、こんどのヤマ恐らくおミヤに入る思いますけどね。ホシの見当はついとるんですか」

「おんしに、現役でも捜査のようすを喋るわけはないし。何も知らん」

初めは穏やかだったが、仏壇に、〈ない〉手を合わせようとしたのを断ってから場は剣呑になった。

「多分、ミヤ入りですぜ。あいつら頭ええですよ。少なくとも府警のあんたがたよりな。わたくし、覚えましたわ、挑戦状、大概こないなことというてましたな」

【まづしいけいさつ官たちえ　おまえらあほか　犬警の　よしだ　え　わしらのちょうせんじょう　みたな　わるいことゆわへん　ローラー週まつ　やめとき　むだや　アヴェ・マリア】

「悪いけど、あのお方らの頭の出来は、警察より上ですぜ。しかしまあ警察は、よう認められんやろが、丸互もナイコクも、府警、県警抜きでキツネ目のグループに要求されたカネをとうに裏で払うたんと違いますか。それが証拠に社長はもう出て来とる。しかもキツネ目に報復する会社や社長の宣言もない。黙ったままですわ」

瀧本はまだ帰らない。座卓の角に今度は少しずらして右手の指根（ゆびね）のあたりをこつこつと打ちつけ、わざと悠長のようすで声を這わせる。

「警察に行ったらこのナカのモン、いまでも返してくれますやろか」

左の指で引き出した、右の手袋の先を咥えた。すぽっと脱げたが、やはりナカに、骨、肉のかたちも跡形もない。本多がチェーンソーで切り落とした掌に近い第三関節と第二関節のあいだの中節骨の断端がぷくっとせりあがっている。

元はピンク色だったが、今は薄赤の色を混ぜた褐色の切断面だ。

瀧本はまた尖った目を本多に射た。

「ないのにな、わたくしこれで札数える夢、しょっちゅう見ますんや。それがおかしんですわ。いっつもおんなじとこで数えとる。どこや思いますか。生野の御幸森の朝鮮市場の腸詰茹でとる飯台の脇ですわ」

この男にいま返すコトバはない。瀧本は口許に薄笑いを泛べた。

「いや、大事なこと忘れてました。ところがそういえば本多センセ。〈丸ナイ〉いうのは、あれは、わたくしの悪さの、便乗犯、模倣犯でしたわ。府警は隠しとる。〈丸ナイ〉のどれぐらい前やったか、勤め出て来てから、西淀のあくどい商売しとる社長から大したゼニやないが、わし、奪ったたことがある。その時の記事は出たが続報はなかったんやわ。わたくしに容疑もかからんかった。身代わりの実行犯にも捜査は届かんかった。府警の生活安全課やったが、チョロいもんでんなあ。

〈丸ナイ〉が起きて手口が似とると、こんどこそわたくしにワッパかかると身構えたが、お陰さんでここにこないして、指はおまへんが五体満足でおります。ゼニは、競輪と競艇ですっからかんや。ほんで、あんたのとこに寄せてもろうた。警察辞めてビンボしとるやろうに堪忍なあ」

「似た手口というのは、いつやったか、神崎川の、あの？」

「そうや、よう覚えとってくれましたな」

「まさか、おまえが」

「本多センセ、ハッコツ発見のニュースがあって、わし思い出してな。訪ねて来ましてまあタレてくれてもええが、今になってわたくしを突き出したらセンセが困ったことになります。よう考えてな」

瀧本は西淀川の空調機施工会社カンナムの社長チョン・イルムと自治体の建設課が贈収賄を繰り返しているネタを摑(つか)んで、ほぼ4か月のあいだ脅迫を続けた。

だが埒(らち)があかず、痺れを切らして社長の妻と娘を攫うと予告し、塚本駅に1億円を持たせて計算通り奪取した。そのことをわざわざ本多に明かしに来た。大した意図はない。小金をせびりに来たついでだ。秘密を隠し通せない脇の甘い男だ。誰かに聞いてもらいたい。

瀧本が本多にいったとおり、あの折り、いわば、〈丸ナイ〉を予告したかたちの事件だったが、世上大きな騒ぎにはならず、続報もなく立ち消えとなった。西淀川原の葦の茂みと、分岐するふたつの川・神崎川と中島川に仕組んだ犯行だった。奪うカネの入ったバッグを川に投げさせた。カネはいずれの流れに乗るか。ボートを利用した手口は、いまに至って本部しか摑んでいない。〈丸ナイ〉とは似つかぬやりくちだったが〈社長脅迫〉は同じだ。その当時瀧本にすれば、〈丸ナイ〉のローラー捜査が及んでくるかと落ち着かなかった。今になって府警に質(ただ)しに行くわけにもいかない。

結局この日、神崎川での5千万奪取のいきさつは本多にも明かさなかった。

瀧本はなお立とうとしない。長居となった。

「また寄せてもらいますわ。こんこんしになあ」

だしぬけに尻をあげた。

7　高槻京都22分

高槻駅のホームは帰宅するサラリーマン、ＯＬが東西に向かう電車を待っていた。ホーム西寄りは大阪・神戸方面、東寄りは京都側になる。みなみ西口からあがった橋上駅舎から地下1階にエスカレーターで下りた。足をおろしたホームにアナウンスが響いた。

「まもなく4番線に京都行きが参ります」

頭上に時刻表のデジタルボードが20：19の数字を打ち出している。

「あの時はこんな案内板なかったわね」

ヨンヒがボードを見上げた。

２００９（平成21）年2月13日、時効より9年ぶりに水防倉庫を見に行った帰りである。国中を騒ぎに巻き込んだあの日、発車時刻を打ち出すボードはなく、ホームに案内板があるだけだった。次の時刻も当時と変わらずデジタルで出ている。20：35。

府警捜査本部の挑戦状に指示した時刻も中身も、ヨンヒはずっと忘れずにいた。発車時刻は昔のままだ。

「そうそう20時35分、6月やったのよ。むしむし暑かった。白のブラウスの脇に汗が染みてきて

「気色悪い、緊張してるし、大変なひと晩やったわ」

○

1984（昭和59）年6月28日夜、満治、ヨンヒ、春さんの3人は国鉄京都線上り4番線ホーム前寄り2号車の前に立った。

昼から降り続いている雨にホームの端が濡れ、黒い線路がホームから漏れる灯りに白く光っていた。

ナインはほかにサブ、亮兵がいる。かれらは京都に向かう途中の神足（こうたり）駅の先70メートルの資材置き場で、廃車のハイエースのウインドーから白い旗を掲げていた。

そこに5千万円を詰めたバッグを投げよと指示した。

トラック運転手のサブがかつて数度立ち寄っていた倉庫会社だ。線路脇の道路に車のライトが近づいてきたら、亮兵が旗を降ろす。電車が走ってきたら揚げる。いかにも時代遅れなやり方だが、その手間がいちばんの方法だと満治が決めた。倉庫会社も仕事上の縁があるわけではないから、警察の〈鑑〉にかかる恐れもない。

満治が予測した通り、警察は京都行きの車中に注力した。資材置き場は手薄になった。

「オヤジさんたちはうまくやる。わしらもな」

サブはウインドーから顔に吹き入る雨粒を払いながら亮兵に顎を振った。

「はい」

「こなあしてな、ひとつずつやっていくうちに、オヤジさんもヨンヒネエさんもいつぞつまずく。

おれらは黙ってしっかりその時まで働く。ええな。裏切るのやないぜ。結果的にそうなるかもしれんが、余得、というても分からんか。臨時収入にありつくのを待つ。ゼニを手にするまでかならず思いがけんことが起きるからな」

国道から線路脇に抜けてきた車か、雨の降り落ちる闇空の一画がヘッドライトに照らされた。

「パトとは違う。まだカネも投げられてない。心配するな」

それでも亮兵はウインドーから旗を降ろした。

現行犯逮捕、身柄確保は、現金授受が成立した一瞬だけだ。

同時刻、高槻のホームに立っていた満治たちにも、怖れはなかった。

高槻駅や京都駅、またその車中で捜査員とどれほど近接しようと、彼らは飛びかかって来られない。職質はあるかもしれない。だが、確かな容疑をぶつけられるわけではない。怪しい相手だから質問する。それだけのことだ。

満治はナインにそう念を押してあった。

5千万円を持って来い、京都線に乗れと挑戦状を送ったのは別の策のためだった。

ナイコク製粉にも、丸互通運と同じく、戦中から戦後にかけた両社の家祖への遺恨はいまも消しようがないが、当面は脅迫に選んだ対象で、カネを手に入れることが目的ではない。宿怨はいずれ最後に晴らす。

いまは、脅迫の仕掛けを捜査本部に見せるだけでよかった。

資材置き場で振る旗の大きさも満治が決めた。風呂敷の大きさの半分にした。雨の夜の暗がりに、時速90キロ、100キロで走り過ぎる電車の窓から見えるか見えぬかの大きさ、しかし偶々通りかかった車や近在の者の目に入っても関心を惹かない大きさだ。

資材置き場の出口に停めた逃走用のカローラは、足がつく盗難車ではない。修理と整備の免許を持つサブが中古のエンジンとフレームを調達し、シャーシなどのパーツからナンバープレートまでを亮兵が組み立てた。ブラックの塗料はふたりで吹きつけた。この工夫と経験は、のちのなんどかの現金授受を試みた逃走の役に立った。

高槻駅と京都線車両の中にナインの全員を揃えなかったのは、人数が増えると思わぬ失態が起きかねない、自分、ヨンヒ、春さんの3人で十分捜査員の動きを捕捉できる。

逆にこちらからなるべく近づいて、キツネ目の顔を覚えさせられると満治が読んだからだった。同時に、直当たりしてくる捜査員の顔を覚える。紙一重の危険と緊張をおのれたちに強いた。

丸互通運に【わしらもうあきてきた　社長が　あたまさげてまわっとる、ゆるしたる】と撹乱状を送りつける前から、次のターゲットは播但ハムに変えていた。

現金運搬人は播但の専務に指定した。警察は運搬の〈搬〉の字を○で囲んでこの役を〈マルパン〉、ほかの容疑〈対象者〉を〈マルタイ〉と呼ぶ。

満治たちは逆に警察をそう呼んだ。

【白いブレザーを着た〈マルパン〉に使いさしの5千万円を白いバッグに詰めさせて来い。電車の中で〈マルイン〉をちょろちょろさすな】捜査員は〈マルイン〉だ。

再訪した水防小屋からの帰り、レンタカーで阪急京都線の高架下を走ってこの駅に来るまで、満治とヨンヒ、春さんはあの日の緊迫を話しながら、未だによくも未解決事件のままだとあらためて胸を撫でた。

「もういっぺん、同じ時間に高槻から京都へ行ってみたいと思ってたのよ」

ハンドルを握るヨンヒの横顔に、助手席の満治が応えた。

「ポリが播但の専務の代わりに〈マルタイ〉になってバッグを抱えてきたのは、読んだ通りやったな」

あの日6月28日、大阪寄り後方のエスカレーター脇にかたまっていた。

満治は動きながら、ひい、ふう、みい、と目をくばった。合わせて7人の、それらしき者がいた。車両も乗降のドアもばらばらで、サラリーマンや学生になりきって乗客に紛れているが、向けてくる眼付きとまとっている匂いが違う。

ＯＬ風のスーツを着た女、あれはポリだ。

同じように重たい書類鞄を持った男がふたり、工事現場から戻る恰好の菜っ葉ズボンがひとり。間違いなくマルインだ。辺りを探るような緊迫感がある。

他には、高校生ほどの娘にしきりに何か話しかけている母親、夜の店に出るのか、雨がぐずついているのに後ろ髪をアップに結い、紗の単衣（ひとえ）を着た中年の女がホームに立っている。

指定した4分前20時15分、白いバッグを抱えた男が大阪寄りの階段口からホーム中央に走ってきた。ブレザーも白い。マルパンだ。

「あの時、いきなり現れたな」

「そうそう、あたし、張り込みと尾行で、〈ナイコク〉の専務のてっぺん禿げを確かめてあったのね。白いブレザーを着て白いバッグをかかえていても替え玉ということもある。髪がなかったら専務だって。それで満ちゃん、乗った後で、○印のシートに坐った男の頭が窓に映った。あっ、禿げてる。たしかに専務やと」

満治が挟む。

「そやな、あのときはがっちゃに助けられた」

あの折り、ヨンヒは、禿げているから専務に間違いないと春さんに小声で話しかけた。と、春さんが返した。

「いんやあ、待で。禿げてるんではなぐ、頭のてっぺんまで剃ってるんでねが？　禿げなら生え際が、ながながああ綺麗にはそろわねべさ」

白いバッグをかかえた現金運搬人は専務の替え玉のポリだったのを春さんが見抜いた。危なかった。警察はやはり周到に準備している。

25年前の6月28日――。

「京都行、20時19分、定刻どおり入ります。白線の内側までお下がりください」

ぎりぎりの放送を待っていたのか、それまでは姿のなかったまた別の男が、エスカレーターの裏からだしぬけに現れた。これも白いブレザーだ。

今度は、現金を運ぶ本当のマルパンか。いやそれとも、ダミーのマルパンで、本当のマルパンが犯人の指定車両に乗って京都に向かうのを見届けに来たマルインか。でなければ、犯人の乗車を確認して本部に連絡する。その要員か。こんがらがった。

満治は反射的にホームの鉄柱に身を潜め、マルパンのダミーと、それを確認する役のマルインを観察した。

アナウンス通りに電車が入線してきた。

捜査員たちは、指示とたがわずに乗るのか。

満治とヨンヒは、囮と確認役の二人の男に交互に視線を送った。春さんは雨に濡れないようにホーム中央のベンチに坐って動かない。白いブレザーを見つけたら目を離してはいけないと満治に指示されていた。

発車ベルの甲高い音がホームに鳴り響く。アナウンスがかぶさる。

「京都行き普通、扉が閉まります。ご注意ください。駆け込み乗車はおやめください」

ドアの閉まる圧縮エアの音のすぐあとで車両は動きだした。

ダミーと監視役の二人は、最後方から2両目の扉の前で2、3度足踏みをし、おたがい視線を交わして頷き合った。しかし結局乗らなかった。何か異変の予兆を嗅いだか。

柱に身を隠したままで、つば広の白の日除け帽をかぶったヨンヒが満治に囁く。

「向こうも必死に観察してるのよ。なるべく時間を引き延ばすつもりかもしれないわね。この先、京都のホームで制服警官が１００人、２００人ずらっと待ってるんだよ、多分」

「考えてある。向こうの出方次第やな」

３４０円の切符で、とりあえず進むか退くかを決める場所を京都駅と示してある。

もし何十何百の制服が待ち構えていて逃げなければいけない状況になれば、この指定した電車の着く京都駅1階4番線ホームから中央改札にあがって、そのまま大阪に折り返す4番線でまた引き返すか、もういちど階段を昇り降りして6番線ホームに立つかあるいは反対方向の草津、米原方面の琵琶湖線2番ホームに行くか。

さらに中央改札から南北自由通路のコンコースを走れば奈良にも山陰にも逃げられる。時刻はまだ21時前だ。自由通路にもホームにも京都駅は人があふれている。

少し静かになっていた雨は高槻駅ホームにまたしぶいてきた。ビニール傘で足裾を塞ぐ。後方から2両目の扉前に視線を送って、満治は「あっ」と声をあげた。

囮と監視役、バッグの男・マルパンの姿もない。ヨンヒも振り返る。

「どこ?」

一瞬、変事が起きたかと胸を衝かれて前寄りのホームの先に目を送った。

彼らは先頭車両の扉前まで移動していた。6月末の雨の夜、みな半袖かポロシャツの恰好だが、白いバッグのマルパンは白いジャケットだ。目立つので見失わずに済んだ。

結局彼らは20時19分には乗らなかった。

時刻表は次の京都行きを打ち出した。

高槻京都間線路ぎわの資材置き場では、サブと亮兵が沿線の脇道に車のヘッドランプが向かってくると白い旗を降ろした。そのたびに雨に濡れた。肝心の京都線下りが過ぎたのは20時22分と38分の2回だった。腕時計を確かめてハイエースの窓から旗を上げたが、白いバッグも何も飛んでこなかった。ルーフに赤色灯をまわしたパトカーも覆面も通りすぎなかった。初めからバッグを投げる気はないから、張り込みも行確もしないのか。

「やっぱりな。いうたとおりや」

サブはずぶ濡れの頭をタオルで拭きながら、亮兵に呟いた。旗を上げるのはかたちだけでよかったのかもしれない。

「オヤジさんはとりあえずわしらをこのヤマに参加させることに意味つけたんかの」

高槻のホームに、またアナウンスがある。

5分後、電車は定刻通りに入ってきた。

「アレらがさっきのに乗らず、先頭車両に移動したのはなんのつもりやった」

「陽動作戦かしら」

指定された車両ではなく離れて坐れば、犯人は白いバッグの男を捜して車内を歩きまわる。その時間が長ければ長いほど捜査員は犯人を仔細に観察できる。

ヨンヒのいった警察の〈作戦〉とはそのようなことかと満治は考えた。それなら笑止だ。おまえたち警察の動きはこっちにみな見えている。車両を変えようと甲斐はない。

しかしバッグの警察らはまた後方から2両目に移動した。怪しくあわただしい。

満治とヨンヒ、春さんは彼らの　20：35の乗車を確かめてからあとにつづいた。

発車してすぐにバッグは先頭車両に移った。

春さんとヨンヒが不審の顔を見合わせた。満治は口許に笑みを泛べただけだった。

満治の目に、男女のペアを組むマルインも入っている。本部からの指示を先取りして動く先行役に違いない。ほかにも週刊誌を手にした者、しきりにコートの裾の雨粒を払っている者がある。いずれも不時の用心の警護班員に違いないと満治は読んだ。

捜査員たちは京都線に乗ってそのあとどうすべきか、確かな予測は立てられていなかった。

犯人からは、【白い旗が見えたらバッグをほれ】のほかには、乗車中、降車後についての指示はない。

乗車も京都までか、その先、乗り継いで山科や大津あたりまで行くのか知らされていない。わざわざ脅迫状に、高槻からの３４０円の切符を差し込んであったのもなんの意味があるのか。とりあえず京都までの運賃だが、真意が判然としない。

いずれも満治の策だった。京都までと思わせて京都で降りるかどうかは決めていなかった。後方から2両目、連結扉のすぐ脇の31番Cに坐ったがすぐに立ち上がった。

いつでも動けるようにしておかねばならない。中折れ帽のエッジの下からキツネの目を車内の通路、シートに送りながら、乗降のドアに凭(もた)れた。

ひと目で海外ブランドの生地と分かる、やや光沢を帯びたブリオーニのブラックスーツを着ている。ワイシャツ、ズボンには強いアイロンがあてられている。タクシーで駅まで来て、プレスの折り目がよれていない。ヨンヒと知り合う前、蒲田や西成で飯場や工場に出た。そのような仕事を転々としていた時はスーツなど着たことはなかった。カーゴパンツや作業ジャケットだ。高級スーツはヨンヒに教えられた。

イオーノの傘を左手にステッキにしていた。捜査員の持つビニール傘ではない。石突きが尖った撥水傘だ。犯人に雨は好都合だ。不測の折の防御と攻撃の武器になる。

いくらか弱まったが、まだ降り続いていた。ドアのガラスに降りかかった雨しぶきが後方に走り飛ぶ。

その位置からなら、サブたちが仕切った神足駅を過ぎた資材置き場の白い旗を見逃すこともなく、ダミーのマルタイ、男女カップルの先行役捜査員の動きも目に入り易い。

扉口(とびらぐち)から、傘を離さず歩き始めた。

ハットの下からキツネ目を慎重に車内に這わせる。

マルパンと監視役のほか、捜査員かもしれないと睨んだ二人、ハンチング帽の男と、クラッチバッグのストラップを腕首に巻いた男が神足の手前の山崎で降りた。乗車時間7分、雨中を降りて沿線の白い旗を捜しに歩くのか。

現場を押さえられるようなドジは踏まない。そもそも、マルパンはここまでバッグを窓から投げず、膝にかかえたままだ。この先で投げることがあるかもしれないと二人の捜査員は降りたのか。

満治は墨黒の中折れハットをかぶったまま、3人の乗客が対面に坐るボックスシートをひとつずつ覗きこむ心づもりで車両を移動した。立っている客は数人だ。

顎をあげるとハットのわずかに反ったつばの下にシルバーの尖ったメガネフレームと、キツネに似ていると言われる目がのぞく。

なるべく不審に思われるよう移動した。注意を惹くために通路でわざと横に蟹歩きをした。ヨンヒは満治とは離れた扉口に凭れている。

「次は向日町」車内放送がある。

捜査員と最接近できる残り少ない貴重な場面だ。

とにかくキツネ目のメガネの印象を与えるのが、起こした事件を未解決に持ち込む、捜査攪乱の上策だと計算して、この場を作った。

車両を移動していくと、3両目にふたり、先頭に男女ひとりずつが乗っていた。みなトランシーバースキャナーのマイク付きコードを耳から短く垂らしている。マルインにまちがいない。この頃の警察無線の交信は電車の中では感度が極端に低下して雑音が混じり、音声が途切れた。車中では用をなさない。それも計算して、京都線を選び、うそぶいた。

キツネ目のメガネをかけた【アヴェ・マリア】や。

満治は、なお、シルバーフレームのメガネとキツネ目を彼らの記憶にとどまらせるように、ドアに躰をぴたりと押しつけたり、座席シートに顔を覗き込ませて不審者を装い、挙動を怪しくして見せた。捜査員らは、この男が犯人にちがいないと、強い緊張を泛べている。

雨で濡れたズボンを気にしている者はもういない。それぞれ姿勢を硬直させ、目だけを左右に走らせ、犯人の異様な動きに注視している。

20時53分、電車は京都駅まであと3駅、桂川のホームに入る手前で急停車した。満治はとっさにシートの背凭れのバーを摑む。アナウンスがある。

「前の車両が停車しておりますのでしばらくお待ちください」

ヨンヒのついさっきの言葉が追いかけてきた。

「ポリさんが100人、200人も京都で待ってるかもよ」

よもやとは思ったが、京都駅に向かうこの前を行く電車に、制服たちの時ならぬ大人数の乗車で扉口が混みあって発車が遅れたということもありえる。

京都駅の南北自由通路をどちらに向かって走るか、気をはやらせた。

20時57分、京都着。高槻から22分の距離だった。捜査員たちにも長く短い22分だった。

走る電車の窓から白い旗を確認できずにバッグを膝にかかえたままのマルパン刑事は7、8人の乗客とキツネ目の男、さらに一味かもしれないと睨んだつば広の日除け帽をかぶった女が降りるのを見てから、自分も降りた。

犯人の指示通り、白いバッグを持って電車に乗ったが結局、捜査会議で決めた通り窓外の白い旗には見る振りだけをして過ぎた。

だがどちらに向かえばいいのか、本部からの指令はない。無線も効かない。緊急配備、検問の折に使う府警の周波数にセットしたプッシュボタン液晶無線機は携行していない。容疑者に筒抜けになる盗聴を怖れた。ただ彼らの動きから目を離さず、慎重に対処するほかはない。白いバッグのカネの重さが腕に伝わってくる。すれ違いざま奪い取られる危険に思いついてもういちど胸に抱え直し、降りた4番線乗り場の時刻案内板に向かった。

その男・マルパンの背後を満治とヨンヒがゆっくり追う。春さんは中央売店脇のベンチに坐った。

次いでカップルを装った男女のマルインが、満治とヨンヒの後を追う。

案内板をしばらく見つめていたようすのマルタイは、不意に足を後ろに引いて躰を反転させ、満治たちの方に引き返してきた。マルパンも追ってくる。

満治らもぴくっと足を止めた。カップルのマルインも止まる。

マルタイは満治の肩に触れるばかりに、脇を通り過ぎた。1メートルも離れていなかった。

カップルのマルインも、各車両に散らばって満治を見張っていた男たちも尾行してくる。

それぞれ「職質を」と胸に呟き、実際にハンチング帽がカップルの片割れの班長らしき男に「職質させてください。本部に訊いてください」と歩み寄った。

捜査員と犯人、互いにこれ以上はない近接の一瞬となった。

マルタイは、しかし、さあらぬようすでホーム後部の階段口に向かう。満治とヨンヒは、こんどは10メートルほどの距離を置いて、行き過ぎたマルタイの後ろに続いた。階段を降りた先の売店で、マルタイは公衆電話の受話器を取る。

「後ろにつけて来ております。ホシに間違いありません。職質させてください」

本部の返答がある。「カネが渡ったのか」

「いえまだ」

「それならホシやない。容疑者や。あかん。一網打尽、を本部会で決めた。次ので高槻に戻れ」

「お願いします、濃い容疑で職質です」

同じ返事がある。

満治とヨンヒは、マルタイのすぐ後ろを通り過ぎた。「ホシ、ショクシツ」という声が耳を搏った。

マルタイも、班長以下も「職質はあかん」という本部の指令に従い、こんどはエスカレーターを昇り、中央改札の切符売り場で高槻行きの340円を買い、また1階の7番ホームに降りた。

バッグをかかえたマルパンとは別に班長も、鉄道案内所の脇の公衆から本部に職質を要請した。応答があった。

「カネの授受現場以外はあかんていうとるやろ。バッグに手ェかけらんかぎりは容疑者やない。切符を買わんで電車に乗ったら〈無賃乗車〉いうゴミ手はある。そのときは職質してええ。鉄道公安官も呼べ」

次の高槻行きは、乗って来た車両がそのまま4番線から三宮、大阪に折り返す。

改札口でヨンヒに春さんを迎えに行くように告げた満治は、3人分の切符を買ってまたマルタイの後を追った。マルタイがエレベーター脇の便所に寄った。満治も入った。

追われる者が追い、追う者が追われる。

小用を足しながらも、マルタイ、満治は双方で観察し合った。

マルタイの目に、尋常ではない鋭く迫力のあるキツネ目が映った。眉毛は薄く、瞼(まぶた)は細く尖り、目尻にかけて切れ長に吊っている。円くなく尖った三角の目が、爪を立てていまにも獲物に飛びかからんばかりの異様な光を放っている。

この時になってマルタイは気づいた。この男は逃げ隠れるどころか、わざと顔と動きを印象づけに来ている。しかしなんのためだ。

のちの捜査会議で、各捜査員からこの夜の逐一が報告されたが、特殊班から外に漏れてはいけない、広域指定事件だ。すべて秘匿しなければならないと、厳重な〈保秘〉となった。

このあと、満治ら3人は高槻に折り返す21時18分の扉口に何度か足をかけたが、結局乗らなかった。用は十分に果たした。ふたたび改札口に戻り、自由通路を抜け、0番ホームから21時34分、高槻とは逆方向の大垣行きに乗った。

京都駅で捜査員の背を追い、改札口を出入りしているうちに思いつくことがあった。

現金授受にしくじって高速道路を警察に追われたときは、大津インターから一般道に降り、大垣の手前の米原から列車に乗る。あの駅からなら東京にも大阪にも北陸にも向かうことができる。いつか米原駅がポイントになるかもしれない。

8　通夜の客

「ちっと強いな、北から南へ追い風や。まわり足悪い。ターンふくれるぞ」

水荒れしているピットを見つつ、ポテトチップスを口にほうりこみながら、住之江競艇場2階無料席の長椅子に並んだサブが堀口亮兵に、あまり芳しくないこの日の予想をこぼす。

2009（平成21）年5月、六甲山から紀淡海峡に吹く海風が強い。艇の底が水面をなめらかに滑らず、旋回で、サシもマクリも普段とは違う差をつける。

この風なら、「スローが有利や」と、ときどき、ちっちっと舌打ちをし、肩の骨と喉仏をひくつかせて薄笑いをこらえるのが癖になっているサブはポテチをかじった。舌打ちしてかじる。忙しい。亮兵はこの頃になって、ぜぜりも少く、上下の顎を打ち当てる音も鳴らさなくなった。保護観察がついている身でも挑戦できるヤマがある。いつかオヤジに引き合わすと、知り合って相当経ってヤマを踏んだあとも付き合いを深めてきたふたりである。

サブは前回の住之江で4番人気の2連単1＝5の950円を獲った話をしばらく続け、スタジャンの裾で払ったのに、まだくっついてくる指先のポテチの塩を舐めた。

この日の〈11トライアル2レースの船足評価〉を確かめ始める。

予想には、『勝負駈け条件の厳しいメンバーが集まった。ポイントは6号艇橋本がどう進入するか。キホン、6コースの展開狙いだ』と出ていた。

1号艇から6号艇までの名前に「期待できる奴もおらんなあ」という。

それからまだ何か言いたそうだったが、亮兵はサブほどボートに熱心になれない。察したサブは話を変えた。

「ここへは、オヤジさんと春がっちゃを案内したことがあるけどな、ヨンヒネエさんもいっぺん連れて来てやりたいの。ネエさん、歳はちっと取ってきたが、別嬪は変わってない」

京都線土手下の資材置き場で白い旗を何度も上げ下げした遥かな昔の話になった。

「えらい雨じゃった。おかげでわしのこの、でこ、大濡れやったわ」

サブは日焼けして薄黒い禿げ額を撫であげた。後頭部も薄く、髪は細い。ときどき、目をつっと吊り上げて上目使いに相手を窺う。尋常な勤め人にはない、ひと筋縄ではいかない屈折を泛べる表情が特徴だった。煙草は喫わない。それより、のべつポテチを齧り、昔の挑戦状のことをいった。

「オヤジさん、わしらの話も聞いて、あのげんくそ悪い晩の気ィをうまいこと挑戦状に書いてくれおった。
【犬警のつむらえ
　きょぅとせんでは　ごくろうさんなことでした
　ほんまに　けいさつ　あほじゃの　しゃりょう　うろうろしたのに　わしら　ようつかまえん
　わしら　けいさつ　わなしかけとる　ときでも　いっつも　かげから　みとる
　おまえらを　くんれんしたっとるんや　おまえら、いっつもうそついとる
　わしらのゆうとおりしたら　にせさつとられるの　わかっとるから　せこいことしおった
　バッグ　おとせるよおに　でんしゃのまど　あけておけ　かいとったのに
　まど　あけんと　ほかの　まどから　デカみとった　わしらのナカマが　はたふったのみとるんや　しろいはた　やったやろ　これからも　あんまり　うそばっかりいうよなら　おまえらの　かいしゃのひとりずつに　めぐすりの　ポリびんおくったろか　じゅうえんだま　とかす　えんさんいりや　アヴェ・マリア】
「ぼ、ぼくも、ヨンヒネエさんに憧れています」
京都線のその夜のことではなく、亮兵は初めてヨンヒに引き合わされた日のことをいった。
サブにからかわれた。
「なんやお前も好きか」
「好きか」と正面から問われて、亮兵は落ち着きを失くしたようすで頷いた。

「そうやな。ただの顔良しというんではない。躰の奥か芯になんやヌルッとした色気を溜めておるよなな。それが男に絡みつくよなな。分かるか、そないな感じ」

「分かりませんが、綺麗です」

「生まれつきのもんや。ほれで濡れた色気があるいうことや」

「はい」

「わし、見たことも尋ねたこともないけど、ヨンヒネエさんは、腰から腿まわりにムクファか、ベムのもんもん入れとるのやないかと言われてんのや」

「な、なんですか」知り合って短くはないサブにはどういうわけかぜぜりが出なくなってきていた。クズとも呼ばれないせいかもしれなかった。

「ムクゲ、ヘビ。韓国語や。ムクゲは大韓民国の国花」

「なんで韓国語が分かるんですか」

「昔、一緒に極道して歩いたのがおってな。覚えた。ネエさん、もんもん入れとるのもそいつが言うた。わしらのナインの中心にまさかあんな別嬪さんがおるとは、ローラーかけとる府警も思いもせんわな。しかも腰と腿に彫りもんや。知ってるか。熱心なカトリック信者やで。いつも小さいクルス垂らしとる。十字架な」

「教会とか行くんですか」

「そうやろな。おれには、あちゃらか信心のことはさっぱりやが。ネエさんがモンタージュになっとったら、そこらの女優超えるぞ」

京都駅でキツネ目を見失った大阪府警特殊班は本部に戻るなり、記憶の確かなうちにとキツネ目男のモンタージュ画を作り始めた。

これまで幾人かの容疑者の似顔画を描いた捕捉率8割をこえるベテランは仕上げた画を高槻、京都で同乗した捜査員に確かめた。

切れ長で険のある鋭い怒りを泛べたキツネ目とシルバーの細いメガネ、細い眉、尖った顎の線、パーマ頭など、どの印象も見事に似ていると賛同を得た。

しかし彼らに、一緒にいたつば広の女のようすは見当がつかなかった。

一瞬、二瞬、なめらかな横顔と、細い顎、隆い鼻筋、帽子からはみ出した金色の髪は覗けたが、ずっとかぶっていた帽子のためにそれ以上分かりようがないと、結局女のモンタージュ作成は断念した。ベンチに坐っていることの多かった春さんは乗客の中年婦人婆かと問題にされなかった。

キツネ目の男のモンタージュは、府警の極秘資料として捜査一課長の金庫に仕舞われた。


競艇場の椅子で顔に風を受けながらサブは続けた。まだ音を立ててポテチを食っている。

「今でもなあ。まさかあんな別嬪がホシやったとは。わし思うで。おまえはどない？　やっぱりまさかあのネエさんがと思わんか。標的はずっと〈キツネ目〉やった。似ても似つかん。しかもキツネ目は大阪弁にときどき東北あたりの言葉を入れるオヤジさんとはな。春がっちゃ、あんなおばはんがナイスナインとはな」

「ぼくらも？」

「ああ、わしらも一味に違いないが。まああの人らのパシリやった。警察はもっと多い数が犯人一味と見たようすやが、新聞ではな」

満治らは、京都線で、キツネ目の印象を捜査員らに強く植え付けたのち、京都駅から大垣行きに乗り、米原で降りたが新幹線を避け、サブのまわしたトラックで東京に戻った。

ヤマを踏むこれまでも今後も、要求、脅迫、取引、逃亡の善後策は、満治、ヨンヒが練り、連絡係の春さんを含めて、3人はたびたび大阪に出て来る策だった。警察のローラーの網にはかからない。

足場は、ヨンヒが新大阪に近い中津にマンションを借りている。

中津に移るまでに実母は韓国に帰り、新しい在日二世の母がヨンヒの前に現れ、ヨンヒの腹違いの妹になる女児・ユナを生んだ。遥かに歳の離れた姉妹になったが、姉は妹を可愛がった。その頃の中津は梅田から御堂筋線でひと駅だが火事があっても逃げられない猫道が交錯して闇市の店や小屋の匂いがまだ残っている一帯だった。

一家で礼拝に行く猪飼野教会の牧師の東中津カトリック教会への転勤にしたがった。ユナはまだ床を這う赤ん坊だった。

中津はその後、新大阪駅に近い地の利で、高層のマンションが高さを競うようになった。ヨンヒはその後たまに帰る程度だった。何度かかけてきた府警のローラーに、家族ぐるみの幼児期からのヨンヒを知る牧師は口を固く閉じた。初めから目論んだわけではないが、中津は結果的に、ヨンヒが大阪で身をひそめる恰好の場となった。

誰に見られるか分からない新幹線は移動に使わない。サブと亮兵が交替で大阪、東京をトラック送迎する。ナイスナインは、そういう役割分担だった。

「しかしやっぱりサブさん。ヨンヒネエさんは、美しすぎてなんや怖い気ぃしましたね」

「またネエさんの話か」

「はい。あそこまでの美人がおるとはね」

「そら、おのれがあんま女知らんからやろ。なんや、ヨンヒネエさんの顔見とるだけで、わしもチンコ、歌うたいだしそうになった時があったな。べっぴんやが気取ったとこも人見下げるとこもない。見せてくれと頼もかと思うたこともあるわ」

「なにをですか」

「下半身や。拝ませてもらえんかと」

「えっ、」

「ネエさんなら言うよ。『ええよ。なんぼでも拝ましたろ。アタマ突っ込め』」

「ちゃきっとスカートもパンツもまくってくれよったで。頼まんで損したな」

サブはポテチの半欠けを咥えたまま、ベンチに坐るズボンの上からおのれの股間を二度、こすりあげた。

「はい。今も女らしい顔と躰のようですけど、気ィも言葉も男以上にあっさりして、すぱっと切りええですからね。初めに会うた時はびっくりしました。

『おらこらおまえ、もう一遍、ネンショウ行くなや。工場で黙って働いとれ』

といきなり言われました」

「ほうか。満治オヤジから聞いたのやが、ヨンヒネエさん、中学にあがった年に、アボジに『おまえ、パンパンになって稼げ。飛田でも松島でも、神戸なら福原でも若いパンパンならええ値で稼げる』といわれたらし。オモニも『まあ、あんた、なにしても食うていけたらそれで一番やさかい』と別に止めるようすもなかったらしいわ。

と、オヤジから教えられて、わし、そのこと思い切ってネエさんに訊いた。そしたら、『そや』と『アボジが、お前はなんでか分からんが、いまから色気がむんむんしとる。そないな躰に生まれてきたんじゃ』といわれたという。『オモニも、〈メジャ（オトコ）〉は、色気の出てきた〈ヨジャ（オンナ）〉の躰には、ハエみたいにたかりにきよる。あいつら、ヨジャの躰見たら、ちんちんよう辛抱せんのや。大人になったらメジャ、ヨジャいうのはそないになる。よう覚えとき。それを銭にするのが賢いのや』といわれたそうでな。戦後すぐの食うや食わずの時代の話や。生きる力むんむんしとる。それぐらいやないと大成せんわな」

「まま、まむしドリンク呑まんでも、元気ですか」

第2ターンマークに目を遣った。3号艇と5号艇が同じようにステアリングボックスから尻をあげ、右旋回に振られぬようにモンキーターンをした。

韓国から大阪に渡って来たホ・ヨンヒ一世の祖父母、二世の父母は日本が戦争に負けてなお朝鮮戦争が終わる昭和28年ほどまで辛酸を舐めた。軒下に渡した板に〈どぶろく10円〉の紙切れを貼り、砲兵工廠跡で鉄くずを漁るアパッチ稼ぎと、猪飼野、鶴橋を歩きまわってくず拾いをやった父と母の、食っていくための教えだったという。

バラックの中でも空き地でも男と女は日本人、韓国人かわりなく、汗みどろで肉を盛（さか）った。ヨンヒは、乳が膨らんできた1963（昭和38）年、10歳ほどになって、男と女がなぜ一緒に長屋路地の便所に駆け込んでしばらく出て来んのか知った。吉展ちゃん事件が起きて、ケネディが暗殺され、翌年に新幹線が開業し、東京オリンピックが開催される忙しい年、ヨンヒの実の母は帰国した。

目の前のボートよりも、美しい女の話のことならふたりの男に途切れがない。

亮兵がいう。

「ヨンヒネエさんはなんやしらん寂しいに生きとる気がします」

小学生低学年の時分に自閉の気味があると診断された亮兵はいまの歳になっても、他人とのやりとりを好まない。人は誰しも寂しく生きていると勝手に思い込む癖がある。

高学年にあがっても、ぜぜり、は出た。ときにひどく緊張するような場面、ことに〈あ〉が子音の言葉に出食わすと、ぜぜった。

中学生になって、吃音学院を卒業したボランティアに指導を受けた。

「ゆっくりなるべく自然に声を出すかたちにつくった口に、腹の中からもちあげた空気を送り込み、声帯を静かに震わせるのや」

そのようすをこしらえて、１００冊近い詩集を声に出して読み、静かに声帯を震わせた。これにより吃音の出る頻度が半分近くになった。

ぜぜりが減り始めてから愉しみを覚えた。

住之江公園は、競艇場、球技広場、プールを配して、亮兵の育った堺・泉北臨海エリアの地続き、湾岸続きにある。球技場で野球を知った。

同級生より背丈はあり、敏捷だったために、自分から自閉スペクトラム症を明かさず吃音が出なければ野球のチームに入れるかと望みをふくらませるようになった。

以後、詩集ではなく、野球理論の雑誌や本に向かうようになった。

しかし緊張したとき、〈あ〉が子音につく言葉は、まだぜぜる。

「あ、あ、あ、あきませんのや、や。かか、かないません。ぱ、ぱ、ぱといったらええねんやが、あ、あっちにも、こっちゃにも、あ、あ、あ、あたまさげて」

長じてなお自閉をひきずる亮兵に、丸互通運、ナイコク製粉を共に脅迫してハンディを越えさせようとしてくれたサブは格別な存在になった。時に喉から、けっけっと首を絞められた鳥のような笑い声を出すが、厭な大人ではなかった。

互いが初めに魅かれあったのは、警察を憎む共通項に依る。

住之江競艇場に、強い風が北から吹き降りてきた。

サブは、波が荒い今日のボートは諦めたようだった。

亮兵もサブも、警察に敵意を燃やす胸の中を互いにまた明かしたがっていた。

亮兵の兄の通夜の席で　ふたりは初めて会った。

年下の亮兵が抱いたサブの最初の印象は、大して急いでもいないのに、せかせかと歩きまわる癖だった。そしてひっひっと薄笑いする。

「亮兵、なんべんもいうようやが、わしら、縁やぞ。それも前世からのな」

亮兵と口をきくようになったのはサブが福松満治とこの競艇場で知り合ってからあとのことだった。

このころ満治はずっと太く黒いフレームのメガネをかけていた。

そののち競艇や日雇い、互いの住まい、境遇を話した。やがて或る時、胸の内に育てていた中身のことまでには踏み入らないが、「いつぞ一緒に仕事をせんか」と満治に切り出された。サブには、なんの仕事でもよかった。ボートに通うのはいい加減飽きてきていた。「はい、いつぞ」と応じた。仕事の計画を打ち明けられたサブは、岸和田の機械プレス工業に勤めていると明かした亮兵を満治に紹介した。

汚れも嘘もない純朴の資質が亮兵に表れていた。こいつは裏切らない。満治も警戒を見せなかった。

六甲から吹き降りて来る風は強いままで、相手の口許に耳を寄せなければ時折り声が吹き飛ばされて聞こえない。

「えっ、な、なんですか」

「ヨンヒネエさんのことばっかりやない。ちっとオヤジさんの話もしようか」

「は、はい。ほんまいうたら、ぼくはオヤジさんのことはなんにも知りませんでした」

「そうか、見た通りのお人や」

「なんたらいう俳優さんに似てますね」

「東映のな。しかしそれいうたら、オヤジさん、怒らはる。一緒にすな、いうて」

満治は輪郭の整ったうりざね顔で、ときに目と口許にぞっとするような凄みを泛べて、甘い顔立ちというより、生真面目で堅い表情を見せる時が多い。背丈のある差し肩で、立ち姿はすくっとしている。寡黙だ。

○

サブに亮兵を紹介された満治はふたりを〈仕事〉に誘ったとき、住み暮らしている荒川線・庚申塚とは方角が違う東京の西側寄り、多摩川沿いに近い川崎市高津区二子新地のアパートに作業用のアジトを借りていた。

土地勘があった。「安保反対」が吹き荒れ、社会党委員長・浅沼稲次郎が17歳の少年・山口二矢に刺殺された画面をニュースで目にした頃、二子新地のそのアパートから昭和島埋立地の鍍金工場に通っていた。

朝夕、蒲田駅西口で待つマイクロバスで京浜運河を越えて工場に往復した。

フォークリフトの運転から始め、高校のグラウンドほどもある広さの工場敷地で、2本爪を操作して3段目、4段目から抜き取ったパレットを日に６００枚ほども運ぶ技術を習得して日払いにありついた。

ほかにも、ダライ盤の金属片切削加工、研磨、スパークプラグのネジ切りも率先した。

中仕切りのないその建屋でダイナモやオルタネーターの唸りと旋盤の回転音に鼓膜を破られた。そこにだしぬけに圧延プレスが重い鉄音を響かせて落ちる。さらに一日の最後の音は天井を突然突き破ってくるサイレンだった。サイレンののち、後片付けになお2、30分はかかる。

他人の動きに目を走らせない、他人と比較してはならない。それを信条とした。耳を塞いで音を聞きながら汗を流せば生きていける。生きているうちは死なない。

隣りの運河端の昭和島冷凍団地の壁を見上げながらホットドッグ、カップ麺、焼きそばの昼を食うのが息抜きだった。ともに働く者との会話もほとんど禁じた。おのれに課した信条である。マイクロで帰る途中、１３１号線産業通りから入った梅屋敷東通りのビニール張りの一杯飲み屋に誘われることもあったが遠慮を続けた。身許が知られないのが、これからの大望を果たすおのれへの約束事だった。寡黙の癖がついたのもいつか果たしたいその望みのためである。

さらに、大望が成ったあかつきの逃走時、品川、羽田に至近で、新幹線に乗るにも空港にも遠くない。大阪でヤマを起こすが、警察が躍起となって捜査を始める頃は二子新地に身を潜めると決めていた。

二子新地を東京側のアジトにして、休みに河川敷野球が見られた。

庚申塚には春さんが営業する居酒屋がある。満治はその2階で寝起きしていた。

「一緒に大きな仕事をしてみないか」

サブを誘い、岸和田の機械プレス工業に勤めているという亮兵が加わって、ふたりが大阪から出て来たときは二子新地に集合する。

ヨンヒは、みなが集まるときには二子新地に訪ねてきたが、基本は庚申塚のアパートに顔を出し、満治、がっちゃと膝を突き合わせた。銀座でホステス、ママをやっていた頃からの習慣だ。ヨンヒの本来の住まいは渋谷神宮前のマンションだった。

満治には、庚申塚のアパートで田中角栄がロッキード事件で逮捕された時から続けている稼業があった。西城秀樹が、両手を大きく広げて〈ブルースカイブルー〉を歌うのを横目にしながら、ハツやミノやシロ、センマイを串に打った。

大井町の業者がビニール袋で届けに来るホルモンだ。夜のうちに用意して、昼、足立水産市場のゲート脇につける中古のミニバンの荷台で焼く。

寝起きする二階に置いてある冷蔵庫は開けるたびに牛、豚の臓物の臭いが鼻をついた。枕、布団にも染みたが、遠い日の母親の飼っていた豚の臭いが思い出されて忌む気はしなかった。

華やかに見えるヨンヒの稼業もドブ川にこぼれ沈む銭に追われた。みなそれぞれにそれぞれの場で身を切り売りする暮らしだった。

サブと亮兵は競艇場の観覧席から立たない。

「しかし初夏というのによう冷えるのう。こりゃ百姓泣いとるぞ」

2階席に坐ってチケット売り場に立とうとしないサブに、舟券を確かめる気はない。

ターゲットにする会社から必ず、億のカネを奪取する。ずっと世間から隠れていなければならないが、千円、二千円は気分の端にない。

「亮兵、おまえのことまだなんにも聞かされてないなあ。そもそもここへなんで来るようになったんやったかなあ」

亮兵は中1の夏、元警察官の兄と住之江公園に遊びに来て、兄に球技広場から競艇場に初めて連れられ、3連単4670円を出した。

「ここが一番落ち着けます」

「そうか。性に合うとるてか」


満治に声をかけられたサブにヤマを打ち明けられたとき、亮兵はフライス盤や金型加工が学べる大正区泉尾の工作機械製作所で1年もかからぬうちに、電子機器も無線の基礎も扱えるようになっていた。もともと指先は器用だった。

サブが、「一緒に大きな仕事をしよう」という満治の誘いを受けて亮兵に声をかけたのは、その指先を見込んだからだった。

初めに、「しばらく裏方で頼むな」と満治に言われた。

だがほどなく、裏方どころか、冶金会社から塩酸や青酸ソーダを調達して瓶や缶に注入する、警察の無線を傍受する、大事な役も任されるようになった。

いずれサブと襲撃車、逃走車も運転しなければならない。

寝屋川トラックステーションから近畿自動車道経由で、大和葛城山のふもとまで南に1時間、造成中だった御所市ニュータウンの工場敷地に中型バンを入れ、荷台の中を無線交換所、作業アジトとした。

　車なら不審の聞き込みが入っても、24時間いつでも移動できる。トラックステーションに逃げ帰り、ナンバープレートをつけ替えれば、近いうちにNシステムでプレートを撮影する装置に進化するらしいオービスを巧妙にはずして東京でもどこへでも逃げられる。

　しかし保護監察官の本多忠司には一切報告しなかった。明かすと、きっとまた奈良に逆送される。

　亮兵の父、兄は新居浜の沖合い、住友金属鉱山が経営した旧四阪島(しさかじま)精錬所から堺・泉北臨海工業地帯に出稼ぎにきた。

　弟の亮兵も中学を出るとすぐにあとを追って、ここのコンビナートの共同職業訓練を受けた。大正区泉尾の工作機械製作所の従業員となった。親子・兄弟で爪先あがりにあがっていく社会の底辺を支えたかたちだ。父の口癖があった。

「底辺なかったら、三角形も円柱も面積出せんさかいな」

　そして父は出稼ぎ先の沖縄で頭付けスタッドを熔接していた鉄骨に腰を砕かれて半身不随となり、その後は行方不明扱いのままとなった。行路不明人の届けもない。兄は、島の社宅にいる頃から志していた警察官試験に合格し、大阪府警北阿倍野署・駐在所勤務を拝命した。そこから2年置きで府警の各署をめぐり、天王寺の非田院(ひでんいん)・留置管理2課長代理の階級を得た。

　阪堺線沿い〈宿院(しゅくいん)〉の、7階建て大阪府営団地の抽選にも当選した。流行り始めていたマルフジ、岡本商店、緑屋の割賦販売で、フランスベッドのソファー、東芝の自動式電気釜、鍵つき冷蔵庫からクリネックスティシュまで買いそろえ、亮兵も招かれてテレビを見ながらナショナルのホットプレートで焼肉を馳走になった。小学校時代を過した四阪島の炭住(たんじゅう)と違ってなにもかもが明るく照り跳ねているようだった。

「ほら、るみちゃん見て。トシちゃん、マッチ、出てるわよ。好きなんやろ」と女房が娘に教える。娘は口を尖らせた。「うち、セイコちゃんがええの」

亮兵は工場に籠りきりの暮らしで歌やテレビに接することはほとんどなかった。跳び込んだルンペンめし屋の壁にかかっている芸人や歌手をたまに眺める程度だった。だが、団地に住み、子どもができてカラーテレビが買えればこんな暮らしができるのかと、世の中が明るい時代をはちきれんばかりに見せているように思えた。

羽田沖に日航機が落ちた年、バブルが昂潮に向かったあたりだった。

だが兄の、希望に燃え立っていた日はあっけなく終り、ロッキード事件が有罪判決された年の長雨が続いた日、ゆらゆらと車体を震わせて進む阪堺電車の踏切に飛び込んでだしぬけに人生を散らした。


亮兵が駆けつけた団地の奥6畳間の仮通夜の席で、府警の上司、同僚らは何もしゃべるまい、明かすまいと決めたように、ことさらに口を引き結んでいた。

小学校低学年のるみちゃんを脇に抱えて、女房は声を殺し、肩をひくつかせている。

女房と同様に亮兵も兄の死因、動機、勤務のようすなど尋ねたいことを喉元にせりあがらせていたが、通夜の制服らに聞き糺す勇気はなかった。

翌日の堺、上野芝なんとかメモリアルホールの告別式の席でも焼却するあいまの阪和線津久野町焼き場の控室でも、7人ほどで並んだ警察官の無言、緘口は通夜の席と変わりなかった。

肩章の桜代紋の数の多い男が坊主の読経が終わるなり立ちあがって、若い制服の肩をたたき、

「あと頼んだで」と席を立った。倣うように階級の低い客たちがつづいた。

控え室の奥の襖がとりはらわれ、長机に用意された精進落としのビールと寿司の席に、警察官らしくない細柄の髪の薄い者がひとりだけ残った。

机の相向かいから、亮兵はビールを注いだ。男はくわえていたポテトチップスをあわてて指先でつまみだした。

細柄のうえに額が禿げあがって、アゴとエラのとがって見えるその男はヒッヒと奇妙な笑いを洩らしてまたポテチを口にして音を立てて食った。寿司はつままなかった。

「こりゃ、献杯もせんでごあいさつも遅れました。兄貴さんは無念なことでありました。お悔やみもうしあげます。ご愁傷さまです」と悔やみをかさねて、ビールをひと呑みした。

「お世話になったんでしょうね」

「なんにもしてやれんだですよ。申し訳ない」男は頭を下げ「わし、兄貴さんと生國魂神社あがった先の口縄署で短い間ですが一緒してましして、最後はこんなとこにおりました和久田いいます」と名刺を差し出した。

〈大阪府警防犯部巡査長・和久田三郎〉とあった。

「最後いうことはやめはったんですか」

「元や、元巡査長ですわ」

それでも通夜、火葬に駆け付けてきてくれたということか。

和久田はそれから手酌でビール、銚子、合わせて三本空け、そのあいだほとんど無言で、「ほな失礼します」と尻をあげた。

「はあ。焼き場まで来ていただいてありがとうございます」亮兵は座布団に手を突いた。

和久田はそれから靴を履く手前の長机の角まで行って「ところで」と振り返った。「カタキ討ちしましょな」

「えっ？　はい」もういちど会葬の礼を言った。どもらずに済んだ。それが亮兵のサブとの出会いだった。

三月ほど経って、南海東岸和田駅の天王寺方面行きのホームで行き遭ったサブに亮兵は泉南深日漁港の第2突堤に釣りに行かんかと誘われた。うまくいけばタチウオが狙えるので有名な港だ。タコもひっかかってくる。

サブは骨ばった指で針と糸をつないだ。

小アジと太いタチウオを揚げてから口を切った。

「わしは兄貴さんとウマが合うた。あんたにいうことやないかもしれんが、警察いうとこは、毎日毎晩、オモテの顔もウラの顔も足のひっぱり合いでな。警察学校の同期で片っ方が階級一個あがったらそら露骨なもんよ。なんとしてもアラ捜すか、捜査の邪魔を張る。兄貴さんは、わしの嫌いな『市民の安心安全のために』とかノーガキも垂れんし、清廉潔白型でないし、かというて、皆の足を引っ張るよなセコイこともせん。いっつも目ぇ細めて笑顔やった。デカには珍しいタイプやわな。

ところがな、そんな笑顔の隙を狙われました。

交通違反の切符切った反則金の横領、やくざからポケットにねじ込まれる封筒のカネのプール、そんなんを警察学校の同期に刺された、新聞記者にもチクられた。

府警本部監察官と総務部参事官の調べが入って、方面本部長の「よし任意で引っ張ろ」のゴーサインが出ましてな。

　しかしやな弟さん、裏金のプールは代々の上司の主任、参事官部長が命じてきたことですわ。署長も知っとる。監察官もずっと見ん振りしとった。やくざからのポケットマネーも、そんなもん見て知らん振りが大人いうもんや。警察学校出たても、じきに慣れる。みんなァでやってきたことや。いや、やらされてきたことですわ。

　兄貴さんはどこまでどう悩んだのか分からんが、抵抗も見せんとすっと逝ってしもうたんやな。かわいそうやが、電車に勝てるかいな。スカタンみたいに逝きよった。ゲンクソボシな話や。

　あまりあっさり逝ったんで、それでみんな逆にびびってしもうた。なんぞ恨みを書き残してあるのやないかと。裏でサツまわりの記者に通じとったんやないかと。通夜でも斎場でも、部課長、主任、みんなよそよそしいにして、ほとんどなんにも喋らんで去んだのはそんなことやったからや。

　いうたらなんやが、同じよなことはたまに新聞に出よるやろ、それほど、珍しいない。あっ、弟はんあんた、なにいう名ァやったか、あ、亮兵さんやったな。兵ちゃんでええかい。しかし、兵ちゃん、こないだもゆうたがわし、いつぞ兄貴さんのカタキ取ってやろう思うてますのや。わしもおんなじよな目に遭いましてな」

「はあ、それは？」

「ああまあよろしわ。カイシャの中であった話のこっちゃ。何があったか、そう遠ォないうちにあんたに聞いてもらわなならんが。その時には手ェ貸してもらえますか」

「やっ？　ぼくは、ずっと工場の隅におって。なんの役にも立ってませんが」

「隅っこでええがな。世間に顔見せとる奴いうのは大概腐っとる。ほんまもんに生きとる人は、隠れてる。わしのおったカイシャな、見てみい。えらあなって顔出したいもんばっかりや。長いことおればおるほど腐ってくる。兄貴さんは、あんなカイシャはずっとおる所やないと気づいてさっさと電車に飛びこみはった。

わしは根性なしやから、トラック運転してまだ命つないどる。恐ろしこっちゃ。わしも長生きしたいのかいな。残酷なもんやの」

あとで知ったが、サブ氏は、長崎諫早の造船所の溶接工だった父の出稼ぎに連れられ、新潟で育ち、高校を出て大阪に単身住み着いた。両親は千葉にいる。いわば、親子二代の出稼ぎで、日本の国を支え歩いている。長距離トラックの運転稼業を経て警察学校を卒業した。初めは河内長野の山ふもとの〈滝畑(たきはた)駐在所〉に奉職し、それからは大阪府内の駐在を転々とし、立番(りつばん)を務めた。

「まあちっとの間辛抱したカイシャでヘタ打ちましてな。ほれでやめてから、パチンコ屋、安全保証会社、スーパーなど再就職の口はみな断った」

組織で生きていける柄やないと、身の程を知っていたという。それでトラックの運転に戻った。

「そんなわしのボンクラ話をオヤジさんにしましてな。警察を憎んどることもな。あんたとおんなじや。縁は不思議や。それでわしらいま、つるみよる」

サブの話は続いた。

大阪市内を走り回るタクシー、それにトラックを、合わせて4年やり、45になって連れ合いを難病に持って行かれたという。

「その歳でや、ヨメに置いていかれた。金玉抜かれたのとおんなじでェ。ひとはなあ、みんなあ、泣きもうて生まれてきて、泣きもうて生きて、泣きもうて死んでいく。

そんなことは誰も彼も分かっとるのに、どいつもこいつも、どしぶとい。旨いもん食いたいとか、カイシャでえろうになりたいとか、泣いとるくせにわが涙忘れて浅墓なもんや。いずれ死ぬの分かってあるのに、明日の希望とか前向きにとか、ぬかす。強欲なもんじゃ。わしもな。ヨメ死んでひとりにされて、もっと泣きもうてまだ生きとる。同じ穴の狢や」

ときどきわけの分からんことをいってみたくなる性分か、ゴボウの細根のような些末な人生論を呟いてから、また「ひっひっ」と薄笑いを上げて喉仏を動かし、亮兵に向き直ってかったおでこの薄禿を掻きあげて袋からポテトチップスをつまみだす。

亮兵は「はあ」とだけ返した。

「はあやあらへんど。大事なこっちゃ。前向きに、とかポジティブとか言うなや。あとはカネをどないに引っ張るか、警察ひっくり返す仕事のことだけ思うとりゃええ。しっかりやろな」

南入場門からせかせかと階段をあがった2階、屋外観覧のスタンドに席を換えた。

「おっ、ここじゃここじゃ」サブ氏のまた別な指定席のようだった。

「しかしなあ。わし、ここげんくそ悪いとこでな。ちょっとの間ァや、そこの〈ニュートップ〉でな、うどんすすっとるうちに、脱いどいたジャンパー盗まれた。9千円もした新品や。南門のとこまで走って捜した。しかし、ぬすっとはおらん。兵ちゃんよ、ボートいうのはな、究極のギャンブルいうんや。ギャンブルついでに、人のジャンパーぐらいなんぼでも持って行きよる。向こうのフェンスに干したパンツ持って行かれたもんもおる」

「はい」

ダフ屋、専門紙ニュースの舟券予想に期待を持てなかったサブは、この日のレースにそれほど熱はない。

「ここに来たら、なんやスウッとします」亮兵はスタートを待つ南側ピットを覗きこんだ。

サブが指をさす。

「まあ見てみい。群馬の6番かな、アタマで進入インしてからまず1マークへ飛びだす。そこから滋賀の2番が差して2周回の終わりまで行く。けどな、最終ターンマークをクリアするのは、膨らまん福岡の4番や。このメンバーなら、走らいでも結果は知れとる」

スタートを待つエンジンの重低音が尻に響く。オイルの焼ける匂いも鼻に来た。

「舟券も買うてないし。今日のとこは必死になるもんやない」

「はい」

「しかしまあ、たまにはここらにも来てやってよ」と言って観覧席の後方通路に向かった。

戻ってきて「ちっとあんたも」と鮫エキスのドリンクを突き出した。

「さあ、まあ近いうちに警察をガツンといてこますで。いまのうちに精つけとこ」

それからまた「ひっひっ」と声を殺して肩骨を揺すらせた。

4レースが終わったところで亮兵は「なんど」とサブ氏に腕をつつかれた。「食うかい。腹減っとらんかい」

1階売店奥の食堂〈ニュートップ〉で同じようにかすうどんをすすった。牛の腸を揚げて脂を抜いたかすだ。上から箸先でつつきながら出し汁に掻きまわすのもふたり似た仕草だった。うどんの汁の湯気がサブのスタジャンの袖にまといつく。

発泡スチロールのカップの汁を飲み干したサブは、誰か見知った者がいないか確かめるように右、左、そしてうしろを振り返ってひとりで頷いた。

細首のしわがねじれた。

「警察、まあ待っとれ。腰立たんほど恥かかしたる」

サブの警察への腕まくりとは別に、亮兵の胸にはたえず去らない人がいる。その人も警官だ。毎夜9時に連絡を入れよといわれている亮兵に、大阪府警第一特殊班の課長代理兼・観察官の本多忠司は、いままで会ったことのない行政の人のようすだった。

満期を終えた亮兵を本多が迎えに来た。ふたりで奈良少年刑務所正門前の般若寺停留所から近鉄奈良駅行き市内循環のバスに乗った。

6か月ぶりに塀の外に出る。不安と心配と怖れのほかに何もない一瞬だ。亮兵は堅く閉じた膝をバスの揺れに任せていた。後部シートで本多が訊いた。

「最初や、なにが食べたい？　バス降りて腹ごしらえや」

「焼きそば」と答えて付け足した。「オムライスも」

途中の油阪船橋で降り、店と住まいが混在している古い町並みの洋食屋に入った。

亮兵がスプーンを手にした時、本多は声をかけた。「寂しい思いしたなあ。これからは、わしが端（はた）におるさけ、なんでも相談するんやで」

親にもほかの大人にも単純に優しいそんな言葉をかけられたことはなかった。

この人はなんでも頼むことができるのか。信用してよいのか。

学校ではぜぜりでいじめられ、父親が家を出、育ててくれた母は普段はおっとりと優しい人だったが、虫の居所のせいで小学生、中学生の自分を、「おまえのぜぜり聞いとると、こっちまで頭おかしいなる」と殴った。あるときは「なんとかしてくれ」と首を絞めにきた。ぜぜるのは首許に悪い巣があるからだといった。

次第に母に甲高い声をあげられる回数が増えた。新しく入り込んできた男から「お前のよなもんはどもならんのや」と、蹴られ殴られた。風呂で熱湯をかけられた。怒鳴り声を耳にする近所が警察に通報した。児相から迎えが来た。

勝手に通報し、勝手に引き連れにくる大人が信頼できなかった。自分はどこに追いやられるのか。余計なことをするな。

児相から出て、野球のバットで高校生を殴って東北まで逃げ、これ以上もう逃げられないと思った時、運よく逮捕され、少年刑務所に入ってやっと安心を得た。

しかし、満期が近づいて、暗澹とした思いと不安が迫ってきた。外に出るとまた余計なことをする大人がいるに違いない。

恐る恐る迎えた釈放の日に出会った本多さんはこれまでのような大人ではなさそうだった。引き取りの控え室であらためて説教することも、こまごまとした注意を促すこともなく、吃音のようすについては「自分でコントロールできない症状は自分が悪いんじゃないからな」と言い、「困ったことがあったら、すぐにわしにSOSを出せな。いつでもどこでも飛んで行くぞ。ただしこれから、付き合う人には気ィつけれ。3、4年、連絡はわしとだけや。分かったな。守れよ」と肩を抱きしめてくれた。親に棄てられた自分は、信頼できそうな人との接触が言葉以上にいちばん心落ち着く。

誰と連絡を取ってもいけないというのも信頼できた。

少年院を出され、児相に戻ることのできない年齢だ。とにかくひとりで仕事を見つけてひとりで食っていかなければならない。

しかし程なくして亮兵は住之江競艇でサブと知り合う。だが他の者との接触は禁じられている。

サブのことは本多に明かせられなかった。明かせば奈良に連れ戻される。

特別観察官・本多忠司が奈良少年刑務所に受刑者を引き取りにきたのは亮兵で三人目だった。いずれも、未成年。出所した子とバスに乗って、何が食いたいか初めに訊いて油阪船橋で好きなものを選ばせるのが定番だった。

亮兵のオムライスを掬う手許をみつめながら訊いた。

「刑務官から聞いたけど。亮兵くんは、機械科優秀だったんだってね」

更生作業のための職業訓練のことをいった。

「いえ、そんなに」打ち消した口許、目に笑みを泛ばせた。

思いがけないほどの生き生きとした表情だった。16歳を越した歳よりずっとあどけない。女に好かれるかどうかは分からないが、倍ほど高年の本多にも、苦労をしたのに違いないはずだが疑いを見せない稚気を漂わせた愛らしい笑顔に見えた。なによりも、昨日までナカにいたというのに、沈んだ昏さがない。眸(ひとみ)がかすかな光を放っている。

こんな無心な、他愛(たわい)もない者がナカにいたのか。

本多は、その笑顔と目の光に、安堵とともに亮兵の今後に希望が灯っているのを覚えた。オムライスを半分まで平らげた時、亮兵は焼きそばに気づいてスプーンを箸に持ち替えた。

奈良駅から帰ってきた東岸和田駅前で、日に一度9時に電話をかけること、他県への遠出は、かならず事前に伝えることを約束させて別れた。

それから本多は、半年のうちに、亮兵を南海高野線・御幸辻で畑仕事をしている自宅に2度3度、招いた。

御幸辻駅は、なんばと、高野山、橋本を往復する電車が紀見峠のトンネルをくぐって、町道と聚落より高台を走る位置にある。改札も道路よりあがった階段の上だ。本多は、亮兵をいつも改札口まで迎え、見送りに行った。

誰もいない、娘と妻の遺影があるだけの部屋で、庭先から採ってきた大根の間引き菜、おくら、なすなどの野菜を皿、鉢に盛り、駅前のスーパーで買ってきたチゲ豚肉鍋などで歓待した。呼び招くというより、亮兵が家に来てくれることに明日あさってと指を折ってかぞえたくなる喜びがあった。部屋ばかりでなく、畑や玄関先、家ぜんたいがいっぺんに明るくなる気がした。

3度めに来たとき、「先生」と呼ばれた。信頼と親愛の兆しだと素直に受けとめることができた。しかし亮兵はそれほど歓待されたにも拘らず、サブと知り合ってボートに行っていることは本多に明かせなかった。

本多は亮兵のその心中を知らない。亮兵の食べるようすを見ているだけで、昔の親子3人の食卓が戻ってきた幸福を覚えた。亮兵には飲ませられないのでおのれもビールを自制したが、乾杯してみたかった。

特別観察官として接するうちに、本多は愕いた。

亮兵は、切削工具のスライスを駆使し、旋盤を扱う金属加工に習熟し、CADと呼ばれるコンピューター支援器の製図も引けるようだった。しかもそれが受刑中の職業施設で習得したと聞き、本多は、愕きどころかわがことに通じる誇らしさにひたされた。

少年刑務所で服役したこれまでに知った者とは違う才能に出会えて本多は、この者になら、娘と妻を奪った瀧本譲二の4本の片手指の話をしてみたい誘惑に駆られかけた。2度と運転が叶わぬようにチェーンソーで落としてやり、大和川の河川敷に埋めた右手だ。

長い日を経て黒の革手袋をしたその男は、指を返してくれとこの家に凄みにきた。

以後のことは承知していないが、あの男ならまた脅迫に来るかもしれない。

東海道線の窓から神崎川の川原に現金入りのバッグを投げさせた瀧本を挙げたというニュースも聞こえていない。逮捕された時には私の名前も挙がってくるか。しかし、そう遠くない日のうちに時効だ。

亮兵に明かしてみたいのは、その罪のことだ。私は罪を犯したとは思っていないが、きみならどう考えるか。被害者と加害者はいつどのように立場を換えるのか。

しかしなにも告げなかった。

あとになって本多は知るが、一方、亮兵にも本多に打ち明けることをためらうものがあった。この時、サブと住之江競艇でヤマを踏む会話を交わしあうようになっていた。そのことを本多に明かすべきだと亮兵は毎日踏ん切りをつけようとしたが、ずるずると日を過ごした。

亮兵が何度めにか来た夜、本多は亮兵を改札口まで見送りに行き、明日からまた工場で何事も起こさず勤めてくれと願いながら寝(やす)んだ。

眠ろうとする耳の底から、チゲ豚肉鍋を食べたあとで亮兵と問答した互いの言葉が這い出してきた。

「いまこんなに元気で明るく働いているとこお母さんに見てもらいたいね」と話しかけた。

強い口調が返った。

「厭です。あんな奴」

「院も立派に勤めたんだし。もう赦してやってもいいんじゃないのか」

「あ、あそこにも一回も来なかった。ぼくはもうほんとに棄てられたんです。他にいつかぼくを必要としてくれる人が現れる気がします」

「いま立派にやってるのにな。お母さんに会えたら私もうれしいのに」

「先生はなにも知らないんです。先生、言いましょうか」

「なにを」

「いつでも使えるように用意してあるんです」

「なにを？」

「タリュームです。青酸カリも」

「そんなものを、どうして」

「もしぼくの前に現れたら殺す用意です。苦しみながら死んでいく、お、お母さんを見たいから。塩化タリュームや青酸ソーダ、青酸カリです」

9　就職列車

最終バスは町へ帰って行き、車、人の動きはない。

バスを降り、〈活イカ備蓄センター〉の看板を過ぎて辛島壮介と宮坂松雄は、半島の出鼻に来た。初めて正面に目にする津軽海峡である。

「本州最北端か。このあたりも東日本震災の大津波は来たのか」

「多分な。大変だったかもしれないな」

２００９（平成21）年4月10日東京を朝8時40分の東北新幹線〈はやぶさ〉に乗り、八戸から〈青い森鉄道〉で野辺地を経由し、13時59分に終着・大湊に着いた。その先、線路はない。バスだった。この時季、青森は雪かと案じたが雲が低く垂れこめているだけで、雨でも雪でもない。

「オレを捜せ」キツネ目を名乗る男の手紙を神保町の事務所で確認しあって2か月が過ぎた。

下北交通バスは恐山（おそれざん）のふもとを縫うかたちで陸奥湾から太平洋側に出て、下風呂、桑畑、蛇浦（へびうら）、易国間（いこくま）と海峡に向かって北上してきた。先は大間崎になる。国道ぎわにしきりにマグロの絵看板が出てくる。

結局、東京から乗り換えの待ち時間、昼のホームのそば立ち食いの時間を入れて8時間近くかかった。

足許の消波ブロックに打ち寄せる波が漁網の切れ端とペットボトルを右へ左へ転がしている。夕暮れ5時を過ぎた時刻、海面は強風に切り裂かれ、波の刃を削ぎ立たたせている。青黝い波涛すれすれを数十羽の白いウミネコが乱れ飛ぶ。

「ずいぶん遠いとこまで来たもんだね。東京から逃げてきた気がせんでもないな」

壮介が松雄に、話しかけるでもなくひとりごとを洩らす。

車中で手にしたスマホに、〈キツネ目の男〉が書いて来た手紙の〈風間浦漁港〉の表示はなく、〈風間浦〉の地名を冠した〈下風呂（しもぶろ）漁港〉、〈桑畑漁港〉、〈蛇浦（へびうら）漁港〉の三つの魚揚げ、船揚げ場があるだけだった。

キツネ目と名乗る男の書いて来た〈風間浦漁港〉とはこのうちのどこかになるのか。それとも別の場所か。壮介は松雄の膝をつついた。

「松やん、バス停案内にも〈風間浦漁港〉ってないぞ」

だが、松雄は違う話を返した。この男にはときどき人の話が耳に入っていないような時がある。

「風間という地は全国ほうぼうの海っ端にあるようだが、風待ちの浜や湊ということかな」

バスは海際に迫り出している家並の軒下を車体を擦りつけかねない近さでかいくぐり、次には家並とは反対側の断崖のへりをぎりぎりに伝い、そこを過ぎるとまた板屋根の低い庇が並ぶ聚落を越して摺り足で進み、ときどき急ブレーキをかけながら走ってきた。

聚落の屋根にはみな同じように石が乗り、板戸を打ち付けた家の中も外も静まりかえっている。2、3軒、灯りの漏れている家があった。途中で煮炊き用のアルマイトの鍋を抱えた男がバスと数十秒並行して走り、先の戸口に飛び込んだ。バスはまた急ブレーキをかけた。

海側を走るタイヤの下は、大きな褐色のごろた石、大小の岩礁が激しい波に打ちしだかれている荒磯だ。汐の花か、岩の間に生まれた白い花びらに似た波の泡が風に飛ばされている。朝、東京から出てきたばかりの目には荒涼とした風景に映る。

手紙を読んだ時、「盗んだ発動機船で津軽海峡を渡ったのか」と驚いたが、さらにいまバスの窓から目にする光景に壮介は、「よもやここから北海道まで中学を出たばかりの少年が」と、胸の芯を強い力で圧しつけられる気がした。悲哀を覚えさせる力だ。

前のシートに坐っていた松雄が振り返って声をあげた。

同じ思いにとらわれていたのか。「ほんとにこっから漁船で漕ぎ出したの？　北海道はどこよ。見えないけど」

ウミネコが二羽、バスの窓をかすめ飛んでいった。羽を広げたせいか、ずいぶん大きな体長のようだった。

運転手の頭上の案内表示に、次は〈風間浦駐在所前〉と出た。

松雄の肩を後ろから叩いて立った。

降りぎわに松雄が運転手に尋ねた。

「北海道は？」

「あっちです。函館の恵山岬、少しこっちが汐首岬。毎年春先には、こんた天気ばっかだな。大間もマグロ船出せねえべ」

「〈易国間〉と、変わった名前の停留所がありましたね」

「ああほんだ、昔は、日本海と太平洋の異国べ結ぶちょうど中間地だったげなと学校で習ったこともありましたが、わがんねですな」

降りた国道の縁に立ってふたりで青黯い海面を瞪めたのはそれからだった。

新幹線の車中で話し合っていた。

まず手紙にあった〈風間浦村〉の派出所を訪ね、古い調書をあたってもらおう。元検察官、元捜査員と言えばむげには断らないだろう。大阪府警、大阪地検の総務課、あるいは退職者共済組合〈ＫＫＲ〉に問い合わせてもらえば身元は分かる。

〈駐在所前〉のバス停で降りたのはそのためだった。しかし、ガラス戸が閉まっていた。こういう田舎の駐在所は裏か2階が住まいになっている。出入口のドアを叩いたが当人どころか家人らしき者の応答もない。入ってカウンターの電話を使えば青森本部か、管轄の大間署に繋がるが、この先、誰にどう協力を仰ぐことになるかしれない。地元を荒らさないほうがよい。風間浦に着いたばかりだ。

松雄が、「きょうのとこは引き揚げよう」と踵を返した。

海岸沿いの国道は陽が落ち切って、五十メートルおきほどに立つポールの橙色の街灯がかろうじて道筋と崖の縁、海側の歩道を照らしている。春の風花が舞っている。

ポールを4本過ぎた。硝子戸から明かりの漏れている店があった。滑りの悪い戸を開けた。缶詰、菓子、電池、カップ麺、野菜、なんでも売っている食料品屋兼、雑貨店だった。人参、たまねぎが段ボール箱に入ったままだ。

「近くに泊まる所はありますかね」

四十路の途中のような女が、「役場のこっちかたんとこにな。したっけ、ここの旅館はビジネスだで、寝るだけっぞ。いまからなら、晩飯間に合うかもしんねな。いいが？ ちっと行けば料理旅館もあるだが。んだども、あんたがた、どっから来なすった。この先ちっと行けば〈下風呂（しもぶろ）温泉〉があるだども、そこなら、熱めとぬるめ、ふだつの共同風呂があっで」

松雄と壮介は思わず顔を見合わせた。

ふたりとも年金暮らしの調査行だ。新幹線代を含む交通費だけでもかなり物入りだ。来る前から、贅沢をしないと決めていた。

「その旅館は、酒は出ますかね」松雄が訊く。

「酒？ 酒は、あんだべ。一応旅館だかんな」

女は話好きのようだった。店と居間を仕切っている蛇腹カーテンの向こうから、テレビのバカ笑いの音、ここに住むらしき子どもの声が聞こえてくる。

しかし女は居間に戻らない。

「ここは易国間というとこでな。なんにもねえとこだ。おめさんがた何しに来られたの。漁協や原燃の関係にも見えねし。竿持ってねし。足許はそったらスニーカーいうんだべか？」

「バスで来る途中、風間浦という漁港がなかったんですが。私らはあしたそこを訪ねるつもりで」

「〈風間浦漁港〉？　お客さん、そんげな船揚げ場はねえさ」

壮介が声をあげた。「なに、〈風間浦漁港〉はないのですか」

「はあ、ずいぶん昔のことでやんしてはあ」

それから女は、スマホに出ている、〈風間浦〉を冠した〈桑畑〉〈下風呂〉〈蛇浦〉の三つの漁港の名を教えた。

店を出て暗がりの国道っ端を歩きながら、松雄が溜息をついた。

「壮ちゃん、早くも暗礁だな。〈風間浦漁港〉しかとっかかりがないのにな」

たしかに〈風間浦漁港〉がただひとつの手がかりだ。それをよすがに来た。

手紙の主は本名も明かしてこなかった。どこの誰べえか。顔写真もない。

いや、顔写真はあるか。事件の折りにテレビ、新聞にばらまかれた〈キツネ目〉のモンタージュだ。壮介は、１３２万の捜査員がローラーをかけたときと同じように、いまもそれをポケットにしのばせてきた。

〈キツネ目〉は正確には覚えていないがおおよそ次のことを松雄に書いて寄越したという。

『昭和32、3年の春に、〈風間浦漁港〉で重油2缶、係留ロープ1本、エンジンオイル1缶、艪(ろ)2本を窃盗しました。その犯行の調書が県警や所轄の倉庫に残っていないかどうかを当たってもらいたい』

『いまはなんとかやっておりますが、さほど遠くないうちに命の始末を用意せねばならぬ身になりました。〈キツネ目〉ではないまことの名が調書などの官報に記載されているのを知りたいのです。亡母の墓に額ずいて誓ったことであります』オレを捜せという依頼だった。

しかしここまで来てみて早速、〈風間浦漁港〉がない。

いきなり前途が阻まれた。見も知らぬ北の涯ての町だ。

〈キツネ目の男〉のかすかな痕跡に行き遭える期待を抱いてきたのに、早くも、闇を手探りで辿ったにしても容易に行きつけぬ様相になってきた。

キツネ目はこんな北の端で、どう大阪弁を習いおぼえ、関西の高速から一般道、路地で現金奪取の車を走らせることができたのか。

キツネ目は、脅迫する会社に子供の声のカセットテープを送りつけた。

【きょうとへ　むかって　いちごうせんを　にきろ】

おそらく紙にひらがなを書いて年端もいかぬ子に読ませたものだ。

退職してなお壮介の耳の底は時折り、途中で途切れるその子どもの声に掻きまわされた。

【ばーすてい　じょぅなんぐうの　べんちの　こしかけの　うら】

ここに来てみて、その子どもの声も、手紙の主の正体も、駆使された大阪弁も、これまでに較べてさらに一気に輪郭が不鮮明になった。キツネ目と犯行声明〈アヴェ・マリア〉とこの北の涯の町はいかなるつながりがあるのか。

灯りの映った旅館の硝子戸を引くと、女将らしき70近い女がだしぬけに靴脱ぎ場に立っていた。

「あれまああ、こんたな田舎に。いんま、連絡もらいましての、そこの雑貨屋さんから」

海峡を望む涯ての町だ。釣り人か、漁協の者しか客はないのか。予約なしだったが笑顔で迎えられた。女は人の好い愛嬌を目に湛え、白と黒の混じった髪の頭頂がひどく薄くなっている。声が素っ頓狂に高い。

「あや、お客さんがたぁ、竿も持たんで、よっぽど物好きでぎなすったべか」

国道と海が見下ろせる2階の6畳間に案内された。襖を引けば広さが倍になる仕掛けの部屋だ。これで別々に寝られる。

「おらどごは家族風呂だ。下風呂温泉いうわけにはいがねえだども、すぐに沸かしましてですね。その間に食事を用意しておきますなだ」と女は下に降りていった。

松雄のあとに湯に入った壮介もビールを空けた。

贅沢をやめようといっていたのに、食卓は何品も並んで豪勢だった。

イカの刺身、ウニの味噌貝焼き、サザエの刺身、キャベツに焼いたハムのつけあわせ、ふのりの味噌汁、次々と箸を進めた。互いに、ビールも酒も注ぎあった。

松雄はぽんぽこ腹を叩いた。

「まさかな、現役の時のヤマをこの歳になってだ、しかもお前とふたりでだ、しかもこんな本州のどん尻にまでだ、調べに来て、イカだ、ウニだ、キャベツにハム焼きだとこんなごっそうにありつけるとはな」

「青森、いや東北に来たのはそもそも初めてや。それで窓一枚の向こうが津軽海峡とはな。松やん、ここで一句〈古池や鯉が跳ね飛ぶ水の音〉とか、そういうのではなくてな」

「そうか、ここは〈乱酔亭キンメ松〉の号に恥じぬようにな、だな。では一句詠みます」

松雄は猪口を銚子に持ち替える。

「ご覧あれが風間浦、ああ、津軽海峡冬景色」

大して酒も進んでいないのに、かつて流行った歌に替えの詞をつけた。

「ひでえなあ」

「文句あんなら、おめえがやれよ」

女将が片付けに来た。

「お粗末さまでごぜえした。冬どぎなら、アンコウ鍋さあんだども」

「いや、そんな贅沢」

壮介は丁寧に礼を返した。訊かねばならないことがあった。

「さっき駐在さんがいなかったのですが」

「はあ、大間署には、ここの風間浦、大間平、佐井と三つ駐在さんがありますだども」

オペラ歌手が喉を震わせて上げる脳天から突き抜ける甲高い声だ。生まれつきの声帯がそうなっているのか。

オクターブが上がる。

「おらにははあ、わがんねが、てえして事件もねえいうごどだんべ。夜は持ち廻りで空けてることもあるみてえだ。急用さあれば大間署に行ぐだよ」

「駐在さん、明日はいますかね」

「さあ」女は曖昧に首を振った。「おぎゃくさん、駐在さんになんの用だが」

「うん。名前も分からない人を捜しにね」

「名前さ分がらず、人捜す？　うんだば、まあず大変な作業っちゃ。なら、何してるお方だべか」

「さあ、それも。風間浦漁港と言えばどこですか」

「ねな。昔だ。いまは過疎だ過疎。名前もわがらね人さ捜しで。おぎゃくさんらは、いまはない港に雲でも摑みに来ただかね」

「いや大昔、昭和30年ほどの事件のことで」

「事件？　昭和30年ほど？　というと、おらが、ありゃ栃木か群馬か、桐生の紡績工場に糸繰りの集団就職に行った年あたりだなや。狭いとこに詰められてやんたな記憶しかねが、まあそこらの時代辺りからここは出稼ぎべえ増えて、町ん中の家や人どころか、港まで減っただ。男も女もだ。若いのも歳食っだのもだ」

結局、甲高い女の口から僥倖に出遭ったような収穫は得られなかった。無駄と時間ばかりを食うのが、調べと捜査だ。

ふすまを閉じて隣りつづきの間に、寝んだ。

壮介はすぐにいびきをかき、松雄は海峡の波音に耳を寄せながら、本当に〈キツネ目〉は中学卒業の時に、この国道の下の漁港から発動機付きの漁船に乗ってひとり北海道に渡ったのかと、波しぶきを浴びる少年の小さな躰を思ううちに寝入った。

風がおさまったのか、起きて開けた窓に広がる海は朝の光に輝いて、昨日の薄黯い色から茜色に変じていた。波も刃を立てていない。

旅館からすぐに駐在所に向かった。

ガラス窓の向こうに署員の顔があった。

名乗ると、顔が横にひろがって蟹に似て目が左右の脇に飛び出た署員が少しの愕きを見せて「遠くからまあ、どんぞ」とパイプ椅子を勧めた。

わずかな日数しか費やせない調査行だ。泊まると高くつく。挨拶は儀礼だけに済ませて要件を急ぐ。

坐るなり、「ところで矢庭に申しわけありませんが」と壮介が前を省いた。

尋ねる中身は決まっていた。

いまから50年ほど前の〈風間浦漁港〉とはどこか。そこで漁船の窃盗事件があった。当時の刑事記録、調書の謄写、駐在所日誌が大間の本署に残っていないか。あるいは県警本部でも。閲覧したいのですが。

「50年前だか？　というといづですか」

「昭和32、3年のことです、倉庫か棚に」

「ああ、そりゃ、気の毒なごどだ」

「えっ？　ないのですか。本署にある？」

「いんや、ねで、どごにも」と首を振った。「まごどに気の毒ながら」

署員は地元勤めが長いらしく年月日を諳んじた。言っていることを壮介と松雄はいやがうえにも頭にたたきこまされた。

昭和32年9月26日、台風15号が襲来した。豪雨で易国間川が氾濫し、風間浦・易国間から六ケ所村弥栄平聚落一帯、駐在所も流された。

この地には珍しい台風の予想だった。大急ぎで大間の本署に引っ越した調書類は難を逃れた。だが、2年後の昭和34年4月4日、今度は易国間119戸が消失する大火に見舞われた。

「皇太子と美智子妃のご成婚パレードがテレビ中継される6日前だば。水と火、そんげなわけであの年以前の調書は残っておらんでば。時々昔んことさ調べる用さあるだども、いずれも叶わぬでが。申しわけごぜませんです」

「ああ、厄介をおかけいたしました。で、〈風間浦漁港〉、というのは？」

「それも燃えただが、いまはほれそこの〈易国間漁港〉というて」

「えっ？　焼けた？　すると、書類、調書なにもない」

「はっ、申しわけねえでば」

壮介も松雄も肩を落として駐在所のガラス戸を引いた。

なんの収穫もなかった。それどころか、〈キツネ目〉が懇望している、本名の記載された調書、刑事記録は流されたか、焼失したという。手も足も出ない結果だ。

〈易国間漁港〉に国道を越えた。鉄骨の上に、防錆ポリカーボネートの屋根を載せた細長い倉庫らしき建物が見えた。〈易国間漁業協同組合〉の看板がかかっている。朝の早い時間は魚市場が開かれるのか。10台ほど停まっている4ナンバーの軽トラの脇をすり抜けて中に入った。奥に事務所らしき小部屋がある。作業長靴を脱ごうとしていた40手前ほどの働き盛りのようすの男に応対された。頬ひげが顎の先まで生えている。

　駐在所とほぼ同じことを尋ねた。

　ここが、どうやらキツネ目の男が書いて寄越した〈かつての風間浦漁港〉だと分かった。昨日から半歩前進だ。

　ところで古いことを訊いて済まぬがと頭を下げ、この協同組合に倉庫はあるか。倉庫に昔の出来事を記録した資料のようなものは保存されていないか。

　松雄が尋ねた。

　壮介は元検事の習癖を曳かせているわけではないが、まず、捜査員だった松雄に口を利かせる。検察はあとを補強する。

「倉庫ならあるにはあるだども、漁具、船具ばっかだで。昔の記録の資料げなもんはなんにもねな。あんだら、何を知りたいだかね」

「はっ、船が盗まれた記録があれば拝見したいと」

それから、いつの出来事のことかを説明した。答えは派出所と似たもので、〈洪水〉と〈大火〉がキイワードだった。

キツネ目からの手紙を受け取って壮介に相談するまでもそのあとも、調べがよもや、洪水、大火に阻まれるとは松雄は予想もしていなかった。

「船が盗まれた？」頬ひげは脱ぎかけていた長靴を手にしたまま逆に訊いた。

「はい。A重油缶、エンジンオイル、係留ロープ、艪も一緒に」

「んだば、警察の調べが入ったんでねえか」

「それがやはり火事で、調書はなんにも残っていないと」

期待に応えられなかった隙間を埋めるように〈風間浦〉を説明した。この辺りの聚落・〈下風呂〉〈易国間〉〈蛇浦〉からそれぞれ一字ずつ採ったのだという。

結局、ここが〈風間浦漁港〉と分かっただけで、他は一歩も前に進めなかった。

頬ひげはしきりに、「役に立てねえで気の毒したでば」と繰り返して、硝子扉を引き開けた壮介と松雄の背を見送った。

この村に着いた時からいきなり八方を塞がれた。

国道にあがって、ふたりは同時に溜息を漏らした。

現役の頃なら、当たり前のことだった。とにかく靴の底を擦り減らすのが仕事だ。しかしいま、壮介は時に道に足を取られ膝を折りかけ、松雄は少し歩いただけで息を切らせる。後期高齢のふたりとも昔のようには歩けない。気持ちはせくが躰がついていかない。

と、「おおい。おおい」国道の階段下から声が追いかけてきた。

「東京の人、東京の人」頬ひげが追いついた。

「下北日日さ、訪ねてみたらどうだんべか」

地方紙の縮刷版に、窃盗の記事が出ていないか、と思いがけない知恵だった。

「シモニチの支局があっから」

教えてもらったバスを降りた停留所から大間町に出た。下北半島の突端だ。これより先に本州はない。

さらにこれからどこをどうまわることになるかしれない。ふたりとももう1年も車の運転はしていないが車があれば効率がよい。高齢者運転免許更新の講習を受けているからレンタカーは借りられる。

組合に戻る頬ひげの男を見送った壮介と松雄は頭をくっつけあい、スマホで〈津軽海峡フェリー埠頭〉のレンタカー屋を探した。〈シモニチ〉の支局も近場にある。大間は支局で青森が総局だった。

「支局にあればいいが縮刷版を捜しに青森へとなるとコトだな。ここから3、4時間はかかるか」

「まあ、案じてないで、とにかく動こう」

互いが互いを励ましあうかたちだ。

一番安い〈トヨタヴィッツ〉を借りて松雄が久しぶりのハンドルを握った。壮介はナビだ。

〈活イカ備蓄センター〉の前まで戻ったとき、壮介がフロントガラスから松雄に目をずらした。

「そういや、いま思い出したが、南海高野線の本多忠司さん、あの人は、『刑事はまあ動け動けや』と念仏のようにいうてたな」

「現役の時に特任で保護観察官になって、警察辞めてから法務教官の試験を通って今度は正式に出所者の保護観察をやってるとか聞いたチュウさんな」

「そや。娘さんをトラックの事故で持って行かれて1、2年ほど経ったか、今度は奥さんが嘆き悲しんだ末にのうなった。わし、捜査の足まわりであの人の家に寄って線香あげさせてもろうた。靭(うつぼ)本(ほん)町の信金たてこもりの捜査会議で警務部の警視に殴りかかってカイシャをあがったすぐにな。


奥さん、娘さんの仏壇の隣りにわしらの写真あったわ。お前おぼえとらんか、珍しいことやが府警と検察でミナミで宴会したあとカラオケ行ってみんなで撮った」

「ああお前が、春色の汽車に乗って〜、とか歌ってみんなにヤンヤン笑われてた」

「そのときの記念写真をフレームに立ててあってな。その前でチュウさん言うたわ。『カイシャは丸ナイ事件に手こずって、こっちがポカやっても、犯人は次から次に挑戦状送ってきて。逃げるどころか近づいて来よる。カネのやりとりの行方に追いまわされとるが、他に動機があるんと違うか』って」。

「動機？　なんや。カネが目的ではないって？　丸互とナイコクはいわれたままに警察には黙って億のカネを払ったのか」

「そこが迷宮や。しかし、チュウさんのいうように、カネとは違ごうて、ほかにもっと動機があったのか。分からんが」

「まさか、津軽海峡に動機があった？」

「ということもあるか。あるわけないな」

「しかし、わしらえらい深いとこに突っ込んだことだけははっきりしとる」

『ポカやっても犯人は近づいて来た』と本多忠司さんの言葉を思い出して松雄は〈大同門(だいどうもん)〉と言

った。摂津の〈焼肉大同門〉だ。

丸互通運の社長を誘拐した犯人らが最初に現金強奪に動いた場所である。

丸互の取引先の島津トランスポートに、丸互に宛てたのと似た脅迫状が送られた。

【3億運べ。おまえのとこの駐車場に自動車3台、タテに並べえ。それから走れ】

さらに具体的に指示してきた。二段構えだった。

【6月2日午後8時から8時半のあいだに、〈大同門〉の駐車場に、段ボール3つに分けた3億円積んだ白のカローラを置け　アヴェ・マリア】

捜査本部は途中でエンストを起こすよう細工したカローラの後部座席に丸互に用意させた3億を積み、同日午後7時10分、丸互の総務部長と部員がカローラに乗った。

細工は、特殊班では、トラップと呼ぶ。

こんなチャンスは二度とないとトラップしたカローラが見通せる駐車場の西の端で、松雄は捜査員たちと張り込んだ。次々に動いてくる事件の生々しい接点だった。

「デカ冥利に尽きるヤマや」と、松雄は強い昂ぶりをおぼえた。

だが犯人たちは、同夜午後7時50分、淀川の堤防に駐車していたカップルを脅し、このカップルにタイプで打ったメモを大同門のカローラに持たせてきた。

【これを持参した者に自動車引き渡せ、アヴエ・マリア】

3億を積んだカローラは大同門の駐車場を出発して550㍍でエンストを起こした。

松雄がいうように確かに〈警察に次々に向かってくる、なまなましい接点の多いヤマ〉だった。

左手の海をカモメが舞い飛んでいる。ハンドルを握っている松雄がいう。

「壮ちゃん、検察が動いて、府警、きりきり舞いさせられたわな。ときどきあの時の昂揚をわけの分からんときに思い出す。〈大同門〉よりどれだけ前やったか忘れたが、社長が誘拐された次は丸互の物流倉庫が放火された。

あの時は府警の無線通信が絶叫しよったぜ。

『至急至急、全車集結せよ。燃えとる、燃えとる』

「その間に高出力の〈ピー〉の妨害電波が入る。わしらがそれを無視して交信を続けると、しつこう繰り返して声が入る」

【こら警察のどあほ　こっちゃアヴェ・マリアじゃ】

【まじめにやらんかい】

【こんだは倉庫燃やさんと客の荷いに青酸カリばらまいたろか、ボケ】

「いまもあの声と〈ピーピー〉が耳に鳴るわ」

倉庫が放火される前、自宅で社長が誘拐された夜、9時50分、通信指令室は別の周波に切り替えて緊急通信を続けた。

一夜明けた朝8時、誘拐された丸互の社長宅と立ち上げたばかりの捜査本部に、男の声の電話が入った。

【社長土下座して泣いとったど、おまえらもこれから土下座さしたる。せえだい待っとけ】

「15年も経ってな、ホシは次々とまことに大胆でな。忘れてることも多いが、たしかに何枚も何枚も喉にハンバーガー詰め込みに来たようなヤマやった」

「しかし、ホシはなぜあそこまで警察を眼のカタキにしたんか。手紙の主の、じゃがいもとリヤカーだけで30年も50年も、あそこまで恨みを抱き続けるかぁ？」

レンタカーを動かしながら、ふたりでしばらく、あのけたたましい騒ぎの時を口にしあった。

〈シモニチ〉では『下北の四季』『斗南藩苦闘史』『北限のサル』など自社刊行物を展示した資料室に快く招じ入れられた。

昭和32年から3年を二人で手分けしてめくる。両年の3月から5月が目的の日付けだが、事件そのものがほとんど、ない。〈易国間〉の活字が目に入って追ったが、易国間の漁師3人が刃物沙汰で逮捕された、易国間漁港でむつ市田名部の担ぎ屋の主婦ふたりが4千円相当の鮮魚を盗まれた。その2本のベタ記事だけだった。

事件ではないが、写真入りで大きく扱われていたのは、大畑線・下北駅ホームの集団就職列車歓送式の記事だ。松雄の目を惹いた。下北駅は陸奥大畑と大湊の途中でいまは廃されている。キツネ目を名乗る男の手紙に〈集団就職列車〉について書かれていた。高度成長経済にさしかかる日本を象徴するキイワードだ。北から南から列車に乗った中学生は都会に散って日本経済の底を這いまわった。

記事は伝えている。

〈臨時夜行列車しもきた号、昨二十一日出発。二百十名の金の卵巣立つ。『祝・就職』の幟の掲げられたホームでブラスバンドが蛍の光を奏し、別れのテープが舞った。

工藤捨蔵担当教師が「大都会で日本を支える人材になっていただきたい」と送辞し、生徒代表で『〈六ヶ所村室ノ久保中学〉の吉村誠二君が『郷土に育てられた御恩を忘れずいつも明るく仕事に励み、立派な人間になります〉と挨拶した』

末尾に記事は『不屈の下北魂に栄えあれ』〉と結び、窓の外から車内に差し入れた母親の手を握って泣いている少年の写真が添えられていた。

結局、風間浦漁港の倉庫から発動機付きの木造漁船、重油ほかが盗まれたという記事は見つからなかった。か細い糸がちぎれたようだった。

「壮ちゃん、参ったな」

「まあ予想せんでもなかったが」

「そりゃそうや、昭和32、3年。敗戦のどさくさをやっと越して朝鮮戦争から4年ほどだ。えれえ昔だぞ」

「青森から鹿児島から集団就職列車の時代だもんな」

「そのころにキツネ目はこの北の地におった」

レンタカーに戻った。松雄がハンドルを握って言う。

「まっ、車はある。どこにでも行ける。で、どっち行く？」

「どこったってな。漁港はだめ。派出所はだめ。地元紙もあかん。八方ふさがったな。大間署と青森県警、港湾事務所にでも行くか」

車を、駐車場から県道に出した。と、松雄が思いついた。

「壮ちゃん、いや、中学校に行くのは？」

「なに、中学？」

「さっき、めくった新聞に集団就職列車のことが出てた。キツネ目の手紙にたしか、『私は母を失い、〈むつ4号〉、〈しもきた6号〉かの集団就職列車に乗る汽車賃もなく』とあった。その年の頃の中学に当たるのはどうかね。旅費がなくて予定していた集団就職の列車に乗れなかった者はいないか。古い教職員が生きていれば記憶があるかもしれんぞ」

「えっ、なんどもいうが、いまから50年以上前のことだ。そりゃ、いくらなんでも無理だろ」

「いや小さい村だよ。出稼ぎ以外は、人の出入りは少ない」

「そうか。なら、カーナビだ。この近所に中学は何校ある。こんな小さい村、そんなに多くないはずだな。レンタカーがある。一校ずつ潰していこう」

ふたりは急に良いことに思い当たったと、運転席と助手席から首を伸ばして易国間漁港に近い中学の画面を検索した。

〈六ヶ所村千歳中学校〉〈六ヶ所村南中学校〉〈六ヶ所村東通中学校〉〈六ヶ所村第一中学校〉〈六ヶ所村第二中学校〉〈六ヶ所村泊中学校〉と、出てきた。

「どこから行く？」

カーナビに広いエリアが示されて、村名が示すように六校あった。

走る効率を考え、とりあえず風間浦漁港にいちばん近接する中学校から始める。

大間から左側は津軽海峡が続く。国道２７９号も海峡に沿う。初めに訪ねる中学はまだ先だとぼんやり眺めていたウインドーの向こうに、だしぬけに巨大な船が現れた。

ブリッジ甲板の上から、ビルの３階、４階の高さもありそうな艦橋が空を突きあげている。船体は煉瓦いろだ。

「あっ、あれが原子力船むつか」

目を移すと二車線幅ほどの埠頭に〈ＪＡＭＳＥＣ＝むつ研究所〉のプレート看板を掲げた白いコンクリートの建物がある。

国道端に目を戻すと、〈関根浜〉の道路標識がかかっていた。

すでにここが六ケ所村かどうかはよく分からない。カーナビを指先でつついたが、バカで用をなさない。

〈千歳中学校〉〈南中学校〉とまわる。突然の来訪、しかもとんでもない昔のことを尋ねに行ったにも拘わらず、教員室はいずれも不審も示さずに迎え、応答してくれた。

だがひそかに期待してきた万にひとつの僥倖には打ち当たらなかった。

そもそも、応接に出てきたのが30手前の若い女教師の中学もあった。こりゃなんにも分からないな。顔を目にしただけで失望を覚えたが、念のために昭和30年代に大畑線下北駅の集団就職列車に関する学校記録が残っていないかと尋ねた。

女は「さあ」と首を振る。「その時代のことについて知っているどなたか先輩教師はいるか」とさらに尋ねると、また「さあ」と答えるだけだった。

「あなたはどちらからここに？」

「茨城の東海村から、原燃の関係で」

教員の異動も教育委員会も、県をまたいで、もうすぐ設立が予定されていると宿で聞いた原子力規制委員会と無縁ではないのか。

求めている〈キツネ目〉の過去が一気に遠ざかった。集団就職は、この地に核処理工場の問題が持ち上がる遥か以前の話だ。

レンタカーの向きをなんども切り替えて、半島の丘陵に午後の陽が落ちかかった時刻あたりに、六校をまわり終えた。よい考えかもしれぬと思った調査に収穫は何もなく、疲労をかさねただけだった。

「うまくいかんもんだな」松雄がハンドルを握ったままうなだれる。

「こう雪隠詰めになるとは。キツネ目から、もう一回手紙が来るのを待ちますか」

2日目の夜になる。

「今日は温泉がいいな」松雄が言いだした。

「贅沢はしないんじゃなかったのか」

「昨日、バス降りた雑貨屋で、下風呂温泉に村の共同浴場があるって聞いたな。そこに浸(つか)って、泊まりは昨日みたいな民宿か木賃宿なら身の丈に合うだろ」

　捜査で贅沢をしたことはない。とにかく経費節減だった。捜査員は、みなそうしてきた。

　海際に共同湯は〈新湯〉〈大湯〉とふたつあった。青地に〈ゆ〉の白抜き文字の暖簾(のれん)をくぐる近所の昔ながらの銭湯で、白い濁り湯だった。一日の漁を終えた漁師が躰を温める湯小屋か。

「ああ、やっぱり温泉はいいわ」

「収穫があればな、もっと気分が救われるんだけどなあ」

「どうする？　明日。このままじゃ手ぶらで帰ることになるぞ。キツネ目の次の手紙を待つのか」

　番台で買った手ぬぐいをぶらぶら振りながら、湯に入る前に飛び込みで予約した民宿〈いさり火〉に戻った。頭は禿げているが白い顎鬚の伸びた、ふたりと似たほどの歳の男主人に迎えられた。

「処理で？」といきなり訊く。

〈核燃料再処理〉の作業に就く泊まり客かと訊かれたのだと後で知れた。

「いや。ちょっと遊山と調べもので」と壮介が答えた。

「ビール、酒はありますかね」松雄が間髪を容れずに訊く。

「はあ、もちろん。ごちそうはありませんが、ビールでも地酒でも」

　男は皺顔に埋もれた細い目に笑みを泛べて揉み手をした。民宿の主人が板についていないぎごちなさがあった。在のなまりが少なく、幾らか垢抜けた気配がある。

「共同湯は入ってきなすった。じき、お食事を」

土間をあがると、食堂として使われているようすの小部屋の卓に皿、鉢が並んでいた。イカの刺身、鉄砲焼き、イカとウニのぬた、サメの煮つけ、肉じゃがと、この夜も豪勢だった。その間に、松雄は地酒の〈むつ鏡〉と〈恐山〉の銚子を5、6本飲み干した。壮介はそのうちの1本を仆す。

世田谷区経堂の断酒道場に通っている松雄がさらに、柱に取り付けられているブザーを押して「ビール一本」と声をあげた。

女手がないのか、主人が持ってきて、「うちの山姥（やまんば）が三日前から東京に出ておりまして、かような爺々のご接待で相済みません」と、皿、鉢を片付け始めた。

「いや、爺々はみな同じ」松雄が返す。「酒さえあれば文句なし、と」

壮介が尋ねる。「奥さん東京へは時々？」

「はい。孫が、大したことはないんですが少し厄介な病気で。それで娘の手伝いに」

「はあそりゃ大変です」

「私も東京へ。代わり番で参りますが」

「ここから東京へ。大変ですね」

「いや、東京に送る朝穫れのふのりを、教え子が三沢空港までトラックに。それに便乗させてもらって。てえして便利になりましてな、ありがたいことです」

健康食品としてふのりの取引が盛況だという。

「ああ。失礼ですがご主人はなまりがないですね。東京に住まわれておったのですか」

「いえいえ、ずっとこっちで。入植者をお世話する県開拓課が解散したあとは県教育委員会から中学校、小学校の教職を。元は、ここと同じ北上山地の岩手葛巻二戸の産です。南部から陸奥へ、うんだで、ちっと気がゆるむと南部なまりが出ます」

　壮介が声をあげた。

「教員？　やっ、御主人、申し遅れましたが、私どもは元刑事と検察官で、私が辛島、この者は宮坂と申します。今日、近辺の中学校六校に訊きまわってきました。昭和30年代に、大畑線〈下北駅〉から出た集団就職列車の調べです」

「集団就職列車の？　はあ。ああいや、私は赤岩作造と申しますが」

　壮介、松雄が一緒に頭を下げる。酒を呑んでいる松雄の代わりに壮介が尋ねる。

「どこの中学か分かっておらんのですが、決まっていた就職先から旅費が送られて来ず、皆が乗る東京行きの列車に乗れなかった卒業生がいた。どこの中学か。生徒の名を捜しに来たのです」

「ずいぶん昔のことですね」

「いやまったく。申しわけない」

「いえいえ。そうするとロッキードとか、バブルとかいうはるか前のことですね。漁協に白黒テレビが入って盗み見に行った時代ですか。テレビは大人になったらもっと見られっからな、と追い返されました。まだ大畑線も大勢乗客がおりました。この辺りの中学を出ると、女の子は紡績、紡織、男の子は機械工で、東京、愛知、京浜工業地帯に雇われて行きました」

「覚えておられますか、就職列車のこと」

「はい。瞼の下から浮いて出てきます。私らも必死で子どもたちを引き受けてくれる職場を、前の年の夏場から秋にかけて関東近県へ捜しに参りました」

「子どもたちの乗ったのは臨時の夜行ですか」

「はい、大湊駅と下北駅、大畑駅から〈しもきた2号、6号〉、〈むつ4号、5号〉でしたか。車内の子は泣きどおしで、ホームの親もみな同じように泣きながら『万歳、万歳』『躰さ気ィづけれ。元気でな』と手を振りました」

壮介は思わず膝を迫り出させた。

「では、今申し上げた、就職先が決まっているのに、上京できなかった生徒にご記憶はありませんか」

脇から、銚子を振りあげて松雄が声をあげる。

「おう酔ったけど。肝心肝心、そうそうその生徒」

「乗れなかった生徒、ですか」

「母親はその少し前に死んだようで。父親はよく分かりません」

「今日は六校をまわってきたと？」

「はい、どこも手がかりはありませんでした」

「いや、もうひとつないですか。七校です」

「えっ七校？スマホにない学校があるのですか」

「最近のようすはよく分かりませんがわたしの頃は七校ありました。ひょっとして合併したのかな」

といったあとで、

「〈六ヶ所村尾駮弥栄平中学校〉は行かれましたか今は第一中学いいますが」と訊いた。

「ああ第一中学、行きましたが、合併ですか。気がつきませんでした」

　少し飲み過ぎの気配の残った朝になった。海峡は着いた日に荒れていただけで、今朝も風はなく、細雪(ささめゆき)も散っていない。春を迎えた日差しが海面に灰青色に映えている。客間の隅を食堂に擬したテーブルで、食パン、ゆで卵、コーヒーの朝食をいただいた。テーブルの脇に小さな本棚があり、〈石川啄木伝〉〈啄木歌集〉が挟まれていた。

　コーヒーカップ、皿を片付ける主人に壮介が声をかけた。

「啄木がお好きなんですか」

「はあまあやはり、ここらの者は啄木派、賢治派と分れますすども。わたしは、食うや食わずで内地から北海道に渡ったり戻ったりした啄木に共感がありますすじぇ。寝る前によく歌集を開いて」

「はあ」

「ゆうべも集団就職列車のお話が出まして、そういえば子どもらを大畑駅で見送ったと。あの折り、脈絡があっだわけではありませぬが、啄木の歌を浮かべたこと思いだしまして。はい、代用教員をやっておっだ頃です。こんな歌がありました」

子を負ひて
雪の吹き入る停車場に
われ見送りし妻の眉かな

10　全員死ニ絶ユ

赤岩の紹介した啄木の歌を耳に残して、すぐに出発する。

レンタカーに乗りかけて「さあ、今日は成果がありますように」と壮介がひとりごとを祈ったとき、背中の民宿の玄関戸が開いて、声がかかった。

「んだばね。いがったら、私、ご案内いたしますべか。軽四輪だども、乗ってくだっせ」

昨夜、話を交わして親しみを覚えたのか、赤岩氏は共同湯にともに入る漁師のような土地言葉を使った。

「いやいや、よんべあれから思いましてですね。私もいっぺん〈尾駮弥栄平（おぶちいやさかだいら）〉の中学を確かめに行っだ方が、いがねえがと。自分が奉職した学校であります。ご迷惑でなければご一緒して」

〈尾駮弥栄平中学〉は改称したというがどこにあるのか。スマホにないということは、車のナビにもないか。合併、分校で中学も忙しい時代だったのか。

「いや助かります」と二人で礼を述べた。

「私も、すばらぐ行ってないだで。どうなってんだべかと気にしておったんでば。元教員というでも、六ヶ所村もとんでもねぐかわって、学校がどうなってでおるのか、おしょすな（申しわけない）ごどですが、なんにもわがりませんですよ」

ちょぅどいい機会だと言った。しかし、変わりようをあまり見たくなく、近寄らなかったのだとも付け加えた。複雑な心持ちがからんでいるらしい。

この地から1時間3、40分ほどだという。その先は「小川原湖」さらに広大な米軍基地の広がる〈三沢市〉となる。

国道は海沿いの279号線から半島のやや内陸部を通る394号線にスライドした。行く手に、100基は越えそうな数の風力発電の巨大なプロペラがゆっくりまわっている。

「もうまもなく中学校のはずだでが、ここらは昔原野と雑木林、倒しても倒れね松の根っこががんじがらめに埋まり、秋の終わりから春が来るまで、こっちかたの太平洋から濃い霧をまぜた偏東風（ヤマセ）さ吹きづげで、最近でごそ、長イモ、ニンニクを東京まで出荷してちっとはえぐなりましたども昔は、農業も漁業も盛んというわけにはいきはしませね。医者も来ねえ荒蕪（こうぶ）の開拓部落で、はあまあどうにもこうにも生易しくね、土地でありました。というか死ぬか生ぎるかの」

道路はほぼ一直線で、砂地か、風が吹けば微粒の赤土が空に舞い飛ぶ畑地がひろがっている。

「ほかにはソバ、テンサイも収穫でぎで、ずいぶん楽になってきたようです」

フロントガラスの前方、左右のウインドーの畑地の手前に、にょっと看板が顔を出す。

「光は六ヶ所村から」「核のごみ再処理とめよう」「放射性廃液を流すな」「我らの下北を核半島にするな」

左右に沼のひろがる橋を渡った。

「やっ、着きました。こつらが〈鷹架沼（たかほこ）〉あっつが〈尾駮沼（おぶち）〉だども、やはり学校べな建物はございませんですね。コンクリの壁だげだ。ここからが正面玄関で裏が体育館でしたが。ここらはもともと馬の産地、軍の放牧地でして。学校はその草っぱらの中に」

沼の縁からずっと先の小高い原生林の丘まで、有刺鉄線が張り巡らされているようだった。白鳥か、白い大きな鳥が沼に浮かんでいる。

「ああ、なんにもない」赤岩氏はへなへなと膝の力を落とした。

それからややあって、力を奮い起こすように膝を2度3度拳で叩いて、「まっと行ってみますべか」と丘に向かって顎を振った。

バラ線をまたぐと、丘などではなかった。入植者のかつての住まいの残骸か、朽ちた屋根木、丸太、崩れた壁、塩ビの波板が、雑木と荒れた竹林の中にちらかっている。

「死にはしませんだが、ここは、雪とヤマセと石ころがあるだげでした。掘っでも掘っでも石ころが出てくる。耕そうと鍬打つと、がづんと石に当たっで1日にいくらも進まね。掘っだ石は開拓小屋の周りに積む。へどへどだあ。電気もねえ。ひと旗上げるべと一家一村まるごと満州に渡っで、ほうほうのていで戻ってぎで、さあまた開拓だ、すかす、またおんなじありさまだぁ。〈開拓者資金融通法〉で、タンカル、リン酸などの土壌改良肥料を土に鋤いたですがね、小豆、馬鈴薯、大豆がほそぼそと穫れるだけで。米なんて夢のまた夢だ。足許には、開墾地放棄、離農、さもなげれば、パラグアイ移住が迫ってきておりまして、ほがに選択肢はねえ。とどまっておれば借金が増えるだけだぁ」

こんな地が、推理が的を射ているとすれば、警察を憎んだと書いてきたキツネ目の在所か、大阪府警も地検もここまでは辿りつけなかった。

赤岩作造先生は、久しぶりにこの地に立って心を揺すられたか。苦痛の記憶を辿る。

「こういうことになってんでねべかと怖れてはいたんですが、学校も、みなが住んでおった開拓三角小屋のかけらも、ね。あんのは、残りかすだけだ。なんにも、ね。いや、したども、この雑木の先にもうひとまわり、鉄条網のフェンスがああだ。向こうに立派な建屋もタンクも見えます。

たすかに学校も家も見えねが、核燃処理の工場があぁだ。

いや、学校も開拓小屋も、あの50基だか60基だかのタンクの下に埋もれてあぁだ。そんだもんで、私はここに足を向けられなかったですよ。いや、薄々思ってはおったども、たまげだ。村がごそっと消えちまっただということでがんせ。皆々、パラグアイに行っただどは聞いてねがら、どこさ行ったんだか。東京か、土の下か」

赤岩氏は「ちっとごめんなさって」と、断ち落とされた朽木の根株に腰を降ろした。

先生という職業は説明が好きなのか。

「ここらは大昔は駿馬の産地で、赴任してきた早々に調べてみましたども、読むに難しげな〈尾駮〉は尾っぽがまだらの馬いう意味だそうでがんす。〈駮〉は〈まだら〉で。こんたな場所の地名のいわれなど知るもんは、ながなが少のうなって参りましたども」

赤岩先生がいた頃の〈尾駮弥栄〉聚落は80戸を数えたという。「〈弥栄〉は、戦後開拓者が〈いよいよ栄えあれ〉と願いを込めてあらたにつけた村の名でしてな」

京都の北部、日本海に面した京丹後市、島根県、岩手県北上山地にも同じ名の〈弥栄郷〉がある。いずれも開拓部落だと、先生は説明した。そして弥栄郷を開墾した新しい地を〈弥栄平〉とした。

極東国際軍事裁判で東条英機らが処刑された昭和23年頃から、開墾鍬一本で松の根っこを掘り起こし、クマザサを刈り取って一寸ずつ前に進み、豆類、ソバ、アワ、馬鈴薯を実らせた。

星霜を経て1973（昭和48）年、オイルショックの年、〈核燃料リサイクル施設建設〉の計画が具体化し始めた。激しい反対、賛成の曲折を繰返し、1979（昭和54）年旧〈鷹架〉〈尾駮〉を中心とする〈弥栄〉〈弥栄平〉聚落は、石油国家備蓄基地となって閉村し、のちに核のごみ再処理工場の下に埋められ、消えた。3家族がパラグアイに新天地を求めた。

〈高レベル放射性廃棄物貯蔵施設〉と呼ばれている建屋（たてや）のある有刺鉄線の向こうは厳重な立ち入り禁止となった。

赤岩氏に促され、有刺鉄線の西端の際まで行ってみた。

氏は額に皺を寄せ、顔をゆがめた。

「おふたりさまがたはご存じですかね。あの建屋は全国の原発から集めた使用済み核燃料を硝子と混ぜて冷却個体にし、長さ1・3メートルのステンレスの筒っぽに固める。うんで、再利用できるプルトニウムとウランにして回収する貯蔵場だそうでございまして。その筒っぽはいま1800本になって、これべ、200年、いや2万年、あの建屋に保管するそうだば。これが核燃料のゴミだば。2万年いうのは、天然のウラン鉱石が放射能を出す期間らしいです。

設備投資と維持費にこれまで14兆円をつぎ込んだというだかんな。ところが回収物を引き取るところがどこにもねえ。モンゴルに頼んだら断られた。オレオレ詐欺どころの話じゃなかんべと私いうておるのですが」

「いや詳しいことは何も」

「ちっとこちらさ、見てくれますか」

右から左へ横書きに〈入植20周年記念〉と彫った、人の高さほどの石碑がフェンスの際に立っている。上部が、丸みをほどこした爪を上に向けたかたちの碑だ。

「昭和41年、上弥栄部落入植20周年を祝った記念碑です。台座の銘板には、昔数えましたが、世帯主・56人の名が刻まれております。結局みな、この地を捨てさせられたのでがんす。碑はここからタンクと建屋に恨みを向けておるように見えますでば」

赤岩氏は膝をついて、台座を見ようとする。

しかし「風や雨で消えてしまってるだね」と声を落とした。「ここは、元は上弥栄部落の墓があったとこだという者はおりますが、ブルでざぁっと掻き均されて、なんもかもわからなぐなってしまいました。哀れなさまだ」

ふたつの沼は背後に広がる。氏の説明がある。

尾駮沼は周囲13・5キロ、鷹架沼は22キロと、沼とはいえど意外に広い景色で、いずれも太平洋とつながる汽水湖だという。かつてはニシン、ボラ、イワシなど海の魚に混じって、サクラマス、コイ、フナが獲れた。

いま水を湛えたふたつの沼とも、夕暮れが近い照柿色に映えて、さざ波も打っていない。遠くの建屋、核燃料処理場の工事音も聞こえない。足許の魚がパシャッと尾びれを打った。

赤岩氏が踵をあげ、辺りを見まわして指をさした。

「あの坂道でごぜしたかね。違う話さ、してよがんすか。私、よんべから思い出したんだども、この土地の開拓小屋から東京の亀戸のスリッパさつくる工場に集団就職がきまっだ三ツ森夏希という子がおりましで。

成長したらさぞや美人に育つだろうと思われる顔かたちの、はあ、夏希は夏を希む、ですね。親御さんの願いですね。はい、私がその職場を決めてきたんでがんすが。

大畑駅から出発する当日、卒業式さ終わったというだのに、大雪が降って、かんじきさ履がねば歩けねえ朝でした。そうです。たしかそこの坂を降りてきてここからさっきの、バスが通るようになった国道まで六里を送りました。よんべは祝いに、おどちゃが、ソバぶってくれたと言っておりました。苦しい家計からおどが買ってくれた本革にはほど遠い白い合皮のボストンバッグを提げでね、歩きながらしぐしぐ泣ぐですよ。泣ぐな泣ぐなと私。

貧しくで小学校入学は二年遅れ、中学も遅れ、たしか16で卒業した少女でしてな。この辺りでは珍しくねえ卒業でしたが、何しろ妹や弟をおぶってきて授業でがんす、そんたな妹、弟を見ねばなんねんだで、2、3年遅れの卒業だ」

幼い子らは学校まで、片道7キロ、8キロ、子によっては10キロ以上を通う。雨が降れば山道はぬかるみ、雪が積もれば歩くこともできない。学校に行かんでおれば親の手伝いができる。そうして休学、留年する者は何人もあった。

「就職といえば生まれて初めての長旅だ。おっがねえ東京だ。都電チンチン電車の脇っぱたの工場だ。辛抱できるだべか。

ほだば、馬道（うまみち）というか、バスの通るようになった道までずっと泣きどおしでがんした。

スリッパづくり屋ではのうして、ピアノを弾くとか声楽とか音楽がやれるそっちだばめざしたいというておった生徒で。『おめさ、先生に、音楽の道に行ぎでえと夢話してぐれたの』と私、教室でオルガン練習した歌で励ましました。

軽快なメロディーでな。私も三ツ森も初めは小さな声だば、だんだん大きいに歌えるようになって。

〈♬おうまのおやこは　なかよしこよし　いつでもいっしょに　ぽっくりぽっくりあるく　おうまのかあさん　やさしいかあさん　こうまをみながら　ぽっくりぽっくりあるく〉

小学生の唱歌だども。夏希も「ぽっくりぽっくり」と。

私はあの〈ぽっくりぽっくり〉の声が忘れられんですが。そしたら、夏希は急に元気になって
「先生、もっと元気出るの歌うべって。そのころ毎日みたいにラジオに流れてた歌だ」

〈♬ありがたや　ありがたやありがたや　金がなければくよくよします　腹がへったらおまんま食べて　恋というから行きたくなって　愛というから会いにいく　ありがたや　ありがたや〉

　お捜しの、就職列車に乗られなかった子も同じ寂しさであったにちげぇねえですね。その男児は列車に乗れなかったと？　もっとつらかっただべさ。

　あっ、ちっと待って戴いてよかんべか。

　いまここに立って三ツ森夏希の話さしておるうちに、なじょしたごどか、そんだ、私よりふたつ上の〈尾駮(おぶち)上弥栄(いやさか)中学校〉のちに上弥栄は弥栄平中学校になるんですが、そこで校長なされておった森村留一いう先生ならと思い出しました、はあ。いづのことをお尋ねでしたろか。昭和32、3年だったですね。というてもこんな人のおらん村で、教員はあっちこっちの学校、掛け持ちしたども。森村先生なら、その生徒さんのことをじかにひょっくら覚えておられるか、いやあとあとの年になってでそんた生徒がおったという話を小耳にしたことがあるかしんね。うんまぐいげば、名前がわがるか。

　ほだ、森村先生の家なら、私どもがさっきこっちさ来た国道沿いからちっと海ィ寄ったお住まいです。下風呂温泉の帰り道ごどになります。寄ってみまっすか」

　とうとう〈キツネ目〉の出自に近づいたかと、壮介と松雄は肩をたたき合いたい喜びを抑えながら、赤岩氏の帰りの車に乗せてもらった。

　下北半島までやって来て無駄ではなかった。しかも短時日で済むか。

「なにからなにまで教えていただいて」壮介は氏に礼をいった。

「いや、核燃料リサイクル施設のことで余計なことを申すたかもしれません。だども、あそこに立つとつい歳を忘れて感傷が湧き、私の使った黒板も、三ツ森夏希や生徒たちの使った椅子や茶碗や鉛筆もあの下に埋められたと涙が出で、恥ずがすいことでございました」

森村留一の家は、防風林に囲われたスレート葺きの平屋建てだった。

上がり框で赤岩氏の声掛けに続いて名乗り、元の職業を告げ、応接間に招じ入れられた松雄は、挨拶もそこそこに問いかけを逸らせた。壮介が傍らに坐る。

痩せ鶴のように霜枯れた老人は、警察や検察に勤めていたことについて何も詮索することなく、躊躇も見せなかった。

「就職列車に乗ることのできなかった生徒さんです」

「はい、覚えておりますよ」

「えっ、覚えておられますか」

壮介、松雄ともに、座布団から思わず膝がしらを持ち上げて同時に同じことを訊き返した。

「覚えておられる？」

胸の中で「ビンゴ」と声をあげた壮介はさらに追いかけた。

「本当に左様な少年がいたと覚えておられるんですか」

森村元校長は、とんがり顔と鶴首を折って頷いた。

「母親の葬式さありまして、それがら半年後に集団就職ですたから忘れねでおります。たすか東京の奉公の予定先から汽車賃が送られてこねえで列車に乗れねと。毎年、ふたりか三人ほど左様な生徒さ出ますども、マンジはおがちゃだば死んだばかりで気の毒、かわいそうなごどだでと、覚えております。直接の廻り担任ではのうして校長でやんしたが、なにヤマセに吹かれて飛ぶような小さい学校で、生徒の名前も顔も家庭環境もよく知れておりましただば」

「マンジ？　マンジという名ですか。母親がその半年前に死んだ生徒」

「はい。マンジとその妹を見守ってやりたい気持ちで私、おがちゃの遺骨を埋葬に参りましたども、はあ、寺なんぞ、そこから車で三十分行がねば、ねえ。弥栄は、神社庁にも登録されていない開拓仲間が建てた小さいお宮があるだげの。すかす、そこもほれ、石油備蓄基地のあとは、核ごみ再処理のタンクの下に埋もれて。いまはお宮の跡形も墓の痕跡も、ねが。たすかあの辺りは、放射性ガラス固化の建屋になったとこだべか。下にウランとプルトニウムが埋まっとる」

　壮介は、心が逸る。

「マンジ、マンジはどういう字で」

「はっ、〈弥栄〉の者は、戦時中、満蒙開拓団の募集に参じて満州に渡ったのす。左様です。それでアレは、マンジは、満州に生まれたか、満州行きが決まって生まれたか、親御に満州を治める男さなれと漢字でいえば〈満治〉と書くのす。だども敗戦でソ連兵に追われで、ほかに行ぐとこなんかねべし、一家親子、命からがら舞鶴に引き揚げでぎでまだここに戻ってぎで、開拓べに励んだ艱難辛苦の土地だなっす。涙なしには語れねえ時代と宿命に痛めつけられた一家でございまして」

「はあ」

　名前を知った喜びにつづいて壮介の胸は急いた。

「上の、苗字は？　姓ですね、姓。それも覚えておられますか」

「やっ、そごまでは。私はマンジマンジとだけ」

「昭和32、3年のことですが」

「ああ、そうなりますかや。往時茫々のごどですら」

「満治さんの一家に、満州でどのようなことがありましたのでしょうか」

「さあ、それは。すかす命裂かれる苦労には違いないでしょう」

「廃校はいつでしたか」

「はい、六ケ所村の消えだとぎでがんす。石油危機べ起ぎて、日本も原発でエネルギーを備蓄さねばなんねと。〈大規模開発プロジェクト〉という日本全国〈新全総計画〉に指定された時だ。マンジのおがちゃの墓もそんどぎに消えた」

「はあ、しかし校長、満治さんの姓。どなたか、覚えておられんですかね。母親が死んで就職列車に乗れながった生徒です、マンジさん」松雄が入り込む。

「思い出せねな。先生は？」校長は赤岩氏に鶴のしわ首を振り返らせた。

「いや、私の担任には」

　校長氏が重ねる。「刑事さんと検察のお人と申されましたか。そんたな古い時代の満治がなにか警察のご厄介になることでもいたしましたか」

「いえ、満治さんはいまはもうお歳のはずです。古いことを調べておりまして、ちょっと他の事件の参考に」

「古いごど？」

「はい」壮介が松雄に一瞬、視線を送ってから続けた。

「風間浦の、いまは易国間漁港と申しましたか。昭和32、3年のことです。はい、集団就職列車に乗れず、それからしばらくしておそらく易国間で発動機つきの小型木造漁船と燃料を盗んで津軽海峡を渡ったのではないかと」

「満治が？　そんたな古い話で？」

「事件というか、ある人の人生を追っている途中で、海峡を渡った少年のことが出て参りまして、それでお尋ねしにきたわけです。いや、御礼申しあげます。満治氏という名前が知れただけでも収穫でございました」

と突然、森村校長は「そんだ」と、痩せた背中を座布団から持ち上げた。

「さきほど廃校の話さ出たども、廃校になるどぎ、私は青森県教委に〈尾駮(おぶち)弥栄平中学〉15年分の学籍簿、教職員名簿を提出いたしましたども、たすか、その謄写があっか。待ってくだっせ」

丸めた背で廊下に出て行った。

海に面した硝子戸に北の夕暮れが落ちて来た。波の音は聞こえてこない。

赤岩氏、壮介、松雄の三人は息を詰めて森村校長の戻りを待った。廊下の戸襖が音を立てて開いたと同時に声が聞こえてきた。

「ああ、あっだ、ありますた」

「ありましたか。コピー、何がありましたか」壮介が立ちあがった。

「こんたな、なづかしい名前さにまさか今日ねえ。会えっとは。ここ見てぐれろ」

松雄も赤岩氏も立ちあがって、ホッチキスで留めてある10枚ほどの紙を覗く。校長がめくる。

「ここだんべが。福松、そうそう福松でがんした」

「どれ、はい」

壮介が自分の手に移す。その頁には、14、5人の名が列されていた。

〈弥栄平中学校　昭和32年度　卒業人名簿

三ツ森夏希（女）父・義三　横須賀市追浜ニテ昭和38年8月20日没

　母・キクエ　満州シチコリキニテ昭和20年8月17日没

福松満治（男）　父・与三郎　満州引き揚げ　昭和36年3月12日没
　　　　　　　　母・シノ　　満州引き揚げ　昭和33年9月17日没

〈福松満治〉その名を、壮介と松雄は顔を揃えて覗きこんだ。隣りに、赤岩氏から耳にしたばかりの〈三ツ森夏希〉の名もある。

　求めていた福松満治のフルネームが思いがけずここにあった。

「やはり満州引き揚げ、とありますな」言いながら壮介は、まだなにか、古く褐色に染みた紙袋をさぐっている校長氏の手許を見る。

「一緒の棚にこんなものもありましたども。お役に立ちますかどうか」薄い冊子を手渡された。

〈弥栄村満蒙開拓雑録〉と表題がある。

「ここから満州開拓に行った者の記録です」

　校長は声を落とした。膨大な死者と凄惨な記録の内容で、長い間、手に取る気は起きず、棚の隅に〈卒業人名簿〉とともに押し入れてあったという。

　どんな中身か。概略を知っておこうとまず壮介が文字を追った。記録、調書の読み込みなら検察官時代から煩（わずら）わしさは覚えない。

　1945（昭和20）年8月12日、陸奥弥栄、十和田高見、那須千振の3部落から渡った満州開拓拠点の佳木斯（チャムス）難民収容所に関東軍の避難命令がくだった。

チャムスは、松花江に沿って南に下った哈爾浜と並ぶ満州開拓の拠点だ。

ソ連軍の空爆が始まり、日本軍、開拓団にそれまで土地作物を収奪されていた中国人武装集団・匪賊が日本人難民収容所を襲撃する。さらに現地はマイナス40度以下の極寒で、発疹チブスの猖獗で酸鼻をきわめていた。応召解除になった軍人、堪え切れずに逃亡した家族もあったが、

『残留セシ避難者、全員死ニ絶ユ、ソノノチモ悪疫流行ヲ極メ、死亡者相次ギ、或イハ先住民ニ拉致サレル等、塗炭ノ苦シミヲ受ク』

関東軍の避難命令が発せられた収容所のひとつだ。

しかし開拓団は避難を拒否した。さらに満鉄から避難列車27両が回送されてきたが開拓地死守を決し、弥栄の者はチャムスから7里（30キロ）の三江省樺南県・七虎力収容所に一時退避した。3日後の8月15日、内地で天皇が日本敗戦を玉音放送で告げた日、ようやく命令に応じて弥栄村開拓団は七虎力を発した。

『降雨道路悪シ、婦女子多数ノ為、行動意ノゴトクナラズ』

避難行は方角を見失ってさまよった。そこに転進中の関東軍が現れた。助けが来た、弥栄の者たちは手を取り合って天祐を喜びあった。

しかし関東軍も、開拓民を見棄てるかたちで大多数の部隊が内地引き揚げ、あるいは南方転地の態勢に入って昔日の威力はない。そこに、ソ連軍、中国民兵が押し寄せて来た。

開拓民を守るどころではない。足手まといになる開拓団の同行に軍は不興を隠さなかった。その日は15里（60キロ）の行軍が予定されていた。極寒、降りしきる雨、雪、荒れ野に吹きつける風、おのれ自身の発熱、軍兵も絶望的な逃避行だ。母は、連れて行けぬ赤子の首を絞め、婆は、背中の孫を岩陰に置き去りにする。夏希の母・三ツ森キクエは、中国人の背後から襲ってきた関東軍

第二独立守備隊の歩兵らに凌辱され、長男の赤ん坊を抱いたまま手持ちの短刀で首を貫いて自害した。ロシア語、満州語、日本語、中国語が飛び交う内戦だった。

『老病弱者ハ自決シ、泥雨マミレデ、ソ連兵カ、中国匪賊ノ民兵カ、関東軍カ区別ノツカヌ軍服ニ突キコロサレ、コノ世ノ生キ地獄ノゴトキ惨状ヲ呈シ、実ニ酸鼻ノ極ミ也。

コノ間ノ指導者、開拓民殺害ヲ塞グ手段講ズルコトナキバカリカ叫ブナリ。『迷惑ノウジムシドモ、コロセコロセ　イズレシヌ　コレヨリアルイテモ　イヌジニ　イマノウチニ　ナサケヲカケヨ』コレハ日本語デアッタ』

のちになってこの内戦状態の同じ惨事、蛮行が満州、内蒙古の各所で繰り広げられたことを、「開拓雑録」を読んだ弥栄村の人たちも知った。

日本敗戦ぎりぎり、あるいは玉音放送直後の地獄図である。実に多くの人がこの悲劇を書き残し、開拓団の記憶に棲みついた。

わずかそれだけの行を読んで、壮介は溜息を降ろした。頁を閉じる前に後ろまでめくってみた。それまでの記述とは違って、後半部分に〈忘れじの記〉と小題のついた頁があった。

弥栄村民それぞれの者の、満州開拓、収容所生活、避難行の短い雑記が集められているようだった。

ひとりの男が綴っている。

『なお、あえて記録にとどめおきます。チャムス、シチコリキで私どもの仲間に蛮行を揮(ふる)って凍土の野に死体を放り投げたのは、所属師団も方面軍も分明でないのでここには名までは記さぬが、関東軍の加藤××、藪原××という者であった。

われら満蒙開拓に散りし一族一統、末代までこの仇敵(きゅうてき)忘れまいぞ』

後難も怖れぬ決意宣明のようだった。

末尾に、これを綴った者の名が記されていた。諸星半二。

松雄はひとり、腕組みする心持ちになった。

チャムスから収容所を経た避難行で殺害された者のなかに〈福松満治〉の父母、係累はいたのか。いや、『私が犯人のキツネ目だ』と書いて来た手紙には、母はじゃがいもとリヤカーとともに命果てたとあった。だからチャムスではなく、日本に引き揚げてから没した。

それでも、この惨劇に満治の旧怨の記憶があるのではないかと松雄は思いをひきずった。

関東軍ばかりではない。沖縄戦最後の激戦地・摩文仁村でアメリカ軍捕虜収容所に白旗を掲げて走り込もうとした日本軍兵士が、「きさま、それでも皇軍の兵か。恥を知れ」と一閃のもとに首を刎ねられた一瞬の光景をテレビで目にしたことがあった。

あれと同じか。松雄は森村留一校長に尋ねた。

「この諸星半二という方は？」

「もう、90を越しておられるでしょうが、御存命です。ソ連軍が侵攻して来る前までは開拓公社の団長でありました」

「いまも六ヶ所に？」

「いえいえ、いまは目黒区のどこかに。いちど私、他用で上京した折り、諸星さんと東急線のガード下の安酒屋に入って、〈弥栄村満蒙開拓雑録〉の話になりました。ずいぶんお堅い意思で〈加藤〉〈藪原〉両氏の名を記されていたように覚えておりましたので、列記されたおふたりは満州から戻られてどんな道を歩んでおられるかお尋ねいたしました。

加藤氏というのは警察庁で要職に就かれたのち、まもなく何とかという会社を創業したとのことでした。戦後のどさくさの時期ですね。もうひとりもたしか大阪か兵庫の警察官僚になられたとか。軍人が戦後、警察官になった例は数えきれません。明治維新政府を樹てた薩摩藩士が多く巡査になった気風はずっと残っているのですね」

松雄は、加藤、藪原の名を特別な名ではないように聞き過ごして別なことを訊いた。

「はあ。諸星さんとはいま御交流は?」

「いや。もう昔のことです」

「電話は?」校長は首を横に振った。

「や、年賀状なら。私も最近はどなたともご無礼する歳になりましたが、半二さんの住所なら分かりましょうか」

11 極楽橋

「兵ちゃん、前にも言うたかしらんが、わし初めはな、ここで、オヤジさんと、いっつも目ェ合うと挨拶と軽いお辞儀だけでな。どっちも、このおっさん、何をして食うてんねやろ、やっぱり〈あいりん〉から日雇いに出てんのやろかと。そんなら根っこは似た者同士で、まあしんどい縁やと思うた。ただの、競艇場の知り合いやけどな。したらそのうち『腹減っとらんか』とここに誘うてもろた。それから、何10回も、まあ50回まではいかんが、このおんなじかすうどんを食うて」

「はい」

　牛の腸を揚げて脂を抜いたかすがうどんに載っている。

　２００９（平成21）年2月13日――ナイスナインが水防倉庫で再会して3か月が経つ。サブと亮兵は住之江競艇のスタンドで待ち合わせた。

　亮兵の兄の通夜で声を交わすようになってからヤマを踏むに至る昔の話になった。会うと昔話とオヤジさんの話になる。

「気づいとったやろが、あの時分から、オヤジさんは黒い太いフレームの円っこいメガネを掛けとった。ここが大事やな。あとで事件のとき、〈キツネ目の男〉いわれたが、その頃から顔の印象を変える予行演習をされとったんやな。濃いグリーンのサングラスの時もあったけど。大概は円目丸顔の印象づけや」

「ぼくが実際に会うたのは、その黒い太い枠のメガネで、顔全体も丸っこい時でした。『これが重要容疑者や』とキツネ目のモンタージュを新聞、テレビで見たときはびっくりしましたわ」

「これは尋(たん)ねたことはないけど、すべて用意周到や。その時分から警察をきりきり舞いさせて、丸互通運とナイコク製粉を脅す肚(はら)があったんやろな。あまり騒がれんだが播但ハムもな。

　とまあ、ヤマの前に何遍も、ここでうどん食うてな、ある時、オヤジさんがボソッというた。ああもうその時はお互いに、和久田三郎、福松満治と名乗ってはおったかな。そこからや。オヤジさんあってのわしいう話になる。

　ある時、オヤッサンが言うのや。『サブちゃん、袖の糸ほつれて、うどんの汁吸うてまっせ』

　サブの防寒作業着の袖口を見つめながら福松満治はさらに声をかけてきたという。

「糸と針ある。わしのとこに来るかい」

サブは思わず箸をとめた。

「びっくりせんでええ。わしはこまい時からひとり暮らしに慣れて、針も糸も使える」

「いまもおひとりですよね」

「いや、東京に『おがちゃ』がおるが、事情あってな。こっちでは〈あいりん〉の寄せ場で日雇いの地獄仕事もろうてる。〈尼の道意線高架〉の鉄塔建てとか線張りとか、生駒のショッピングモールの足場組みとか、〈神戸港コンテナヤード〉の荷役もな、そんなあぶく稼ぎや。この歳できつい仕事やがなんとか」

サブがついて行った北天下茶屋駅裏の2階建てモルタルアパートは敗戦後のどさくさの造りで、壁はこそげ、はみだした鉄管は錆が浮いて貧相をさらしていた。

共同の靴脱ぎ箱に靴をしまって2階にあがる。1階も2階も奥に進む廊下続きの左右に6室ほどあり、部屋番号が振られている。途中にピン電があった。

「どや。ここがわしの大阪のふるさとじゃ」

「立派なもんですね」

「そうかあ、ホテル・ゴケゴロシと、勝手に呼んどるのやが」

「はあ、ゴケゴロシのひとり暮らしですか」

「そや。ここに初めて来た日に、若いニイヤンが50近いおばちゃんと7号屋の前で腰ゆさゆさぶつけて抱き合うてたな。あっ、ここは〈ゴケゴロシ〉のアパートかいなと。いやわしはこんな出稼ぎの暮らしで女にはさっぱり縁はないけどな。

ピン電が鳴ると朝でも夜中でも誰かが取り次ぐ。

「とくにそこの3号室の源田はんはな、廊下中に音響いたら、厭な顔もせんと『お電話でっせ』とドアを叩く。こんなん、釜ケ崎、飛田の〈ドヤ〉やアパートでやってもらえませんぜ」

「なんの仕事の方ですか」

「源田か、おかまですわ。自称ユキコ。ミナミのアルサロ、恵美須町のトルコ、馬淵町スラムの立ちバーな、そこに女を回して食うとる男娼ポン引き。おかまも手引きしてな。14、5のガッコには行てない中学生ほどの家出娘も飼うてある。これはよう売れるらしい。親も承知の家庭環境や。客はなんぼでもつく。なんせ、その歳で、年増女もようせんことをわがから進んでやりよる。天性のもんらしいが。

サブちゃんよ、ユキコでも、中学生でもいつかて紹介するぜ、いまの時間は寝とるけどな」

思いがけずドアの前で、廊下の桃色電話を取り次ぐポン引きの話が続いた。

満治の部屋に入ってみると、布団、デコラの小卓、炊飯器、骨壺らしい白布にくるんだ箱があった。小卓に薄汚れた文庫本が一冊載っている。骨壺にサブが目を送った。

「あれか？　おふくろのな」

わずかな作業衣、位牌、商売道具のヘルメット、ロープクランプ、フック、作業安全靴は、〈あいりんセンタ〉に近い月極ロッカールームに預けっ放しにしてあるといった。この近辺から逃げなければならないいざという時のための、スラックス、替え上着、クリーニング済みのシャツも、ロッカーに仕舞ってある。

着替えれば地下鉄にも新幹線にも乗れる。あとの持ち物は、この部屋の目に見えるものだけだ。目を惹くのが、白い象印の四角型の炊飯器だった。

「あれだけ目立ちますな」

月初めの朝9時、西成区役所4階で、ノートに名を記入するだけで〈生活保護受給者〉が〈給料日〉と呼ぶ〈ホゴ費〉6万5500円が降りる。天下茶屋〈林養賢〉と記す。荷役や解体の手配師などにも金閣寺放火犯のこの名を使うことが多い。市職員から6万5500円を手渡されると、多くの者はその足で米屋に行き、3850円で5キロ買う。キロ770円だ。米さえ確保しておけば1か月飢えずに済む。

皆と同じように満治も月初めに米を確保する。

〈神戸ポートピア博〉が開催し、地方では閉山炭鉱夫があふれ出し、農林省の米価調整で篩い落とされた棄農者が釜ヶ崎に流れついてくる。

彼らの多くは、食べる米に故郷を思う。〈ホゴ〉受給日ばかりは高い米から売れる。

米屋の店主に訊かれた。「あっち、東北のかたですか」

「いや、ただ旨いのが食いたいだけや」

出自はむろん、ここで、故郷も明かすことはない。あくまでも金閣に放火し、26歳で病死した林養賢を通す。

計量カップにすりきり一合、トイレの蛇口の水で炊く。

おかずは、ない。炊き上げた飯に、安い業務用ケンコーマヨネーズかお好み焼きのオタフクソースをかける。

旨いものを食べたい気もなかった。ガキの時分から、腹は満たすだけでよいことに狎れている。

東京に戻れば〈がっちゃ〉が食べさせてくれる。

〈カマ〉には、起きると水を呑み、腹が減ってきたらまた水を呑んで、夜はそれ以上空腹を覚えぬよう早々に寝てしまい、食欲を絶とうとする者がいる。

しかし、眠れずにふらふらと外に出て、灯りのついているスーパーに虫のように這い入り、パンや弁当に手を伸ばして逃げる。

懲役2年、3年を勤め、そうしてまたスーパーの棚から食い物を引き、あるいは、ラーメン屋、ホルモン屋でただめし、ただ呑みをして走る。

神戸のコンテナヤードを日雇い往復するマイクロバスのなかで朝夕言葉をかわすようになった爺さんから満治は、〈カマ〉の累犯者のその話を聞いた。爺さんは前歯が三本も抜けて声が聞き取りにくい。

満治にいった。

「万引き、無銭飲食を繰り返すんは60、70越した、おらどみたよな爺さん婆さんが多いで。おらどもいよいよ切羽詰まってきましてな。脚痛いけどもバラ貨物の水切り、荷揚げ」

本名かどうか佐々木市蔵と意外にも名を明かしてくれたその歯抜け爺さんは「いやしかしおらどもな、はあ、もっとぎりぎりに追い込まれたのがええかしらんと思うようになってな」前歯から息を洩らす。

「万引きしてナカに入れてもらうと、三度のめしはある、布団はある。屋根はある。しあわせなら手をたたこの世界やでほんま」

手を打つ代わりに、細い糸髪がたかった黒焦げ色のおでこをぴちゃぴちゃ叩いた。

九州のどこかに女房、子どもがいたが、新潟港の湾岸作業を経て〈カマ〉に出てきてから音信はない、という。

爺さんはなんどもナカに入っていた。

ホゴを使い果たして腹が減ると、さまよい着いた町のスーパーや飯屋の前に行く。思わず足が止まり、手が伸びる。

「おっちゃん、ほんまにまた、ナカやで」

満治は思わず声をかけた。

「おらどは、お母はんの腹の中から紙っぺら1枚のように生まれてきたんですかいの」


オヤジから聞かされた、市蔵爺さんの話をサブは亮兵に教えた。サブは満治に答えた。

「ほんま紙ぺら1枚の人生。生まれた場所、生まれた時代から人間は逃げられんいうことですわ。どこにも脱けだせません。言葉も気ィも都会にはなかなか慣れません。しかし、オヤジさんは1年ちょっとですか、それでもう大阪弁を覚えられた。大阪生まれ、大阪育ちで通ります」

満治は、思わず「おおきに」といいたい気になったが、サブに何も応えなかった。

キツネ型のメガネをかけず、顔ぜんたいの印象を丸型にしているのと同じように、関東や北の言葉ではなく以前から大阪弁をこなそうと決めていた。うかつにおのれの正体は明さない。なんのためにそうするか、初めは目的の輪郭はおのれでも不鮮明だったが、いつか大阪に馴染んだようすが役立つ、気がしていた。

大阪の地図、大阪の言葉に通ずるようになれば、〈カマ〉に長居(ながい)は無用だ。ここで親しい人が増えれば厄介も多くなる。顔も名も覚えられてはならなかった。

そのために区役所に、名、本籍を登録する〈ホゴ〉も〈日雇労働被保険者〉の〈白手帳〉も合法申請していない。どうしてもと要請された時には、〈林養賢(はやしようけん)〉あるいは、〈養賢〉とだけいう。

出稼ぎ者は、流れ者ときまっている。満治はこの後、太田区蒲田か川崎辺りに行ってみようと思っていた。そこでまた見知らぬ者とすれ違う。

戦後復興を果たし、景気が泡になって沸き立っているといっても、満治たちの足場でカネの泡が噴いているわけではない。結局くたばるまで、再犯を繰り返して刑務所や保護施設に出たり入ったりしている者と堅気の間を、ひとりの知り合いも持たずにさまよう。

満治も歯抜けの市蔵爺さんもそれしか生きようはない。

文庫本が載っている小卓の傍らでサブは満治に合いの手を入れた。

「なんかスカッとすることないですかね」

「スカッとよりドキドキ、ハラハラしてオモロイことは？　警察を走りまわらせるようなことはどうや。生きとる気ィするぜ」

あとになって思うことだったが、この会話が大きなヤマを踏む初めの一歩になった。

「えっ？」

「大阪府警職員2万3千、いや兵庫県警もまぜてやってええな。どうや」

「全関西の警察をきりきり舞いさせるんですか」

「そや。ほれでゼニも手に入れる。人は殺さん。完全犯罪、しかも迷宮入りにな」

「そんなこと、現実に」

「ないというか」

「あるんですか」

満治は、厳しい労働をしているとは見えぬ、どこか繊細を含めた彫りの深い整った顔に笑みを泛べて頷いた。

「と、そんなことができたら、どこで生まれたも、紙っぺら1枚の人生も関係ない。天下取れるいう話や」

満治はサブに「まあ」と促して、尻の部分が薄くなった座布団に自分から先に腰を落とした。

アパートまでサブを招じ入れる気になったのは、競艇場でもう長いあいだ顔を合わせてともにかすうどんを啜り、信用するに足りるかと思い始めて半年は経って親しんだ上の格別のことだった。

サブは警察にケツをまくった男だと知っていたが、話すうちに、警察への憎しみを土台に親近をおぼえた。

それよりかより、競艇場で出会った以外の、ふたりに共通した〈鑑〉がない。〈あいりん〉の繋がりもない。

大阪府警が血まなこでゲーム機やバカラ賭博を摘発した時代があった。そのさなか、ミナミやキタの営業店、賭博機業者に手入れの情報を流して、防犯課保安係や警邏課、風紀係の警察官が一回20万から50万円の謝礼を受け取っていると、地検に〈投げ〉が入った。

〈地検さん、よう調べてや。警察は弱いもんいじめするとこか。府警のあいつら、遊戯業者、風俗とつるんで賭博を見逃し、謝礼を受け取っとる。何遍も見逃したって1千万から2千万、ゴルフ会員権、新宅購入いう手土産をもろうてる巡査長、部長クラスもおる。

賭博業者や風俗はまあそれだけ儲かっとるということやが、地検さんは、こんな悪徳警察官をほうっておいてよろしいんですか〉

この〈投げ〉を端緒に、府警に激震が走った。

〈警察官の賄賂、情報洩れは市民への衝撃が大きい〉

事案は捜査一課にまわされ、保安部一部巡査の職務利用の賄賂犯罪が摘発された。新聞にも連日報じられた。

内偵対象は任警視正から生活安全地域課調査担当、現役から退職警官におよび、結局7人が逮捕された。事案捜査の緊張のなかで担当署員××、市警備本部長××のふたりが自裁した。

そのうち、監察官に呼びだされた席で、〈依願退職〉の辞表を出した者が3人あった。ひとりが和久田サブだった。サブも業者からカネを取っていた。警察の機構に呆れることの多かったサブに迷いはなかった。おのれの罪はあっさり認めた。

「ほな、逮捕でも起訴でも好きにしておくんなはれ」

そのうえで、吼えた。

「ただしわしだけやっても尻尾切りや。府警はいまどないなことになっとるか。あんたらの手が入り始めた途端に、署内どころか全体が互いに唾をかけおうとる。吐いたつばは呑めんぞ」

その後捜査疑惑はバカラやゲーム機賭博にとどまらず、その頃現れ始めた新手の賭博機・パチスロに及び始めた。

パチスロメーカーは〈日本電動式遊技機工業協同組合〉を結成していた。

その団体幹部に、検察も驚く現役警官の顔ぶれが並んでいた。

元・各県警本部長、警察大学校教養部長、関東管区警察局外事課長。

理事長は、〈双栄運輸造船株式会社〉社長だった。ロッキード事件刑事被告人・児玉誉士夫が筆頭株主の会社だ。

あとでその面子の名と役職を聞かされたサブは「世の中はよう出来とる」と呟いた。同時に解放をおぼえた。退いてよかった。キャリアでもない私はあのままあの組織にいても一生うだつはあがらない。

県警の上層もよだれを垂らしながら、カネと時代をむさぼり食っている。

女房を病いに持っていかれた私は、この先何をすべきか。何もない。

ゲーム機取り調べの情報を流すようなケチな仕事ではなく、1億、10億というカネをかすめ奪る、おのれのおったカイシャがひっくり返るような知恵を働かせなければならない。

サブは住之江の2階観覧席に坐り、そのことをじりじりと考えこむ日を送っていた。


招じ入れたサブが帰ったあと、満治の部屋の薄ベニヤのドアをノックする者があった。

「うちです、ユキコです」

3号室のおかまだった。本名は、源田仁一(げんだじんいち)という。

「誰ぞ来てたん？　めずらしい」

左の黒目が白濁して視線がどっちに泳いでいるのか分からない、じきに50になるポン引き男娼だ。柔らかい身ごなしと優しさに安心をおぼえるのか、女たちがついてくる。彼女らは総じて不具合のある相手を好いた。ユキコに見放されたら、主に、山王町一丁目、萩之茶屋三丁目近辺をショバにするごくどぼしに骨の髄まで搾り取られるのを知っている。ここからは逃げられない。マニラ・ブルゴス通りのシャブ専風俗に売られた女もいる。

「いまのか?、ボートのな」

「おっちゃんにも、この辺りのお知り合いがいてますの？」

「住之江にたまにな」

満治は、ここの住人にもユキコにも、年季が浅いために〈ケタ落ち〉日雇いを勧めてくる〈あいりん〉の手配師にも、むろん〈林養賢〉だ。

メガネはずっと黒く円いフレームのロイド式で、名ばかりでなく、顔も隠すように生きている。

幸いここでは誰も、出生地も名も過去も尋ねない。

むろん、何をしようとしているのかこの先の生き方も訊かない。

警察をきりきり舞いさせる大きなヤマが起きたら、わしや。

喉の奥に立ち昇ってくる思いは決して洩らさない。大きなヤマを越すには、それ以上に大きな策を立てなければならない。

口の軽そうなユキコとの行き来も断りたかった。だが、人恋しい性質か、ピン電の呼び出しの他にもユキコはなにかとドアを叩きに来る。わらび餅食べませんか、パチンコの景品やが、歯ブラシもろうてちょうだい。

ときに小紋を羽織り、半幅帯を締めて現れる。

スカート、ブラウス、紬（つむぎ）、木綿、季節ごとの柄も揃えたい。

ユキコの生涯離れられない同伴者は化粧と女装のお洒落だ。爪も足先まで塗っている。

「お金かかるんやわ」

ユキコのオトコオンナの費用をささえているのが、ポン引きの揚がりである。

ネックレス、イヤリング、分厚い下地ファンデーション、リップもなるほど〈カマ〉のおかまならこれで通るかもしれないと満治は思う。しかし、後ろ首の茶色に染めた髪の下から、太い濃い男髪が生えているのを目にして、あとずさる。

「こないだはカラオケやったけど、ちょっと今日はさ」

思いもしていなかった用を持ち込んできた。

「花ちゃんをどっか別のとこ連れてやってもらえませんか」

「なんで？　別のとこって？」

「こないだはありがとうやけど、ちょっと息抜きに。この近所やのうて」


この〈ホテル・ゴケゴロシ〉に来て半年ほど経った日だった。

朝から強い雨が降って、皆が〈半ダコ〉と呼ぶカンゴク飯場の仕事もなく、くすぶっていた部屋に、夕方になってユキコが入ってきた。

短いフレアースカートから筋肉質のごついすねが伸びている。

満治に視線を向けられて、「いやっ」と女仕草ですね毛を隠した。

とその時、振り返った目に入ったのか、「あらっ」と声をあげた。

「ヨウケンちゃん、メガネ換えるの？　こないだもそのパンフ」

めざとく見つけたのは、ひと月ほど前に天王寺のメガネ屋でもらってきていた、新作フレームを紹介したパンフレットだった。

ユキコは、膝に引き寄せて、「どれ？　こんなかたち、ちょっとキツネ目になれるメガネ、ヨウちゃんに似合うかもしれないやん」と、顔を覗きこみにきた。

似たものはすでに三本揃えてある。事を起こしたときにかけるつもりでいる。

パンフレットのキツネ目のフレームについて問うたこの女装の男に、満治は油断ならないものを感じた。

そのことがあったのにこの日も同じパンフを見つけられたのは不覚だった。

早く出て行ってくれ。

ユキコの赤い口紅とラメ入りの濃い茶のシャドーを塗り込んだ顔を見返して訊いた。

「仕事？　行かんでええのか」

すると、ユキコはドアを開けに出て廊下越しに「花ちゃん」と声をあげた。すれ違うたびにお辞儀をする花ちゃんが、「お邪魔します」と入ってきた。飛田新地で襦袢姫をやっている20歳を越えたか越えぬかの娘だ。アタマのネジが何本か足りない。

ユキコがフレアースカートの裾に毛脛を隠して言う。

「今日は1日くさくさして仕事ら行っとられん。花ちゃんと相談したん。おっちゃん誘おうかて。三人でどこぞ、飲みに行かへん？」

断ると、パンフのキツネ目のメガネのことを、誰彼と言いふらされるかもしれない。オトコオンナは、人の隅まで興味津々に見ている。出かけたい気はなかったが、応じた。

半年前のその夜も濃いボトルグリーンのサングラスを掛けた。

動物園前駅から天王寺に向かうあびこ筋のだらだら坂を上ってじきの露地を曲がり、行き当たった〈釣堀魚春〉の裏のカラオケ居酒屋〈ぼたくり〉に入った。

先は〈ひょうたん寿司〉〈寄ってんかラーメン〉で、そこから旧遊郭を囲った〈嘆きの壁〉、シヨンベンガードが続いて〈飛田本通商店街〉の猫塚入口に出る。

この露地と本通りの、カウンターひとつの居酒屋、立ち飲みバーにカラオケが置いていない店はない。ユキコはそこの一軒に行こうという気のようだった。そこなら安い。気兼ねもいらぬ。

チェジュ島から渡って来た雇われのママが多い。

「こっから東に行ったことない。京都までも、ない。いちばん東は東大阪や」と、口をそろえるママらで、地元の外には出たくない心理を吐き出す。チェジュから渡って来て、ここが地元になった。

界隈の住人は、月の初め、「ホゴ費」が降りると、ここに来てそれぞれ、半分に切ったビールカンやペットボトルに名前を書いた紙きれと100円硬貨を何十枚かほうりこんでおく。1曲100円で、ひと月持たせる。

源田ユキコにクサリ縛りされている女たちは第二次石油危機のあった1979（昭和54）年頃は、南海天王寺支線の踏切を渡った先の〈食堂よっこらせ〉、〈売血バンク・あいりん〉の脇露地で「お花買うて」とか「遊んでいかへん？」と男を引いた。

今は、カウンター居酒屋でカラオケを一緒に歌って飛田大門、通称・地獄谷門か、反対側・北門の階段脇の鳩の巣箱のようなドヤホテルになだれこむ。

大門の塀向こうは阿倍野墓地で、布団に寝たままで窓越しに無縁ボトケさんたちに手を合わせられ、〈こりゃ親孝行できるわ〉と客にも女にも評判がよかった。

「うち、歌う」と、花ちゃんがおずおずとマイクを握った。

〈♬親の血を引く兄弟よ〜り〜も〉

〈♬こぶし咲く〜ああ〜北国の春〉

花ちゃんは北の出かと、一瞬訊こうとした気持ちを満治は押し込めた。生まれた地や育った故郷の話で袖を触れ合わせてはならない。出稼ぎに出たどこの場所でもそう決めている。いつヤマを踏むことになるかもしれない。流れ歩く者は土地にも人間にも関わりの少ないほうが危険を避けて生きられる。

ユキコ姐さんは、ビール缶から出した硬貨を二枚、カウンターに並べて「あたし、あら、百恵ちゃん引退を偲んで。いや聖子の方がいいかな、いややっぱ」

と腰をひと振りし小指を立てて握ったマイクに、太く濁っただみ声を吐きつけた。

〈♬雲は湧き〜光あふれて　純白のたま〜　今日ぞ飛ぶ　ああ〜、栄冠はきみにかがやく〉
歌っている途中で「たまよ、たま。ああ、たまたま」とひとりで合いの手を入れた。
満治はおかまが歌うのを初めて聴いた。人それぞれに生きている。
「考えてみたらさ、野球ってオゲレツね。玉と棒をおおぜの前でぶらぶら振り回してるんやから
ね」
　満治は応えない。何も面白くなかった。
　ユキコは満治に向き直って、急に話を振った。片側の黒目玉が白い。
「ねっ、ヨウケンちゃん、部屋にあるパンフの、あのキツネ型のシルバーフレームお洒落よね。
買いなさいよ。ヨウケンちゃんに似合う。ぜったいよ。うちも欲しいくらいやわ」
　このオトコオンナは、まだ忘れていないのだ。
やはり油断ならないと思い直した。手垢と酒のしずくでまくれあがった歌詞ノートを勧められ
たが、満治は、頁を繰っただけで歌わなかった。
　ユキコはそれからだしぬけに、
〈♬まわる〜、まわるよ、時代はまわる〉と大声をあげ、つっと向き直った。
「あんた、いま大はやりの一条さゆり、見たことある？　十三(じゅうそう)にも九条(くじょう)にも出とるわ。あたし、
見んに行たんよ。特出し。藤純子の緋牡丹お竜、ちっと踊ってな。そのあとで、ワレメさんどこ
やないの。内臓見せるで。
　いや、一条さゆり、これはええわ、その前に出た踊り子さん、ジュリアン・ジュリーいうてな。
これも良かった。うちとおんなじ、性転換したおネエさん。からみベッド・ローソク・レスビア
ンショー。一見の価値いうねんな、ああいうのんが」

ユキコはそれからさらに興を募らせたように、大売れっ子で小屋をスズナリにするという何人かのストリッパーの名を指を折りながら挙げた。

紅蘭妃、花園ゆりか、桐かおる。

「ヨウケンちゃんあんたも、一日中、しぼしぼしたアパートにおらんと、見に行ってきい」

まだ話を続けたそうなユキコを促して三角公園のきわの路地に出た。

半目しかガラスのないメガネ、底の穴あき片靴など、いつも、まともな商売では売れぬモノをござに並べているおっちゃんも、降り続いている雨のせいで店仕舞いを始めていた。

四人で〈安い屋〉と〈仙九郎寿司〉の隙間の猫道を抜け、「解放会館」の脇から、仕舞屋(しもたや)の軒下、ドヤの波板鉄板の壁裾を伝い歩き、〈ホテル・ゴケゴロシ〉に戻った。

ユキコに廊下から呼ばれた花ちゃんが満治の部屋に来たのは、半年ほど前のその夜以来だった。

ユキコが満治の腰をつつく。

「ねっ、ヨウケンちゃん、この子に気晴らしさせてやってよ。帰り8時ぐらいでもええから。〈秘蝶〉のおばちゃんには連絡しとくから」

満治はこの5日間、〈あいりん〉の手配師に〈直行(じきいき)〉ではない〈拾い日雇(ひよう)〉しか紹介されずに滅入っていた。

しかも、分(ぶ)も出ず、チャブ抜きで腹が減って、部屋の炊飯器のめしだけでは足りない。サンダルがけで〈萩之茶屋商店街〉〈パチンコ東京タワー〉の前まで食いに出ていた。西成警察署前を南へ、その先の十字路を右にまがった奥だ。

〈だんご汁50円、かす汁40円、握り飯3個50円〉の〈おっちゃんの店〉という油よごれした暖簾の下がった店である。白髪のおっちゃんが、ときおり足をよろつかせながら、鍋の、すいとんと屑野菜をおたまで掬っている。

　その店に通うのが満治の近ごろの日課だった。

「気晴らしさせてやって」とユキコにいわれたが、満治にも花ちゃんにも行く当てはない。カネは泉大津の埋め立て処分場の日雇いで、サバ缶にしまった隠し万札2枚ならある。そう遠くまでは行けない。これを使わせてもらうか。

　花ちゃんは、飛田遊郭〈阪神高速松原線〉の下際の〈ちょんのま料亭・秘蝶〉で襦袢お嬢をやっている。18で糸満から出てきて22歳になった。グラビア誌の表紙を一度飾ったことがあるが、池袋北のアダルトビデオの事務所に売られて、もともと何も深く考えられないアタマで、〈釜ヶ崎〉〈飛田〉が如何なる所かも知らないうちにユキコ姐さんの手に落ち、〈秘蝶〉で働かされることになった。

　店のあがり框に並んで坐って「よう見ておくれや。こんな別嬪さん、そうそうおりませんぜ」と呼び込む遣り手婆さんがなにくれとなく親切で居心地は悪くない。

　花ちゃんは口癖がある。

「うちのアタマおかしんは、生まれつきちゃいますよ。お父はんにどつかれまくって、糸もネジも飛んでいてもうたんです」

　お客が目の前に立ったらまずお辞儀をして笑顔を浮かべる。「ようお越し」ぐらいは言わなければならないことはおぼえた。

　婆ちゃんはさらにいう。

「あとはわたいに任しとき。ほな、とわたいが合いの手入れたら、さっとお客さんの腕取ってな、

2階へあがったらええの、あとは教えたとおりに、お布団敷いて、おカネ戴いていっぺん降りてきて」

そのあたりから花ちゃんのアタマはややこしくなる。布団を敷くまではできるが、最短15分1万1千円、20分1万6000円から、時間が増えるたびにあがっていく花代と、そのお釣りがこんがらがる。何度も通ってくる客は、釣りを騙しもしないが、15分のあいだに2回分済ませるえげつない客もいる。

その他のことには花ちゃんのアタマもなんとか追いついて、もう10か月、無事故で〈秘蝶〉に勤めに出ている。終業は、料飲組合が深夜零時と厳格に決めているのも働きやすい。

「どこに行きたいかい」満治が訊くと、小首をかしげてからやっと〈カバ舎〉と答えた。

口がきけないというわけではないが、喉を開いてもほとんど声にならない吐息のような答えしか返せない。〈秘蝶〉の客の幾人かは、声も出せない、アタマのネジが3本も4本も外れてしまっている女に、壊れた玩具を撫でこするような興を募らせて通う。対面する客の目を見られず、きょときょとまわりを見まわすのもおもしろがられた。

満治もどこか油断のならないユキコとちがって花ちゃんになら、いくつかおのれの話をしてもいいような安心がないではない。

〈カバ舎〉なら、あびこ筋を渡り、〈ジャンジャン横丁〉、通天閣下から〈新世界ゲート〉に近い天王寺動物園の西寄りだ。10分ほどで行ける。

ジャンジャン横丁のトンネルを抜けたところで、花ちゃんが呟いた。

「うちも、カバみたいに泥水の中で一日じっとしておりたいさかい」

「十分泥水におるやないか」と応えかけて、

「カバみたいにか。そりゃええな。おっちゃんもそうしておりたいな」と言い直した。

とそのとき、満治の気持ちがふっと脇にうごいた。足の向きを変えた。

「山でも見に行かんか」

山の中で、青い空気を吸いながら寝転びたい心持ちに誘われた。

「山て？」

「木ィと緑があるとこや。めったに行くことないやろ」

おもいがけない提案に、花ちゃんはこくっと細い首を折った。

〈通天閣下〉から離れて動物園とは逆の西へ、〈阪堺線〉の〈新今宮駅前電停〉を越え、南海高野線〈新今宮〉駅に向かった。そこから乗れば紀州の山が近い。

あびこ筋を挟んだ〈あいりんセンター〉の向かいに新今宮駅のホームに上がる口がある。人がやっとすれちがえる狭い口だ。

ホームの案内の声が下の道路まで聞こえてきた。緑いろの網袋を左右両方のハンドルからぶらさげ、サドルの上、後ろの荷台にも同じ袋を積み上げた自転車がよろけながら過ぎた。拾い集めたアルミ缶を天王寺の買い取り業者に運んでいる。

「まもなく極楽橋行きが参ります」

花ちゃんが訊く。

「ゴクラクバシってどこ行くん？〈ゴクラク〉に行くん？」

「高野山や。知ってるか、高野山。そうや、〈あいりん〉の地獄から極楽の高野山」

「行たことない。大阪もこの近所もどこも行たことない。沖縄とちょっと東京しか知らん」

暗く細い階段を二度三度くねって乗車券売り場に出た。電光掲示板に「快速急行極楽橋行き」とある
発車間際のドアが閉まるのを珍しそうに覗きこんでいた花ちゃんは、大和川の鉄橋を越えて堺に入るあたりまで、膝の上で両手を強く握りしめて一寸の動きもみせなかった。

「花ちゃん、固まらんでええで」

「あい」小さく頷く。狭山を過ぎ、金剛にさしかかった辺りから、線路際のごたごたとした家並の向こうに青田が見え始める。

「今日どっか外行きたいいうたのは、花ちゃんからか、それともユキコ姐さんか」

河内長野を越えて車窓にこんもりとした丘、山裾が広がり始めた。

「姐さんです」

「そうか。なんで急におっちゃんとどこかへ行けいうたのやろ。〈秘蝶〉のおばちゃんに『遅うなる』て電話までするいうてたな」

「はい。分かりません」

アパートを出てきてから、満治の胸はユキコへの疑いの針先につつかれている。〈キツネ目〉のメガネに何かを感じて企んだものがある。そんな策があるのではないかと、目を尖らせているのか。いや何かではない。いつかそのメガネでヤマを踏んで大金を手にする。

「花ちゃん、あんたんとこの姐さんは、わしのこといつもどう言うてる？」

「さあ、ええお人や、いうてます」

「どないに？」

「さあ」花ちゃんは首と視線をちぐはぐに振る。首はみぎへ、目はひだりへ。

「姐さんはこれから何をしようと思うてるのや、花ちゃん分かるか」

「いやあ、はい。うちは自分のこともよう分かりませんのに、ネエさんがどないにしはるのか、なんにも」

「そうかあ」電車は九度山を過ぎ〈秘境駅〉として観光ポスターに貼り出される山岳と渓流にはさまれた駅をいくつか過ぎていく。

「あっ、おカネがいるというてました。姐さん、カマにお店出したいて」

〈カマ〉のエリアなら、〈西成署〉の裏通りか〈旧萩之茶屋小学校〉の脇道に、青テントの呑み屋を開きたい。ユキコ姐さんの願いだと明かした。

　そのことなら、いつぞ当人の口から満治も聞いた記憶はある。

　いつまで、女をいまのままのようすでクサリでつないでおけるのか分からない。アレらは逃げることばかり思っている。最近は、カラオケ居酒屋やスナック、あるいは露地の角に立って客を引くような娘は減っている。みな手っ取り早く、風俗の稼ぎに出る。うちも、頭の痛いこんな苦労をするなら、警察や学校の裏に青テントをあげて呑み屋をやるほうが心休まるのではないか。

　ユキコ姐さんなりに考えていることだった。

　ただし、資金が要る。鍋、フライパン、酒、ボトルを揃え、遠くないうちに暴対法ができるというが極道に払うシノギも毎月かかる。自治会費も要る。三角公園の炊き出しに、幾らかの寄付もしなければならない。それらをどう工面できるのか。

　さらには、オトコオンナのユキコには、並の男では分かりようのない銭がかかる。化粧品、洒落た下着、流行りの洋服、どこに出ても恥ずかしくない和装。じきに五十という年齢の不安もある。病気になって医者代、薬代も払えるのか。

いっそ無銭飲食で、堺や岐阜や、東京なら小菅のナカに入れてもらったほうが生き延びられるか。ユキコ姐さんは、不安でいてもたってもいられない。

「まもなく終点極楽橋、極楽橋です。高野山行きケーブルカーにお乗りの方は、階段をあがり、その先、左にお越しください。ケーブルカーは14時23分の発車です」

「着いたな、極楽へ」

「はい。電車に乗ったん久しぶりです」

「姐さんの話をしておるうちに着いた」

「はい。姐さんから店出したい話、聞いたことありますが、うちにはようわかりません」

満治の部屋にあがりこんできたユキコが、ある晩、長居をして帰ったことがあった。その折の話で、満治はユキコの履歴をいくつか覚えている。

小樽の漁師の三男坊で、躰が魚臭くなる仕事は耐えられないと、芸能雑誌の求人広告を頼って20代半ばで浅草の理容院に職を得た。3年もして仕事に慣れてくると、〈浅草花屋敷〉の裏手にある〈三業会館〉に出入りするようになり、置屋〈業平（なりひら）〉の下足番、洗い場に雇われ、30過ぎまで男芸者を兼ねた。

花街で生きる仕事は性分にあっていた。芸妓たちの化粧白粉の匂いが好きだった。ある年、長く声を掛けてきてくれていた日本橋の料亭の80に近いオーナー爺さんに「うちの店に来んか」と落籍（ひか）された。

そこに、元自衛官の板前がいた。爺さんが料理を教えこんできた子飼いだ。がっしりとした体躯に彫りの深い顔だちで、初めて紹介されたとき、ユキコはしびれるような電撃に胸の芯を貫かれた。1年もせず、三軒茶屋のアパートで同棲を始めた。オーナー爺さんが二人の関係に嫉妬と怒りをぶつけに杖をついて押しかけてきた。逃げ出すしかない。東京にはいられない。

どこでもよかったが、人の行き来の多そうな大阪にした。ユキコは理容師に戻ったが、相手の男は関西料理も学べる仕出し屋に入った。

ある晩、ふたりで住み着いた松屋町筋・瓦屋町のアパートに戻ると、板前は同じような体型の男と素裸でからんでいた。

「ねえ、満治さん聞いて。それからよあたし、男が不潔でしょうがなくなって、女の子を使うお商売に切り替えたの。あたしもいけなかったんだけどね。酔っぱらって寝込んで、肩にトクホン貼って下は股引で。ひげは生やしたままの恰好だったから。そりゃあっち、新しい男つくるわな。おかまも歳取るとみじめなもんなんよ」

奥ノ院に行くバスは出たばかりだった。時間をつぶすあいだ、バスが溜まるケーブル駅前の広場の西側に寄ってみた。いま来た大阪側の山峰が眼下の曇天に青くかすんで寝そべっている。その手前に薄墨いろの帯が這っている。吉野大和から海に向かう〈紀ノ川〉のようだった。

満治は大きく腕を左右に伸ばして息を吸いこんだ。

満治のそのようすを見て、花ちゃんも同じ真似をした。腕を拡げたとき、ふっと笑みを浮かべた。花ちゃんが笑顔を見せたのは初めてだった。

「いつもな。わしら〈カマ〉や〈飛田〉で寸詰まりのよな息して。高いとこから見るいうても〈通天閣〉しかない。それに較べてどない？　花ちゃん。この眺めはええな。足の下に山がある」

と、花ちゃんは「うち、通天閣、好かん」と突然身をひるがえして、バスの並ぶ広場を走り回り始めた。

あとを追って「危ない」と抱きしめた。通天閣と聞くと、どうかした具合で不安を来たす要因があるのか。それとも、アタマのネジがはずれているとユキコがいう障害の行動のひとつか。ここまで静かについてきたのにやはりそんなものが起きるのかと、満治は傷みをおぼえた。

〈奥之院〉に行く山内バスのシートに坐ると、花ちゃんはやっと息を鎮めた。

「どうしたんや」満治が尋ねる。通天閣のことはもう訊かない。

「はい。子どものときからです。時々うぁっと叫んで走りとうなるん」

「どんな時に？」

「うぁっなった時に」

バスは山裾を大きく迂回しながら専用道を行く。車内アナウンスが女人堂を経由して奥の院まで行くことと、山の高さと、山内に百十七の寺があり、千人の僧侶が住んでいることを伝えた。

「おくのいんて何？」

「墓がいっぱいあるとこやろ」

「阿倍野墓地みたいに？　うち、お墓も嫌いやねん」

「ほうか、そんなら行かんとこか」

次の停留所で降りた。〈小田原通り〉とあった。山内の行き来の一番盛っている場所のようだった。ガソリンスタンド、数珠屋、銀行の支店、最中屋、美術商が軒を並べている。

スーパーもあった。

花ちゃんはとつぜんそこに駆け入り、奥まで進んで、数珠、ロウソク、クッキー、チョコレート、カステラ、えびせんの並んだ棚の前に立ち止まった。

「なにを買う？」

応えずに、じっと線香束や菓子を睨んでいる。

「なにを？」ふたたび訊きかけた時、商品を左、右に入れ替え、また、真ん中から、右に左にと位置を替え始めた。時間にして2分ほどそれを繰り返し、なお置き場所が気に入らないと思うのか、チョコレートの箱を床に引きずり落とし、数珠に変え入れた。

レジからようすを見ていた店員が走り寄ってきて「なにやってんねん」と声をあげた。花ちゃんはびくっと震わせた躰を、しゃがんだ満治に打ちつけにいく。

誰もが詣る〈奥の院〉に行かず、スーパーの陳列棚で商品の位置を置き換える。

このために高野山に来たのかと、満治は疲労をおぼえた。当然〈金剛峯寺〉や、何万とあって数えられないという参道の墓石と大杉を縫い歩くことも叶わない。

「花ちゃん、なんぞ食べて行こう」

道路向こうに〈食堂〉の看板があった。

きつねうどんと柿の葉寿司を分け合った。うどんが温かい。

「うまいな」

「うん」少し落ち着きが戻ってきたようだった。

降りたバス停に立って時刻表を覗いた。駅に戻るバスは30分後だ。反対側を見た。〈奥の院前〉から30分先に〈立里荒神前〉と停留所の表記がある。予想外だった。奥の院が終点ではなかった。

〈秘蝶〉に戻る時間に足りる。

〈荒神〉の意味はわからなかったが、深い山の中らしいそこなら花ちゃんも心を毛羽立たせないように思う。

「行ってみようか。山の奥みたいやな」

「はい。そっから、どっかに逃げられたらええですね」

バスはすぐに来た。立里、龍神を経て乗り継ぎし、熊野本宮に行くとフロントの方向幕にある。意外にも二車線の広い道路に揺られて進む。

バスを降りた立里は深い森の中だった。〈荒神〉はその場から山岳の頂上に鎮座すると案内板にある。山上に向かう石段に、千本を数える鳥居が連続しているとも看板に出ている。鳥居を次々とくぐってつづら折りの石段を上る。息が切れた先の社殿にふたりで手を拍って、脇に行ってみた。

眼下から雲が湧き出してきていた。

花ちゃんが「わっ」と声をあげて後じさる。

肩を抱いた。ケーブル駅前のバスの広場の時と同じように、こういう時には、抱きしめるのがいちばんよいようだった。

「うち、ほんまにどっかに逃げたいの」

「ここから？」

「はい。ようけんさんに連れて欲し」

「そうか。しかしな、ユキコ姐さんも〈秘蝶〉のおばちゃんも待っとる。去のね」

降りる石段で脇を行くカップルの声が聞こえてきた。「やっぱりパワースポットや。気ィこもってたね、あんた」

ケーブル駅に戻るバスは10分も待たずに来た。

花ちゃんが足許を瞪めながらいった。

「うち、パワースポットって分からんけど、逃げられんかったら、ユキコ姐さんにそんなとこ行ってきた教えたげます」

その科白から、帰りの電車で、ネエさんの話が尾を引いた。

「難波行き快速急行、次は紀見峠、紀見峠」

長いトンネルをくぐると大阪に入る。

花ちゃんは車内が明るくなった所で意を決したように口を開いた。少し大きな声になっていた。

「あのねえようけんさん、うち今日は、ようけんさんに言うてええかどうかずっと迷うてたん」

ユキコから言われてきたことがあるという。それを明かしてよいか、胸が詰まり、不意に叫びたくなったり、スーパーの陳列棚を整理して落ち着きたい心持ちになったと前置きした。連れて逃げてくれたらもっとよかったと。

「あんた、ようけんさんといっぺんゆっくりどっかへ行って来（き）い」と言われたという。

「なんでですか」花ちゃんはユキコに訊いた。

「あんなあ花ちゃん、分かるか、あの男からカネひっぱるのや。アレは何を考えとるのか得体がしれん者（もん）や。いったいいつから〈カマ〉におるのんか、どこから、なんで流れてきたんか。そもそもどこの生まれ育ちか、北の方らしいけどな。なんにも喋らん」

ネエさんは矢継ぎ早に花ちゃんに問うた。

「〈あいりん〉の日雇いでいまは銭はない、サツに追われてもおらんようや。しかし、うちの目ェには、あの男はなんぞ、大きなヤマを踏んで銭もうけをするに違いないのが見える。これまでアパートに訪ねてきたのは、サブやんいう、禿げあがったでこが黒光りしてる、なんや住之江で沈んでまうくすぼりだけで、誰も寄せつけんと、ひとりでなんぞ大きなヤマ踏むこと考えとるのや。〈はやしようけん〉いうのも偽名で、こんど何かコトを起こす時のくらましやで。机に文庫本置いてな、変わっとるわ。

いずれ変装でもするつもりか。別人に見える尖ったフレームのメガネも用意しとるようや。メガネのパンフレットをあわてて隠しよった」

いったい何を考え、いかなるヤマを踏もうとしているのか、それはいつか。

親しく話して、ようすをさぐって来いと、ユキコに吹き込まれて来たと花ちゃんは明かした。

「うち、あほやから、そんなん言われてもなんのことか分かりません。なんや怖かったです」

満治は花ちゃんに答えた。

「まあ、ユキコ姐さんがわしの詮索をして、いずれカネでもふんだくろいう気になってるのは分かっとった。〈カマ〉では当たり前で珍しいない。〈あいりんセンター〉はうっかり昼寝してたら、靴片っぽ持っていかれるとこやからな」

電車は堺東(さかいひがし)を過ぎた。

「はい。うち、やっぱり、ようけんさんにどっかへ連れて行って欲しです」

花ちゃんはユキコにさらにこう吹き込まれていた。

「あの男は女を連れ込んでいる気配もないしな。ときに東京弁が混じるみたいやし。恐らくただの出稼人とは違う。私の勘は冴えとる。いまは〈カマ〉で正体も顔も隠して潜んでるが、コトを起こすのは間違いないぜ。大きなヤマを踏む計画があるなら仲間に加えてほしいのよ。大枚とはいわん。西成署の裏に青テント の立ち飲み屋を持つだけの資金でええ。うちはそれを待ってんのや」

そこでユキコはネジのはずれた花ちゃんに、満治と一緒に遊びに出て、正体のかけらをさぐってこいと半ば脅した。

新今宮に6時半に帰り着いた。歩いて14、5分で飛田新地〈秘蝶〉に間に合う。

「腹が減っとらんか。いまのうちに食べとこ」

西出口から、ガード沿いに並ぶ飲食街のとんかつやに入った。

「ユキコ姐さんの言うとることをよう教えてくれたな」

花ちゃんは、昼にきつねうどんと柿の葉寿司を口にしただけで空腹だったのか、飴色に揚がって湯気の立つ衣と分厚めの切り身を口に入れ、頬をふくらませてゆっくり噛み含み、大きな息をおろした。

「旨いか」

返事をする余裕もないようだった。甘辛いソースの匂いが立ち昇ってきた。またすぐに箸に挟んだ肉を、刻みキャベツにくるんで口にする。

「花ちゃんが食うのを見てると、こっちも幸せな気になるな」

「はい。うち、食べとる時が一番うれしんです」

「まあ、みんなそうや」

「ようけんさんはこれからもずっとひとり？」

「いや、わしは、がっちゃがおる」

「がっちゃ？」

「お母はんや」

「どこ？」

と訊かれたとき、不意に〈針の穴〉という言葉につかまった、〈大きなヤマ〉を越える時には、大きな策を立てなければならない。

策は小さな針の穴からも、崩れる。

〈東京〉を明かさなかった。

花ちゃんが、キャベツの切れ端の最後を箸先に摘まんだ。

一瞬、満治は「一緒に逃げるか」といいそうになった。

辛うじて声を呑み込んだ。

12 さわったらしぬで

第1第2の〈丸ナイ〉の次、第3のターゲットも、満治、ヨンヒが庚申塚のマンションで練った。満治がかねてより考えてあった〈播但ハム〉に続き、〈ネイビーカレー〉も標的にした。海軍が船内でつくったカレーが発祥の会社だ。

満治の必携本、会社四季報で当たった。まずネイビーカレーのサカイシロウ社長、オオタ総務部長、ヒライズミ監査役などの名を脅迫状に連ねた。

丸互通運・加藤義久社長を監禁脅迫した時のテープを、先にサカイに送ってある。

【サカイえ
　まえにおくったテープ　きいたな　あれで　わしら　ほんまもん　ゆうことわかったな　このてがみ　けいさつ　とどけてええで　丸互、ナイコクとおんなしめにあわしたる　丸互はわしらのいうとおり、6おく　だした　ナイコクはさかろうた　いま10おくではなししとる　ま

たさかろうたら　4おくたす　おまえのとこは　そうしさん　ちっこい　2おくにまけたる
ありがたいおもえ　うらとりひきはせん　けいさつ　マスコミに　ゆわへん　わしら　けいさ
つよりくちかたい　おまえも大阪しょうにんなら　そんとくようわかるな
　ふたつのばっぐに　5000ずつ　いれて　白のワゴンにのってまて　アヴェ・マリア】
脅迫状、挑戦状の文案は常に満治で、ヨンヒが補足し、紙にボールペンで書くのも満治だ。そ
れを東京・庚申塚の居酒屋〈おっども〉の二階で春さんが和文パンライターで打つ。ひらがなの
ぶつきれる文となったのは、春さんの漢字変換が楽ではなかったからだ。初めは漢字まじりにし
ようとしたが、満治が、ひらがなでいこうと決めた。
操作はわずらわしいものだった。配列された1000文字を超える盤面にアームから伸びたキ
イを右指で前後左右に動かして捜す。めざす漢字、ひらがなが見つかれば左指でつかんでいるア
ームを強く押す。するとインクリボン越しに印字できる。春さんの目はキイがぼやけて必要な字
を取りだすのを間違えることがある。ことに盤の二級ノ三あたりの画数の多い漢字のピックアッ
プが容易ではなかった。
〈ネイビーカレー〉のサカイには、続けて細かく指定した。
待てと指定した場所は京都市伏見区下鳥羽、国道1号線沿いのレストラン、〈さと、伏見店〉
とした。
【ワゴンにひとり　れすとらんにひとり　そおむのしゃいん　ふたり　よおい　せえ
かんさいのどうろちづも　よおい　せえ　京都、ながおか京　たかつき　いばらき　せっつ
とよなか　宝づか　もりぐち　みのお　あま×さき　の　ちづ　ふたりにもたせとけ
わしらにさかろうたら　かいしゃ　つぶれるで　おまえと　やくいんらは　ころしたる

〈ネイビーカレー〉辛いで、なんでや、せいさん1グラム　いれた　ところどころしろいカレーや　うそおもうたら、やっきょくで　しょうさんぎんこおて　自分でカレーにまぜてみ　しろうなるで　アヴェ・マリア】

尼ケ崎のケが打てず、×に換えた。

府警特殊班の宮坂松雄らは、〈さと〉に近い名神高速・京都南インターを、【アヴェ・マリア＝キツネ目】に接近する勝負の最重要地点と読んだ。

特殊班内に、身辺警護チームより先を行く従来の〈先行チーム〉、そのさらに前を行く〈遊撃チーム〉を組んだ。1秒でも早く、指示場所に駆けつける必勝の態勢だ。

音を鮮明に伝えられるデジタル無線も中継器もまだ配備されていない。

西の方角、兵庫か岡山か、広島か、どこに向かうか分からぬ。各県警の周波数に変換しようにも時間と手間を食って、これも緊急時に役立たぬ。

電話ならまだ発信地から幾つかの電話局をリレー中継して、容疑者との連絡が切れたあと即座に電話交換機が発するリセットパルス波でどの局管内からかけられたものか、およそ220キロの遠距離でも捕捉できる。大阪からなら東京、福岡まで届く。

しかし、この時のアナログの警察無線には限界があった。

指定したこの日午後6時10分、警察の要請どおり1億を積んだ輸送車は大東市の〈ネイビーカレー〉倉庫を出発した。40分で〈さと〉に着いた。

容疑者の気配はまったくない。いつ姿を見せるか予測はつかない。容疑者側から見た対象者・マルタイの捜査員6人は、店に電話がかかってくるかあるいはいきなり店前の駐車場に現れるかと、じりじりと時を待った。
午後8時20分、しかしキツネ目は裏をかいて〈さと〉ではなく、〈ネイビーカレー〉の北大阪出張所に連絡してきた。8月14日、盆の中日(なかび)の意表をつかれた。
しかも、子どもの声だった。
【じょぅなんぐう　バースていの　べんちの　こしかけのうら】
出張所からの連絡で、〈さと〉を飛び出した〈先行チーム〉の宮坂松雄は　現金輸送ワゴン車を護衛する5台の覆面の前に割り込んで、午後8時39分、城南宮バス停ベンチ裏の紙をひきはがした。目を血走らせる。
【おまえら　みはられとるで　名神こおそくどおろ　京都南インタに　はいれ
名古屋方面え　じそく85キロで　はしれ
大津のサービスエリヤ　の身障者用　ちゅう車場の
×しるしの　ところで　とまれ
×しるしの　あんないづの　かんばんの　うらに　てがみはってある
みたらかいてあるとおりに　せえ　アヴェ・マリア&よっくん】
ネイビーカレー社長サカイに送ってきた脅迫状の、名神西向きとはまったく方角が違う名古屋、滋賀方面、上りだった。そのうえこの〈よっくん〉とは何か。
捜査員たちは皆、せせら笑われているのだと唇を噛んだ。しかも敵は、指示書を読んでいるわしらをどこからか見ている。
9時10分、宮坂松雄たち捜査員は現金輸送の〈マルパン〉より先に大津サービスエリア身障者用駐車場に着いた。8時半から正面建物の明かり、ネオンが半分ほどに落とされる建物でいくらか暗い。昼なら眼下に琵琶湖が一望できる2階レストランにあがる。そこからならサービスエリア全体も、指定してきた×印の案内図看板もよく見える。

薄暗い2階へ数段あがった。降りて来る者の気配があった。顔をあげた。

額にかぶさる深い帽子をかぶり、薄く褐色の入ったサングラスをかけた男だった。

宮坂松雄は外した目を足許に落としてからあっと、胸を衝かれた。

京都線で執拗に顔を向けてきたあの男だ。薄い色のサングラスの奥にあの時の強い威嚇の気配がある。キツネ目に間違いない。捜査員の車が追って来るのを2階から見ていたのだ。

他の捜査員2名が車に潜んで駐車場に目を配っている。ここにはいない。

松雄は慌てて建物の外に出ようと足の向きを変えた。

キツネ目が振り返った。見返した。だが、視線をはずさない。躰を松雄に向けたまま仁王立ちになっている。突きこんでくるなら来いという体勢だ。

数秒後、男はふっと気を変えたように背中を向け、建物の左側、便所に歩き始めた。コーナーを曲がって便所口に足を踏み入れたと同時に引き返してきた。

背中を追っていた松雄も慌てて踵を返す。

男はそののち、駐車場の縁をぐるっとゆっくり巡ってから、建物隅の電話ボックスに入った。

車に戻った松雄に助手席に坐っていた捜査員が「いまそこのボックス入ったの、キツネ目や。まちがいない」とカメラを持って飛びだした。松雄は無線機のトランシーバーを掴み取った。

「キツネです。間違いない。職質や。職質やらしてください」

本部の返答が耳に響く。

「あかん。待て。方針忘れたんか。一網打尽できるんか」

一瞬の問答のなかに割り込み無線が入った。「マルパン、大津ＳＡ到着」

松雄は昂ぶった。キツネ目はすぐそこにいる。また、国鉄京都線の時と同じように職質をさせんと逃すのか。

松雄が本部と交信しているうちに、後ろから駆けつけたマルイン、写真を撮ったマルインふたりが、薄暗い駐車場の奥を行くキツネ目を追った。

「あそこや」とマルインが声をあげた。松雄も走った。一瞬後、男はチェーンを越えて小さな茂みに姿をすっと溶かした。見失った。

茂みにしばらく目を凝らしてようすをさぐったが、動きはない。影さえなかった。長い短い一瞬だった。

茂みに這い込んでなお後を探った。駐車場広場の端になる崖上から、高速バスに乗るための階段がついていた。チャンスは松雄らをせせら笑うようについえた。

松雄はサービスエリアに戻って案内図の裏をさぐった。紙が貼りつけてあった。

【あほども　草津パーキングにいけ。はよういけ、またベンチのした　みれ】

さらにもう１枚別紙があった。

【ごくろうはん　名古屋にむけて　じそく60ではしれ　ひだりがわのさくに　しろいきれ　くくってある　そこでとまれ　したにあきかんおいてある　なかに　つぎのしじある　ちゃんとよめアヴェマリア&よっくん】

９時40分。大津サービスエリアを出た松雄たちの車は指示されたとおりに名神を東上した。

「あっ、あれやないか」助手席の松雄が声をあげた。フロントガラスの先、側道のフェンスに白いモノがはためいている。側道に寄って停めた。背後から大型トラック、トレーラーが風を巻いて過ぎていく。松雄が降りてフェンスのモノに手を伸ばす。だが位置が高い。しかも外側から針金でとめられている。

「切れより足許、足許。カンカラ落ちてないか」車の中から運転してきた相方が声をあげる。

松雄は懐中電灯をまわし照らし、側道に這いつくばった。しかし、そんなものは、ない。首を横に振ると「風に飛ばされたんか」と運転の相方も降りてきた。

「しかし、ここは危ない。戻ろ。この外から、見よ」相方は急く。

フェンスは、高速道路下の一般道から雑草の繁った崖の上にかかっている。

ここが滋賀県栗東町であることは分かっているが、一般道にはこの先のどこから降りればよいのか。

「こちら栗東インター手前2キロ地点」無線に声を入れかけた途端、割り込みが入った。

「緊急　緊急。マルタイ、取り逃がし。草津パーキング」

フェンスの白い切れ、空き缶に手間取っているうちにキツネ目にまたしても逃げられた。

松雄たちは立ちすくんだ。

キツネ目は東へ、その先どこに向かうのか、名古屋まで走るのか、なにも予測がつかない。躰の脇を陸送のトラックが何台も駆け抜けていく。むやみに追っては事故を起こしかねない。意気の上がらぬ思いで栗東インター入口にようよう辿りついた。

「ちょっと寝といたほうがいいな」

松雄がシートを仆す。

隣りの相方が本部に無線を入れる。

「少し仮眠致します。陽がのぼって高速の外、一般道も見えるようになったら再追尾します」

仆したシートで指令書の〈よっくん〉が目の底にちらついた。ホシが水防倉庫を見つけるきっかけになった一緒に散歩に行った男児である。しかしむろんいまマルインにそのゆえんは解けない。謎が深まっただけだった。

　翌朝7時20分、松雄は目を醒ました。相方が自販機からコーヒーを買ってきた。


　その朝の同時刻、福松満治は栗東インターから東へ、湖南の水面を切れ切れに見ながら名神高速・米原I．C．に向かっていた。米原からさらに東京へ、幾度も思い描いてきた手筈だ。それなりの年月がかかっている。花ちゃんと高野山からの帰り、新今宮でとんかつを食って別れたのは、〈アヴェ・マリア〉を名乗り、丸互社長を監禁した3年前だった。

◯

　極楽浄土から帰った日、アパート〈ゴケゴロシ〉に戻ってすぐに、背負う型のデイパックに、炊飯器、骨壺、メガネのパンフ、文庫本一冊、歯ブラシ、わずかな下着を放り込んだ。炊飯器が丸型ではなく角型だから、バッグが膨らまない。こういう日が来ることを考えて買った炊飯器のかたちだ。

　朝になったら発つ。ユキコはむろん、アパートの者はまだ寝ている。あとは〈センタ〉脇の貸しロッカーから、ワイシャツ、上着、位牌、チノパンを引き出す。サブに萩之茶屋花園局前の公衆から連絡した。

　二階観覧席の〈ニュートップ〉いつもの席で待ち合わせる。

「どないしたんですか。えらいパリッとした恰好で。大きなバッグ持って」

「これから新幹線に乗る」

「えっ、ほんな急に？」

「バッグに炊飯器も入れてな。サブお前と、ここになんべん来たか、袖口のほつれがかすうどんのつゆにかかってて。わしが糸と針、鋏を持っとるというてアパートへ。あれから、あんたのことをよう考えるようになった」

「はい。しかしどこへ行かれるんですか」

「大きな仕事や。準備する場所を決めた。そこや」

「えっ、大っきい仕事？　いよいよ」サブは目をかがやかせた。

「お前も来るやろな。警察をきりきり舞いさせる仕事や」

「きりきり舞い？　はい、オヤジさんの言うとこならどこでもなんでも」

「度胸と辛抱が要るぞ。その代わり億のカネを手に入れる。しかも、人の命は奪らんでな」

「そんな仕事が、あるのんですか」

「ある。もう10年、いや20年考えてきた」

「『いつか一緒におおきなヤマを』とわしにいうてくれてましたが、ほんまにとうとうですか」

サブはまわりを見回して声をひそめた。

満治も観覧席の鉄骨の梁、天井、壁を仰ぐ。

「ここで会うのも最後や。防カメがずっとまわっとる。こまかいことは、後や」

「はい。私も40を過ぎてそろそろなんぞせないかん。女房の遺影に話しかけて、このままボートや釣りでもないと、じりじりしとりました。これから先の気ィの遠ォうになる余生です。されど、です。つぶしの利かん駐在勤めの元デコスケ。わがひとりでなにできるもんでもない」

「いや、サブやん、あんたには、大きな武器がある。大阪中を知っとる。どこの道でも走れる」

「えっ？」

サブは長距離、タクシー、宅配便と、多彩な運転歴を持ち、大阪、さらに近県、高速、一般道から路地までの地図を目と頭に入れている。

満治の狙いどおりの男だった。大阪でヤマを踏み、大阪中の警察を翻弄し、しかし、攫う社長とはなんの〈鑑〉もない。

たとえ5万人、10万人の聞き込みローラーが入っても、〈鑑〉が繫がらなければ、数撃ち鉄砲の場当たり捜査だ。

満治が、釜ヶ崎の出稼ぎに流れてきたのはそうして大阪とは無縁の者が大阪でヤマを踏むための準備だった。大阪の道筋を頭に入れ、大阪弁に通じ、黒い太いフレームのメガネで出歩き、ヤマを張る時だけ〈キツネ目〉になる。

捜査員にもその顔をしっかり覚えられて、〈キツネ目〉のモンタージュが出る。

長い年月、思いめぐらしてきた〈策〉がようやく固まり、アジトも決めた。〈ゴケゴロシアパート〉のユキコが何か嗅ぎつけて、いずれ厄介な繫がりが生まれるに違いないと思ったことが、急な踏ん切りのきっかけになった。

南ピットで突然ファンファーレが鳴り、スタートを切る6艇のようすが観客席向かいのモニターに映った。スタンド中央の水面寄りに据えられた〈発走信号〉大時計のオレンジ色のタイムデスク灯が消え、白色の60秒針が動き始めた。秒を刻んで時報が鳴った。

「1・8メートル東からの横風」とアナウンスが聞こえた。

「ミクロスターターやが埼玉5番が行くかな。しかし行き過ぎると風に膨らまされるぞ」満治がつぶやく。「しかしまあ今日で〈住之江〉も終わりで」

〈ニュートップ〉の光景も、ふたりの食い物も変わらなかった。

ずっと同じかすうどんをすすってきた。

「このうどんも、今日かぎりですな」

「ああ。そやが、あんたにひとつだけ頼みたいことがある。こっちにおるうちにな。大阪をよう知ってる、しかも、機械、無線をいじれて信用できるもん捜せられんかの。

機械工業、メッキ工場、このあたりにうじゃうじゃある。あれらの工場には、塩酸、硝酸銀、青酸ソーダ、なんでもある。それを使うて警察を掻きまわしたい奴おらんか。

そのうえに、警察にひと泡もふた泡も食わせたい奴や。

いや、ちっと若こうても信用できる心当たりがあったら知らせてくれんか。いっぺん東京に来てもろうてわしが面接する。大きなヤマや、カネ儲けだけに走るとナカマの気持ちはばらばらになる。会うてみてもういっぺん考える」

「あっ、それやったら。おらんことも」

「おるのか」

「はい。機械、無線いじれる若いもんですね。青酸ソーダも」

「おるか。メッキは？」

「メッキですか。塩酸の扱いなど半年で覚えられますよ」

ぜぜりの堀口亮兵の名を、満治が初めて耳にしたのはその折だった。

すると満治は「そうか、そんなニイヤンがおるか。信用できるか？　いっぺん会うてみるか」

と尋ねて違う話を始めた。

「覚えとるかな」

「えっ？」サブの箸が止まる。

「もうどれぐらい前になるか。田中金脈が大騒ぎになった年や。〈東アジア反日武装戦線・狼〉いうグループが丸の内の三菱重工を爆破した。警察から〈極左暴力集団〉に指定されとった集団のテロや。リーダーは大道寺将司いうてな。わしは、この〈狼〉に拍手した。真偽は分からんが、釧路生まれのこの男はガキの時分に、おふくろを不当逮捕されて死なせたという過去があるとどっかに出とってな。それを読んで共感した。わしも、似た思いがある。血ィを流さんで警察に復讐する方法はないかと。それがあんたとやるこれからのヤマのきっかけのひとつです」

　そう言って満治が続ける。

「大道寺は獄中から〈棺一基〉いう句集を出したらしいが。いや、わしは読んではないがな、〈棺一基〉や。わしらも警察笑い飛ばすもの、なんぞ世間に残したろうかい」

「はい。ええですね」

「〈サツ、墓の下〉いうのはどや」

　ふたりはまた、監視カメラがまわっていないか、聞き耳を立てている者はないか、辺りを見まわした。

　ジャンパー、スカジャン、ウインドブレーカーを羽織ったいつもの男たちが、レース新聞にかじりついて、こちらに視線を向ける者はいない。

　サブの耳に口を寄せて囁いた。

「ほんまはな大道寺みたいな句ゥ、もう考えてある。聞いてくれるか」

「なんですか、はい」

満治はサブの耳からいったん遠ざかって、囁き直す。

【腐警、犬警の　あほどもえ　おまえらわしのことようつかまえんのか　どこをローラー　かけとんじゃ　はようきてえな　まっとるで】

【毒いり　きけん　さわったら　しぬで】

満治はそれから「しかしまだ時期早い。おまんはしばらく、その心当たりのアンちゃんとこっちにおって、わしからの指示待ってくれ。連絡する」

パイプ椅子からすっと立ち上がった。

それからまた中腰になって、小声を寄せてきた。

「こっちはふたり、ナカマを手配してある。ふたりとも女やが」

「えっ、女の人？」

「そうや。そっちも頼む。」

肩を叩いた。「ほな」

「やっ、東京のどこに行かれるかだけでも」

女が加わると聞かされて、サブは半端(はんぱ)の気をおぼえた。関西のオール警察をきりきり舞いさせる誰も越えようとしたことのない大きなヤマで、女をナカマに入れて務まるのか。しかもふたりという。

「どんな女ですか」

「どんなもこんなも、わしの起こすヤマにこれほどぴたりの者はおらんで。その時になったら紹介しますわ」

13　掃き溜めから来た女

西淀川区御幣島6丁目、チョン（鄭）・イルム宅応接間で府警生活安全部の沼木、橿原ふたりの捜査員が封書に入れられていた写真と手紙に目を凝らした。
チョンは空調機施工会社〈カンナム〉の社長で、写真と手紙は当日朝、家政婦が郵便受けに発見して警察に届け出たものだ。
沼木が声に出した。
《オマエハ　ミユキモリノ　チョウセンイチバノコト　モウワスレヨッタンカ　ノウミソ　アルンカ
　ワシラノ　シンボモ　ギリギリヤ　イッキニ　カタツケタル　ムスメトヨメ　アサカラバンマデ　ハッテキタ　エンサンモ　セイサンカリモ　ヨオイシタ　ソコニウツットル　ムスメ・ミニヨン　ヨメ・エツコ　ハダカニムイテ　フロニツケル　セイサンソーダブロヤ
　ワシラハ　ヨクフコウナイ　ヤスイモンヤ　1オクヤ　1オクデ
　ムスメヨメ　フロデ　タダレテ　シナイデ　スム
　5ガツ10カヒル1ジチョウド　ツカモトエキマエコウエンノ　カサガタノヤネノ　シタ　ミズノミバノワキデ　カンカラ　ミツケレ　ナカニハイットル　シジニ　シタガエテブクロ　チュウジ》

写真は、女子大に通う娘・ミニヨンの3日間の通学の行き帰り、日本人妻・悦子の、御幣島に近い塚本駅前通りを抜けた商店街で買い物する姿だった。娘と妻合わせて12葉の写真だ。

チョン・イルムが驚いたのは、写真は遠景ではなく、ほとんどが、中景とアップで、レンズに向かって妻が意図はないかもしれないが無防備に笑顔を見せているものもある。一瞬、妻が脅迫者に撮らせたのかと疑ったほど親密を窺わせた。それともカメラの方角に親しい者でもいたのか。

この1年近く、表面は取り繕っているがイルムの家庭は冷え冷えとしていた。夫・チョン・イルムは初めに妻を疑ったが「やっぱり野郎が牙を向けてきやがったか」と思い返した。

香川県の海沿いの自治体建設課と繰り返していた贈収賄疑惑をネタに、前科のある元運転手に脅迫されている身だった。

脅迫者は黒革の手袋を嵌め、右手を隠し、名も明かさずチェジュ島から渡ってきた在日二世のように装ってチェジュのハルラサン、〈阪済汽船〉の二等室を懐かしがり、それでいて、〈阪済〉航路に雇船就航した大阪の成田商会が、チェジュ島同郷人の会社であることも、船名が〈咬龍丸〉だったことも知らない。

〈在日二世〉が騙りであるのはあきらかだった。

就航していた朝鮮汽船、尼ケ崎汽船の運賃が〈阪済汽船〉の倍ほど高かったことも答えられなかった。チェジュの四・三集団虐殺も知らなかった。国籍そのものが不明の男である。

話の途中に笑顔をつくったかと思うと次の瞬間には、目を尖らせる。

その手袋の男にチョン・イルムは肚のうちを明かさず、生返事で躱していたが、手袋は業を煮やして脅迫を実行してきた。

府警生活安全部のふたりは、脅迫状を手に「ほう」と息を呑んだ。

イルムが建設疑惑の一件を明かさないから、文面からは何の理由で誰から脅されているかは不明だった。だが、かなり以前からやり取りのあるようすは伝わってくる。

しかし、差出人とみられる〈テブクロ　チュウジ〉という判じ名は何を意味するのか。その名、内容は、首をひねるしかない。

イルムもシラを切っているのか、まったく心当たりがないと呻く。

脅迫状に指定のあった塚本駅前公園で捜査員が見つけた空き缶にはメモ用紙1枚が入っていた。

【ツカモトエキ　3バンホーム　ビニールバッグニ　カネツメテコイ　1オクハイル　アメニヌレテモエエ、バッグにセエ　2ジ17フンハツ　スマイキ　カクエキニノレ　ツカモトカラ3プン　カンザキガワユウホドウ　ミエタラ　マドカラ　バッグホレ】

脅迫状、写真は帰って鑑識にまわし、生活安全部の会議に諮(はか)って精査しなければならない。しかし未遂の脅迫事件に大勢の捜査員は投入できない。韓国人を騙る男の公算が強い。国籍そのものが怪しい。小部屋で女刑事を交えた老若6人の構成となった。

指定の当日は生活安全部経済課の応援も得て、8人で〈スマイキ　カクエキ〉に分乗した。晴天だった。

しかし結局、投げられたバッグのカネは見失い、車内でも線路下でも容疑者を捕捉できなかった。

〈テブクロ〉、〈チュウジ〉の符号、在日二世らしいというだけではヤマを割る手がかりにならなかった。

府警本部一課に、堺中央署から〈大和川の河川敷で右手4本指のハッコツ〉の捜査回状がまわってきたが、一課も生活安全部も、ハッコツと、この脅迫状の〈テブクロ〉との関連を解析できなかった。

手痛い失態は珍しくはないが、この時も外に内に〈保秘〉が徹底された。

もうひとつの「チュウジ」についても、会議で頭をひねりあったが、最後にひとりが「赤城の山も今宵かぎり」と節をつけて唸って皆、笑いをまじえて半分納得した。

義侠の親分〈国定忠治〉の諱（いみな）とはほど遠かった。

あとで判明したが、〈雨に濡れてもよいバッグ〉は、神崎川沿いの遊歩道をはずれて川水に落ちるのを警戒したためだった。

神崎川は山陽本線鉄橋下の地点より８００メートル下流の出来島水門で分流して安治川、中島川などになり、鳴物入りで始まったユニバーサル・スタジオジャパンの浚渫工事敷地に流れ込む。

バッグを奪った犯人は複雑に岐れる流域のいずれからも逃走できるよう、捜査をくらませるための策だった。

犯人は、遊歩道に投げられたバッグを小型フィッシングボートで拾いあげ、安治川から大阪港中央埠頭に揚がった。

そしてこの脅迫事件は未解決のまま、被害者の妻と区役所建設課課長のカネと色をめぐる不適切な行為として略式起訴されただけで闇に溶けた。

そののち、瀧本と名乗る国籍不明の男が逮捕され、西淀川の空調機施工〈カンナム〉社長脅迫容疑で神崎川逃走のようすを明かした。

瀧本を名乗る男は〈テブクロ　チュウジ〉の由縁も明かした。

〈チュウジ〉は国定忠司とはなんの関連もなく、〈丸ナイ〉で〈キツネ目〉を追った捜査一課の元・警部だった本多忠司に掛けたこと、その訳を知ってみな驚かされた。

「わし、おら、こっから先ありませんのや」

瀧本譲二は取調べ室で手袋をすぼっとはずした。

「本多忠司はんにチェーンソーで落とされました。立派な傷害事件でっせ。その後、堺の大和川の河原から〈ハッコツ〉が出てきたいう新聞がありましたが。あれ、わしのですねん。なにもかんももう時効やが、警察いうとこはぼんやりしてくれてましたぜ」

○

神戸線・塚本駅を出た須磨行き各駅の窓から神崎川河川敷に1億円入りのバッグを投げさせた事件のニュースをサブは目にも耳にもしていなかった。

開催日には必ず住之江競艇2階観覧席の〈ニュートップ〉に顔を出し、左手に缶ビール、右手で袋からポテトチップスを摘まみだし、日がな何時間も坐って見るともなくピットからターンマークに目を移していた。飽きると〈ニュートップ〉に坐り直しに来る。時に顔見知りの犯罪対策課係長補が私服で現れる。置き引き犯専門の大して意味のないデカだ。やがて、最終レースが終わる。事もない一日が終わる。そうして世事には目を遣らず、ひたすらおのれのヤマを思い練りながら満治が姿を見せなくなってからも通い続けた。

女ふたりがヤマの計画に加わった。なるほど満治オヤジは目端が利いている。すでに何度か上京してサブもヨンヒ、春婆さんに交じって策を立ててきた。

新大阪からの新幹線で時に、ひかりの窓外を過ぎる光景を眺めながら、いやあのふたりの女とならこれからも失敗に終わることはないと不安を拭うことができた。

まだ丸互からもナイコクからもカネは入っていないが、いずれにしろ肝腎はカネだ。そのうちの幾らをいかにはねるか考えるのはあとのことだ。しかし満治や皆の人柄に触れるうち大きな裏切りはできないと思い始めてきた。

そういえば、ひかりの窓から走る外を見ながら、必ず成功させると思ったのだったと記憶はたびたびよみがえった。

成功の鍵は、ホ・ヨンヒの度胸と満治オヤジが周到に組みあげる策に依る。

ヨンヒの第一印象はひどくあざやかだった。いまも瞼の裏側に初めて会った時のヨンヒが貼りついている。

白く透き通った腕の、皮膚の下からかすかな細い血管が薄い桜いろにうきあがっていた。うりざねの細い顎の上にかっきりと切れ込んだ口許がある。

人形のような美形ではあっても、触れると濡れ出すような生々しい息使いが伝わってくる女だった。初めての心証を、そののちも失なわされたことはない。

隆(たか)くかたちのよい鼻梁が、つぼまっている唇にすっと伸び落ち、丸みを帯びている頬と顎は、先端にいくと尖り、額が左右に楕円を帯びたかたちでひろがっている。

ただし目尻がやや吊って勝気の印象を与え、瞼が小さい丘を伏せたかたちに膨らんでいるが、目は鈴を張ったようではなく、細い目が相手を刺す。そのために顔ぜんたいがやや均衡を欠いているようにも見え、それが却って男も女も蠱惑(こわく)する。

東大阪市菱江（ひしえ）の朝鮮高校を出て一年で、北新地の小ぶりのサロンクラブ〈シレーヌ〉のママ・悠木紀勢にスカウトされた。悠木は、ヨンヒの育った生野区・猪飼野（いかいの）の通りひとつ向こう、天王寺区細工谷（さいくだに）の信用金庫の前を行き来するヨンヒの中学3年の頃からの極立った美貌に目をつけていた。その頃から美少女だった。

〈シレーヌ〉の面接に行くと、オーナーも、黒服をまとめる店長も同席した。

オーナーは、猪飼野の朝鮮人専用の市場・御幸（みゆき）通り商店会の会長・キム・ギョンホと同胞の堂々とした体格のリ・テイルだった。タクシー会社と焼き肉調味料の企業を興して財を成し、悠木紀勢のパトロンになった。

テイルはホ・ヨンヒに初めて接し、目を瞠（みは）った。

「ヨンヒいうたか。どっち？　チェジュ？　クンデワン（君が代丸）？」

いつも訊かれる。

「いえ。キョンサンド（慶尚道）です」

「どこ？」

「プサンのカンソク（江西区）です。ハラボジ、ハルモニが」

「そうやな。猪飼野はチェジュの町やけど、キョンサンドウも結構いてる。まだちっと若いが、こりゃ天下逸品の美人さんになる。大勢の女の顔も乳も見てきたわしの目に間違いはない。映画やテレビに出て女優ゆうとるそこらの女のクラスじゃないど。女は顔と躰で儲けなさい。掃き溜めから来たんや。ゼニ欲しいんやろ。アボジ、オモニ楽にしてやろよ」

ヨンヒが頷くと、テイルは続けた。

「文句なしにカネ稼げる、そやけどびっくりする大金稼げるんは別嬪競争に勝って男からカネ取る商売よ」

白綸子に白唐帯を締めた悠木が脇から挟む。草履も白。全身、白の北新地ママ衣装だ。

「そやかてちっと若すぎませんか」

「何いうとるのよ。この大人びた色気や。このままで行け。若いうことはこれから稼げる年が長ごうあるいうことやで」

　小学校の頃から、荒んだ呑み屋、バッタ屋のテントが並ぶ露地で牡丹のつぼみのような少女だといわれてきた。まだ商店街もアーケードもなかった。雨ざらし、陽ざかりを避けられぬ市場だった。生まれたときは雨風をしのぐ屋根はなく、共同炊事場の汲み水で腹を満たした。

　高校を出たら美容整形医師をめざす学校に上がりたかった。それ以前は外科医を目指そうとした。森ノ宮の朝鮮市場で、豚が腹を切り裂かれてハラワタを見せるようすを見るのに興奮した。やや学年があがって、豚より人間を裂いた方がじんじんひりつくかと思い始めた。犯罪以外に、人間にメスを入れたり、腹を切れるのは外科医だと確信した。いや、腹より、きれいな女の顔を切ってやったらもっと歓びに身震いできるのではないか。いびつだといわれるに違いない欲求が昂進した。結局、美容整形医になるのが穏当で早道のようだった。しかし、バイトをしても間に合わぬ授業料だ、むろん親に頼ることはできない。

　新地のクラブで働くことなど考えもしていなかったが、男と酒が相手の店ならカネになるかと胸勘定した。

「まあ、悪いようにはせんわ、なっ」テイルは悠木ママと店長に鷹揚に首を振った。

　ヨンヒは、店のレンガいろの深いソファーに坐ったままで細顎をあげた。

「悪いようにせんとは、どないなことですか」

テイルと店長の口から同時に「ほう」と声が漏れた。

はじめての顔合わせで問い返した女はこれまでいなかった。

テイルと並んで坐っていたギョンホが繰り返す。

「悪いようにせんとは、悪いようにせんいうことや」

「そんなら、悪いようにするとは、どないなことですか」

悠木ママが収める。

「まあ、ホ・ヨンヒちゃんいうたわね。おいおい分かってくることや。今日のとこはそないで、これからはわたしに任しとき」

やりとりを眺めていたテイルオーナーの口許に心持ち、笑みが浮いた。この小娘は、将来、大きな女になるかもしれん。

ホ・ヨンヒの利かん気は海峡を越えてきて苦労を重ねた一家に育った環境による。おのれはおのれの手、顔で切り開いて行かねば生きていけない。

プサン・カンソクから渡って来て大阪城東区・国鉄環状線森ノ宮駅裏のバラックに住み着いた祖父母は帰化しなければ銀行ローンが降りないのを歯がみする気持ちで踏ん張って、「私は朝鮮人(チョウサニイン)だ」と肩をそびやかしてきた。

周辺は爆撃された砲兵工廠(こうしょう)の跡地で鉄くずが散乱している。祖父母はそれを拾い売りして爪(つめ)に火をともす〈アパッチ族〉になった。

「まあ取っときなさい」

面接の席でテイルが、ソファーに坐ったままのヨンヒに２００万の支度金を差し出した。

「あとで返せ言わんけど、しっかり元取らしてや。利子も忘れんとな」

家では毎晩、卵かけごはんとカクテキ、たまにポックムで過ごしているのに、小娘に法外のカネを無造作に与える男の世界があるのをいきなり知った。

渡された札をミニドレスの薄い胸元に押し込んだ時、動悸に搏(う)たれた。ドレスは悠木ママがホステスたちのロッカーから店長に持って来させたノースリーブの赤いミニだった。赤は嫌いで、ぞっとしたが黙って着た。

翌日から〈シレーヌ〉に出た。

連合赤軍の〈浅間山荘事件〉が起きた１９７２（昭和47）年、サバを読んで20歳として売り出した。

ヘルプにはつかず、いきなり、タントウだったが、お茶を引くことはなかった。オーナーのテイイルのいう通り、若く美貌であれば初めての客も次に引っ張れる。しかも太い客だ。店の縛りによる同伴ノルマもアフターも達成できなかった月はない。

しかし2年後、また落籍(ひ)いてくれるカネ主があらわれた。今度は支度金３００万、神戸花隈(はなくま)・マリンロードの高級大箱(おおばこ)・〈グレープ〉に移った。〈シレーヌ〉のオーナー・テイイルに、新地に近い出入橋の事務所で「前の支度金を返せ」ともいわれず「また戻って来(き)いな。こんだはもっと大っきい商売しょう」と送りだされた。

花隈に移ったがしかし、ひとり住まいは親に許されず、親子で長く住んできた猪飼野・大今里西の変電所裏の長屋に、料金１万３０００円のタクシーで毎晩帰った。ホステスでカネは手にしたが、稼いだものはまだ自由には使えない。

親の願いは、夜ごとの女給商売ではなく、若さと美貌を武器に、カネのある男と結婚し、親ともども不自由なく食わせてくれることだった。

「女は若いうちが勝負や。はよ、どっかの社長摑まえりいや。二号でもええがな。カネに不自由せんぜ、お母ちゃんもお父ちゃんもな」

　手っ取り早いのはテレビに出る芸能人か女優になることだ、そうすればカネのある男でも社長でも寄ってくる、そうしろと毎日繰り返した。しかしヨンヒはそんな者になって人目にさらされるのが疎ましかった。

　口すっぱく言う。昔は「娘がパンパンしてでも、家族みんなで食べていかんならん」といっていた母親だ。

「若いうちにカネのある男を摑まえられるあんただけが頼りなんやで。ハルモニの代から大阪に出て来て泣きの涙で苦労して。このままやったらアボジもオモニも一生、掃き溜めのままやがな」

　夢はそんなケチなことではない。ソウルかプサン、あるいは銀座に美容学校を創立しその上に自分のようなあばずれではなく、もし妹ができたら無垢をまとったような娘に育てたい。クラシックバレエでも小学校低学年からレッスンさせたい。授業料はむろん積み立てておく。

　オモニはしかしある日突然、猪飼野で知り合った京畿道（キョンギド）出の男と帰国した。何があったかヨンヒは知らない。知ろうともしなかった。そのあとに入ってきたプサンから来た女が新しい母親になった。すぐに腹違いの妹・ユナができた。家族の中の願いがひとつ進んだ。しかしひとつだけ小さな障害をかかえていた。吃音だ。矯正所に通わせた。

　毎夜タクシー代1万3000円はいかにも痛い。安い白タクや代行はあったが、それよりチケットの使える大阪の客に送ってもらう方がありがたい。ただし、〈猪飼野（いかいの）〉と帰る先を告げれば、出生も国籍もバレる。上本町の近鉄デパートの脇で毎回、拾い直した。

その夜の男は「あんたも行かんか」と誘った。

新神戸から、三宮と花隈のホステス十人ほどが乗る新幹線に、新大阪駅では北新地から、京都駅では祇園からそれぞれ女が乗って来て、東京では銀座の女も呼んで向島の料亭〈阿妻〉で芸者遊びをし、ハイヤーで六本木の〈瀬里奈〉に寄り、ホテルオークラに一泊するという、土地神話に踊る品のない荒れた男たちの泡遊びのようだった。

帰りのタクシーで、喧騒の時代のただ中にあるその胡散臭い誘いを囁きながら膝に這わせてくる男の手を払ってヨンヒはカーラジオから流れてくるあの街角へ帰ると歌うチェッカーズを聞いていた。

耳にしながら、私は帰らない、かならず、中学から思い描いていた美容整形の医師免状を取り、経営者になると野心を掻き立てた。

この時の心持ちが思いがけない時に不意に浮き上がって来て、なんどかたじろがされた。21の歳だった。

うちは世間を泳ぎきる、美容整形の学校をかならずつくると、若くしてカネのことしか頭になかった厚かましい、あばずれだったと。

後になって思ったが、そのころは向かい風に昂然と肩をそびやかし、高いヒールを大理石の床に打ち当ててかつかつと音立てて歩くことに気後れはなかったから野心を掻き立てられたのか。

なんとか這い上がるぞ。女が這い上がるには、猪飼野の皆や、アボジのいうとおり、男の手を借りるのが近道だ。その意気張りが、ならば狭い神戸より東京に出たほうがいいと思わせた。水商売に入る手引きとなった猪飼野の商店会長、キム・ギョンホとのつながりは消えず、結局花隈で四つのクラブを渡るうちサバを入れて24になった。

思い立ったら止められない質（たち）だ。アボジにも新しい母親にも相談することもなかった。

バブルの狂熱が言われ始めた時期である。金大中（キムデジュン）に死刑判決が言い渡され、光州（クァンジュ）事件で戒厳令が出され、山口百恵のラストコンサートがあった１９８０（昭和55）年の10月に、花隈から銀座に移った。銀行〈ＭＯＦ担〉が大蔵省の使い走りに日参し、夜になると銀座のクラブで接待する時代だ。

「土地を売買せえ、ビルの部屋を買え。もっと稼げる」と男たちが何人も囁いてきた。
25、26歳だったか。何も怖くなく、時代に乗った男らが囃し立てる通りカネに前のめりになった。結局ホステス稼業に埋もれ、医師免状を取得することはなかった。しかし、美容学校を経営する夢は捨てきれない。
銀座6丁目から8丁目の、声を上げれば届くほどの狭い域で、15万でも高い日当を求めて、〈クラブK〉〈白秋〉〈ラ・ロシェル〉と渡り歩いた。月収はチップを含めて６００万近くになった。

花隈の〈グレープ〉で評判のよかった、肩の円みを剝きだしにしたノースリーブで、伸ばした脚がスリットから覗く黒のロングドレスがトレードマークになった。金曜になると着る。噂が客に広まり、金曜は満卓になった。

「土地を買え、部屋を買え、給料をもっと出す店に移れ」

男ばかりでなく、〈銀座ナイン〉の美容室「モネ」で毎夕髪をつくりにくるママ連中も「いまの若いうちに高く売らなきゃだめ」と口をそろえた。カネの亡者でない者はひとりとしていなかった。

ある夜、作業衣を着て来たと見えるが、背丈のある、よくみれば男ぶりのよい短髪の男が〈ラ・ロシェル〉に、馴染の不動産屋・植谷に連れられて来た。まわりの客のいでたちは、インポートのアルマーニや、ホーランドシェリーだ。しかしその男は、安手の作業衣の内側に、白の丸首シャツを着て、ポケットに両手を入れ、足許をゆらめかせるようにして入ってきた。一斉に目を遣ったヘルプもタントウもあからさまに目を逸らすか、客に差し出す気もないのに手許の乾きものに手を伸ばした。

無理矢理に連れて来られたようすの表情を隠さない男は坐ってから、黒い太いフレームのメガネの目の底を右、左にゆっくり動かした。まわりが客のバカ話に嬌声をあげても、口許を緩ませもせず、ブランディを含む。名を問うと〈ハヤシヨウケン〉と渋々のようにつぶやき、雰囲気を楽しむ気配もない。むしろ不機嫌が顔に出ていた。帰りも同じようすで、ポケットに手を突っ込み、噴水とグランドピアノの縁を辿り、螺旋階段をゆらゆらと車寄せに降りていった。その男をヨンヒは普通の客のように7丁目のポールスタービルの通りまで見送りに出なかった。

2度目、3度目に連れられて店に姿を見せた時も男の不機嫌は同じだった。よほど後になって、目を左右に這わせるのは、足を踏み入れるとは思いもしなかったこんな店に入って緊張しているせいでもあり、まだ少年の折りに、本州の北の涯ての町、山、海岸で拾い食いをしている時代があってきょろきょろと辺りを見まわす癖がついたと笑った。

「北の涯てってどちらですか」

「アリューシャン」

それから不意に真顔になった。

「ずっと世間の底の底で這いずっとりました。大阪の〈カマ〉にもおりました」

ヨンヒは〈カマ〉を耳にしてあっと息を詰めさせられた。

「ハヤシさん、ヨウケンさん、〈カマ〉に。ほんま?」

「ああ。ちっとの間やが、あっこからマイクロで神戸や大阪の飯場に。東京の蒲田にもおって」

偽名はそのままだがこれまで数人にしか明かしたことのない素性を、東京に来て緊張の糸がゆるんだせいではなかったが、この美貌の女も同じように神戸か大阪の下を這いずってきたのかと、西の底でうごめいた者同士の匂いを嗅いで漏らした。世間の底のようすと美貌の不均衡も、対面する心持ちに隙間をつくった。

「私も神戸にいてました。もとは大阪の生まれ育ちで」

「そんな気ィした。俺は神戸といっても、ピアで荷役やらなんやらして。〈カマ〉からマイクロで通っとりました」

ヤマは、大阪で踏む。大阪府警、兵庫県警、京都府警に吼えづらをかかせると決めてある。いや、同じ匂いを嗅いだ以上に、覚悟を決めかけていた〈大事業〉にこの女の勝気と美貌と大阪弁は使えるかもしれない。満治は隠していた顔の欠けらをヨンヒに見せた。

〈カマ〉にいては考えられないことだった。初めて緊張をほどいた。

思わず知らず、似た氏素性かもしれないと満治の顔を覗き込んだヨンヒは〈カマ〉に次いで神戸のピアの荷役の話を耳にして一気に親近を覚えさせられた。

銀座で〈カマ〉にいたと明かす男はそういない。いまはカネがありそうにもないが、いずれヤマを張れる男かもしれない。

ヨウケンはその後も、不動産屋の植谷に連れられて数度顔を見せた。植谷も、ヨンヒがヨウケンを気に入ったのは気づいている。だが冷やかすわけではない。

満治は、ヨンヒに次第に好感を募らせた。千住の魚市場前につけたライトバンでモツ焼きを売り、蒲田の金属加工場でプラッター運転の稼ぎを勤め、夜、眠い目を擦りながら、不動産鑑定士の勉強に励んで、合格率三十数パーセントの鑑定士資格に挑んでると明かした。ヨンヒが膝を乗り出させた時、やっとハヤシヨウケンではなく本当の姓を名乗った。銀座で本名を通す男も女も幾らかはいる。

ヨンヒは、わっと抱きつきたいほどの相性を思った。いつか大きなカネを手にするために銀座に来た。この男が最も値打ちがあると思えた。

○

不動産鑑定士の資格を取ることは〈カマ〉にいる時には満治も思いもしていなかったものだが春さんに勧められた。「今からでも遅ぐねえ」時代は土地ブーム、資格試験ブームだった。バブルという言葉が経済欄に現われ、こののち10数年も日本はゼニとカネの泡が沸騰するといわれる時代に入っていた。〈宅建〉にもっとも応募が多かったが、満治はおのれでより堅実だと思った〈不鑑〉をめざし、昼夜の仕事を止めずに学ぶのは生易しくなかったが励んだ。しかしやはり土壇場で大きな策を諦めてはならないと思い返し受験を断念した。小手調べでよかったのだ。

そこに拾う神が現れた。〈不動産鑑定士協会連合会〉の代々木の集団研修教室でなんどか口をきいた男・辻原一郎に主に銀座のビルを扱う植谷欣二を紹介された。満治は植谷に正直に打ち明けた。

「ちょっと事情があってな、正式な鑑定士資格はもらえんのです。ニセの名でもできますか」

「ユー、諦めることないよ。オモテがあればウラがある、誰でも事情あるよ」

ダイヤの指輪を嵌めた太い指で金縁のメガネのツルをあげながら植谷は続けた。

「ユー、紙切れ一枚のこと。任しときなさい」

闇鑑定でしのいでいる男だった。植谷の裏に裁判所指定比較法を援用して自らを〈アナカン〉と呼ぶグループがあった。

鑑定人の穴だ。名刺には「指定鑑定人」と刷り、偽名を添えればよい。事務所は神田橋のビルの一室をトンネルにする。これなら福松満治の名は表にでない。

植谷の「ユー」の呼びかけに押されて、紙2枚、判子4種類を用意し、土地家屋調査士と渡りあった。まず小手始めに、西銀座のビルの一室の売買にヨンヒと組んだ。ふたりで驚くほどなんの苦もなく登録手続きを完了させ700万を1270万にした。

「満治さん。こんどお寿司食べに行かへん？」ヨウケンさんとは呼ばなくなっていた。

「うちのハルモニ、ハラボジ、オモニ、アボジも寿司など食べたことはない。自分は新地や三宮で同伴でいただいたことはあるが」とヨンヒに登記完了の礼の声をかけられた。

銀座〈寿司・初瀬川〉の白木の長いカウンターに坐った満治は、ひとつずつなんのネタかヨンヒに尋ねてから口にもぐらせ一回一回破顔した。

いくつか進んでから、低く聞き取れないほどの声をカウンターに這わせた。

「津軽海峡を舟こいで渡った。イカを掬って食った」

「えっ、何いったの？　まさか、津軽海峡って北海道に渡る？　イカ？　誰が？」

「私です。舟で海峡、腹減ってイカを。マグロも飛んできました。うちのおがちゃにしかいうたことはありませんけど。中学を出てすぐ、津軽海峡を舟漕いで。発動機はついていましたが。なに、車なら30分もかかりません。皇居一周を歩く奴がおるって。あれを3周分です。東へうんと流されましたけど。東は襟裳岬です。崖をよじ登ったとき、これからもやっていけるかと自信が湧きました。ヨンヒさんにはいつかゆっくり話す時が来る気ィします」

何か明かしてはいけない悪戯を喋っているようにボウズ頭を掻いた。

一瞬のその動作にヨンヒは気を奪われた。まわりにはいない型の男に、嘘も見栄もない男の誠実と愛嬌を見た。しかも銀座の不動産業の裏を歩く。やはりこの男となら、夢を果たせるかもしれない。

「だけど、満ちゃん、その太枠の黒メガネは似合わないわよ。シルバーの細い枠の方が似合うって」と、初めて会ったときから気になっていたメガネのことをいい、翌週メガネ屋に連れて行った。

しかし満治は、「こらキツネみたいになるなあ」と試しにかけてみようともしなかった。

キツネ目のメガネなら、〈カマ〉の頃から数種用意してある。しかしヨンヒには、いつか大事のヤマでこのかたちのメガネを掛けるようになるとは、明かさなかった。

6丁目から8丁目の角に立って客を引く黒服や、擦れ違うホステスたちに黒い太フレームの顔が知られるようになった。

のちにヨンヒ、満治は同伴以外でも外で週に何度も会った。

「売買、取引は私が全部仲立ちします」と満治は身を乗りだした。

危なくないかな。相談した店長とキャッシャーのネエさんからは、あんな何をしているか分からない男に頼るのはやめた方がいいと制されたがヨンヒは、彼らの意見をはじき返して満治に仲ひっかえして客に酒を飲ますより率がいい。

紙と判子だけで７００万の元手を１２７０万にしてくれた男だ。銀座で毎夜ドレスを取っかえ、に立ってもらった。正解だった。

満治を成功の入口につけた春さんの忠言はそもそも単純だった。

「世の中はこれから土地だばといわれとる。ほだ満治、おめも土地の資格さ、とってみだらどうだんべか」

おがちゃのその言葉で、〈カマ〉にいた時分を思い出した。〈あいりんセンタ〉から神戸の作業場まで朝夕送迎のマイクロバスで一緒になった歯欠けの爺さんがいた。佐々木市蔵という名だったか。おのれに姿がだぶった。爺さんはいっていた。

「おらどはまた万引きして無銭で食い逃げしてナカに入れてもらうのかの」

モツ焼きでも、工場のプラッター移動でもなく、がっちゃのいうとおり、いまのうちに途切れない仕事の途切れない資格を取っておくべきではないか。このままずっと、モツ焼きで稼いでいけるものではない。いずれ佐々木の爺さんになる。

〈不動産鑑定士協会連合会〉の辻原一郎に、植谷欣二を紹介されたのは僥倖だった。

植谷はのちにバブルの最終局面を仕切ったといわれる〈芝土地産業〉の取締り相談役の名刺を差し出してきた。ほかにも肩書きの違う10数枚の名刺をポケットにしのばせていた。

貧乏育ちには二種類あると満治は思いを揺るがせない。境遇が変わってカネを手にすると、反動で一気に贅沢品を買いに走る者、あるいは、じっといままでどおりに堪えて、のちにもっと大きなカネを手にできる者だ。

満治は、〈カマ〉にはいなかったカネの臭いを振り撒いている者と歩きまわるようになっても、春さんと荒川線・庚申塚のアパートに住み、足立市場でモツ焼きの軽トラ屋台をつづけた。大きなヤマを踏む野心のためだ。今日いっときの贅沢に走り、あした裸電球暮らしという男はどこにでも転がっている。

住之江の競艇場で知り合ったサブとの約束も忘れていない。

或る時、植谷欣二に連れられた銀座にホ・ヨンヒと名乗るママがいた。その女の美貌は満治の印象に残った。その後、何度か植谷に連れ立って、アナカン仲間の辻原らと、いつも一緒にクラブを渡り歩くマブになった。辻原も植谷も銀座では太い客で通っていた。別のクラブに女がいるのを隠すこともなかった。ヨンヒはカネを払う辻原や植谷より、苦労の過去を持つ満治を遇した。満治は、口の達者さの代わりにテコでも自説を枉げない一徹と、相手の腹を読み通す、貧苦を舐めて養った世才があった。

ヨンヒは満治に強い信を置くようになった。

そのうち、いった。「満ちゃん、スーツ買うよ。おいで」

後ずさる満治の首根っ子をつまみあげる勢いで、有無を言わさない。

〈高島屋オーダーサロン〉〈髙橋洋服店〉、〈カステルバジャック〉〈ポールスチュアート〉と、限りがなかった。

初めの〈高島屋オーダーサロン〉では、採寸から逃げ、フィッティングルームでいきなり檻に入れられた猿のようにちぢこまった。

ついこの前までは、〈カマ〉から日雇いに出て、北天下茶屋駅裏のかびの生えたアパート〈ゴケゴロシ〉に住み、高跳びの用意の、替え上着とクリーニングの白いシャツ一枚を〈あいりんセンタ〉の前の貸しロッカーに預けていた身だ。

それがいま、不思議としかいいようのないめぐりあわせで、銀座でスーツをつくっている。皆が囃し立てるこれがバブルに向かう時代のせいか。店に連れられるたびに満治は肩をすくめ、店員に顔もあげられず、ヨンヒの背中の後ろに隠れた。

いったい、この一着の値段は、日雇いに行った何か月、何年分になるのか。

しかし、この装いで、黒い太いフレームのメガネをかけた姿を人の目に触れさせておけば、大きなヤマを踏む時にかならず役立つ。きまり悪さと、いつかのヤマのためにと、恥ずかしさと野心の思いの間を行ったり来たりしながら、ヨンヒに従った。

ヨンヒの生活は、やっと20代の半ばというのに〈時代〉と〈銀座〉に囃し立てられて豪奢だった。鳴り物入りで売り出された神宮前のマンション〈ビアンカモンテ〉のメゾネットに住み、ディーラーに勧められるままに〈初代ソアラ〉を買った。買ってから教習所に通うと、また別な営業マンが開店前の店に〈ポルシェカレラ〉を勧めに現れた。

「満ちゃん、あんた乗る?」と買い与えられかけたが、満治に「私はアルト、中古の軽トラで」と尻込みされた。

ヨンヒとの信愛が強くなっても満治は直接マンションを訪ねるわけではなく、30分も1時間もマンション裏の神宮前三丁目〈児童遊園地〉のベンチで待っていた。高級マンションに出入りする身を隠したい気があった。

満治の、人を押しのけないいつも俯いているようすもヨンヒには好もしかった。猪飼野にも新地にも花隈にも銀座の客にもいない型だった。皆、「オレがオレが」と胸を反らす。自分とも正反対だ。入れこんだ。少しでも欲しがったものは何でも買ってやりたい気がした。少年の折に山野、海岸を這いまわり、ひとりで舟を漕いで津軽海峡を渡ったという体験は殊に共感が持てた。

そして計算した。いつもはぬくもりのある笑みを泛べて控え目なのに、ときに目の底から鋭く冷たい光を発する。この二重底の目はいつか、億では済まない何十億を手に入れるヤマに挑むかもしれない。私もそこに連れて行ってくれるだろうかとヨンヒは銀座仕事では味わえない熱風を胸に沸かせた。

そのいつかのヤマのために、ヨンヒと満治は男と女にならなかった。寝ると深まる男女もいれば、逆に壊れる関係もある。むしろ、仕事にヤマに、男と女の体のコトは足枷になる方が多い。女と男と仕事は別だ。肉で結ばれると、大きな目的は達し得ぬ。それを互いの嗅覚が知っていた。

満治はもともと女に放精する欲は薄く、ヨンヒは欲情が嵩じると、複数の黒服たちをホテルに呼んで肉を重ね、汁を啜りあった。ときに、「あんたあたしを気にいったんなら切腹してはらわた見せて」と男をぎょっとさせた。男にも情愛にも、肉のつながりにも、わずかばかりの拘泥もなかった。愛というコトバを耳にすると虫酸が走る。

満治に肉の欲はぶつけなかった。

猪飼野の育ちからひとりで世間と渡り合ってきたように思っていた気持ちのヨンヒに、満治はいつか現れるべくして現れた師で、肉の相手ではない。

大事のテーブル交渉や会社訪問の時、満治はヨンヒに見立てられたサルトリア仕立てのオーダースーツを着たが、銀座には、変わらず作業衣で現れる。それも好ましかった。

女は何を飾ってもよいが、男は仕事をする恰好がいちばん素晴らしい。本当はスーツなどどうでもよいのだ、と買い与えたスーツではない作業衣の恰好を見て満治にさらに信を置く気になった。スーツは、ふたりでそれなりの店に食べに出るときなどのためのものだった。ヨンヒは満治を自分の親のようにどこにでも連れて行きごちそうを味わわせてやりたかった。満治は町の中華、居酒屋が落ち着いたが、言われるがままに従った。

六本木防衛庁前の露地に挟まれた三角地の〈叙々苑〉、カウンターの下に置いた石油缶に次々と千円札を突き落として靴底で踏みつけるほど流行っている焼肉屋だ。幾度となく行った。かつての鶴橋の繁盛焼き肉屋〈セマウル食堂〉でも石油缶に札を圧しつけている光景があった。

飯倉交差点近くの〈キャンティ〉、2階から、六本木交差点に向かう外苑東通りを見おろしながら、ヤシの芽サラダを頼むのが定番になった。寿司は店に近い〈近藤〉と客に連れられた乃木坂〈神谷〉を利用した。

表参道〈重よし〉赤坂見附〈もりかわ〉は、銀座で見知っている客になんどか出遭って行かなくなった。〈天現寺ペーパームーン〉は、通りに面して広々とした店内に陽が射す爽快は、ほかの店では味わえない。帰りに、外国人客でごった返している広尾の〈ナショナル麻布スーパー〉に寄って、ワインとチーズ、それに満治の好きなホヤを求める。客の祝い事には、御所前の赤坂〈虎屋〉にふたり同道して会社や邸宅に赤飯を届けた。

六本木〈ドンク〉地下の〈イルドフランス〉から店を持ったシェフの後を追って西麻布〈マントゥーラ・ジョリー〉にも通った。テレビで見慣れた顔が集まり始めて足が遠のいた。青学裏のイタリアン、十数人の店員たちが、カネを貯めて老後みんなでハワイに住もうと約束しあっていると聞いた〈シチリアナチッチョ〉。チーママの優奈（ゆうな）を連れることも多かった。優奈のキャストネームはヨンヒが歳が離れた妹「ユナ」を藉（か）りた。ビジネス上の妹にした。

客と同伴しなければならない時は六丁目の近所の〈和田門〉。長崎から銀座に出店してきたステーキをいただく。2階から銀座大通りを見おろす窓際が3人分用意された。ここからなら優奈を先に店にやらせて8時45分のママタイムに着物で走れた。

骨董通り、ベルギー人オーナーの〈クラブL〉、明治通り、海老餃子と煮込みそばの旧満州料理〈天壇〉は、開拓団で満州に渡った親を持ち、自身も満州から引き揚げてきた満治の気に入りになった。

ある時、青山三丁目・キラー通りのレストラン〈パサアトジオル〉に寄った。細い木のように痩せた厨房の爺さん・ケイコと、ピンク色に肥った給仕の爺さん・ナオミのふたりで長く手を携えてきた老ニューハーフのイタリアンだ。過ぎし日と訳す。馴染みになった。

顔が円く肥えた給仕のナオミさんが、「あらあんたたち、どこで浮気してたの？」面白くもない定番で訊く。言葉ものの腰も女爺さんだ。

この日、ヨンヒ・満治は別荘地・那須塩原の2200万の小さな古民家の売買で、銀座・安岡興業のフロント企業ピーエスランドに初めから支払い資金の余裕がない空手形を摑まされた相談があった。優奈も同道した。

「2200、一瞬だね」ヨンヒが溜息をつく。「なんとかしよう」満治は応える。

プッタネスカをフォークに巻きつけているときだった。刺激の強い安い定番パスタだ。ヨンヒが、〈置かれた場所で咲きなさい〉という銀座ナイン街の〈モネ美容室〉でいつも顔を合わせる〈ピエミラノ〉のママに教えられた標語の話を持ち出した。胸に棘になってひっかかっている言葉だという。

「うち、腹立ったわ。あれは、恵まれて生まれ育ったもんの言い草やん。置かれた場所にずっといてたら、花咲くわけないわ」

「ほんと」優奈も口を尖らせた。

「うん。置かれたとこから逃げてこそ花も咲くか。そうやな」

満治も久しぶりに〈カマ〉の弁になった。

「そうよね。ほんま、ピエミラノ、あほめが恐とろしいことをいいよるわ。自分はどれほどのもんか知らんけど、ビンボニンやザイニチに、おまえらは生まれ育ったそこでじっとしとれ、いうことか」ヨンヒは利かぬ気を示す。

満治は、ヨンヒに心持ちがさらに寄り添えた気がした。この女は俺の思いが分かる。おのれの手で何かを起こさなければ、ずっとそこに縛りつけられたままだ。やはりこの女となら一緒にヤマを踏めるかもしれない。

肚を決め、サブたちと本気のやりとりを備えなければならないか。


しかし分不相応の思いもかけない贅沢には、やはり鉄槌が下った。

大業を成そうと八分目ほどの決意をしてからひと月余り経ったとき、ヨンヒの6丁目の〈ラ・ロシェル〉にステッキを突き、ボルサリーノハットをかぶった60手前の痩せ枯れた老紳士が来た。界隈の水の女やキャストならその恰好も名も誰でも知っている兜町の有名な相場師・鳥海光太郎だった。恰好だけで太い客に見える。ほぼ20年、夜の銀座に現れない日はない。行く先々の店で決まった係の女がつき、そのうちの、〈エルバート〉の萩乃は、わたしが専任の女だと鳥海の行くどこの店にも同伴して誰にも手をださせないように咥えこんだ。

常に加賀友禅、牛首紬を羽織る女だったが、鳥海に「お前の着物に飽きた」と言われ、翌日から、腿から下が透けるブラックのレースワンピース、真っ赤なカクテルドレスなどに換えた。

そういう、服を着て脱ぐだけで一生を終わるコバンザメ女がいる、とヨンヒは耳にしていたが、目にするのは初めてだった。

銀座には似合わない、身の丈も顔も向島あたりの置屋にでも住み着くのが合っている下ぶくれのおかめだった。爺さんはこの女のどこがいいのか、銀座の七不思議のひとつといわれた。むろん、床上手にちがいないコバンザメ女だと、噂は下世話に走る。

鳥海は、ママのヨンヒを見て、「聞いとった店だ。ここか。こんないい女がいるなら、もっと早く来ればよかった」と上機嫌だった。ヨンヒは、自分もそう思う、もっと早く会いたかったと鳥海の膝に手を乗せて相槌を打つ。

1時間ほども経ったころ、コバンザメ子が促した。爺さんがヨンヒに相好をくずしているようすに我慢ならなくなっていた。

「光ちゃん、ほら帰るわよ」

「あらいいじゃない。先生だってよその女がいい時もあるのよ」

席についていたチーママ優奈が、鳥海にしなだれかかった。

途端、コバンザメ子は優奈の顔にドンペリをぶちかけた。

「初めてで、慣れ慣れしすぎるんだよ、おまえ。どこの田舎から出て来たんだよ」

ヨンヒがさっと立った。「あんたね。あたしの店で何カッコつけてんだ」

コバンザメ子の頭を小突いた。こんな女は客ではない。どうせ遺産狙いのさもしい着せ替え人形だ。

鳥海光太郎がヨンヒの店に入り浸るようになったのはそれからだった。

「お前の気性が気に入った」

珍しくも嬉しくもない科白を囁き、皺手でヨンヒの腰、手を撫でた。ステッキは、キャッシャーや黒服には預けない。必ずソファーの脇に立てかけている。振りまわすわけではないが、咄嗟の防御と攻撃の用意だった。ボルサリーノもほぼかぶったままだ。脱ぐと後ろ頭の禿が光る。

連れてくる男たちとの会話の中身は、ある時は声を潜め、ある時は憚りのない大声で、〈仕手戦〉〈興銀〉〈移動平均線〉〈行って来い〉〈ワリコー〉〈国税〉〈特捜〉〈三重野のヤロー〉だった。時代はいよいよゼニとカネと土地が粟立ってきた。

たまに〈ユーフォリア〉という語がまじった。

爺さんがヨンヒに教える。

「踊るあほうに見るあほう。同じあほうならなんと言う？」

「踊らにゃそんそん」

あとで、〈ユーフォリア〉は〈異常に熱狂する状態〉と知った。

そして十数回ほど通ってきた鳥海は、「どうだ、おまえもやらんか」と、会員制リゾートの開発に前のめりのホテル株投資を勧めてきた。地獄に落ちる始まりだった。

ほかに、製パン、精機、金属メタルなどの中小型株式も口にしたが、株のことなど何も分からぬ、首を横に振った。

すると「お前名義で、２２０円のジャスダック大化け候補生を1万買っといた。２２０万出せ」という。それが3か月で２９８０円の最高値にもちあがった。

鳥海らが指揮する仕手に集まった大口投資家集団が発行済株式の7割強を買い占めて経営権を取得した結果だった。

「証券、銀行にいじめられている中小の企業をわしらが救う」と豪語した。

しかし実態は、上昇機運に乗った相場を空売りで巧みに誘い込み、相場が崩れてくるとわしらは何も関知していない、「ソーリー、オーノー投資だ」と、爺さんと取り巻き連中は高笑いした。

大掛かりな詐欺と変わらぬようすが分かっているのに、220円がわずか3か月で3000円になる魔法をヨンヒはスカートの裾をあげてまたいで通れなかった。

満治との大業の約束がたえず頭にあるのに、目の前に横たわっているカネに尻ごみできない。避(よ)けずに、カネを掴み取りたい。

株投資などより、計画通り、満治が狙いさだめた会社を地道に恐喝してカネを奪ったほうがよいと反対されるにきまっていると、満治には相談しなかった。

鳥海の爺さんの「おまえもう逃げられんぞ。ここまで来たら皿(さら)までじゃ。逃がしはせんぞ」と目を射られて、竦んだせいでもあった。

「爺々(じじい)、何言ってやがる」と思いを尖らせていたある朝だしぬけに地検の特捜がマンションに襲ってきた。指し示された紙に〈所得税法違反〉とあった。1億2000万円の保釈金を払い、執行猶予がついた。

神宮前のマンションは残ったが、6丁目の〈ラ・ロシェル〉は手の中から消えた。優奈も女達も黒服もばらばらに散り、コバンザメ子は消息を絶ち、傍らには満治と春さんだけが残った。

銀座でもういちど這いあがりたい。いや、美容学校の夢を捨てたわけではない。

久しぶりに満治に会った。

「そうか。しばらく見らんで危ない橋を渡ってなきゃいいがと思っていたけど、そうか、しかし逮捕も拘留もされず、検察官即釈放でよかった。もういっぺん一からやな、新規巻き直し。近いうち、庚申塚においで」

がっちゃの居酒屋〈おっども〉の2階に呼ばれた。ヨンヒの神宮前のマンションは人の出入りが多いが、庚申塚の辺りは閑散としてこれから大業の打ち合わせをするには好都合だ。右、左に折れ曲がって猫も行き止まる細い露地を行く。都営荒川線二両電車の線路のつなぎ目を越える音だけが賑わいの、闇の底に潜んだような一画だ。夜、足許を照らす街灯はない。打ち合わせをする2階から店に降りず、裏階段を伝って線路道に続くどぶ板小路に抜けられる。それもまっすぐではなく、向こう側はモルタル二階家の塀が続く。

〈おっども〉はその露地と立て込んだ仕舞屋の隙間にあった。前が線路だ。

隙間の細庭の物干し竿に洗濯ものを吊るしても、わずかな日照しかない。

下着など洗濯ものを取り込むのは満治の役だった。

春さんが仕込みに忙しいとき、満治は2階のガス台で夕飯もつくる。フライパンで豚の内臓とキャベツなどの野菜を炒め、みそ汁をつくり、釜ヶ崎から持ってきた炊飯器で白い飯を炊く。カマの時代とは違って米の嵩を心配せずに済むのがありがたい。階下の店には降りない。客に顔を覚えられるのはむろん、春さんとともにこのアパートに住む姿そのものを出来る限り、人に見せてはならなかった。

夜は串打ちを終えるとホッピーを飲るのが愉しみだった。下から客の胴間声や高笑いが聞こえてくるが、大業のまえにはすべて辛抱だと、心持ちを決めていた。

客が帰り、エプロンで手を拭きながら2階に上ってくる春さんの背中をそうっと抱いて眠るのが習慣になっていた。ときに春さんの背中から紙しわに似たカサコソとした乳房に手のひらを伸ばすこともある。初めはいたずら転合のようすで照れを隠していたが、春さんに撥ねのけられるでもない。2度3度と重ねるうちに、幼児に還って本当に母親の胸をまさぐっている気になって、その一瞬に何ものにも代えがたい平安をおぼえた。

おだやかな密接である。

がっちゃには、ヨンヒのことは加えも削りもせず話してある。ヨンヒにも同様で、ヨンヒがここに来るのは初めてではない。

焼酎で洗って下処理をしているが、ホルモン、内臓の脂が冷蔵庫を開けずとも、部屋に臭気を放っている。

ホルモンは、「ヤス、ヤス」と満治に呼ばれる品川区西大井の食肉業者・オオイミートの安岡のあんちゃんがホンダの軽バン・アクテイで満治の部屋に毎日届けにくる。荷を待つあいだ、ずっと手放さない一冊の文庫本を時に開く。

階下の居酒屋〈おっども〉は、満治が竹串を打った焼き鳥、ホルモンとモツ煮込み、それにおでんしかない店だ。春さんの商売のそれが精一杯だった。

店の名〈おっども〉の由来を客に訊かれても教えない。察して正答できたものはこれまでひとりもいない。

○

二階の部屋に上がったヨンヒは「懐かしい」と目を細めた。この部屋が懐かしいのか、臭気が懐かしいのか、満治にはよく分からなかった。神宮前のマンションにはない、階下に居酒屋のあるこの2階の光景そのものがヨンヒの昔の記憶を醒ますのかと、満治は自分もここを立ち退けない思いに行き当たった。

ヨンヒ、春さんが畳に尻をおろすなり、満治は一気に伝えた。

標的は〈丸互通運〉10億、〈ナイコク製粉〉6億。

合わせて16億を脅し取る。現金輸送車に段ボールで積み込ませる。人質は客の荷64万個、小麦粉900トン。武器は、硝酸銀、青酸ソーダ。この武器を荷箱、小麦粉に込める。ただし金額には変更もある。

しかし、カネが最終目標ではない。警察をきりきり舞いさせ、〈丸互〉と〈ナイコク〉の社長が自ら命を絶ってくれるまで追い込む。

日本国中を騒然とさせる1年ほどの大暴れになる。カネを奪い、警察に大恥をかかせてあとは皆で闇に溶ける。

この2社がうまくいけば食品会社・ネイビーカレー、播但ハムなどもターゲットにする。毒入りカレーをスーパーに撒く。がっちゃの仕事になる。神戸から東京のあいだのスーパーにそれを撒いたと新聞に出させる。これは私がやる。播但とネイビーは会社がちっこいから2億ずつ。この社長にも〈丸互〉〈ナイコク〉とともに同胞を裏切った過去の罪をつぐなわせる。

ふたりの祖は関東軍ではなかったが、日本敗戦の間際にやはり開拓団を見捨てて遁走した大本営司令部の師団長だ。

大阪に、あとふたりのナカマを用意している。近いうちに紹介する。策がちゃんと整えば、あれらをこっちのアジト・二子新地に呼び、分担を決める。ここの庚申塚はアジトにしない。念入りの用心で、わしら3人の打ち合わせのためだけの場所にする。

がっちゃは、脅迫文、挑戦状を和文パンライターに打つ。大型封筒で、大阪のナカマに送り、その男が茶封筒に入れ替えて車で走りまわっている関西各地の消印で出す。

ヤマの舞台はすべて大阪とその周辺、関西にする。もう一人の男は路地から高速まで大阪の知らぬ道はない。現金輸送も逃走もそいつに任せられる。わしら3人、大阪と東京を行き来しなければならぬ時もあるが、新幹線は極力使わず、大阪の男の運転する大型トラックで往復する。

モンタージュを作らせるために手を打つ。どんな手か、考えてある。

顔を変える。ヨンヒに瞼を切ってもらってひと重のキツネ目につくり替える。

このためにほぼ10年、蒲田でもカマでも飛田でも天下茶屋のアパートでも、太い黒フレームのメガネでやってきた。私がキツネ目やと見破れるものはおらん。

この胡麻塩がかった坊主頭でのうて、パンチかつらをかぶる。タイガースの野球帽の裾からパンチパーマの毛をはみ出させる。変えた顔を警察に印象づけて瞼は元に戻す。

キツネ目のモンタージュが広く報じられたら、このヤマは勝ったも同然だ。大阪のナカマとがっちゃは表に出ない。警察に顔を見せるのは専ら私ひとりで、ヨンヒに逃走を手伝ってもらうことがあるかもしれない。

奪ったカネは平等に分ける。


複雑な手順、困難が予想される状況は何もなかった。ふたりからの問いもなかった。満治が10年かけて練った策だ。丸互通運とナイコク製粉をターゲットに決めたのは、幼児期の記憶による。ネイビーと播但も丸ナイと同じ祖が開拓民を見捨てたのはあとで知った。満治の直截（ちょくせつ）な気迫は、さらなる詳細を明かされずともふたりに伝わった。ヨンヒがふたつ訊いた。

「うちは素人や。瞼、目尻を吊り上げるだけなら整形クリニックで」

「いやそれはあかん、クリニックは手術前後に写真を撮る。出まわれば一気に足がつく。ここはヒメの役だ。どこの整形病院にも誰にも知られずにやらんといかん」

「麻酔と、メスと包帯があれば、なんとか」

「そうや、あとは抗生剤を2、3日分とヒメの気丈さで」

「もひとつ。名前はどないします？」

「名前？」

「そう、脅迫状、マスコミに出す挑戦状の名前」

ヨンヒが訊いて、3人じっと腕を組みあうようすになってから、満治が口を切った。

「鬼平はどうや。盗賊改めや」

誰も賛成しない。数瞬経ってからヨンヒが呟いた。

「アヴェ・マリアは？」

「アヴェ・マリア？」

「イエスのお母はんです。聖母マリア、満ちゃんの死んだがっちゃや。がっちゃのカタキを取ろ」

奇妙な秘匿名〈アヴェ・マリア〉はこの時に決まった。


その日から、3人は庚申塚の春さんの部屋にたびたび集合した。ヨンヒは、チーママの優奈、黒服らとシャンデリア、ドリンクアイテム、ピアノから爪楊枝までを片付ける残務処理に駆けまわり、夜明け頃に姿を見せにきた。

〈あるかない　せんろは　でんしゃが　とおるみち〉

と標識が立つ荒川線横断枕木道を夜陰に紛れて越えて来る。線路わきの足許の延命地蔵の洞(ほら)に蝋燭の火が揺れている意外に早い時間の時もあった。

23時17分が庚申塚通過、早稲田行きの最終だ。遮断機の警報音が、風呂屋で次々にコンコンと木桶を伏せるような音を立てる。

〈ラ・ロシェル〉を手放し、庚申塚に通ううちヨンヒの心持ちは徐々にかたまってきた。生来、大きな転換が目の前に現れると、困難な方をもぎ取りたくなる道を歩いてきた。〈ラ・ロシェル〉が手の内から消え去ったのは良い機会だと思えた。

相場師・鳥海光太郎にとりついて離れなかったコバンザメ子にドンペリをぶちかけられた優奈が、独立して8丁目の地下1階にガールズバーに毛の生えた長く細く奥まった、マスターとふたりの小さなクラブを出した。

〈ラ・ロシェル〉の太い客で満治を〈アナカン〉に誘い入れた闇鑑定士・植谷が端金で出させた店という噂が立った。いやあのけちな植谷が出させたのではなく、優奈が体でもぎ取ったに違いないと、ヨンヒのカンは当たっていた。店は〈月のうさぎ〉と名付けられた。

しかし、開店7月目に小火を出した。地下1階の配線が漏電した。

マスターが昼に出るとカウンターもバックバーも焼け焦げていた。3000万円かけた優奈は、植谷と鳥海に泣きついた。しかし30代後半にさしかかった水垢のつもった女にカネを出す男はいない。

〈アナカン〉は〈所得税法違反〉で地検の手は入ったが、地検も届かない闇だ。闇の先は尚暗い。

余計なカネは出さないがその奥の暗がりから、植谷も、鳥海の爺さんもまた堂々と銀座に通ってくるようになった。

銀座いけすの中で群がり泳ぐコバンザメ子の二匹目、三匹目が口を開けてエサにぱくついた。

優奈もエサに食いつこうとした。しかし植谷にも爺さんにも見向きもされなかった。かつて勤めた7丁目、8丁目の数店を渡ってヘルプからやり直すしかなかった。

〈月のうさぎ〉で70万円だった月収が12万円に落ちた。新橋のマンションを売り、新井薬師から電車で通った。梅雨を越し、銀座通りに秋の風が吹き抜け始めた頃、新井薬師からさらに移っていた目黒不動に近いマンションの玄関内扉のノブに赤い腰紐をかけて首を吊った。

頭部骨折、縊死、気道閉塞、頸髄損傷の所見がなされた。

葬儀は新興宗教〈霊永会〉の坊主を呼ばぬ〈御信葬〉となった。〈霊永会〉碑文谷会館で執り行われた。

生前信仰で結び合った者を〈御信心様〉と呼び合う者の葬（とむら）いである。4畳ほどの斎場の左側に目黒支部の信者、右手に銀座旧知のヨンヒら6人が参列した。親族は秋田から出て来て優奈の子と、彼女を育てていた母親だけであった。〈アナカン〉の植谷ら客はひとりも来なかった。

葬祭場の会館からの帰り、ヨンヒは幾らか思い残していた銀座商売と手を切ることに決めた。

その頃、満治の暮らしはまた元に戻った。

ヨンヒが来る夜明け近くまで、満治はハツ、カシラ、レバ、正肉などのホルモン、焼き肉の串を打ち、春さんはパンライターに向かった。

パンライターは、１０００字を越すキイを押しつけるたびに盤面に伸びたアームを右手で前後左右に動かして文字を捜し、左手で強く押す。百科事典一冊ほどの大きさの機械が台底から踊って、がちゃんがちゃんと、大きな音を響かせる。

根気の要る細かい作業で、春さんは白内障で眼科に通っているために漢字変換が一層わずらわしかった。

「がっちや、悪いな。疲れたら寝(やす)んでな」

しかし春婆は満治の言うことならすべてやってあげたい。狭い卓袱台(ちゃぶだい)で、ホルモンに竹串を打つ満治と向き合ってパンライターに向う。

「なにこんたらぐれのことなら。おれだば、ほかにむずかしいこともおとろしいこともでぎねがら」

「がっちゃの打ったものが日本国中、新聞にテレビに出回るで。大事の役です。気ィいれてな」

「あい」

ホルモンの串を打ちながら満治の紙に書いた言葉を、春さんはしわ目をしばたたかせ口の中で復唱して、パンに向かう。

【ぜんこくの　すいりふぁんの　みなさまえ　わしら〈丸ナイ〉いびるんは　おとこのめんつ
からだけやない　うちころしても　さしころしても　すまん　うらみあるからや　たぁげっと
しまつして　せんごのにほん　ほろぼしたる　はなしはおおきいんやで　かねは　いきがけ
のだちんや　おおさか腐けい　きょぅと腐けい　しが犬けい　ひょうご犬けい
ぼうっとしとったらあかんで　わしら　はよつかまえんと　せけんうるそなる
さて　わしらは　だれでしょう　あるときは警さつかん　あるときは　戦争はんざいにん
あるときは　むせんまにや　あるときは　めっきこうばのしたうけ　ほうしゃのうせいそうにん
　そのしょぅたいは　アヴェ・マリア】

脅迫文は以降もすべて、居酒屋のこの2階で春さんが満治の下書きの通りに打った。医療用のニトリル手袋をつけ、脅迫状の入った茶封筒を1通ずつ大封筒に入れて大阪のサブか亮兵に送り、それをふたりは大阪の市区を車で走るついでに、警察、新聞社に出す。これで脅迫文も挑戦状も、投函された場所は関西圏の消印となる。

いずれの通告文にも稚拙な表記がみられるのは、はじめに幾ら直しても五十近い春さんが打ち間違えたり、大阪弁をよく理解できないためだった。

満治の立てた犯行計画は大阪に3年ほど住んで現地の言葉をおぼえ、関西の地理、習慣に狎れ、ナカマを捜すことだった。

天下茶屋のアパートに暮らし、釜ケ崎の〈あいりんセンター〉で仕事にありつき、尼崎、神戸、りんかいで働き、住之江に通い、関西人になろうと努めた。

計画したことはほとんど卒えお、あとは実行に移すだけの段階になっていた。

春さんがパンライターで脅迫状を打っていた夜、9時のニュースでだしぬけに〈脅迫文〉という単語が聞こえてきた。

《大阪市西淀川区〈カンナム〉空調機施工会社のチョン・イルム社長が脅迫文の通りに持参した5000万円入りのバッグを東海道線から神崎川遊歩道に投じて何者かに奪取されました。周辺を警戒していた大阪府警が詳しいことを調べる模様です》

大阪の事件だからか、それだけの短いニュースに満治はあっと声をあげ、春さんは青ざめ、ヨンヒはテレビを睨んだ。

「まさか」

春さんの声にいちど頷いた満治が、首を横に振り直した。

大阪組のふたり、サブと亮兵が先走って仕組んだのではないか。

3人の怖れは一緒だった。

気に入らなかった。委細はまったく分からないが、社長脅迫も、走る列車からバッグを投じる手口も、大阪府警が張り込んでいたことも、今後詳しく調べるということも、満治のやろうとしている策の足を引っ張る。

いったい誰がそんなことを思いついて実行したか。やはり、サブと亮兵がカネ欲しさに裏をかいて先んじたか。

満治は久しぶりに、足底から突き上げてくる狼狽に躰を顫えさせた。

10年かけ、しかも実行に移すと決めた矢先でよもや似た手口の犯行が報じられるとは。手口の詳細、捜査の行方を知ろうと思うが伝手はない。そもそもなぜ川の遊歩道にバッグを投げさせたのか。逃走路は？　知らなければならないことは、たくさんある。

「あたしたちの予行演習みたいなものかしら」ヨンヒの口調は重くない。

「その程度ならいいが」

「一から練り直し？」

「どうするか。すんなりとはいかんな」

他局で報じていないか。ヨンヒがチャンネルを替える。

民放のワイドが映っていた。

短いニュースと同じ報道を続けて、

《なお、その後の警察の調べによりますと、列車の窓から投じられたバッグは大阪港の工事敷地で発見されました。チョン・イルム社長への脅迫文の送り主の名は《テブクロ　チュウジ》と判明した模様です》

「いや、そんなもんに惑わされたらあかんな。この犯行と、わしらはなんの〈鑑〉もない。大阪のふたりではない気がする」

「なんでやの？」

「考えてみい。あいつら、わざわざ自分らだけで危ない橋を渡ると思うか。あと半年、1年後にはわしらの仕組んだ策で、ひとり2億かそれ以上入る。いま5000万のために府警に追われるほどあほやない。しかし、《テブクロ　チュウジ》とは、なんのことや」

皆も首を横に振る。

春さんから不安なようすは消えない。白内障の目をしぼしぼさせた。青ざめた顔いろもまだ生色を取り戻していない。

「満ちゃ、おれはなんぞか怖え。やる前から警察に追われる気がするでがんすが」

「またがっちゃの心配性が始まっただか。もうそれは言わんこっちゃろ。なんがあってもわしについて来るとあんげに誓こうたべさ」

言ってから円い卓袱台に振り返り、田原町で買った仏壇に手を合わせた。

ヨンヒが追いかける。

「あたしは大して心配せんけど、それでも満ちゃん。ほんと、《テブクロ　チュウジ》ってなんだと思う？」

「いずれ分かるだろ。こっちにそれを知る手はないしな。それより、雑音に惑わされんと用意だけ、ちゃきっと。声や、テープに声な」

パンライターに打つのと同じように脅迫を吹き込む文言も、満治が紙に書く。ヨンヒは息を殺してから、低くそろりとヘリウムガスの変声を絞りだした。

【名神高速道路を85キロで吹田の】

「ヒメ、あかんあかん。普通の声や。普通にしゃべるようでええんや」

もう一度やり直す。普通の女の、大阪弁の抑揚に乗った普通の声をと満治はいう。3世に韓国なまりはない。

【名神高速道路を、85キロで、吹田のサービスエリアへ走れ。京阪レストランの、左側の自動販売機の上に、手紙置いたある】

とそこまで読み上げたとき、線路ぎわに迫り出した軒先から、荒川線の警笛と線路のつなぎ目に当たる車輪の音が響いてきた。270メートル離れたホームのアナウンスも風に乗ってくる。

「庚申塚ぁ、庚申塚ぁでございます」

東京でひとつだけ残る路面電車だ。新宿区早稲田から荒川区三ノ輪橋の12・2キロを上下とも6、7分間隔で走って沿線は間断なく電車の音に震える。

「あっ待て、やり直し」

満治はボタンを押してテープの動きをとめた。

「もう1回ね、ええな。感情をこめずできるだけ事務的に、普通に」

【自動販売機の上に、手紙置いたある。手紙のいうとおりにせえ】

満治は赤いボタンを押し直した。

「よし、こんどはよかったな」座布団から立ち上がりかけて左足をもつれさせ、卓袱台の端に手をついた。飲みかけていたワンカップ酒がこぼれた。

拭き終えた春さんは「あっ、まだ片づけが」と階下に降りて行った。

○

居酒屋〈おっども〉は、夏も冬も夕方五時半に開け、閉めるのは11時過ぎが目標だ。串打ちをしたホルモンや煮込み、おでんをこれから片づける。

ホルモンは満治が板橋の青物市場前に停めるスズキ軽四輪荷台で商いするうちの一部だ。

満治と春さんは籍を入れたわけではないが、おおよそ10年、「がっちゃ」「満ちゃ」と呼び交わして暮らしている。ホルモン売りが、ふたり連れの長い間のシノギの中心だった。

生まれついてから、このような道を歩くことが決められていたと満治と春さんは時に溜息をつき、しかしなんとかかすかな望みを灯してきた。

春さんは満治より歳上で、脚、膝が痛いとコンドロイチンやヒアルロンサンの薬包（やくほう）を手放さないが、満治の行くところなら足をひきずりながらでも出かけた。東京から大阪までも車の遠出なら満治といつも一緒にいたかった。

春さんにとって満治はいまだに可愛い倅（せがれ）である。

昔、春さんが20代の半ば、満治が20歳、苫小牧と茨城大洗をつなぐ1泊を含む18時間のフェリーの航行中に知り合い、船を降りバスで水戸駅に着く頃になって、満治は春さんを「おがちゃ」と呼んで強い親近を示した。

思わず出た言葉だった。故郷の訛（なまり）、口調、貧乏だが温かいまなざしを船の中で満治に見せた春さんは一瞬のうちに満治には心底母親だと思えた。

中学を卒業したその夏に、妹とともに下北の半島をさすらい歩いた歳から満治はひたすら、警察に奪われた母親を思慕して生きてきた。

日本敗戦の日、満州で地獄をくぐった母と子だ。胸の中には母しかいなかった。妹とは半島の先端の漁港の突堤で生涯の別れをした。爾来30年、会えていない。

フェリーの中で、春さんと互いに一生で二度とない出遭いとなった。

春から夏、湿った冷たい風のヤマセに吹かれる南部、陸奥ともに軍馬、農耕馬の産地で、馬に寄せる愛着の深い国境いの隣り合わせの在が互いの故郷だ。

薄い係累しかいない似た出自と育ちも、ふたりを強く結びつけた。

苫小牧からのフェリーを降りたが、次はどこで何をして生きるのか。あてどないふたりは、その地縁と似た者の寄る辺なさにも結びつけられた。

春さんは水戸から常磐線を経て東京に出、オリンピックで沸き立つ六本木交差点の頭上の首都・都心環状高速線の土木建設現場で男たちに賄いする飯炊き兼、掃除婦の仕事にありつき、のちには大宮駅操車場飯場に移って、ここでも雑魚寝部屋で男たちの食堂の煮炊きに精を出した。

高度経済成長の上げ潮の時で、共に働く飯炊き場には、息を切らしながら鍋を掻きまわす80に近い老婆もいた。そのブームが陰って来てからは、建設作業場の担ぎ屋や祭りの屋台を出すなどの日にち稼ぎを渡り歩いた。

そもそも、不遇を這うしかないように生まれついていた。ここはお前の住む場所ではない、あっぢさ行けと、いつもつばを吐きかけられる歩みだとおのれを諦めさせてきた。

日中戦争が起こる年に生まれ、出生後2年で母が死に、第二次大戦が始まった年、父が板小屋に曳きこんでいた女もほどなく出ていった。それからは子らはみな、父の親戚を転々とし、居場所の温まることはなかった。

長女の春は、近所や、おやぐの子守り、飯炊き手伝いなどで成長し、19の歳に国鉄の線路工夫と婚姻して一子を成したが、1年後ハイハイを始めた冬、赤ん坊は、馬の息も人間の息も凍る物音ひとつしない小屋の閉けさの底で、ひと泣きもせずに死んだ。凍って栄養が足りなかった。

　2歳下の妹は貧乏と先の見えぬ不安に精神を冒された。常に怯えた表情を泛べ、突然奇声を発し、次には泣き出す。生まれて一度も笑ったことがないかもしれない妹だった。世には、そういう者もいる。そういう人生もあると春は幼いながら自分に言い聞かせた。

　妹は入院していったん寛解したが、荷馬車を曳く荒くれに組み敷かれてできた男の子を流産してふたたび入院し、医師に治癒は恐らく絶望的だと宣告された。男は妹を孕ませただけで逃げた。結局ことごとくおれどもは、負へ負へ流されるように生まれついてきたのだと春は思った。唯一の楽しみは絵本や童話や世界の物語を読むことだったが、カネも時間もそういう境遇を許さなかった。

　世間は初めから不平等にできている。春の哲学になった。日の当たる場所もそうでない一年中暗い場所もある。高度成長と騒いでいるが、おれどもにはひとすじの光がさしてくるわけではない。童話を読みたいと思っていた頃より少し長じて、おのれの惨めな出生、生い立ちをさらに強く実感するにつれ、膝を折るような自暴自棄、他人への妬みが鬱屈してきた。誰か、誰でもよいから殺しでもすれば気持ちべ晴れるか。

　いや、そんなことを思うなら、ここよりもっと酷寒の不毛の地にさまよい出て、死なせたわが子と同じように凍死してみべえと思い立った。

　自棄のようでもあり、それが苦しみのない世に生きる道だと導かれる甘美な誘惑のようなものもあった。

　津軽海峡を越えて北海道に渡ればここよりはるかに広く見渡せる曠野がある。ものみな凍っている土地だ。そこであっさり死ぬべ。なにも考えることねべさ。

大間からフェリーで函館を経て美唄や夕張の炭鉱に行くことも頭をよぎったが、馬が好きだったことを思い出して北海道で一番南に位置する、牧場の多い日高町の原野にさまよい出た。なんとかなるべさ。

吹雪く原に転がっているチモシーの円筒型ロールにうずくまって寝てしまった。明け方に耳の上で温かい鼻息を吹きこまれて凍死はしなかった。柵から逃れてきた牝馬（ひんば）の息だった。馬に絶望から助けられた。雪景色の奥にサイロが見えた。死ななかったのだ。やっぱりおれの友達は馬だ。涙が出た。

牧場で働くことになった。馬はこれからも伴侶になってくれそうな気がした。生まれて初めて平穏を覚えた。牧舎の馬の世話で、生きるものの呼吸やぬくもりに触れてもういちどやり直してみようと思う気が育った。

牧舎に3年雇われ、3年間馬の世話に明け暮れた。しかし住まいは納屋で、朝から晩までの作業にしては給料が安い。いつかまた馬と暮らせる日が来る。いまのうちに1円でも多い賃稼ぎをしておかなければならないと東京の工事現場に職を求めることにした。

その時の苫小牧港から内地へのフェリーで福松満治と知り合った。鼻が隆く彫りが深く、男振りはよいが、口数が少なく、暗い目を伏せる人だった。なんとかという俳優に似ていた。一度は死ぬべと思った胸の隅で、その暗い目の年下の男を励ましてやりたい気になった。

フェリーを下船する時、春は満治の目を覗き込んだ。

「焦ることはねべ。黙ってな、叩かれても踏まれても生ぎでいげば、おらどもにも、コトンというこどが落っこってくるかもしんねえからな」

「栗の実みだいにか。頭の上さに」

「ほだ」

「痛てえど」

「痛ぐども食えるべ。おれが、イガイガ取ってやんからな」

「うん」

「満ちゃ、ひどつだけ約束しでけろ。どんたな片隅に追いやられようと死ぬな。死ぬのがでけるなら、生きるのもでける」

その時初めて呼ばれた。

「がっちゃ」


満治の大阪での最初の稼ぎは三十間堀川が泥水を集めて湾にそそぐ際の倉庫街の角で、うどんと稲荷を出す〈かろのうろんや〉だった。倉庫に挟まれた近隣の工場で働く者や、荷運びの運転手らを相手に、田舎者のようすが同情を呼んで食いつなぐことができた。大阪との縁の初めだった。それから〈カマ〉を足場に転々と現場仕事をこなした。

その時分、春さんは、東京近郊の建設寮を渡り歩いたあとで、足立区千住橋の水産市場でアジ、サンマ、サバのワタを抜き、干物をつくって小銭にありついていた。

やがて、春さんのその干物づくりが、満治が東京に戻って千住橋市場の出入口に中古の軽、スズキアルトを付けて串打ちのホルモンを売る仕事のきっかけになった。

満治は時に大阪に戻り、時に東京に戻りして、蒲田の金属加工工場で働いたりしたが、結局、ホルモンの串打ちがいちばん長い仕事となった。

だがある時、市場を管理する協同組合から立ち退きを言い渡され、ホルモンの焼き売りができなくなった。春さんが「別々よりここに住もう」と満治を荒川線沿いの庚申塚駅に近い二階家に呼び入れた。

1階脇に、コンクリート打ちっぱなしの1畳の広さがあって、アルトを入れることができた。無免だがいままで通りこれを運転して、淀橋や築地の市場にでも通えば商売ができる。

春さんはそのとき千住橋の市場勤めをやめ、その2階家の1階を、カウンター8席の赤ちょうちんの居酒屋に改装した。1日中、魚のワタと骨を切り開いて水にまみれる仕事は膝、脚に来る。ホルモンを焼き、モツ煮込みを用意し、わずかばかりの総菜をこしらえ、酒を飲ませる商売のほうがずいぶん楽だった。歳のことも考えなければならなかった。

それより、満治と一緒にいられる時間が増えて幸福だった。昼間、疲れると2階にあがって休む。すると、満治が背中から腕を伸ばしてくる。ときに肩を枕にさせてくれる。そういうことも本当の母と子のようで、わが身わが心をまだ生きていけそうに温かくしてくれた。

その居酒屋の2階で春さんと寝起きを始めて4、5年ほどが過ぎ、満治は不動産屋の男に銀座に連れられるようになった。バブルが昂潮期に入る前、さらに幾か月か経って、ホ・ヨンヒとマンションやビルの一室を転がすのを覚えるようになった。

しかし、市場の入口のホルモンの焼き売りはやめなかった。

春さんに「やめだば、いげねぞ」と諌められて続けた。日々の小さな稼ぎから離れると、「てんとさまにほうりだされっでば」

ささやかな稼ぎでも続けていればいつか実のなることを春さんは身を以って知っていた。

実際、それまで、吹けば飛ぶような日々の小商いを投げだしたことがなかったから、都電沿いの一角に家が持てるようになったと思っている。

手が水仕事に荒れ、しゃがむ姿勢を続けて腰も膝も痛めたが、生涯のうちでもっとも幸せだと春さんは歌うように繰り返した。線路沿いに、すみれ、コスモス、季節の花苗を植えても都交通局からも文句は出ない。それも喜びだった。春さんは小鉢の花が好きだった。毎日毎日、鉢の前にしゃがんだ。

14 樽

戦時のただなかの１９４２（昭和17）年、満治は、終日偏東風が吹き、海霧が立ち込める下北弥栄村に出生した。

両親は、信州飯田を裾にする山峡から開墾に立ち向かおうと青森に移住してきたが、農村恐慌でここも飢餓線上に見舞われ、ろくに食っていけぬ。

青森に移ってもなお食うや食わずをさまよっていた折り柄、「満蒙６０００人移民案」が国会で可決され、１９３２（昭和７）年第一次移民団が満州に渡った。この年急増する失業者農村不況を背景にした５・15事件があった。飢餓、満蒙開拓、５・15事件の三点セットは同じ時代が背負った宿運だった。

満治の父・福松与三郎は、このままの内地暮らしよりもおのれの一家も移民団に参じて新天地を拓こうと、生まれた長男に〈満州を治める男になれ〉と祈りを込めた。

四つん這いからやっと歩き始めるほどになった満治を負い、隣りの三ツ森家、八田家らを含む同じ村の衆11家族とともに開拓団に参じた。

三ツ森の家には同年に生まれた夏希という名の娘がいた。夏希も満州に連れられた。

だが、福松与三郎は満州の風が吹きすさぶ曠野を目にしただけで「こげんなとこ、俺には、かならうめえべ」と入植道具を手にしようともしない。

与三郎らに与えられた地は馬鈴薯、コーリャン、キビ、大麦が実る肥沃の地だと拓務省は喧伝していたが、烏滸(おこ)の沙汰ではすまされぬ悪質な虚報だった。これより西に向かえば、満人、内蒙古人らが耕した肥沃の土地があり、日本兵、日本移民団がそこをほとんど収奪するかたちで譲り受けて豊かな実りに与(あずか)れるという話にも、与三郎は耳を貸さなかった。

それでも半年ほど膝を折り曲げて開墾に励んだが、皆々なにからなにまで馬鹿くさい徒労に思えた。開拓団が土匪(どひ)と呼んだ現地満州人の襲撃も絶えない。信州を出て下北へ、そして満州と寒冷の痩せ地を耕す生涯にほとほと飽きてきた。働いても耕しても、湧き出してくるのは汗だけだ。実りなど何もない。初めから黄土を開墾する意思を見せず、吉林(チーリン)省四平街(スーピンチー)の特務機関教育隊に入隊して奉天(ムクデン)で憲兵となった。

1945(昭和20)年、8月9日、満治3歳の手前、突然のソ連軍の侵攻で、弥栄(いやさか)村開拓団・佳木斯(チャムス)難民収容所に、関東軍総司令部第三方面軍・第七十一師団から避難命令がくだされた。

関東軍の指揮下に入り、九死に一生を得たと思った弥栄開拓団増援部隊長の諸橋半二は収容所の隅で鉛筆を舐めた。福松たちの惣代である。

《収容所トハ名バカリナリ、飢餓死、発疹チブスノ病死、狂死ノ者ガ折リ重ナル小屋ナリ。成人男子、満州最後ノ要域ト定メタ通化(トンホア)ニ、対ソ戦要員ノ兵役トシテ集結セリ。

『避難命令ダセリシ関東軍ハドウシタ』トイフ声アガルモ、『関東軍ハ腰抜ケゾ。オノレドモハサッサト白旗アゲテ、退却セリダ』ノ声応ズ。

辛ウジテ生キ残リシ婦女子幼年ラ、師団ノ命ヲ受ケ二十里（80キロ）先ノ、七虎力ニ、一時退避セリ。途中、アマタノ女ラ、満人、ソ連兵ノ暴行受ケ、舌噛ミキリ、短刀デ喉突キ、毒アオッテ自死セリ》

憲兵の福松与三郎は第一方面軍師団に先導されて満治を背負いつつ惣代の諸橋半二を含むほぼ40人の避難民と行を共にした。満治の妹のセイは母・シノに抱かれてシチコリキを脱した。諸星半二はのちにこの場のさまも紙切れに書きつけた。

《シチコリキニ退避中、突如銃声聞コユ。山腹ノコーリャン畑ニテ息殺シ、ソ連軍戦車ノ過ギルヲ待テリシガ、戦車延々トツヅクナリ。ソ連軍去リシノチ突如銃声アリ。コノ音ヲ合図ニ、次ニハ満人匪賊来襲ス。喚声アゲヲツ四方八方ヨリ襲イキタル。身ヲ寄セ合ウ婦女子声ナシ。小銃ニテ応戦スルモ力尽キ、暫時ノノチ服毒セシ者九人ニ及ぶ。惨タリ》

2日後、退避命令を出した師団から遅れた駐劄一個師団が弥栄開拓団の前に現れた。ソ連戦車の侵攻を背にしつつ、本土に向けて南下していた8、9割方の関東軍のいわば逃げ遅れた残軍だった。満州国は崩壊し、無政府状態下に満鉄、満州重工業など日系政府関係の者も算を乱して引き揚げたあとである。

満治の父・与三郎ら弥栄村開拓団はソ連の侵寇、満州民の襲撃からもこれで逃れられる、地獄でホトケに遭ったと胸を撫でた。だが一夜明けて様相は一変した。

関東軍は援護してくれるのではなく、開拓団は足手まといだ、避難民は少ないほうがよいと夜のうちに決して、突然開拓団に銃口を向けた。中国人匪賊もまじっていた。

暗闇の中、関東軍が実際に発砲したのか目撃できたわけではないが、次々に仆れていく開拓民の絶叫があがり、血の匂いが凍土の上を這った。

子を背負った女を撃った男が突然笑い声をあげて収容所の井戸にとびこんだ。茫然と眺めていた主婦が「関東軍バンザイ　天皇陛下バンザイ」と叫びながら、井戸底に続いた。

その惨劇の数刻後、開拓団老若婦人女子が匪賊らに一瞬の間に撃ち殺された。

死体は開拓団で埋めるが、凍土にスコップは立たず、焼いた。衣服は焼かない。匪賊、満州族が遺体から引きはがして持ち帰った。

弥栄村開拓団の地から200キロ南下した、吉林省石砠子（イシヨシ）でも虐殺は熾烈をきわめた。石砠子には満州一の銅の含有量を誇る三菱財閥出資経営の鉱山がある。

すでに玉音放送で敗戦が発せられている。ただし満州のラジオは雑音がひどく天皇が何を言っているのか聞き取り難（がた）かった。

各地からの日本人開拓団は疲労困憊の末にここに集結した。悪路をたどるうち、ほぼ40人が病死、或いは歩行がかなわぬ胸に達するほどの深い泥道に生きたまま見棄てられた。赤ん坊を背負ったまま道に埋まった女もいる。

石砠子へ、石砠子へ。石砠子に着けば、生きられる。

だがそこも地獄だった。匪族、ロシア兵が迫撃砲を撃ち込み、蛮刀をかざして襲撃してくる。

残酷すぎる光景に、満州公司によって「日本人虐殺禁止令」の公札が収容所と鉱山の麓の広場に立てられた。

逃げ惑う与三郎らは関東軍に目こぼしされ、妻・シノと伜の満治、娘のセイ、隣りの三ツ森夏希、その父親・義三とともに、大きな岩の洞で抱き合って息をひそめ、奇跡の命を得た。

辛くも家族みなが生き延びた満治一家は、日本敗戦の際で地獄の底に垂らされた細いひとすじの灯りを這い上ったことになる。

だが、この修羅が憲兵の父・与三郎に深い疵を残した。

2か月後、恐怖と飢餓と疲労に打ちのめされながら日本への引き揚げ船〈興安丸〉が出る大連沖合の葫蘆島に辿り着き、舞鶴に引き揚げてきた。三ツ森の家のものとはずっと一緒だった。

興安丸の船室から、子どもの目にはいずこかとも判明しえぬ島影が荒波の向こうに揺れた。船の中で夏希はずっと泣きどうしだった。時々泣き止んでしゃっくりをあげた。その合間に「がっちゃ、がっちゃ」とすすり泣き、「カントグンにコロされた」と小さい口の中で転がした。父の義三はなだめることを諦めて夏希の涙が収まるのを待ち、「カタキ取るべな」と抱きしめた。

船にはおよそ3000人が乗っていた。デッキの上でも船室でも、配られたひとり10粒の大豆は弱っている躰を支えるには足りない。餓死者、傷病者が溢れている。子どもにしなびた乳首を含ませたまま息絶えた母もあった。

この先、何如になるべか、サーベル、銃剣を帯同した兵隊さんに勝てるわけねべと幼いながらも満治は唇を噛んで、夏希と肩を寄せあった。

結局、どの家にとってもどこの家族にとっても、渡満開拓にはなんの収穫も益も歓びもなかった。中国に侵略し、すべては徒労に終わり、阿鼻叫喚を見ただけであった。

厳寒の日本海を越えて来た船は朝7時、舞鶴港外博奕岬沖合に入った。「おう」と声があがったデッキの向こうに、山並みが雪をかぶっている。

「日本だ、あん山だ」一斉にデッキの手すりに駆け寄る。

次の瞬間、船端の下にしぶきがあがった。脇の者があっと声をあげる間もなく、海に飛び込んだ女の跡だった。満州の匪賊、あるいは侵攻してきたソ連兵に強姦され、舞鶴に近づくにつれて腹がせりあがり、日本を目にしたとたんに母子ともの命を果てさせる。そうして無惨に散った幾人かの女のひとりだった。

船は水先案内の艀(はしけ)にみちびかれて東舞鶴港平(たいら)桟橋沖に仮泊し、検疫、ＤＤＴ散布ののち上陸することになる。その下船間際のデッキで、満治一家と夏希の家族が大きな男に声を掛けられた。肩章(けんしょう)に星が三つついていた。興安丸の機関長だった。

「写真撮ってあげよう」という。

ふたつの一家がかたまった。

「あっ寒いね。子どもが青い顔しとる」

機関長は傍らの機関士に顔を振った。「タービン室にさっきシューバがあった。あれ持ってきて。二枚」

満治と夏希はそれを肩からかぶせられた。満州では、外套をシューバと呼ぶ。足許までの丈はない。裏地が毛皮のマントだ。肩が下がり、ふたりともフロント衿のあいだから、ちょこんと顔を覗かせる恰好になった。

「ほらもうちょっと寄って。笑って」

言われるままに収まったが、「ばかが、こんなときに笑ってなんかいられねべ」と、機関長の背中に、与三郎が吐き捨てた。ほかは笑顔を見せているのに、与三郎だけが眉間に皺を寄せた。

桟橋を上がった引き揚げ援護局の事務棟で、与三郎、義三が国策を伝える戦後政府とＧＨＱの貼り紙を目にした。

外地から戻った者を救済すると同時に食糧増産のための開拓者募集の告知だった。

開墾には絶望していたが、ほかに食う算段は持ち合わせていない。三度目の開拓事業に身を投ずるほかにない。

援護局事務棟受付の係は、浅間山山麓の嬬恋村、御代田村と福島浜通りに沿って点在する飯舘村、浪江町、火山灰に覆われた北軽井沢大屋原、長野原応桑、佐久郡大日向などの痩せ地を勧めた。

しかしたとえ春と夏が、内地の真ん中より二か月三か月遅い地であろうと、かつて汗をしみこませた故地にもう一度向かおうと気を奮い立たせ、新潟、秋田を越えてむつ湾に入る船を希望した。事務棟で、青森県尾駮村の地番と名を記して「これを機関長に」と託した。

生まれて初めて撮られた写真だ、できるなら送ってもらって後で見てみたかった。

三ツ森義三も娘の夏希を連れて下北に戻る。荷物に鍋釜はない。三ツ森の家と福松の家が担いできたものは、関東軍が投げ捨てていった野戦着と泥靴、鉄兜、破れたテントだけだった。それに戴いたシューバ、これを防寒具とする。

しかし望みをかけた故郷の開拓地にそのまま戻り着けるわけではなかった。働き口もいきなりそこにはなく、下北半島太平洋沿いの淋代海岸の三沢米軍飛行場拡張を請け負う西松組の飯場に投じられた。ここで、引き揚げ船の渡航費を返済し鋤、鍬、ロープ、灯油などの開拓具費用を稼ぐ。およそ２０００人が働いていた。

そして開拓に暮らしのすべてを賭けたかつての地に戻ってみると、馬一疋、鍬一丁だけが開墾の道具で、丘陵斜面の土地は狭隘なうえに痩せていて、福松与三郎の一家4人を飢えから救うものは県開拓課に申請して得られる扶助金で買った種芋二十個ととうもろこしの苗だけだった。

辛うじて手に入れたそれらを植えてみてもやはり、人間も馬も1年のうちの半分を息を詰めて暮らさなければならない土地だった。しかも海風の吹きつける寒冷地にじゃがいももとうもろこしも十分な実りはつけず、それも年々、ねずみにやられる。数少ない親類縁者に頼るが、「よう帰って来られた」と遇してくれる者はひとりもいなかった。

「欲に駆られて満州の広い土地で楽してコーリャンつくって。いまさらなんでば、生ぎて戻っだ。バツあたったんだべ。食い口が増えっと共倒れだど」

終戦となってもなお、海風にさらされ、地に這いつくばって生きるしかない村だ。開拓の家は、夕暮れになると小屋の板壁に水を撒いた。撒いた水が凍って風を防ぐ。明かりは二分芯ランプと、半乾きの杉の葉を土間に盛って、細かな火の粉を爆(は)ぜさせるだけで、ルンペンストーブもない。

戦後2、3年に入り、開拓課、県農協指導課、青森開拓団自興会が、砂地まじりの牧草地でホルスタインを飼育すればほそぼそとであっても酪農家としてやっていけると望みをちらつかせた。話に乗って、農機具会社から種牛、飼料、搾乳機などをおそるおそる買った者は皆、借金を返せる収入には至らず、結局開拓地を放棄して逃散(ちょうさん)した。

さほど遠くないうちにこの村は消滅する。小屋も畑も無人となり荒れるに任される。

与三郎は呻いた。

「やっぱりこんげな土地に戻ってきたぁはまづげえじゃった。これなら満州とおんなじでねが」

毎日繰り返したが、それでもなんとか、開拓課、指導課のいうことに順(したが)って、にんにく、らっきょう、山芋を植え、踏みとどまった。

入植の初めの10年間は、辛うじて実りがあった。しかし艱難のすえの11年目に入っていよいよこれからと望みを燃やし始めたとき、にんにくやらっきょうはむろん、主食の大豆が長雨にたたられた。実、殻どころか、根本の茎まで腐った。

　そこに事件が起きた。共に満州から戻った隣りの家の八田徳次郎一家が〈開拓連合会保証協会〉の開拓村全戸の営農資金を盗んで行方をまぎれさせた。

　らっきょう、山芋、大豆作付けの貸し付け金がなければ、年が越せない。春植えの種も準備できない。食っていく算段が根底から断たれた。

　満治の父・与三郎はそれから夜ごとバクダン安酒をあおり、暴れた。バクダンは燃料用エタノールを水に薄めて、視力を失う者も出る密造酒である。酔いつぶれて開拓仕事を投げだし、酒瓶に手を伸ばす与三郎とさして変わらぬ男は珍しくない。酒屋だけが商いを続けていられる村だ。

　しかし、与三郎はほかの者とは違う荒れ方をした。旧憲兵は、ＧＨＱ、進駐軍には、日本の旧態の警察機構で呪わしい敵だった。開拓団も、新政府ＧＨＱの尻馬に乗って与三郎を軽んじる。

「わしはついこの前まで、御国の司法警察官だぞ。開拓課の小役人らぁ、いばりくさっとるが、あいつらは戦争の時分なにしておったというだか」

　酔いを昂じさせると「よしっ、首洗っとけ」と、満州から持ち帰ったサーベルを上段に振りかぶって家の戸板を蹴り割る。そういうことが2度あった。女房のシノがそのたびに「兄(あん)さま、行ってはなんね。こらえてげろ」と与三郎の腰、脚にしがみつく。そして蹴りつけられる。ときには狂暴な怒りに憑りつかれた与三郎に、帯革で殴りつけられた。

「このぉ、おめどさ、どごまでビンボ連れでぐる」

　与三郎の瞋恚(しんに)はとどまりがなかった。

　妹・セイとともに満治は修羅を目にしてきた。

　憲兵とは警察だ。満治の中に新政府警察への反抗心が芽生えた。さらに、決定的な出来事が満治の集団就職先が決まりかけた時に起きた。

満州にいた時分に中国人が豚を飼っていたのを思い出した母シノは、川原の土手下に、掘り起こし切り倒した燃料の薪にもならぬ松根や廃材で柵小屋をつくり2頭の豚を飼い始めた。

豚を仕入れるカネは「いずれここらあ、でっけえ石油コンビナートにすると保守のえらいさんも岸信介も三井不動産もいうとるで、いまんうちなら、10坪1万7千円やるわ」と駆り立てる東京に本社を持つという〈内外不動産〉に手付けを握らされた。

松林の脇に小さな小屋を立て三人の者が事務を執っていたその会社は、20年後に辺りを大規模開発する〈三井不動産〉の先兵となった。

20坪売って、豚を買った。

シノには養豚で稼ぐ成算があった。弥栄平の隣りの鷹架聚落の・旧陸軍軍馬補充支部、現・GHQの宿舎、病舎で残飯を集めれば豚の餌となる。

GHQはその地で開拓促進を監督していた。ただし遠い。残飯小屋からでこぼこ道をリヤカーを押して1時間半、ふたつの沼淵と砂丘をまわり込んで往復しなければならない。秋から冬は海からの汐まじりの寒風が吹きすさぶ。しかも樽には残飯だけではなく、豚にも満治たちにも滋養になるソップも入っている。

帰りは、そうして7個の樽の中身がたぷたぷ音を立てて揺れるリヤカーを牽く。

海峡の向こう側で大量の流氷が南に動き始めたらしいと役場の庶務課で耳にした10日後、いつものように沼のほとりのアシの群生する道を過ぎようとしていたところ、腰に警邏棒とサーベルを差し込んだ男が前方に現れた。昭和新政府の巡査だった。

旧警察法時代から奉職している歳まわりの男だ。

「こらお前、開拓だべ。そん樽のもんだば、あっごのGHQ地方監察部のもんでねが。そだら食いもん盗みにぎでこっつは毎日見張ってんだ。こん非国民が。こん辺りだば、デモクラシーもへちまもねえんだかんな」

「戦争は終わってこんからは民主主義でいぐと聞いたども」

「なんが、開拓め、口ごたえぬがすか。おめら引き揚げどもが満州から出戻ったせいで、豆も芋も旧部落のもんにまわらねえ」

いうなり巡査はリヤカーを脇から蹴った。タイヤがごろっと回転して、荷台が後ろに傾いた。下は沼だ。流れはないが、深い。

それ以上動きださないように、シノと満治は梶棒（かじぼう）にかじりつき、全身で足を踏ん張らせた。巡査は警邏棒をもういちど振りあげてシノに打ち付ける身構えを見せてから、揺らぐ荷台をまた蹴った。

樽が倒れ、中のソップと残飯、それに一家で口にするためにとその日、病舎の炊事係がくれた6個のじゃがいもも飛び散り、梶棒から手を放されたリヤカーは、沼の縁の葦原にずり落ち、底に泥の溜まった沼にぷくぷくと空気泡を噴き上げて沈んでいった。

「ああ、ああ」シノは喉を裂く声をあげ、泡の音だけが立つ沼に足から飛び入った。巡査も沼の縁に慌てて足を踏み入れたが、リヤカーはすぐに梶棒まで水底（みなそこ）に消えシノの躰は浮きあがってこなかった。

皆皆、一瞬のことだった。

満州からぎりぎりを生きてきた母をあっけなく死なせたのは巡査だ。母への思慕、哀憐（あいれん）と一緒に警察への憎しみが胸にかたまった。関東軍も悪かったが、民主警察も悪い。

わずかばかりの村の者が母の野辺送りをしてくれて1週間ほど経った頃、東京の就職予定先から葉書が来た。不遇が続いた。

「旅費送れぬ。一年待たれたし」

母と違って父・与三郎はその後、しぶとく生きた。

泥酔した上にサーベルを振りまわし「おめえらばっかが白いめし、腹いっぺえ食ってるだ」と開拓課に殴り込み、職員を傷つけて旧の典獄に入った。戻ってきてからは涎を垂れ流して生き永らえ、こんどは近傍の家に押し入って老夫婦の枕許の40円を盗んで、再び捕らえられ、果てた。

母は亡く、父は荒れ果て、就職先もない満治は、まだ中学も出ていない妹・セイとともに叔父の家に引きとられたが、わずかひと月のちに飛び出し、ついで父・与三郎の遠縁の家に厄介になりに行ったが、ここにもひと月もいられず、兄妹で、海に囲われた腕のかたちに似た海岸線の細長い半島を腹をすかせてさまよった。

辺りの開拓地、耕作地放棄の家の男子は林業手伝い、婦女子は、旧軍港で栄えた陸奥湾・大湊港・小松野川、川内遊郭の酌婦、娼妓、女給、芸妓になり、やがて町が寂れてそれらの店も廃業になると、中京、京浜の女工に流れて行く土地柄だった。

森、海岸べり、沼、湖に浮かぶ小屋をたぐり、放浪した満治・セイ兄妹は最後は途中から同行することになった人買いの男に津軽海峡に向かう漁港の突堤で否も応もなく引き離された。

それからおよそ20年ののち、旧満州・〈弥栄平開拓団記念碑〉完成の式典があった。〈六ヶ所村要綱〉を編んだ世話役・村の旧惣代・諸星半二が散らばっていた旧村民に伝手をたどって連絡した。

隣り小屋同士で満州に渡った同級生の三ツ森夏希が満治に式典を知らせて来た。彼女が歌手になったのは知っていた。あるとき、尼ケ崎の市民会館に出るポスターを見て訪ね、引き揚げ船のデッキで撮られた生涯初めての写真の話になり、いまはどこにと尋ねられて、荒川線庚申塚の居酒屋〈おっども〉の電話番号を伝えた。あとにもさきにも、連絡先を教えたのは夏希だけだった。

この世から身を隠し続けてきた満治に、満州から九死に一生を得て引き揚げてきた三ツ森夏希だけはのちに犯行ナカマになる者以外のたったひとりの因縁の気がしていた。

テレビの中の夏希は輝いていた。顔を見るたびに、胸が温かく膨らむのを覚えた。

戦後も、満治の家に限って特別、貧苦を舐めたのではない。馬橇道に代わって定期バスの行路ができ、マイカーが走るようになるまで、開拓の者は雪と泥に埋まる橇に乗り、それぞれみな同じように赤貧から脱することができなかった。

冬は2時起きで弥栄を出、馬は、橇が丸ごと埋まる雪の中を板戸に寝込んだ主人を乗せ、道を間違えることなく空が明るむころ、半島の喉ぼとけの野辺地に着く。

1時間ほどで積み荷のじゃがいも、小豆などを日用品に換えてまた戻る。

午後深い時刻になるとヤマセが荒れ、馬も橇も前に進めない。雪を掻き分け踏み分け、ようよう小屋に帰り着くのは夜の7時8時となる。中には雪中の厳しい道行きに息絶える馬もいる。家族同然の馬だ。どの一家も累代の墓所に、犠牲になった馬の骨を丁重に葬った。

日に一度、白い米が食えるようになったのは、一家の大黒柱がオリンピック工事で東京に出て仕送るようになってからだった。

夏希の父・義三もオリンピック会場の入り口となる千駄ヶ谷駅改修工事のプレハブ飯場小屋で2年働き、次いで、臨時工募集に応じて横須賀追浜の板金工場に勤め始めた4か月目、長さ10メートルのクレーン倒壊の下敷きになって絶えた。

北の辺地から出て行き、異郷の底の底を這いまわってその死にざまを皆が皆「屁のような」と唇を噛んだ多くのうちのひとりとなった。義三の場合は、一人娘が歌手になる成功の縁に手をかけてかすかな光が灯った矢先だった。一瞬の夢は見られてまだ幸福だった。

横須賀市の丘の上の火葬場にかけつけた夏希のほかに工場で触れ合ったわずかなナカマが哀惜を示しただけの一生だった。

出稼ぎに出る父たちの世代だけではなく、中学校を出たばかりの満治も北の半島をさまよい、以後、高度成長と離された戦後の裏側を、各種の出稼ぎ賃仕事、軽トラ屋台でホルモンを焼いて売るなどのしのぎで辿り歩いてきた。

マイクロバスで神戸のコンテナヤードの飯場にともに出た佐々木市蔵という歯欠けの爺さんはいった。

「ふるさともねえ根無し草だ。そう生まれついてきてよ」

ある年、父・与三郎を弥栄村・鷹架沼（たかほこ）のほとりの墓地に参ったあと、職を得ていた蒲田のアルミ部品加工の工場に戻るために、大湊線下北駅の改札を抜けホームに立った。誰も乗る者はいない。満治ひとりだった。

集団就職で皆と乗ることができなかった列車の出るホームである。高度成長期、ここから何本もの就職列車が出た。

雪が舞い始めてきていた。ホームの拡声器が、あと2、3分で東京につながる東北本線野辺地行きが来るという。

右手の線路の奥から列車のヘッドライトが雪すだれを掻き分けて近づいて来る。

ここが私の故郷か。いや、こんなところが故郷であるはずはない。ストーブにもあたれず、板壁に水を撒いた氷で風を塞ぎ、白いままも食えず、集団就職にも行けず、母が殺されたこの地が故郷であるはずがない。

しかし、ホゴで買った白飯を、天下茶屋のボロアパートでひと箸口に運んで米の甘味に出遭う時、覚えず、不意に涙がこぼれたのはなぜか。

故郷は俺に何も与えなかったがしかしそれでも故郷に抱かれて死にたい気に迫り上げられるのはなぜか。満治の思いはずっとよろけている。列車はホームに雪を舞い飛ばしながら入ってきた。

〈弥栄平開拓団記念碑〉の除幕式は父与三郎の墓に参ったその時から永の年月が経った。諸橋半二、三ツ森夏希らと手を合わせた。

15　ゲンソウ

堤防の下の川が秋の陽にきらめいている。風もない野球日和りだ。丸互・ナイコクを脅す半年前、ナインは小休止をとった。

多摩川河川敷運動施設管理事務所の使用許可がやっとおりた。丈の低い草地とネットに囲われたいちばん小さなC球場、十分に広い。東京の西端を流れる川はバックネット寄りの背後を、左側下流、羽田沖に向かっている。前方3塁側に東名高速、第一京浜、背後に東海道本線、東海道新幹線、1塁側に国道246号が走る。

午後1時に皆で集まった。1983（昭和58）年、田中角栄の受託収賄罪に、懲役4年の実刑判決がくだって10日ほど経っていた。満治、春さん、ヨンヒと、ヨンヒの妹・ユナは田園都市線の鉄橋を越えた先・関東のアジト、二子新地のアパートから、亮兵、サブたちは大阪からワゴンで来た。ユキコ姐さん、花ちゃんも来た。

満治がサブに彼らを連れて来るように伝えた。

東大阪より東に行ったことのないユキコ姐さんと花ちゃんに、大事の策には参加させないが、めったにない東京に出てくる機会を与えてやりたかった。いつも寝ている時間だ。

もうひとつの思いも湧いていた。ユキコ、花ちゃんと、サブ、亮兵のあいだに、なにか結託した裏切りの気配や不穏がないか、皆で会して確かめておいた方がよい。満治は大阪から出て来た時以来警戒を解いていない。メガネはいつも通りの太く黒いフレームだ。まだ、ヨンヒに瞼も切ってもらっていない。手術はぎりぎりにやると決めている。

夜に働くふたりの大阪組と、春がっちゃ、ヨンヒも、二十歳の半ばを過ぎたユナもグローブどころか、バットにも野球のボールにも触ったことがない。中学の終り、野球部だった亮兵がキホンを教えた。

先攻めと後攻めがある。打ったら右側一塁に走る。ボールが飛んできたら捕らえる。そして素早く、敵が走る塁に向かって投げる。試合は70分。ホームベースに駆けこめば1点、得点の多い方を勝ちとする。ほかにルールは何もない。合わせて8人の草野球だ。敵も味方もない。打ち終わったら守りについて役どころを交替する。

ピッチャーは亮兵、審判は満治、それだけが決まっていた。

プレイボール！

一番バッターユキコネエさんが空振りする。

「やん」野太い声をあげ、スカートを押さえて尻餅をつく。

中学の頃に、野球の理論書を読むのに興味を覚えた亮兵はさすがにベースにまっ直ぐのストライクを投げ込むが、ネエさんはことごとく空振りをして、そのたびにスカートを押さえる。

「へたくそ。バカタレ」満治が囃す。

4球、5球、またまたかすりもしない。それからは誰も見ないようになった。ネエさんは亮兵に怒鳴りあげる。

「アホ、あんた。もうちょっと打てるボール投げなさいよ。何考えてんのや」

折角大阪から駆けつけた草野球も出だしからつまずいた。次のバッターは春がっちゃ。振りかぶった亮兵はトンボが止まるほどのゆるいカーブを投げたが、やはり大きく空振りした。7球、一度も当たらない。そのたびに審判の満治が拾いに走る。

「やっぱり勘弁してげろ」春さんはバットを力なく足許に落とした。

期待されたのはサブだったが、これも案に相違した。薄黒い禿げ額に汗を湧かせながら「大阪から運転してきて疲れた」と情けない。空は灼けついて青く、空気はぎらぎらと光っているのに盛り上がらないまま、結局亮兵がフェンス越えを一球放っただけで、6回で終わった。亮兵だけが颯爽（さっそう）としていた。

「カーブ、シュート。もうちょっと試してみたかったけど」ぜぜらなかった。

何を言ってるのか誰にも分からなかった。

試合中に2度、ネエさんが球場隅の簡易トイレに「漏れるう、漏れるう」と走り、満治は、ただホームベースの後ろで立つているだけで大して役に立つわけではない。サブもバッターボックスに入ってもボールもストライクも関係ない。すべて空振り三振アウトだった。

ボールを拾いに走りもせず、堤防の斜面に坐っていたヨンヒがホームベースに寄ってきて、声をあげた。

「わざわざ大阪から出てきて、あんたらしょうもないね。こんなん試合にもならんやんか」

この日の草試合を初めに言いだしたのは、ヨンヒだ。

帰る間際に亮兵を呼んだ。

「亮ちゃん、あんた。今日はカッコよかったわ」

もともとヨンヒの美貌に惹かれていた亮兵は、どぎまぎした。四十を越える歳まで附き合った女はなく、仕事はしているが、ほとんどアパートに引きこもりに近い生活で、他の従業員と外でめしを食うこともなく、会う人もいない。部屋は菓子袋とプラごみで足の踏み場もない。隙間に丸まって寝る。満治とサブに声をかけられた大仕事にこれから臨むのがこれまでの人生の最大の緊張であり、期する歓びだった。そのナインにヨンヒと、さらに妹のユナがいた。胸が弾んだ。

汗を拭いながら舞い上がりたい心持ちになった。

ユキコ、花ちゃんは夜の勤めがある。トンボ帰りをしなければならない。

わずか1時間半ほどで、大阪組は帰った。満治が警戒した不穏の気配などどこにもなかった。

前夜、満治、ヨンヒ、春さんは、いつもの庚申塚の2階ではなく、二子新地のアジトで丸互通運、ナイコク製粉襲撃と、現金強奪の要略を詰めていた。どこに人の目があるか分からない。庚申塚での顔合わせをこのひと月二子新地に移していた。

今後の委細は年が明けた１９８４（昭和59）年3月18日に決行する。その直前1週間に亮兵、サブを加えて決める。

詰めを急いでは仕損じる。

春婆さんが初めに声をあげた。

「満ちゃ、したども本当にこんだけの人数でやるだか」

初めの心積りでは合わせて16億円の強奪だった。だが、あまりにも小人数すぎないか。本当にやれるのか、警察もまさか、わずか3プラス2人の犯行とは思うまい。

「なんべんも考えた。額は関係ない。1億でも10億でもやることは同じじゃ。人を増やしてはだめです。ぎりぎりの人数でサツの動きを把握する。ミスの危険が減る」

ヨンヒが返す。

「できるだけ少人数で慎重にね」

満治は頷く。天下茶屋のアパートでサブとユキコにメガネのことを見抜かれたかもしれないと思っている。ユキコのタレコミで、事が漏れないという保証はない。

アタマのネジが何本も抜けている花ちゃんと高野山にのぼって、カネを横取りしようとユキコに唆(そそのか)されてはいないか確かめようとしたことがあった。

すると、花ちゃんは洩らした。

「うち、ユキコ姐さんに、なんぞカネになる話ないか、満治さんに探って来いいわれました」

かれらへの疑いの緒は未だに曳かせている。

この夜の打ち合わせの片鱗も明日の草野球の場で漏らしてはいけないと前置きして、役割分担をあらためて話しあった。

ユキコの疑いを薄めておきたい。隠しだてのない明けっぴろげなつながりを見せようと、わざわざ野球に呼んだ。

脅迫状、挑戦状をパンライターで打ち、大阪の亮兵に送る役は春さんと決めてきた。丸互、ナイコクの社長、取引き関連会社の役員の住まい、社の財務調査は満治が負う。

ことに1919(大正8)年に誕生し、1945(昭和20)年に武装解除した関東軍の第一師団から第百二十師団までの総司令部参謀、部隊長、将校の要職にあった者について調べるために中之島の府立図書館に通った。入館の利用者登録カードは〈林養賢〉で通した。

関東軍の参謀たちは当時、20代から40代だったか。ならば存命している可能性もなくはない。80から100をいくらか超えた歳だ。

関東軍と深い関係にあった〈丸ナイ〉の2社はその後、戦友会でなお密接しているのか。現今の社長はいかに3代目を継いだか。捕捉しておかなければならないことは幾つもあった。ドイツがホロコーストを命じたアドルフ・アイヒマンやアロイス・ブルンナーを世界の涯てまで追って裁判にかけたり、自殺に追い込んだのと同じだ。こちらは、裁判でも絞首刑でもなく私恨の末の始末をつける。

実際に襲撃する居宅(きょたく)の張り込みおよび家族の尾行などは亮兵とサブが担当した。社長を監禁する小屋は満治自身がいつの日か利用できると、3、4年前に目星をつけてあった。〈丸ナイ〉が暗礁に乗りあげたときの次のターゲットも調査しておかなければならない。同時に、亮兵とサブはメッキ工場から青酸カリを手に入れ、ナンバーを付け替えた廃タクの改造車をつくり、警察無線の傍受を修得しなければならない。

警察無線は4バンドの同時広域受信型で350ヘルツ帯ステップに合わせる。習熟すれば、傍受にさほど困難はない。

青酸ソーダ、カリをスーパーや料飲食品店に撒くのも春さんと決めた。広島、大阪、静岡、東京と電車、バスを乗り継いで、春さんの目についた店の棚に混ぜ入れる。この時はまだ春さんは足の痛みをそれほど訴えていなかった。

ヨンヒと満治は、警察かターゲットにした社が運転する〈ゲンソウ（現金輸送車）〉を警察無線を傍受しながら追尾する。運転はヨンヒ、満治が交替する。サブたちに代わることもある。

満治が特におのれに課したのは、警察とマスコミ世上に、犯人はキツネ目の男だと印象づけることだった。

キツネ目の似顔絵モンタージュが作成されて広くばらまかれれば半分は成功したも同然で、未解決に持ち込める公算がいや増す。

これがホシの顔だと捜査官は小躍りするだろう。そうだ、ホシはキツネ目の男だ。なんども危険な現場に現れて見せた顔、このキツネ目のほかにホシはいない。

いかにキツネ目を印象づけるか。

ヨンヒに満治は、周到に練った策の委細を話していた。

国鉄京都線高槻から上り各停に乗り、捜査員の前に堂々と顔、姿を見せる。

さらに青酸カリ入りの菓子を神戸、尼崎、西宮近辺のスーパーの棚に置き、その姿を防犯カメラに映させてマスコミを通じ、世間の目に焼き付ける。犯行現場は関西で犯人はキツネ目の男だ。その場でも警察の動きを遠巻きにチェックするのがヨンヒの役になった。

計画は過去に例がないものとし、少人数で、広がりをなるべく持たせず深く潜行する。まず、大阪に知人もつながりもなく、〈鑑〉を置かない。そのために大阪の〈鑑〉は、黒く太いフレームのメガネと二重（ふたえ）の目だけにしてきた。

ただ高速は使う。兵庫、大阪、京都、滋賀、或いは愛知まで足を延ばせば、犯行は県境を越えて府警、県警、警察庁のヨコ連絡に徹底が行き届かず、上手の手から水が漏れる。逃走、逃亡は素早く遠くまでと考えた。ひよっとしたら、青森、北海道まで。

夜が更けた。アジトの東側を走る〈田園都市線〉の通過音が窓を震わせた。荒川線の庚申塚のように遮断機の音は聞こえてこない。

最終目標である奪い取ったカネの〈ゲンソウ（現金輸送）〉の打ち合わせになった。

1社6億から10億を、ターゲットの経理、総務から奪取して、むろん警察には届けさせない。もし届けて、捜査員が運転手になりすましてカネを運べば追尾する。しかしこれはいっときのかたちだけだ。その〈ゲンソウ〉車からカネは奪わない。幾度か試して翻弄するにとどめる。カネに触れれば一気に現行犯逮捕になる。カネが運ばれるのを追うだけで、手に掴みさえしなければ〈カクホ〉はできない。

むろんクレジットカードはいかなる抜け道をくぐったとしても足がつく。

結局、現金授受の最終手段は宅配便に依らせることにした。もっとも原初的な手作業だ。宅配便は中身を知られず、しかも当方が中身に触れず、どこにでも送れる。

1億円分の万円札を詰めた20数個の段ボールをある場所に届けさせる。

亮兵がすでに使っている奈良県御所市の資材置き場の駐車場、中型バンの荷台だ。

亮兵はこの中で、青酸カリの調合や改造車エンジン、シャーシの組み立てをやってきた。ロープ、スコップ、梯子、拉致監禁に要する道具から、警察無線傍受マルチバンドレシーバー、シュラフも積みこんでいる。走る、現金受け取り場だった。近所の不審を買わないよう近在の家具配送センター跡の広い倉庫に時々隠し駐車した。

さらに、裸で拉致する社長に着せてやるオーバーを用意した。

満治の思いを仕掛けたオーバーで、普通のものでも厚手の日本陸軍のものでもない。

満州を統治した高級将校、関東軍の少中将、軍務局長官らが羽織った裏地が革張りの外套である。

これを社長に着せたあと、犯行者の遺留品として故意に置き忘れる。胸に〈夏〉〈満〉を墨字した小さな白切れが縫い付けてある。

丸互社長の祖父は、旧関東軍の要職にあった。この遺留品のオーバーから、兵庫県警、大阪府警は、犯行や犯人の手がかりを摑めるか。いずれ何の生地だったか分るオーバーを犯人はなぜ社長に着せたのか。

バカどもにこの特段の意味は通じるか。

満治の挑戦だった。

不審や危険が近づいてきたらオービスを遁れる道を北上して寝屋川トラックサービスステイションを経由し、全国網の高速に乗る。これなら、発煙筒でも仕込まれていないかぎり札束は堂々と手許に届く。

現金の段ボールはその先の山中からでも、時日を置いてまた入れ替え、段ボールでナカマに配送する。一連のこの事業を成功させるためには、標的の会社と裏取引して警察に届けさせないことだ。

条件を呑まなければ、家族、社員への加害、数百億円の商品廃棄を脅迫する。10億、6億を惜しんで警察に通じて会社をつぶすか。

指定どおりひそかに段ボールに1万（ツェーマン）圓券を詰めて宅配便で送るか。どっちがトクか、どこのアホでも分かる。

〈ゲンソウ〉を運転する捜査員を追尾する場面はなんどかあるだろうが、周到に目論めば標的の会社も警察もことごとく失敗に終わらせられる。〈ゲンソウ〉の追尾では札券は得られないが、試行を重ねるうちに、警察も標的も諦めるか、油断を見せる。その頃に、裏金は宅配便で手に落ちる。

それより前に、青酸カリ入りの菓子をスーパーの棚に置く姿を監視カメラに映させてキツネ目を印象づけ、マスコミに反響を呼び起こさせる。モンタージュでばらまかれたキツネ目の男が、テレビ視聴者、新聞読者に、動く顔、姿を見せることになる。

サングラスで目を隠すという手はあったが、キツネ目を社会に晒して印象づけることが大事だった。犯行時には尖ったシルバーフレームをかけ、普段は黒い太枠のスクウエアやボストン型で過ごす。瞼の施術も初めから予定していた。

誰にも知られずにキツネ目をつくるのは、ヨンヒの役だ。ヨンヒは美容外科医をめざしたが、銀座で食っていく道に入り、結局美容学校にも行かず、整形医の勉強もしていない。もぐりの施術は初歩の初歩ぐらいしかできない。それでも言う。

「なんの心配もないよ。あとの消毒は大事やけど。それも3日ほど抗生剤打てば大丈夫」

「痛くないかな」

「ばかね、満ちゃん。ほんと、気がちっこいんだから。切るといってもチクッとくるだけよ。しかも局所麻酔するから虫歯の治療より痛くない」

「ヒメに任しとけば大丈夫だとは思うけど。キツネ目になれるかどうか、それも自然に。モンタージュの似顔絵を騙せる一番のポイントだからな」

「あたしは、前にもいったと思うけど、美容よりもともとは外科の医者になりたかったの。猪飼野や鶴橋のやくざ同士の喧嘩で腹を切り裂かれたおっちゃんを見てしびれた。ハラワタが飛び出てるのよ。外科の医者になってみたいと思ったきっかけね。豚の解体も脇でじっと見ていて昂奮した。おっちゃんは痛てえ痛てえ、豚はひいひい啼くんだわ」

「前にも聞いたな。でも、オレの腹を切るなよ。瞼ちょこっとだけやで」


多摩川で草野球をしたひと月後、庚申塚の二階家にヨンヒが来た。

「さっ、やるわよ。まず左目」

眼瞼を強度下垂させ、瞼と目尻の脂肪、皮膚を切除したのちに、ＰＤＳ糸で表縫いした瞼を吊りあげる施術だ。これで、目尻を強く鋭角に引き上げることができる。

それほど困難は伴わない。大方の女が希望する、瞼の表面にメスを入れてミニ切開し、目を大きく見せる術のちょうど逆になる。

すでに数日前にマイクロスコープによる１００分の１ミリの測定で瞼の長さ主尺０・９、副尺０・７でシンプルとスピンドルを回転移動させてデザインした。

これで瞼の幅、長さ、微妙なふくらみが計測できた。普通の男子成人より瞼の皮が薄い。

切らずに針を使って糸で留める埋没施術もあるが、より自然なキツネ目に見えるように鋏を差し込んで瞼の表面の皮膚だけ切開し、丸ぼったい膨らみを見せている脂肪を取り除くことにした。

これで男、女関係なく、際やかなキツネ目ができる。

結局、施術は５、６秒ほどで終わった。あとは切開箇所を縫い、抗生物質セフォタックス０・５ｇひと瓶を注射するだけだ。

内出血を拭きながらヨンヒはつづけた。

「まっ、腹切られた、頭かち割られたおっちゃんも豚もそこらにおらんから、美人だと自惚れてる女の顔、切り刻んでやれば乳首の先がつんと立って、何が何やらわからないようになるだろうと思うだけで血が騒ぐわよ」

「その根性があるから、社長監禁して億のカネが引っ張れる。警察も奴らの会社もきりきり舞いさせてやろう」

右目は5日後となった。

○

西宮甲子園口のスーパーの防犯カメラ、VHSテープに、1984（昭和59）年11月15日午前11時27分、中背、中肉よりやや背丈のある男が録画された。

8か月前、丸互通運社長を監禁し、カネを要求していて新聞テレビにしきりに報じられている容疑者・キツネ目か。

録画を再生した店長が西宮署に通報した。キツネ目は丸互ののち、ナイコク製粉も脅し、さらには表沙汰にはなっていない恐喝を密かにくりかえしている気配もある頃だった。

監視カメラの再生画を見た捜査員は目を疑い、もう一度巻き戻した。

ブラックスーツに糊のきいた白いワイシャツにそぐわないキャップの男が、正面の顔は巧妙に見せず、一冊の雑誌を手にし、あらかじめ監視カメラを確認したことを隠すようすもなく、雑誌棚から菓子の陳列棚に移り、のけぞる姿勢で横顔だけのぞかせて菓子棚の1か所を雑誌で塞いだ。

かぶったタイガースのキャップからパンチパーマらしき髪の裾がはみだしている。

3倍モードの監視録画のために画像は不鮮明で、しかも横顔だけだ。スーツにキャップのその男は、レジで精算してなんの作為を施した跡も見せずさっとドアの外に消えた。

店からの連絡で駆けつけた捜査員はみたび再生確認し、最後に「あっ」と声をあげた。横顔にシルバーの細縁メガネ――。パトカーに戻った。丸互とナイコクを狙い撃ちにしたキツネ目に違いない。

捜査員が慌てたビデオ画像は当夜のニュースに流れた。

シルバーのメガネが見える横顔も、不鮮明な画像も、満治が策した通りだった。

店に置いたのは青酸カリ入りではなく、無色のソーダ水だった。

〈らしき者の顔とようす〉が映されれば十分だ。

阪神高速3号の運河側を走る灘浜住吉川線の側道で待っていたヨンヒのセダンを寝屋川トラックステーションに向けた。

そこからサブの運転のスズキの軽自動車で東京に戻り、朝起きてからニュースを見て紙に走り書いた。

「そのまんま打づんだべか？」

春さんはパンライターを用意する。

「そうや」

【なんや　いまのニュース　わしら　こんかいは　せいさんそーだも　かりもいれてへん　けい察はうそばっかりやの　うそはどろぼうのはじまりゆうけど　おまえ　らのは　ごうとうのはじまりや　けい察もほんぶのかいしゃもこんどなまいきなことゆうたり　うそついたら、

しばくでほんま　つぎは　よこくどおりにせいさんいれたろ　１コに　９・０５ｇいれたる
しかし　わしらも　ほんまもんの　わるやない　いろいろな気ィつかう　せいさんかりいれたびんに　かみはっといたる
どくいりきけん　たべたらしぬでってな
さんよう線から、とうかいどう線のあいだのみせに　まく　そのあとまた、きゅうしゅうから　ほっかいどうもかんがえとる　だれでも一発で　うまいうまいゆうて　らくになれるで
アヴェ・マリア】
【ぜんこくの　すいりファンのみなさまえ　アヴェ・マリア　でございます　おさわがせ　しとります　わしらまだつかまえてもらわれへん
けい察の　ローラーさくせん　みとって　なさけないで　このまえ　わしらのナインのうちえ　ぽり公きおった　かぞくのなまえとくるまのいろ　きいただけで　かえりおった　おまえら　ラーメンやの　でまえか　もうちっと　まじめにやりや】

１週間後の11月22日、庚申塚の部屋で満治は新聞をひろげて一瞬、息を詰まらせた。自分どもの続報よりも、目が固まった。

『〈社長脅迫　５０００万円入りバッグ略取容疑者取り調べ中。〉
大阪府警は、去る１９８３（昭和58）年５月６日、西淀川区空調機施工会社〈カンナム〉チョン・イルム社長を脅迫し、神崎川河川敷から現金５０００万円入りのバッグを持ち去った容疑者の取り調べに入った。今後、脅迫名を〈テプクロ　チュウジ〉とした背後関係などを捜査するとしている』

この事件は満治たちの犯行の模倣でも便乗でもなく、先に起こしていたものだ。

西淀川区の社長を脅して東海道線塚本、尼崎のあいだを流れる神崎川の遊歩道公園に５０００万円入りのバッグを投げさせた事件だった。

手口が、満治の考えていたものを先取りしていたか偶然かは不明だが、似たようなことを考える奴がいる、しかしその経過、結果にいささかも左右されるものではないと満治は構えたが、首尾の行方は幾分か気になっていた。

「そうか妙な奴がおるなあ」パンライターに向かっている春さんに呟いた。

ちょうど〈すいりファンのみなさまえ〉の字をひとつずつ右手で探り当て、左手で押した印字アームが、ガチャンと大きな音を立てた時で春さんの耳に聞こえなかった。

この男の計画の中身ではなく、犯行名のこの〈テブクロ　チュウジ〉に容疑を固めて、〈丸ナイ〉との連関捜査に警察は血道をあげたのか。そのことを知りたい気に曳かれた。だが、警察はすべて保秘だ。そんなことで続報は出ないだろう。

いや、なにごとにも惑わされることなく、あとはおのれの詰めた計画を実行するだけだと、気を締め直した。

○

「ここです。上は警察と朝鮮人が対決して20年戦争の舞台と言われた自治会館だったらしいんだけど、古い古い話らしく、アボジに聞いただけです」

コンクリートと材木を組み合わせた２階家の、風通しのための小さな格子窓しかない階下に降りて行った。

粉唐辛子の袋と、ノーブランドの韓国衣料品を詰めた段ボールが20畳間ほどのコンクリート敷きの隅に積みあげられている。真ん中に10人くらいは立てる雛壇がある。

森ノ宮から在日コリアンの中道（なかみち）タウンを抜け、平野川分水路の手前にその建物はあった。かつて一時期、済州（チェジュ）島人を中心とする数千人がここに押し寄せたと、亮兵はホ・ユナが父親から聞かされた話を教えられた。

大阪環状線・森ノ宮駅南口改札で初めて待ち合わせた。亮兵はこれまで女性との経験はない。腹違いの妹・ホ・ユナを「亮ちゃんあんた、吃音矯正所に妹を連れてやって」とヨンヒにだしぬけに言われてこの日に会うことになった。吃音の妹がいることはそれまでヨンヒは誰にも明かしていなかった。妹といっても娘のようなまだ少女である。しかし、派手な顔立ちの姉とは違う清楚な美しい娘だ。これまで亮兵が通っていた矯正所の集団は駅前に立って「わたしたちはどもりです。ぜぜりです」と大声で歩いて恥しさを払拭するのが大きな訓練だった。ユナにそれを教えてやってくれとヨンヒに頼まれた。改札口で初めて待ち合わせたヨンヒの妹、ホ・ユナは少し碧みを帯びた輪郭のかっきりした、大きな眸を据えてきた。

案内された家の中は薄暗く、かび臭い。60、70年ほど経つ建物だ。

「ここで踊ってたんか」

「うん。小さい時から。レコードかけても音は漏れへん。誰も見てひんし」

言いながら、ユナはビニールバッグを担いで2階に戻った。

しばらくして階段を降りて来る足音に振り返った。

トウシューズ、バレエスカート、バレエレオタード、トップス、上から下まで全身が白一色になっていた。首のリボンタイまで白だ。その白いユナが、格子戸からの晩（おそ）い秋の陽に淡く霞んで見える。

足首にリボンを巻いたトウシューズだけがわずかにピンク色を帯びていた。ただし、トウとリボンシューズのエッジ、先端の平たいプラットフォームがほころびかけている。

壁隅に置かれた蓄音機に針が落とされた。静かで柔らかい音が物置部屋の空気を包み込む。

「ユーフォニアムという肩にかつぐいちばん大きい金管楽器ね。これにドラムブラシがリズムを刻むの」

説明されても、分からなかった。クラシックバレエにも音楽にもむろん縁はない。

「速さはアダージョ。ゆっくりね、遅いのね」

低く這うような柔らかく温かい音が流れだしてきた。ユナは亮兵に軽く笑顔を向け、静かに真ん中の雛壇にのり、膝を軽く曲げて亮兵に深いお辞儀をした。

ふんわりと円みのある音に包まれてユナのほっそりとした痩せ型の、すがたのよい躰も、広くのびやかに動く。トウの先を小刻みに右へ左へまわしていく。

白いリボンを巻いた首から肩甲骨、鎖骨の窪みにいたるまで、精妙に動いて薄手のレオタードの内側の椀(わん)を伏せたかたちの乳房が息をしているように弾む。

とつぜん、右と左の揃えた足先を垂直に立て、全身を天井に向かって伸ばした。背中が伸び、踵から頭まで一直線の棒になる。視線は亮兵に向けたままである。

一瞬ののち左にターンをした。バレースカートが風にひるがえった。すんなりとし過ぎて少女じみて見える脚ではなく、ふくらはぎと大腿がしなやかに動く肉をまとっている。

足首からスカートの裾までをもういちどよく視ようと思い直した。

するとユナは右片膝を折り曲げ、左脚を後ろにまっすぐ伸ばし、交叉させた左右の手首を頭上にあげて舞い始めた。トウシューズがきゅっと衣擦れの音を立てた。

馴染みも知識もないユナの踊るクラシックバレエの一連の動きを亮兵は美しいと思った。壇から降りて来たユナは、額、首のまわりに汗をにじませている。

「コンクール近いのに、自信ないん」

「うっとりしましたが」

「それならよかった。ここでずっと小さい時から練習してきたの。もっと早く亮さんに見てもらいたかったな」

それから、ここがどういう場か説明した。アジを飛ばした演台だったという。

日本の官憲と不当行為の企業を排する朝鮮人一世のアジ演説がここで連夜くり広げられた。

近辺のコリアタウンはほとんどがチェジュ島出身者で大阪まで近いようで遠い。合言葉があった。

「チョリヨ（鳥）じゃねえから飛べん。ウイコギ（魚）じゃねえから泳げん。ウリエゲ（われら）にウリエゲ（われら）の船を」

尼ケ崎汽船と朝鮮郵船の〈阪済航路・クンデワン君が代丸〉の長い独占状態への抵抗だった。

「ハボウ！　こんな高い船賃あるか。もっと安い新しい貨客船、新航路をわれらの手で拓こう」

チェジュ出身者は募金をもとに、新航路開設に希望を託した。

だが、旧来の〈君が代丸〉を就航させている尼ケ崎汽船は、朝鮮人に勝手な真似はさせぬと官憲とともに阻止した。死者まで出す騒然の日が続いた。

運動の舞台となって連夜の演説が打たれたのが、この〈東亜通航〉の自治会館だった。最後は勝利し、新貨客船〈咬龍丸〉が就航した。

「マンセー（万歳）マンセー」喚声があがった。

ヨンヒ、ユナ姉妹の祖父はチェジュではなくプサンの出身だったが、民族の誇りの灯は消せないと就航運動の中心になってこの演台でアジを打った。その縁で三世のヨンヒに続いて、母親が違うユナもここが馴染の場となった。

「うち、ほんとはね、〈プチェチュム（扇の舞い）〉や、キレッキレの〈ジミン〉とか、韓国舞踊とかダンスを習いたいと思うてるんです」

「韓国に行きたいの？」

「うん、本場でね。あっ」とユナが口許を押さえた。

「しゃべってる、うちら。どもるの忘れとったね」

この日でいちばん輝いている笑顔を見せた。

亮兵も「ああ」と声をあげた。「ぜぜらんね。やっぱり矯正所に通ったのが良かったかな」

ユナは踊っていたレオタードとバレエスカートのままの躰を不意に亮兵にもたせかけた。

歳はそれなりにいっているが幼児期に自閉症となり、傷害事件を起こして逃走、受刑生活を余儀なくされ、その後の長いひとり暮らしで世情にも女性にも慣れていない亮兵のドギマギは続いている。

「ここにチューして」生えぎわが富士山のかたちになった狭い額を亮兵につきだした。亮兵はこんな若い娘にと瞬時逃げ腰のようすで退いた躰に反動を起こして、ユナに近づき、白いリボンを巻いた首を両手で挟んで額に唇をおしつけた。汗の味がした。

「もっとちゃんとよ。亮兵さんは子どもみたい。私の子どもお兄ちゃんか、わたしの子どもお父さんやね」

レコードの針が盤の同じ溝を引っ掻いていた。音が繰り返している。ふたりは気づかなかった。子どもお兄さんか、子どもお父さん。そうか、それでいいのかと亮兵は胸の皮が一枚はがれた気がした。

16 全車緊急配備

「こちらサメA。西区北堀江4丁目、市立中央図書館前通過中、どうぞ」

〈サメ〉は、アメリカで呼称されるバイク隊の〈シャーク〉に倣った。

ゲンソウ（現金輸送車）を護衛する警察車両と捜査本部の砂をかき混ぜるようなノイズが入るやり取りの無線を傍受しながら、サブと亮兵が護衛車の後ろ200メートルから300メートルで追尾している。

無線は電磁スペクトラムをアナライザーで測定分析し、広帯域の周波数に合わせてある。ノイズは少ない。亮兵の腕前だった。

護衛車列の先頭はバイク2台で並走する府警の〈サメA隊〉、そのすぐ背後を、荷台に6個の段ボールを乗せたゲンソウのワゴンと、同じ型のカネを積んでいないカクヒ（最上級確実極秘事項）の空車が行く。

さらに、ゲンソウをサンドイッチに挟む〈サンド1、2〉の〈覆面〉隊、〈邀撃隊、1、2〉も追う。邀撃は本来、犯罪が起きそうな地点にあらかじめ配置する私服、覆面車両をいう。

無線を装備した80系ランドクルーザーは阪神高速17号西大阪線出入口に配備された。ものものしい布陣となった。

ゲンソウは段ボール1個に3億円を詰めている。中央区博労町に本社を置く丸互通運警備車両部の二重構造特殊錠付き4トンパネルバンだ。

【6月25日。午後8時に10億を積んだ現金輸送車を地下駐車場から出せ。行く先は車を出した後で知らせる。警察には届けるな】

社長を水防倉庫に監禁して1年3か月経った1985（昭和60）年6月のこの日、満治たちはやっと現金強奪を実行に移す。

丸互通運は、専務と二人の常務が犯人の要求してきた10億を支払うことに強い反対を陳べた。だが、社長の加藤義久はしりぞけた。

警察はまだ解明にいたっていないし役員の誰も知り得ていないが、これは、関東軍司令部参謀中佐を務めた祖父・義×の代からの宿運かもしれない。関東軍との因縁を示唆するために、犯人らは、私を拉致した水防倉庫に、関東軍将校の防寒外套をわざわざ遺留品とした。

次には同じように満州を支配した祖を持つ〈ナイコク製粉〉がやられるだろう。

標的は最初から決まっているのだ。

ならば10億は安い。徒らに抗っても意味はない。

警察に頼ってもいかほどの力があるか。最後に家族、社員の安全を守ってくれるわけでもない。損金を保証してくれることもない。犯人と取引きに応じてマスコミの口を封じ、企業イメージを回復するのがなにより先決だ。裏取引の現金授受に応じる。

役員らがどう口を極めようと、三代目・加藤義久の思いはゆるがなかった。しかし警察には届ける。

裏取引に応じるなら警察を頼るべきではないが、坊ちゃん社長・加藤は最後のさいごの肚を決められなかった。しかも、警察に届けるか届けぬかの肝心を役員たちに諮らなかった。警察に知らせるが犯人と裏取引もする。初めから決めていた。

一方、満治はかねてからカネは奪わず警察を翻弄するだけの策だったが、春さんとヨンヒが反対した。

サブと亮兵の腕があり、しかも確かに届けられる場所があれば、そろそろ現金奪取に動くべきだ。丸互の地下駐車場からまず、現金運搬車を出させよう。

そして警察は満治たちの策の向こうで、裏取引に応じると決めた丸互通運からの通報に、強い嫌悪を抱いた。

だが、丸互がおのれのカネを出すと決めた以上、表立って反対はできない。しかし、職務として護衛はつけなければならない。

三者三様の現金授受の現場となった。

丸互は2日前から、足許の左手、土佐堀川に架かる淀屋橋の見える11階の会議室で10億を、女子社員が油性ペンで1枚ずつ札券の縁に赤くマーキングし、段ボールに詰めた。彼女らにはむろん箝口令を敷いた。

サメバイクは先頭のA隊だけでなく、4台の〈B隊〉もゲンソウの後ろに続く。

カネを積んだゲンソウの運転手におのれの日々の行き帰りの道ほどに大阪市内の路地本道に通じているベテランが選ばれた。

【運転手は赤いブルゾンを着ろ】

さらに犯人の指示があった。

【17号線を南に走れ。ウインカーを出さずに右左折せえ。9時を過ぎたら、左のガソリンスタンドに気をつけれ。その向こ行ったスタンドの1メートル先の電柱を見れ。腰の高さに赤い手ぬぐいが巻いてある。その先を左折せえ。

路地を進んだら大通りに出る。そこをまた左折せえ。こんだは白手ぬぐいを巻いた電柱がある。その3メートル先で停まれ　幸運を祈る　アヴェ・マリア】

「こちらサンド2。ゲンソウを追尾する模様の不審車発見。西区土佐堀1丁目交差点。これより南、汐見橋、芦原町方面か、いや木津川の遊歩道沿いに西大阪線の北津守か、その先、大正区恩加島方面に向かうか不明。どうぞ」

「指揮本部。了解。現視、現認怠りのないように。どうぞ」

「こちらサンド2。恩加島周辺のローラーに不審はなかったか、情報は入っておりませんか。どうぞ」

「こちら本部。そのようなものはない。どうぞ」

「こちら、邀撃1。カクヒ（確実極秘事項車）、汐見橋交差点を大正区千島1丁目方面に右折。先は木津川・落合上渡船場。どうぞ」

「本部。了解。サンド2に告ぐ。恩加島を的割りせえ。邀撃1、2も続け、どうぞ」

恩加島は、戦後、沖縄出身者が、大阪湾を行き来する船舶の荷揚げや艀作業で水上生活をして沖縄スラムと呼ばれていた地域だ。

ゲンソウは沖縄出身でそこに逃げ込むのではないか。サンド2が、恩加島とその周辺について、本部に問い合わせたのはその推測のためだった。

しかし、サンドらの予想と違ってゲンソウは恩加島には向かわず、サブ、亮兵の追尾車の先、白手ぬぐいの前で停車した。

ガソリンスタンドの先の赤い手ぬぐいを見ることはできなかった覆面の〈サンド1、2〉ともに、後ろについて来るサメらの気配もなかった。

大阪市西成区千本南1丁目、岸里玉手駅に近いスーパーの店先だ。道を行く者には、総菜、飲料水、菓子から雑貨まで荷下ろしする配送車が店の前に横づけしているように見える。追尾してきたサブらはドアから飛び出した。

ゲンソウのリアハッチを開けさせて、トランクから素早く自分たちのラゲッジに積み替える。10億のカネを、薄暗がりだがまだ通行量の多いその時間その道路で強奪するのは警察の読みに入っていないことだった。市内の川べりの道を走ってきた。ならば、ひと通りのない木津川の河川敷か、木津川運河の遊歩道が授受の場所かと当て込んでいた。だが完全に裏を掻かれた。駅に近いスーパーの前とは。恩加島に向かった邀撃隊1、2も方角を見失った。

と、サブらがゲンソウのリアハッチを開けるのに瞬間、手間取ったときだった。背後の路地から2台のサメが強力なハロゲンをつけ、緊急警告サイレンを鳴らした。

2台は同時に無線を取った。

「こちら、サメB、発見、ゲンソウ追尾容疑者の車両発見、どうぞ」

「こちら本部。容疑者もおるか。どうぞ」

「キツネ目の男の一味と思われます。ほかにも。ゲンソウのリアを開けております。どうぞ」

「こちら本部。キツネ目は確認したか」

「いえ、一味と思われます。どうぞ」

「こちら本部。目視、確認十分にせよ。全車集合。緊急配備につけ。全車集合。どうぞ」

「キンタイ（緊急逮捕）よろしいですか。どうぞ」

「こちら本部。あかん、キンタイはあかん。キツネ目はどこや。どうぞ」

「いえまだ。ゲンソウの運転手がトランクから荷ィ出したとこです。キンタイさせてください、どうぞ」

「本部。そいつらはカネに手をつけたか。どうぞ」

「ハッチ開けました。荷ィ出してます。キンタイ許可出してください。どうぞ」

「あかん。待て。荷がカネと確認できるまでは重要参考人や。ホシやない。何人おる。キツネ目の一網打尽が本部会議の決定事項や。カネに手ェつけたら行け。それまではあかん。全車全車、緊急配備。どうぞ」

　叫び立てる無線のやり取りの間に、サンドがゲンソウの脇を挟みに来た。

サブが右のリアドアに立ち塞がる。捜査員のサンド2とサメBが同時に怒声をあげる。

「おらあ。何しとるんじゃ。どけ」

サブが亮兵の背中を庇（かば）いながら自分たちの車に戻ろうとした。その一瞬に、パンパンと妙に乾いた音が空気を裂いた。

「撃ちやがった」呻いたサブを、亮兵が車内に押し込む。また銃声が響いて次の瞬間、サブの腰が血ににじんだ。

　亮兵はタイヤのスキール音を蹴立てて一気に旋回し、南にハンドルを向けた。

　これより43キロ南、御所（ごせ）市鴨神（かもがみ）の資材置き場駐車場で車両を捨て、自分が作業、寝起きをしている中型バンに乗り換える。

サメとサンドらは発砲を起こし、みずから粟を食って追尾の態勢に手間取り、寸瞬の隙に、亮兵の車に遅れた。千本南から、阪和線長居駅に出る東住吉区あべの筋の商店街のビルの向こうに、犯人どものゲンソウを見失った。

4日後、このゲンソウ追走事件の不面目の展開が内外の嘲笑にさらされた。

警察はカネを運び、重要容疑者の顔、姿を確認しながら取り逃がした。そのうえに発砲して容疑者に重傷を負わせた。

新聞テレビに報じられた。本部会議は痛恨事の腹立たしさと焦慮に包まれ、連日、沈痛が続いた。

失態四日後の会議も倦み疲れた。

捜査本会議場から便所に出た土師警視正が腰のピストルでアタマを撃ち抜いた。

常に携帯している警察手帳に走り書きを残していた。

「無念や」

本庁土師警視正の通夜が営まれたその刻限、亮兵らは御所市鴨神×丁目×ノ×に駐車していた中型バンを間髪を容れず、出した。

〈お届け先欄、アヴェ・マリア様〉、〈ご依頼主欄、丸互運輸総務部〉、〈中身柿〉

コトブキ運輸の段ボール配送伝票を駐車場に残した。カネだけを攫う。

警察を嘲弄することが大事だった。

亮兵はバンを東に向けた。京奈和自動車道〈御所南インター〉から京都に入る。

京都から琵琶湖の西岸を伝って北陸・敦賀に抜ける。

サブと亮兵はオービスを用心して車で、満治、ヨンヒは車ではなく土地勘のある米原から北陸線で出た敦賀で待ち合わせることになっていた。犯行現場から逃走した御所市とはまるで方角が違う。

4人はこののち敦賀から関東のアジト・二子新地に向かうことにしていたが、銃創を負ったサブを敦賀・気比（けひ）の松原に近い外堀がこわれかけた外科医院に運びこんだ。70に近い老外科医が応じた。

弾は貫通して残っていなかった。二日で医院を出ることができた。銃創のややこしい原因に関わりになるのを警戒したか、高額の治療費を受け取ったからか、外科医はサブに何も問いたださなかった。

あとは東京に向かうバンの中で、ヨンヒが包帯を換え、ボルタレンを服用させ、メロペネムを0・25g点滴静脈注する。ヒトの躰から血が流れ、血の匂いを嗅ぐと下腹（かふく）の底が疼いてくる気がすると言いのけるヨンヒは血にまみれて昂ぶり、サブの傷口を指先で掻きまわした。

「ほれ、もっと出さんかいな、血ィ」

二子新地に戻って段ボールを開けた。真空パックされた札券がコンクリートブロックのように詰まっていた。空気に触れるといっぺんに開いた。満治、ヨンヒ、サブ、春さん、亮兵5人で使いさしの札券の縁につけられた赤いマーキングをカッターで切り取った。4日かかった。思ってもいないことがひとつあった。数知れぬ人間の汗と垢に汚されたのか。古い札券から汚物の臭いが立ち昇り、作業が終わってなお1か月皆の鼻、指から臭気が消えなかった。

丸互通運の10億に、ナイコク製粉が全額4億5千万円の支払いを装った2億を足して12億になった。満治が皆に等しく分けた。

ヨンヒが第三京浜沿いの家具雑貨店でキャリーフラクターを人数分買ってきた。何をどれだけ詰め込んでも、破れることのない頑丈な袋だ。あとはそれぞれがビニール袋やバッグに小分けする。

手間手数をかけて知恵を凝らして長く練り上げた、丸互、マスコミ、警察との戦いに較べ、ひとり2億4千万の配分の完了は、呆気ない作業だった。

社長拉致から始め、大阪近辺を走りまわる警察との攻防はすべて攪乱、陽動のためで、最後にすっと手を伸ばして獲物を奪い取る。これが初めに満治が描いた策だった。

しかし頒けるのは単純だったが、ポテトチップスを何枚も齧っていたサブが絡んだ。

「わしは撃たれて血ィ流した。みなさんとおんなじではなあ。釣り合いいうもんが」

奪ったカネの多寡が幾らであろうと、等しく頒けるのが初めの決め事だった。

春婆さんがそれをいった。

「サブちゃん、欲、かかんほうがよかんべな。こんたなカネを目の前して、分けがひとすじ縄でいがねごどは、分がらんわけでもねが」

サブは腕組みをはずさないまま、春さんを睨みつける。

「わしのどこが何が、欲かきですか、春がっちや。こっちは亮兵とピストルの弾くらった命がけでしたんや」

計画の初めには、サブは大枚をさらう裏切りを思っていた。だがコトを進めるうちに、大きな欲を掻かない方が結局保身のためになると思い始め、亮兵にも因果を含めた。

「ええな、もっと出してくれと一応は言うが、そこそこ始末つけよな」

亮兵は異存も反論もなかった。十分だ。

「んだなも。てっぽの弾さこそながったが、みんな、でえなりしょうなり、命がけだったさ。警察に捕まらんで目の眩むべな大金ばいただいて、おれどもは有終の美さかざったんでねえのか。おれはみんなに感謝しかねが」

「なんだ、おばさん。こっちは危ない橋渡っておばさんとおんなじですか。わしもええ歳になった。カネはあればあっただけありがたい」

サブは、いつものように肩の骨を揺すって喉仏を尖らせる癖の代わりに、禿げかかった額に青筋を立て、またポテチをかじって亮兵に上目使いを送った。かじる音が立った。

そのようすを満治がとらえた。

サブと亮兵、大阪組のこのふたりは御所の駐車場でカネを受け取った時から平等の配分ではなく、皆より幾らか上乗せされることを話し合ってきたのではないか。

いや、ずっと前から企んでいたことがあったのかもしれない。

「わかった」満治が声を挟んだ。

「サツに、足腰立たんほどヘタ打たしたる、恥かかしたると。サブやんとは、かすうどんの汁にジャンパーの袖の糸が垂れとるのを見てからの付きあいや。十分にヘタ打たした。それでええとせんか。平等が初めの決め事やから、いまサブやんにだけ増やすことはできんが、どうやろう、何ぞ始める時がきたら、2、3千ほどなら足し前するいうことに」

「いま欲しいんですが」

「堪(こら)えてもらお、サブやん。初めの決め事は守らしてもらうぜ」

「血ィ出すのは、初めの決め事にはありませんでしたが」

「まあそういうな。要るときは言うて来てくれたらええ。用意しとく」

「ユキコと西成署の裏通りに、鉄板貝焼きと焼酎の青テント店出したいなあ、言うてるんです。その程度のかわいらしいゼニですわ」

「そんなもんなら300もあったら足りますね」

ヨンヒが声をあげた。

「いや、ふたりともええ歳で。躰のこと、先のこと心配ばっかりで。物入り多うなって。それよりひとつ、マル足して」

「ユキコ姐さん、どっか悪いんか」

「いや、なんとか仕事続けてますが。いまOLも主婦もカラオケやって、ホテルの直取引で一丁あがりですわ。ユキコらの出る幕はない。仕事になりませんのや」

「それで貝の鉄板焼き屋か。そうか、ということね」

ヨンヒは満治を振り返って続けた。

「ということらしいです。まあ、初めとは話が違ごうてくることもあるわな。とくに、ゼニのことはそうや。満ちゃん、春がっちゃ。ここは、サブやんの頼みを聞いてやったらどないですか」

「極道からもはずれてビンボしとる元・デコスケです。すまんことです」

「なにようやってくれたよ。あんたの運転がなかったら登れんヤマやった」満治は笑みを返した。

「はい。ありがとございます。けどオヤジさん、亮兵は？」サブは傍らの亮兵の横顔に視線を振って訊いた。

「もちろん、きちっと等分で」

「そうですか。ありがとございます」

「しかしサブやん、やっぱりくどいよに念を押すが、わしらのこのヤマ、みんな墓の下まで持っていくんやで。このゼニで札ビラ切るよな真似したらいかんよ。地道にな、今までどおり静かにな」

「そりゃもう、死んだ母親、父親に誓こうても」

ほっとした空気が流れた。

カネを手にしたあとの仲たがいが、いちばん警察に漏れやすい。誰かひとりがタレコめばすべては水泡に帰す。それどころか、カネも使えず何年もナカに入らなければならない。そんな間尺に合わないことはない。なによりもナイン割れを怖れた。

サブが何かいいだした折には、ある程度は妥協しようと満治は以前より心持ちを決めていた。

サブはポテチの塩をいったん袋の端で拭いてから、また次を口にほうりこんだ。そしてまた似た音を立てる。

「わしもオヤジさんにこれ以上無理は申しません。達者で、ユキコと青テントの鉄板焼き屋やっていけたら十分です。これまでのご指導に感謝しております」

畳に手をついて「なっ」と亮兵に頭を下げるよう促した。

次いで、次のターゲット〈ナイコク製粉〉に挑戦状を打つ作業があった。まだカネを奪る途はある。うまく行けば、〈ネイビーカレー〉も〈播但ハム〉も屈伏する。

その前に、丸互が落着し、ナイコクが胸を撫でおろす。そこに脅迫状が届く。

すでに報道、警察の動きで、ナイコクは丸互の応対を知悉している。おのれの身に降りかかってきた挑戦状、脅迫状で震えあがる。社長拉致など荒い手は使わずに済む。しかも丸互の半値の6億にする。出せぬ額ではなかろう。警察に届けると、丸互と同じ目に遭うのが分かっている。

【はじめまして　ないこくせいふんの　やぶはらえ　まるごは　かたつけて　ゆるしたったけ

ど　つぎはおまえや　わしらけいさつにおわれるのは　もうなれとる　おわれつつ　おまえをおうんや　なんでおまえが　たあげっとになったか　わかっとるな　まるごの　かとうと　おんなじうんめいを　せおうとるのや　おやのいんがが　こにむくい　ゆうてな　かわいそうやが　いたしかたない　5おくでこらえたる　腐けいにゆうたらもっと　どえらいことになるぞ
　おおさか腐けいの　はじは　わがでべんじょで死によった　きのどくなことした　ちょうどいそがしいて　つやにも　そうしきにも　ようでらなんだ　また　おちついたら　はかまいりしたる　アヴェ・マリア】

〇

「ラテン語で歌ってみるね」

　ユナの喉から細い小さな声がかつての朝鮮人自治会館の地下倉庫に流れる。

〈Ave maria.　Gratia plena. Maria. Gratia plena.……Fructus.Ventris. tui . jrsus Ave Maria〉

「全然わからん。日本語は?」

「そうやね。じゃあね」

〈アヴェ・マリア　神の恵みに満ちたるきみ　幸いにあふるるきみ　おみなのうちに　きみひとりは　イエスが母となり給いき　サンタマリア　サンタマリア　マリア　けがれしわれを哀れみ給へ　生くるこの日も　死するときにも　アーメン〉

　阪急線中津駅の高架下から淀川に向かって、その先でくぐる176号線の下は、車の入れないトンネル路地だ。高度成長からもこぼれ落ちたたたずまいの辺りにはスーパーもない。軒並み、シャッターが降り、かつての長屋・文化住宅が廃墟に近い跡を見せ、雑草の伸びた空き地に濡れ畳、座卓、洗濯機がころがっている。

　路地を抜けるとヨド食肉会館の脇に出る。会館の前にかつてヨンヒ、ユナ姉妹の叔父チョン・ヨンスク（鄭容洙）の焼き肉屋があった。いまはない。

　2階が、公安への風俗営業無届けの雀荘で、警察に踏み込まれるのを怖れながら店の奥から階段をあがって客を朝まで集めていた。姉のヨンヒが神戸や東京に出て行ったあと、ユナは小学高学年から下の焼き肉屋〈李成苑（リチェンワン）〉と上の雀荘〈ロンロン〉を手伝った。

　初めてここに訪ねてきた亮兵が「アヴェ・マリアって何？」と訊くと、使われなくなって久しい雀卓の脇でユナは、ラテン語と堀口大學訳の旧い賛美歌を歌った。

　ユナは、在日東部大韓キリスト教会のファーザーの強い勧めで、大阪外大の英文科修学の途中でボストンのバークリー音楽大に短期留学した。外国語は、亮兵の耳にも流暢に聞こえた。ラテン語、英語なら、ぜぜることはないんやけどと、ユナはいった。

　その流暢な外国語で何度か唱えたサンタマリアの澄明な響きが、階下の焼き肉屋の煙と脂がこびりついた壁、牌（パイ）がばらまかれたままの十席ほどの雀卓の間を這った。ハイトーンの美しい声だ。

　さらに訊かれて、賛美歌というのは、礼拝、集会で神をたたえる歌だと教えた。

「ふうん」

　分かったのか分からないのか、少し小首をかしげ、「アヴェはなに」「マリアいうのはなんですか？」と尋ねながら亮兵は担いできたビニールバッグを、雀卓の上で開けた。

　バッグの中でうまくまとまりきらない札束が、寝転がっている。札券のあいだにスイッチブレードのバタフライナイフをしのばせてある。カネを持ってもし襲われたときの防備用だった。ユナを驚かそうと、会う約束の電話でカネのことはいっていなかった。

よもや、新聞テレビを騒がせている事件に関わりがあるとは思いもしていない。いまだしぬけに、札束を亮兵に見せられて、不意に横顔を張られた強い動悸におそわれた。

おもわず声をあげた。

「なによ、これ札束やん」

亮兵は娘のような年頃のユナに声をあげられず、バッグの中に目を落として唇を噛んでいる。

「こんなものを運んできて、亮さん、なんのつもりやの？　ナイフまで」

「いいい、行きたいといってました」

「どこへ、だ、誰が」

ふたりともひさしぶりに、ぜぜる。

「ユ、ユナが韓国へ。韓国舞踊とかダンスとか習いたいって」

「それとこれとなんの関係があるのん？　早ようひっこめり。多分、警察にチクられたら困るお金やろ」

「いや」

「ええよ。誰にも警察にも言わへんから。そやても、早よう持って帰り。うち、そんなんに用ないさかい。亮さんも危ないことしなさんなよ」

「私も行ってよいですか」ずっと抱き続けている思いがこぼれる。「一緒に韓国、行きたいです。ユナを守りたいです。私はこれから先をそう決めたんです」40を超えているのに亮兵はこれだけ言うのがやっとだった。児相の暮らしと吃音がこの歳になるまで亮兵を大人子どもから解き放していない。

「行かれへんよ。そんなお金、嬉しいないわ。そこの崔秀賢(チェスヒョン)ファーザーに告解もせんから。安心して」

○

〈ホテル・ゴケゴロシ〉と、かつて満治が名付けた北天下茶屋のアパートをサブは久しぶりに訪ねた。飛田新地で客を取っている糯袢姫・花ちゃんから「ユキコ姐さんが会いたがっている」と耳にして来た。

丸互から強奪したカネを皆で頒ける話し合いがあってから2週間後の午後、雨がぐずついている。

2階の真ん中に通路があって、左右に4部屋ずつある木賃アパートのようすは変わっていなかった。昔、この左手の4号に満治が、右手の奥3号にユキコが住んでいた。世の中から見て見ぬ振りをされている老朽建物だ。

界隈でどうにか糊口をしのいでいる者にとって、屋根があり畳がありそれでいて安いのが取柄だった。

いつか来た時とはひとつだけ違う光景をサブはみつけた。

ユキコのドアにアクリルの札が貼ってある。

〈結婚相談事務所・ラブマッチ〉前にはなかった。

扉が開くなり訊いた。

「ようよう正業に就く気になったんかいな」

「そうなのよ、うちのようなポン引きの売春斡旋業者が近ごろごぼう抜きで西成東署に挙げられとるのよ。いきなりガサ入れにきて有無をいわさず引っ張っていくのや」

せめて正業に就いていると見えるように事務所の看板をあげておかなければ、売りのポンをしていないといっても通らない。ささやかな防備の策のようだった。しかし青色申告に提出する申請帳簿を用意しているわけでもない。しかも近頃の主婦、ＯＬは電話で直取引をしてユキコ姐さんの商売はあがったりだ。いったんカラオケ屋で会うのも省くようになった。

「久しぶりやの」

「ほんな、ニイサン。よう来てくれはりました。嬉しいわ」

ユキコは唇に宛てた人差し指を少し噛む仕草を見せ、次いで腰を左にくねらせた。男を招じ入れるとき、自然に出る癖かもしれなかった。声はまぐろ漁の船長でもやっているように野太い。

以前から、自信と不安を絶え間なく往復させ、それを隠さず、「もう死んだほうがええのよ」と、「人生もういっぺん再出発。勝負するで」と、正反対の心持ちを揺らすオトコオンナだった。生きると死ぬの間を一日に何度も行ったり来たりする。

そのあいだに「あと何本咥えられるかしら。バック使こうてもらえるかしら」と取り留めがない。一生、性に翻弄(ほんろう)され、性でゼニを稼いできた。天晴な人生だ。

流し台のアルマイト鍋が蛍光灯の明かりで柑子(こうじ)いろに光っている。片面を切り取った段ボール箱を重ねた靴入れが乱れなく整えられ、赤いピンヒール、ゴールドのハイヒールサンダル、ほかの靴の向きがきっちり踵(かかと)揃えしてある。

そのことを少し褒めた。

「違うのよ。あたしちっとでも置く場所が違ったり、歪んでたりするのが耐えられないの」

関西弁ではない。テレビで標準語に通じるのか。

「ちょっと太ったのか」

「お肉、引力で落ちてくるしね」尻っぺたに両手をまわして揉み上げる。さがっている尻の肉が揺れた。

「いいことなんもないのよ、サブニイサン。雨続きやからかしらね。躰重たいの。ファンデの乗りも悪いし。じとじと雨は厭っ。最近、つくづくこのお商売厭になってきました」

「新しい看板上げてがんばってるやないか」

「だめ。あんたあたし、幾つと思ってんの？　自分の歳忘れちゃったけどさあ。おかまが年取ったらみじめというけど、ほんと、新しい化粧品買っても、下着や洋服買っても、昔みたいなときめきがないのよ。見せてくれ。後ろ使わせてくれいう男前もいないの」

「そうかあ。美とケツを追求してきたのにな。そのために段ボールに綺麗な下着一杯にして、行き止まり？」

「はい」

「なんとか頑張ってきたやないか。えらいよ。これからもどうにかなるよ。元気出せよ」

「うん」

「貝の鉄板焼き屋、がんばってやろな」

丸互からかすめ取ったカネのことはまだ教えていない。警察も保秘事項に徹していて、カネの争奪戦はマスコミにも漏れていない。本部の土師（はじ）警視正が便所でピストル自殺した理由も伏せられた。満治と約束できた足し前の話もいま少しユキコのようすを見なければ明かせない。

「うん」

「元気ないやないか。西成署の裏に青テント。いつか、引っ越しできたらええな」

励ますが、ユキコのまわりに、この世から行きはぐれたまま何かに追われて逃げていくようすがまとわりついている。

わしもな、とサブは思う。わしらは上昇とは真逆のどぶ川の棒杭に辛うじて堰き止められている人生になってしまった。

「そうねえ。引っ越しできたら嬉しいわね。これまでええことなかったから。ずっとこんなゴケゴロシのアパートで。あたしには高度成長いう時代はなかった。高度成長は、うちらの足許か頭の上をざわざわ言いながら過ぎて行きよりました。サブニイサンと話してるとほっとします」

「こないだな、花ちゃんのとこ、秘蝶にな。揚がったよ。よそは知らんからな。そしたら、あんたがわしに会いたがってるって。どうせろくでもない話に決まっとるが、来たわけや」

「そうそう花子から聞きました。ネエさんが会いたがってるってサブニイサンに、言うときましたと」

「変わらん綺麗な顔して、床(とこ)もうまい。売れっ子やそうやな」

「脳みそが足りんのがかわいそうなんやが、顔と躰でなんとか生きてるわ。偽名にきまってるけどヨウケンさんに、高野山に連れて行ってもろて、山奥の荒神さんのパワースポットがよかったというてたわ。帰りに新今宮でとんかつ食べさせてもろうたて」

「そんな話してましたか。はい、ヨウケンさん、いまどないしてはりますのや」

「ヨウケンさん？　ああ満治オヤジのことか」とサブは、ここではオヤジはヨウケンだったと半納得した。

ユキコは胸の前で両手を交叉させてぺこんと頭を下げ、上まぶたの付けまつげを指の背で下から撫であげて反りを直した。左目だけがびっくりしたように大きくなった。

「頭下げて、満治オヤジになんど頼みごとでもあるのか。人が会いたがるというのは、大概カネの頼みに決まっとるが」

問うと、不意に虚を突かれたようにユキコは表情を強張らせた。

「いじわるね。でも、サブニイサン、訊いてもいいですか」

ユキコは反対側の目の付けまつげも指の背で反り上げらせて、座布団の膝がしらをととのえた。白いパジャマの裾から毛脛が覗く。腕はそうでもないのに、下半身は剛毛が流れ生えている。サブの視線に気づいて裾をひっぱった。

「えらい昔のことやけど、あれから誰にもひとことも言うてないけど、亮兵がね、うちに電話してきたことがあって。それがあの晩やの」

「亮兵が電話？　あの晩て？」

「あとで新聞読んでびっくりしたけど丸互の社長拉致監禁と出てた日。あの子、どっかの駅のボックスから夜中にな。短い電話で、誰をどうしたかは言わなんだけど、うまくいきましたて。ああし、なんのことかわからんで『そうなん？　よかったね』って励ましたんやけど」

「亮兵が？　ほんとか」

「あの子が電話してくるやなんてめったになかったことで。しかも息が荒い。ははあん、なんどやるのやな、気ぃを落ち着かせるために、いったん、うちに掛けて来たんかなと思いまして、『ヨウケンはんにもサブニイサンにも言うたらあかん』ととっさに応えたんやけど」

「あんたがそういうたのは勘か」

「いえ、いまだになにかわからん。亮兵ちゃんとは、ここにヨウケンさんを訪ねて見えた時、ちょっと話をしただけやのに」

「それで電話？

「そや。あとであの事件かと。あたし、思いついて。あの時あの子、大きなこととして解放されたい気になったのかしらん。ほかに話ができるような人は誰もいてなかったのよ。しかし、あの子、それからなんの連絡もない。どこにいてるかも分かりません。あんたらがパシリで使こうてたんやないの？」

「亮兵とはなんどか会うたが？」

「で、サブニイサン、結論言うわ。あの時のおカネ手に入ったんやろ。偽名のヨウケンさんも亮兵も仲間やったんでしょ」

「なんじゃ、そりゃ」

「前からあたし、ニイサンと貝の鉄板焼き屋出したい言うてたでしょ」

「ああ分っとるが」

「あの事件終息宣言して、そろそろおカネ頒けたんと違うの？　どこのニュースにも出てないけど。うち、前から、ほんとずっと前から、新聞テレビで騒がれとるキツネ目はヨウケンさんじゃないかと思うとったの。そこにニイサンもナカマで。多摩川に野球に誘ってくれたでしょ。あの時、確信したん。『たまにはひなたぼっこせい』言うてたけど、アレはヨウケンさんの大ミスやね。一瞬、緊張が抜けたんかしら」

「日帰りでもよかったらまあ来んかとな。同じアパートで知ってるあんたに気ィ遣こうてくれたんや。ほかに知っとるもんは誰もおらん」

「あのずっと前にいつか、ヨウケンさん、キツネ目のシルバーフレームのメガネのパンフレットをうちの目の前で慌てて隠したの。

いつもは黒い太いスクウェアか、円いボストン型をかけてはるけど、いつものあれは変装してたんですね。事件を起こす時は尖ったシルバーフレームに換える。その用意をしていたんじゃないんですか。警察の発表した似顔絵のあのメガネや。うちはそう思うたわ。ただの勘やけどなそれが、亮兵ちゃんの電話に結びついた。あの晩のことや。けど間違いないでしょ」

「あん人のこと訊かれても、なんにも知らんで。メガネってそりゃなんや」

「嘘、お言い」

ユキコは初めて切りつける声を発した。

「警察はこのアパートにもローラーをかけてきたのよ。新聞もテレビも大騒ぎしてたけど、うち思うたんです。サブニイサンもグループやないかって」

関わりを否定しても、知らぬことだと見栄を切っても、ユキコは思いがけない強さで切迫する勢いだ。

「貝屋のテント店出させて欲しいんよ」

「心配するな。おれもその気になってる」

サブはしかし、ヤマでカネを分けあった話をまだ明かさない。ユキコを信用していないわけではないが、慎重になった。むろんここには、信頼のおける人間などいない。喜ばせるのは先でもできる。

「花ちゃん呼びますか」

貝の鉄板焼き屋を出せるかどうか返事を急いては事は実らぬと思ったか。ユキコはひとまず、花ちゃんの登場に話を振り、廊下の入口に近い2号のドアを叩きに行った。

午後4時過ぎ、そろそろ起き出す時間か。

腕が九分袖の、丈の短いパジャマ姿の花子が連れて来られ、「まあ、サブさん」と、脳みそが足りないとは感じさせないお辞儀をした。

起き抜けの少し薄らとぼけたようすは隠せないが、化粧もしていないのに美貌だった。目、鼻、頤（おとがい）の輪郭が整い、美しさを際立たせている。

「花ちゃん、あんたヨウケンさんに高野山に連れてもろうた日のこと覚えてる？」

「なんですか」

「パワースポット行って、とんかつごちそうになって帰ってきたいうてた日のことよ」

「うち」花子は矢庭に問われて、答えようもないようすで曖昧に首を振った。

「あの時にな、ほらあんたテレビで見たことないかい。キツネ目の男って。その日、ヨウケンさん、あんたにあんなメガネ見せてない？　なんか気がつかへんかった？」

しかし結局、花子は狐につままれたようすを泛べるだけで、ユキコの役には立たなかった。

ユキコはなお、サブに迫る。

「ニイサン、ああし、昔から警察、敵にまわしてるニンゲンやさかい。タレコミらせん。安心して。けど、ほんまのこと教えて」

「まあオレはオヤジさんと呼んでるがあの人のことなんにも知るかいな。わしがナカマやて。そんなら、えらい大金手に入ったんやな。ありがたいが、どこの世界の話や」

それからいくつかの応答を繰り返した。

しかし、ユキコは不意に表情をゆるめてサブの膝に手を置いた。

「ニイサン。ええのよ。ああし、だれが〈丸ナイ〉の犯人やとか、なんにも興味ないの。そんなん、うちに一銭のトクにもならへんし」

「それにしては、何の関係もないオヤジさんやわしをエライ追及しとるが」

「うちの勘が当たってるか、錆びてしもうたか、知りたいんです。歳とって、勘鈍うなるの厭やからね。５００頂戴」

「５００？」

だしぬけに話を飛ばして、５００万円出せという。

「チクられると思うたら安いもんやろ。それにあたし、いまいうた勘だけで、はっきりした証拠いうもんも持ってないし。あの子からかかってきた１本の電話のことしかわからんし。ほんまいうたら、あんまりえらそうなことはいえんでしょ。でも、５００貸して」

「貸せいうのは、返さんということやな」

「まあ」

「そんな大金どうする？　青テント店なら３００あったら足りるで」

「そうよ。大金をいうとるわけやないですよ。新聞では社長誘拐して、ひょっとしてそろそろ裏取引があるんやないかていうてるやない。その通り、取引済んだんと違うの？」

ユキコがサブに〈焼き貝屋〉の話をしたのは、１年ほども前だった。

かき、あさり、ほたて、さざえ、はまぐりなどを目の前で焼いて売る店だ。青テントの庇（ひさし）を迫り出させ、ベニヤ１枚をテーブルにして鉄板で焼く。

ホルモン、から揚げ屋は飛田にも天下茶屋にもあふれている。何かほかに小商売はないかと思案しているときに、いつも家出娘のような女子高生、女子大生を買いに来る、桃いろまんじゅうに似た体つきの広島中央卸売市場の水産加工の社長が〈焼きガキ屋〉をいった。話に食いついた。

２００万円もあればできる。貝の仕入れ資金と路地はずれの三角地の家賃だけだ。

ユキコの〈貝屋〉の続きの話を耳にしながらサブは、煤けた曇りガラスの窓際に目をやった。ゴムの水枕の、半分に切ったかたちのものが物干しのポールから下がっている。

「あれっ」とユキコは立ちあがった。「いやだ」

しばらくして説明した。細いゴム管が伸びたその水枕に湯を注ぎ入れ、「それから管の先っぽをミトコーモンさんに挿しこんでしばらくじっとしとるの」すると下腹(したばら)の中のモノが湯と一緒に押し出される。

商いに必須のアイテムだとユキコはいった。それが干してある。こんなじとじと雨の日に乾くのか。

「あれでな、さっぱり綺麗にしとかんとお商売できひんの。使うときはまだええけど、干してあるの見たら、ああし、いっつも情けのうなるん。ここであれを干したまんま死んだら、届けは誰が出してくれるん。お葬式は区ぅでやってくれはるの？」

「案ずることが多いな」と、サブは頷いた。

こんな天下茶屋の裏路地のボロアパートの一室で、わしらは何を生きてどう死ぬのか。

17　スイッチブレード

１９８４（昭和59）年11月に容疑者を取り調べ中だった事件の続報は半年後に出た。「瀧本譲二を指名手配」のニュースが流れた翌日堺市七道東町、矢島美佐宅に堺中央署の捜査員ふたりがセツグウ（接遇）に現れた。制服の刑事の訪問に、美佐はなにごとかと一瞬あとずさりしたい心持ちになったが、見覚えのある男たちだった。

「矢島さん、わたしどもをお忘れですか。ほら、大和川の砂場でおたくの坊ちゃんが人の手のハッコツ拾うてきて。そんとき連絡いただいた二課の木村、地域課の畠山ですわ」

「ああ、あの時の。気色悪かったですね。しかし今日はなんでまた」

「新聞かテレビのニュース、聞かはりませんでしたか」

「はい？」

美佐はまだ警戒が解けない。木村が写真を突き出した。

「あのハッコツのですね。ぬしを別の事件の重要容疑者で追っております。この男です。心当たりありませんか」

がしりとした骨格、高い背丈のようす、いかつい顔、裏道を行く印象の男だ。だしぬけに差しだされても、覚えがない。

「いえ」

刑事二人は顔を見合わせた。

「ほんまにご存じじゃありませんか」

「ぬし、本人て、あの右手の指の本人ですか。この本人がどないぞされはりましたのか。そこまでどないして分かりはったん？　テレビのニュースゆうのは、それですか」

畠山が引き取った。

3日前のテレビで流れたが、〈アマ〉の手前の神崎川の河原から5000万円入ったバッグを強奪した瀧本譲二という男を指名手配した、どうも、右手の指が5本ともない男らしい。この男は、5000万円を強奪するために西淀川の会社の社長を脅迫していた。その脅迫文の差出人名に「テブクロ　チュウジ」と書いてあった。というわけで、〈テブクロ〉の意味はわかったが、人の名らしいその〈チュウジ〉が誰のことで、A号（前科）のなかったこの男の背後に〈チュウジ〉がいるのかと捜査を始めたが、成果があがっていない。それで、ひょっとしてハッコツを発見したお宅に何か心当たりがないかと訪ねてきた、と説明した。

「いえ、ああしにはさっぱり」

刑事らは落胆を見せた。

「お隣りさんは？」

「あの時の？　あっ、ちょっと待って」

美佐はすぐに隣りの主婦・内山きぬ子を連れてきた。だがその女も空振りだった。テブクロの男のニュースも見ていなかった。

《去る1983（昭和58）年5月、西淀川区空調機器施工会社〈カンナム〉チョン・イルム社長を脅迫のうえ、塚本駅と尼ケ崎駅の途中を流れる神崎川遊歩道公園に5000万円入りバッグを投下させて奪い、西淀川署に逮捕され、堺中央署に身柄を送致されていた自称・瀧本譲二はその後の調べにより、本年6月堺市七道東町の大和川河川敷で発見された手首白骨の主であることが判明した》

堺、岸和田、泉州、阪南を読者エリアとする1985（昭和60）年7月22日の〈泉州新聞〉をひろげた大和橋の近辺に住む矢島美佐は、この短信の〈右手指〉〈大和川河川敷〈白骨の主〉の単語に、午下がりのねぼけ目を奪われ、「あやや」と行儀の悪い大声をあげた。

「こりゃ、えらいこっちゃで」新聞を丸めて握りしめ「奥さん、奥さん」と隣りの内山きぬ子の勝手口に走り込んだ。

ふたりとも似た肥満体型で二の腕は垂れさがり、腰に1センチのくびれもない。おしゃべりの定番は〈痩せる〉だった。だがいま、突然の新聞記事を目にして日常を破かれた。

「タキモト・ジョージ。自称ってなんや。この人がハッコツの主ってかいな。ほれで神崎川で5000万取って逃げたって。えらいもんやな」

「なにがえらいのよ」

「いや、警察いうとこがな。いつぞか、この男やと思うが写真を見せに来て、『裏付け捜査です。知らんか』訊かれて奥さんにも見せたね。あの男や。砂の中から出てきたどこの誰のもんや分からん手指の骨の主を何年も経って捜し当てて、やっぱりあの男やと。えらいもんやわ。帰ってきたらお父ちゃんに教えんとな」

「そやけど。この人、誰に手の指落とされはったんやろ。やくざ同士かなんかか。おとろし」

立ち話はそれからも止みそうになかったが、ふたりの主婦はバッグのカネ5000万円より、事件の発端となったハッコツを発見して刑事が駆けつけてきたときの思い出に唾を飛ばし合い、慌てて晩の用意のスーパーオークワに走った。

瀧本譲二が手首の主であると判明して6日後、元大阪府警捜査一課特殊班警部課長代理・本多忠司の住む南海高野線御幸辻の居宅に、堺中央署二課の木村と地域課の金沢が現れた。彼らは大先輩に幾分遠慮勝ちに警察手帳を見せた。

「まことにおそれいりますがと前を置いてからなおくだだしく挨拶をして、招じ入れられるままに居間にあがった。

本多忠司は、警察道場で稽古し合う柔道、空手ではおよそ器量を発揮できぬような細い躰といがぐりあたまを、木村ともうひとりの、白いワイシャツに糊をきかせた金沢に、正座で対した。

坐るなり、本多は声を切った。ためらいのかけらも見せなかった。

「瀧本のことやな。あいつ何をやった。私の名を吐いたのか」

いきなり調べの要点を衝かれた二人は思わず顔を向け合った。

本部の大先輩で、〈丸互ナイコク〉事件の捜一特殊班を率い、特命で少年保護観察員を兼務した警視に礼儀は礼儀とするが、瀧本が自白した内容を恐れずに本多に質そうと確認し合ってここに来た。

だがそのような角張った思いは不要だった。

瀧本は西淀川の空調施設の社長を脅して電車から5000万を放らせ、それを奪って逃げた男だと、木村が手短に説明した。

だが、本多はなんの表情も変えない。

「という5000万事件のことは？」

木村が訊く。

「いや、知りませんな」本多は答える。

「脅迫して、電車から現金を投げさすのは、本多さんらが追われた〈丸ナイ〉に通じて大騒ぎになりましたが御存じないですか」

「さあ。なんにも」

木村も金沢も呆気にとられた。

本多は細い喉からぼそっと声を継いだ。

「家族ふたりを亡くし、本部もどこもかも馘になって。過ぎたことは全部忘れよと努めて参りました。みごとに空白ですわ。なすびとにんじんのことしかわかりません。とまあ、警察のことはなにからなにまで認知症になってしもた。瀧本は覚えありますが」

「そうですか。本多先輩の名は瀧本の取り調べで出てまいったのですが、その神崎川脅迫詐取事件と本多さんに関わりはありません」

「分かっております。瀧本の、ない、手指のことですやろ」

「はい、先月18日に堺の大和川の砂山からハッコツが出て来まして。それがこんどの脅迫詐取犯の瀧本と自称しておる男のもんやと判明いたしました。むろんＤＮＡも一致して」

「はい。瀧本の手指を切り落としたのは、わしです」

本多は背後を振り返った。亡妻と娘が写真の中でおどけている。朝、換えた蝋燭と線香の灯が消えている。

本多は向き直った。

「あれらのかたき討ちでね。チェーンソーでバサッと落としました。これでもう運転はできんようになると。そうですか。脅迫詐取。いつぞやここに、幾らか融通してくれと言ってきましたが。なんなら両手指落としといてやりゃよかった。歴とした傷害ですが、いずれにしろ時効です」

木村と金沢は、意気込んできたわりにあっけない肩透かしを食らった気を覚えながら、三和土に降りて靴を履いた。たしかに傷害の改正になった公訴時効10年を過ぎている。追及をしても詮はない。

「ところで先輩はいまも受刑者の再犯防止の観察官をなされているそうですね。法務教官ということですか」

「無念な一生でしたから、なにかお手伝いをとね、ずっと」


堺中央署のふたりの捜査員が帰ったその夜、本多は膝を抱えてじっと俯く境地でいつもの寝る時刻9時半を待った。早く布団に入ってもどうせ寝つけるわけではない。

府警一課に在籍しているうちは、瀧本譲二への傷害がいつ露見するかと怯えていたが、ある時起きた信用金庫立てこもり事件をきっかけに不安は吹き消えた。

福島区野田の靭信用金庫を取り囲んだ捜一特殊班の警部・本多忠司は犯人の要求してきた飲み水と弁当を差し入れる隙に裏口から行内に雪崩れ込んで犯人を取り押さえるよう現場で指揮した。日頃の訓練に沿った、行員早期解放のための策だった。

だが、本多より階級がひとつ上の警備部一課警視正が強く反対した。行内との電話のやり取りで、全員解放まで粘り強く交渉すべし。

立てこもり犯は、静岡刑務所から出て来てまだひと月ばかりの27歳の男だった。

結局5日後、事態が動き、警備部は裏口に顔を出した犯人を射殺しただけでなく、脇を固めていた男子行員の腿を撃ち抜いた。

その後の善後策を話し合う会議から、ゆくたては輻輳した。

警備部は対処を正当化した。犯人を射殺し、行員に重傷を負わせたそもそもの遠因は特殊班にある。女子行員を先に解放させる作戦に気づいた犯人は自暴自棄の投げやりな気持ちを募らせ、

「おれは怖いもんはなんにもない。死ぬ気で来た。おまえらも一緒に来い」と喚いた。

かような切羽詰まった状況では、犯人にわずかな隙も見せてはならない。持久戦でねじ込む。最後は撃ち殺してよい。それがわが警備部の合理だ。

その主義を陳べ立てる警備部警視正に、本多は本部長列席の会議で、机並びの脇から突進して、叫びながら殴りかかった。

「おんどりゃ。われの落度を雛壇の前でわしらにかぶせる気ィかや」

日頃、温厚と見られていた本多の矢庭の暴発に、任警視正警務部理事官、同副本部長、刑事部管理官ら、雛壇の者らの合議は2時間後に懲戒処分を発令した。3時間後に辞表を出した。


堺署の捜査員が来た翌朝、本多は畑に出た。この時季の畑は楽しみが多い。なす、おくら、きゅうり、かぼちゃは黄色い花をしぼませて、少し早いが丸い実を育てている。畑の脇で久しぶりに木刀を振った。生まれつき痩せて背丈もない躰にせめて胸と肩に筋肉を養おうかと、警察を辞した時に始めた。もうひとつ別の理由もあった。近所の大型犬がうるさく吼える。何度か申し入れたが止むようすはない。ある時、犬は本多の畑にも入ってきた。こんど同じことがあれば叩き殺そう。木刀が最適だと用意していた。

本部長どもの面前で折角、警備部一課警視正に殴りかかったのに痛めつけることができなかった。代わりに自分が馘になった。後ろから羽交い絞めにされなければ、瀧本の手指を切り落としてやった時と同じようにあいつに容赦はしなかった、と思う。

悔いは、近所の犬を叩き殺す気につながって、庭でさらに木剣を振り始めた。

本多には、温順な優しさと、ただではおかないと相手を追い詰める峻厳の気迫がある。結局それが警察官人生を過たせた。鷹揚に構えるとか、濁も併せ呑む性状には遠い。

木剣を振り終わって手ぬぐいで首、肩、背の汗を拭き終えた目の端に、ややピンクを帯びた紫いろの薄い花びらが目に入った。

花びらにたかった朝露が夏の光を浴びている。

膝を落として花びらの中心の黄いろい花芯に伸ばした指に、薄い花粉が付いた。

堺署のふたりの捜査員に漏らした。

「無念な人生でしたから、少しお役に立つことを」

捜査員らが帰ったあと、昨夜、布団に入る前に膝をかかえていつもの就寝の時刻を待ったのは、おのれで吐いたその心持ちの尾を引かせていたためだ。

妻も娘もとうになく、私はこれからいかほどのことが叶うのか。少年保護だけではなく、〈自立更生促進センター〉から委嘱されて、常習窃盗のシングルマザー、薬物事犯の40代の観察もしている。いずれも目が離せないが、堀口亮兵はもっとも気にかかる。亮兵に打ち明けていない重大事があった。娘を大型トラックで轢き殺した男・瀧本譲二の手首を切り落としてやったのは、1980（昭和55）年の4月7日。亮兵が奈良少年院に入ることになったバット傷害事件を起こしたのはちょうど2年後の82年4月7日。奇しくも同じ日だった。このことが亮兵にどんな作用を及ぼすか。不思議な縁を思う。

毎夜9時の連絡を欠かすことはなく、2か月に一度の面会も滞りないが、それでも心配は尽きない。吃音は減ってきたが、常に自信無げで頼りない。何を考えているのか肚を割ろうとしない。近頃になって幾分快活さを含ませてきたように見えるが、この先、受刑生活に戻らないと断言できるか。3、4年は他の者と付き合ってはいけないと注意したが、それも守っているかどうか。

何より、年齢の割に世間との対応に幼い。時々、連絡が途絶える亮兵の身と先行きを案じながら、本多は不安から解き放たれる出口を我が身に捜した。

わたしが善導してやらなければまた間違いを犯す。いまは一生懸命働き、寮に帰って寝るだけでよいのだ。いつかまた陽は射す。

朝になってそうして思いがへめぐったのは、なすの可憐な花を思いがけず目にして、赦しと安らぎを与えられた気がしたからだった。

母親に棄てられた子だ。

「会いたいよな」と誘いかけると、意外にも強いようすで首を横に振る。しかし、20年近く会っていない母親に会いたくないということが本当にあるのか。再びナカに入らない道は母親に抱かれて静かに暮らす環境をつくってやることではないか。

いまにして思ったわけではない気持ちにまた行き当たった。

亮兵の母親・照代の居所は分かっている。出所の折り、奈良少年院から身元引受け人の照会があった。子どもが入所したときから母親の住まいは変わっていなかった。

京阪線・中書島（ちゅうしょじま）駅に向かってゆるい坂を上る伏見・旧遊郭料亭跡に建ったアパートに住んでいた。宇治川と濠川（ほりかわ）に挟まれる域だ。いつのことか、少年院から、不在ではないか確認してくれと依頼があった。法務教官の務めで訪ねて行った。

母・照代は小柄で、調書ではまだ40の半ばを越えたばかりのはずだったが、頭の両脇の白髪が目立った。深い皺が走っているわけではないが、貧しさに付きまとわれ、ぎりぎりのたつきを求めて小さな勤め口を転々としてきたようすが、伏し目がちで声も消え入りそうな応対にうかがえた。初めていきなり押しかけたせいでもあったかもしれないが、「はあ、はあ」と白髪の頭で頷くだけだった。喜びも悲しみも堅い殻に押し込めて、何を言っても始まらないと決めているように見えた。目が薄く細い。あらかじめ不幸の道を歩くしかないように生まれてきたようすに見えて、本多は少しだじろがされた。

「こちらで、何を」と問うと、案外すらっと教えた。

淀の京都競馬場のチケットもぎり、同場の行列整理・旗振りの警備補助、三栖閘門乗船場の弁当売りなどをやりましたと指を折った。「ほかにも」と笑顔を見せながら「よう思いだせません」。折りかけた指をしまった。その笑みはちょっと意外だった。別れた息子を観察してくれている相手だと、へりくだろうとしたのか。

朝から暑い夏だった。〈スフ〉と略称されるステープルファイバーの安手の半袖切りに同じ地のスカート姿で、あらためて客を迎える恰好ではなかった。「麦茶しかありませんが」

出された飲み物は、冷蔵庫がなかったからかぬるい。本多はあとになっても、母親のその折りの貧寒な恰好とぬるい麦茶が思いだされて、彼女の半生を思い辿ることが何度かあった。

照代は秋田の人だった。秋田は北から南まで縦に長いが、もっとも青森寄り、白神山地の入口に位置する藤里町の、秋田杉を扱う山仕事の家に生まれ育った。

父親は、伐倒した材木を玉切りし、処理するウインチ、クラップル、ケーブルクレーンに習熟した山林伐採作業員だったが、米代川から能代に向かう森林トロッコの積み材から崖淵に落下し、四十を過ぎたばかりで一生を終えた。照代たち三人の子を残した。

林業のほかにはまいたけセンターがあるだけの里で、残された女と幼い子だけでは生きられない。照代は弟妹を母親に託し、高度成長に浮足立っているらしい東京葛飾のアルミ工場に出た。藤里から東京までは、女一人の思いの丈を超える遠い距離だったが、父親のいわば下働きだった作業員・岡田嘉助が先に出て来ている安心にすがった。というより、嘉助を、生きていくたったひとりの細い手蔓として葛飾に出てきた。折柄、オリンピックの開催が決まって、東京は建設、建築ラッシュに沸き、それから3、4年後もなお沸騰は収まらず、高度成長になだれ込んで行った。

その後、東京で所帯を持つことになった夫・嘉助は、東海道新幹線と並んで日本の成長工事のひとつの象徴になった〈首都高速道路・渋谷線〉現場の〈鋼管打ち抜き〉作業中、下の外苑西通りと六本木通りが行き合う〈西麻布交差点〉に落下して死んだ。朝から、地下足袋ずれを起こしていた。

鋼管の先を支える大型特殊の重機・ラフタークレーンの一番高い位置から地面まで22メートルあった。照代は、父親、夫のふたりを作業中の高所からの落下で失ったことになる。それも朝から気にしていた地下足袋ずれで。

死ぬのは紙切れ1枚の表と裏を返すように簡単だと思えた。朝出たら昼落ちて夜死んでいる。しかし私は生きなければならない。景気が沸いているところに身を寄せた。白神山地に接する秋田の最北の村に生まれ育った初めからそうするより寄る辺はなかった。

父親を失って故郷に見切りをつけて東京に出てきたように、夫を亡くしたのを契機に東京を離れ、大阪に出た。万博景気を当てにした。

ふたりの男子を持つ四阪島出身の堀口という男と夢洲（ゆめしま）の作業棟で知り合った。まだ小学校にもあがらない弟は亮兵といった。だが堀口は一緒になってほどなく出稼ぎに出た沖縄で、鉄骨加工現場のスタッド作業中、重傷を負い、行方不明となった。死んだかどうかはついに分からない。

高度成長期の建設建築の工事には痛ましい死があふれていた。父、ふたりの夫をいずれも工事で失う。

亮兵に暴力をふるったのは堀口の後に社宅に転がり込んできた男だった。そして男はある日突然出奔した。照代は途方に暮れた。

京都伏見の中書島のアパートを初めて訪ねた本多に、亮兵の母はそれだけのことを自分の膝元に目を落としながらぼそぼそと言い継いだ。

「当時のことでね、藤里から奥羽本線の駅・二ツ井までバスで30分乗るでば。そっから秋田に出るんに2時間。んで、上野に参りやす。じぇんぶでどれほどかかっか心細い心細い。秋田のあっごから東京までは、ひと月飲まず食わず働いた汽車賃かかるでが」

故郷の話になると、照代は不意になまりを出した。夫を亡くしてから大阪に出てきて初めて心置きなく故郷の弁になったかと、本多はその先を聞いてみたい気がしたが、照代は「そんたなことより、本多先生」と話を変えた。

「おらの一生の悔いは、おらの腹痛めたわけではねが、御縁があって天からお預かりした亮兵を捨ててきたことでありまして」

「はい。いえ、人にはどうにもならない事情もさだめもありますから」

「いえ、先生。慰めは言わねでくだっせ」

「生きておればなんとかなりますよ」

「そうけえ？　なんとかなるべか。ええ、奈良の少年院から出してもらって、今時分どうしておるかと、毎日毎日、思うのはそればかりであります。したども、あの子はわたしを恨んでもう永遠に別れてしまいました。

先生、わたしはなんと罰当たりめな女に生まれて来たんでありましょうや。

親をまともに喜ばすこともなんねがった。葛飾で一緒になってくれた父ちゃんも死なせた。それから縁あって知りおうた男の子どもを捨ててしもうた。

なんというハァ、ややこしい生き地獄を這いまわっておるんでありましょうや。秋田から結局、大阪まで流れてきて、いまこんたな京都のはずれのアパートに、どういう御縁に連れられてきたのか。ひとりで住んで朝晩、親と父ちゃんたちの御位牌に手ェ合わせて、二人はあれあのよに仏壇におってでございますが、亮兵を二度とこの腕に抱きしめることはかないません。先生、あの子が母親に終生尽きぬ恨みを覚えておるのは分かっております。いまさらどの面下げてとみなさんお思いになられるでしょう。したども先生、わたしはあの子にひと目だけでいいから会いで。謝まりで。死ぬまでに会いで」

照代のぼそぼそと繰り出す願いは続いた。

再婚の相手も失い、飯場に勤める病い勝ちの女身ひとつではふたりの連れ子も育てられない。せめてひとりいなくなれば楽になれるか。児相に引き取られることを願って弟の亮兵を住之江公園のベンチに置き去りにした。しかし寂しさが募る。身勝手な思いを走らせて、いややはり引き取りたいと申し出に行った。

しかしコンビニの弁当工場に勤める体調はすぐれない。病院に行くと予期もしていなかった病名を告げられた。〈血管炎症〉リウマチ科の指定病だった。

「子どもの養育は困難です」

児相から返してもらってさあこれから心をあらためて一緒に暮らせると弾んだ思いは断たれた。

以来、母子は別れたままである。照代は躰を騙し騙し、弁当の総菜を仕分け盛り付けする仕事を続けながら通院した。作業中、足が痛く坐り込み、ときに激しい汗を噴かせてバックヤードで横にならせてもらうこともあったが、幸い主任や同僚の非難はなかった。

○

久しぶりに畑に出てもろこしをもいだ。２００９年も半年過ぎた。

黄色の花に気持ちを寄せられて居間に戻った。

しばらくぶりだ。蝋燭、線香をしまっている小抽斗の二段目を引いた。知人の葉書、書状が出てきた。元・大阪府警捜査一課特殊班で〈丸五・ナイコク事件〉を追った宮坂松雄氏の時候の挨拶が数通あった。

その下に同じ筆跡の手紙が四通あった。亮兵の母・京都の照代からだった。

裏に「宇治市六地蔵」と住所がある。〈信愛ホーム内〉と続いている。伏見・中書島のアパートから転出したか、療養生活にでも入ったのか。ひとつを広げた。

「なにとぞなにとぞ、亮兵に会えますよう、先生様のお力をお貸しくだされ。お願い申しあげます」

もう一通手にした。同じことが綴られていた。

さらにもう一通、また同じだった。「ひと目でいいから会いて。命があるうちに謝まりて」配達されて来たときに読んだ。だが、亮兵が固く拒んでいる限りは会わせられない。

「まことに残念ながら」と短信した。

しかしいま不意に、中書島のアパートに訪ねたときの、粗末なスフの薄い半袖切りとよれたスカート、出されたぬるい麦茶が蘇ってきた。

やはり会わせてやらなければならないか。本多は腕組みする気になった。

亮兵とのつながりは20数年前のことだ。今は直接の観察官ではなく、幸せでいてくれと後ろから見守っているかたちだけだが、それでも尚、照代の手紙を目にすると思いを遂げさせてやるべきかと胸が振れた。

秋田から東京へ、さらに大阪、京都へ流れて〈養育困難〉を宣せられた女が、介護施設らしい居所で重い床にある。

手紙を仏壇脇の小机に置いて受話器を取った。

ホームの事務局の応答があった。

「電車は無理ですが、車で半日ほどの外出なら認めますよ」

ためらいなく、車で迎えに行く日を決めた。

続いてもう一本かけた。

「亮兵か。元気でおったか。7月7日、日曜日、仕事休めるか」

母親に会うという肝心の用件は伝えなかった。

電話を切ってから思い直した。母親に外に出る大変な思いをして来てもらうのではなく、こちらから出向けばいいのだ。初めに見舞いに行くという心がなかったのは、亮兵の気持ちを慮った気後れのせいだと、すぐあとで気がついた。

「死ぬまでにひと目ひと目会いて。謝まりて」待っている母親の許に何としても連れ出さなければならない。

京滋バイパス巨椋池インターを出た。照代の入っているホームまでこれより10分ほどの距離だが、南海堺東駅で拾ってからほぼ2時間、亮兵は野球理論の本を膝に乗せて押し黙ったままだった。母親のこととは違う話をした。

「えらいしばらくぶりやったが、元気そうで安心したわ」

「はい、先生も」

「幾つになった？　あんまり変わったようには見えんけど」

「ええ」

本多忠司にとって堀口亮兵はずっと初めて会った時のままの子どもである。心配が、きりない。

「今日はええ天気でよかった」

それからは生返事をするだけで、訊いてもいないのに、〈カーブ〉と〈外角低めのストレート〉について低声で自分に言い聞かすように言葉を継いだ。しかし、ぜぜらなかった。

フロントガラスにも顔を向けず、時々シートの尻の位置を変え、俯いて膝を抱えている。

「途中で花、買って行こうな。それから何が要るか訊いてあげて、必要なものを後で送ろう。お母はんは何が好きやったかね」

「べつに、結構ですよ」

ウインドーの外の夏枯れたコーン畑に目を遣って呟く。40を過ぎたというのに、やはり幼く頼りなさすぎる。そういう性格に生まれそういう幼児期を辿り、そのまま成人した。それから脈絡もなくつぶやいた。

「な、ならにぜったい戻りたくないです」ぜぜった。

この者の頭にはずっと変わらず、昔のままの、奈良少年院がつながっているのか。本多は亮兵へのいたたまれない気持ちを思い出した。いまの会話のやりとりのことではない。

初めて会った頃に話していたことだ。

児相に預けられて日泊まり許可をもらった子には親が迎えにくる。亮兵は、母親が今日現れるか、あした迎えに来るかと敷地の前のくるま道まで出て待った。

「とうとう2年、3年、4年来なかったです」

本多は、哀れを禁じえなかった。どんな親子のかたちがあるにしろ、小学生の男児が来ることもない母親を相談所の前の道路に出て毎日立ち尽くし、しおしおと戻って布団をかぶって寝込むようすを思うと、悲哀に誘われた。

本多の運転する車は、市内循環バスが宇治観月橋に向かう丘裾の道路をはずれて、2度3度カーブを切り〈信愛ホーム〉と看板の立つ前を横切った。

「さっ、着いたよ。お母はん、そこで待ってるよ」

亮兵は青白い顔で、「えっ？　お母はんがここに？　わ、私」とまたぜぜった。首筋に赤い血管が浮き出している。「あ、あいたくないです」

「ここまで来た。黙ってて悪かったが、あとちょっとや。なっ、久しぶりで嬉しい顔して会おう」

本多が事務局管理室の呼び鈴を押す。

「少々お待ちください」

奥から女の声が届いたとき、本多の後ろに立っていた亮兵がとつぜん身を翻した。「あっ」と声をかける間もない。

見舞客専用駐車場まで追って受付に連れ戻したが、事務局の女は何も見なかったようすをこしらえた。よくあることなのか。「どうしましたか」とも尋ねなかった。亮兵はこんどは従った。

微妙なことだが、人に踏み込んで来ない受付の些細な応対が気を落ち着かせたのか。

5階でエレベーターを降り、直線の長い廊下からコーナーを二度三度まわって、教えられた〈507〉号室の前に着いた。ふたりで息をととのえる。亮兵はここまで奇矯な声も発さず、後戻りする気振り(けぶ)も見せなかった、気を決めたかと本多に安堵がひろがった。部屋に一歩足を踏み入れると、目の前で40過ぎの女看護師の白い半袖ネックのスクラブが動いた。

「ああ、堀口照代さんの、こちらです」

その介護服越しに8人部屋のいちばん窓際のベッドを覗いた。暗く寒い所に寝かされているのかと予想していたのとはちがって、陽の差す明るいベッドにその人は眠っているようだった。天井を向いているので顔は分からない。

「堀口さん、堀口照代さん」看護師は、顔の上から声をかける。

「今日はずいぶん、堀口さん気分がいいのよね。お天気もいいし。久しぶりに屋上ガーデン行ってみる?」照代の長い係か。親しみがこもっている。

横になっていた照代は看護師の腕の中に躰をもたせかけて閉じていた目を開けた。

「ほら、待ち人来たるだよね。言ってなかったけど、今日はね、こんな日だったの。いっぱいいっぱい話してね。ここじゃなく、やっぱりガーデンがいいか。そうだよね、そうしよ」

ガーデンといっても外に向かって開け放たれたものではなく、ポリエチレン透過フィルムのカーテンに囲われた温室だった。一歩入ると、緑の匂いと水蒸気がむっと鼻に立ち込めてきた。土と消毒薬のかきまざった臭いも鼻腔(びくう)にとどく。送風ファンが静かな音を立てて羽根をまわしている。濃く分厚い葉と枝を伸ばした観葉植物が20畳ほどの広さに隙間なく立っている。本多が、温室を左右に分ける真ん中の土の細道に沿って照代の車椅子を押してきた。亮兵は後ろに黙ってつく。最近やるようになった祈りの言葉を唱える。〈スターバースト・スターバースト〉意味は誰にも教えていない。

ゆっくり車椅子を進ませながら、本多はそれぞれについた札で木の名を見た。いずれもおのれの丈に近いか、あるいはそれを超す大きな木だ。パンノキ、ボダイジュ、パキラ、オーガスタとあった。見たこともないものばかりだった。針のように細いの、拡げた掌と同じ、ぼったりと大きいの、葉の形状はことごとく違う。

ベッドに縛りつけられているより、やはりこんな緑の中に身を置けば心持ちも温かくなり、落ち着くのではないか。

車椅子を押す後ろから少し前かがみになって、本多は数年前に伏見中書島のアパートに訪ねて以来の無沙汰を乞おうとした。

「お元気でやっておられると思っておりましたよ。このガーデンへは、よく？」前向きのままの照代の顔は見えない、白髪の頭が横に振れた。

「気分のええとこですね。緑は病人さんには何よりの栄養です」

応答がない。前にまわった。

「お母さん！　亮兵さんをお連れしましたよ」呼びかける。

「くくっ」と喉声を凝らして照代は目を赤く充血させていた。病室からここに出てくるまで顔が窺えず気がつかなかったが、ずっと泣いていたのかもしれなかった。

再会に感極まったか、あるいは、亮兵が何も声をかけないことに胸を詰まらせていたか。

「お母さん」本多だけが呼びかける。

細道の先のガーデンチェアに、照代を坐らせた。病室パジャマの袖でしきりに涙を拭くがまだ目の腫れは引かない。

　亮兵は突っ立ったまま、唇を噛みしめている。

「亮兵くん、お母さんになにか言わないと」

　送風ファンの音と風が三人をすり抜ける。

「亮ちゃん」照代の喉から初めて声が漏れた。温かく含みのある響きだった。

「亮ちゃん、ごめんね。ほんとにごめんね。もうとっくに遅いけど。お母さんね。小さいカバンを振りまわして保育園に通う亮ちゃんの恰好、毎日毎日、胸に泛んでくるの。寝顔もね」

　立ったままの亮兵は母親を見おろしている。

「あの時のこともでしょうか」

　照代は赤く腫らした目のまま、亮兵の問いに怪訝を泛べた。

「あの時？　いつ」

「忘れたんですか」

「いつ？　亮ちゃん」

「忘れたんかと訊いとる。住之江公園や。私をほって逃げた」

　忘れたわけではない。忘れたかった。

　まだ手のかかる子どもを住之江公園〈花と緑のスクウェア〉のベンチに置き去った。ここなら必ず他人様(ひと)が声をかけて届けてくれる。夫に死なれ、新しい男が入ってきて家庭は荒れ、躰は変調をきたし、病院で〈養育不能〉を宣せられ、すべての歯車が負へ負へとまわった時だ。家庭支援センター、病院、こども保護ＮＰＯをピンポン球のように走り歩いた。

　最後にまた児相に戻ったが、亮兵が憶えているかと訊いたのは、その初めの住之江公園〈スクウェア〉のベンチの時のことだった。

「住之江？」

「あんたね、住之江忘れましたか。そんな親がいますか。わたしを生んだわけではなくよその女の子どもだったからですか」

含み笑いを挟んで静かに吐いて続けた。

「ところが、いるんだよね、ここに。子捨て親が」

照代は首をうなだれさせたままで顔をあげない。振り絞るように訊く。

「亮ちゃんは、いまどこにいるの？ どうしているの？ 家族はあるんですか」

本多が割って入った。

「お母さん。家族はいるのかって。お母さんが家族でしょう。亮兵くんには照代さん、あんたというお母さんがいるじゃないですか」

「先生、何いうてる。こんなもんお母さんやないよ。ほかされたんだよ私。私も親をほかしたると決めたんです。親とか子ォとか、そんなもんは邪魔くさいだけや」

「ごめんね。亮ちゃん」

「ごめんね、ごめんね、言わんといてくれ。こんど言うたらな」

背中のリュックサックを降ろし、「これや」と、護身用・スイッチブレードのバタフライナイフを見せた。

本多が引き留める手つきをした。

「亮兵。お前、そんなもん持ち歩いとるのか」

「亮ちゃん、ええのよ。お母さん、毎日亮ちゃんのこと思うて苦し。病気も治る見込みない。亮ちゃんに刺してもらえたら幸せや」

「あんた、いや、わたしを捨ててよかったやないか。わたしは捨てられてよかったですよ。住之江のベンチで死んだお陰で、もう一遍生きてみたいと思うてここまでやってこられたからな」

グリップが蝶々の羽のようにふたつに分かれて刀身が飛び出すナイフだ。革袋もポーチもついていない。片手でグリップの末端から素早く刃先が出る構造になっている。

本多が叫ぶ。

「亮兵、しまえ。また刑務所に行くか。しまえ」

「えっ？　先生、わたしを、ま。また、戻すんですか」

「それをしまわんとな」

「そうですか。わたし、ほかに行くとこがあるんです」

「お前という奴は、お母さんにこんなして会えたというのに」

「ごめんなさい先生。わたしは、この人に会わない方がよかった。先生、なんで会わせたんですか」

握っていたスイッチブレードのグリップを片手の指で操作してためらいを見せずに本多の腹に突きこませた。

「す、すみません。申し訳ありません、先生」

○

信愛ホームから京阪宇治線六地蔵駅に逃げながらずっと思いを左右させていた。大した傷ではない、警察を呼ぶほどではない、と本多先生は言っているはずだ。

いや、看護師が騒ぎ立てて、いまごろはパトカーがホームに来ているかもしれない。捕まればムショだ。いや、わたしは行くとこがある。ユナを守るためにプサンへ行かなければならない。その前に、工場の寮にしまってあるバッグの逃走資金を取りに行く。

信愛ホームや警察の追跡がないか、なんども振り返りながら走った。

カラの胃からなにかを吐き出しそうな気に追い立てられた。

幸い返り血は浴びていない。怪しまれずに改札を抜け、電車の座席に坐ることができた。窓に細く青白く切羽詰まったおのれの顔が写った。思わず目を伏せた。淀屋橋に出て地下鉄に乗り換え、なんばから岸和田に戻った。

岸和田・浜工業公園の隅に建つ4畳半の寮から持ち出さなければならないものは、1個に7000万円を詰めた柿の段ボール3個と、紐で結束した〈月刊　野球理論〉4束だけだ。自分の車はない。〈コトブキ〉を呼んだ。まとめて中津の焼き肉屋〈李成苑〉に送る。明日には着く。これまで宅配便が届かなかったことはない。送ることに不安はなかった。

いやそれより、本多先生が工場に電話をすればたちどころに捕まる。逃走するに寸刻の猶予もない。ユナに会わなければならない。

出ていく工場には何も告げなかった。倉庫、工場に出入りする駐車場の隅を誰にも見つからないように駆け抜けた。すでに手に入った大金はユナが送ってプサンのヨンヒに預ってもらっている。

息を切らしながら、工業公園から国道沿いの歩道を走り、ふたつの陸橋を上り下りし、同僚や見知った者に出会う怖れがある和泉大宮駅を越し南海本線の高架下の道をさらに駈けた。

とにかく中津の焼き肉屋〈李成苑〉に行き着かなければならない。岸和田駅の公衆でユナに電話をした。ポケットの携帯は足がつく。使えない。出て！　出て！　出ない。

息を切らせたまま〈李成苑〉の裏口階段に辿り着いて、2階の雀荘〈ロンロン〉のベニヤドアを叩いた。

南海線、メトロ御堂筋線を乗り換え、思いがけなく飛び込んできた亮兵をユナは何も言わずに抱きしめた。その動きはユナが姉で、亮兵が弟のようだった。

信愛ホームにいる母親との面会の手配をしてくれた本多先生を刺して逃げて来た顛末を伝えた。

ユナは特に大きな驚きは見せず、「お母はんのことかどうかは分からんかったけど、なにか悪いこと起きるような気ィしとったんよ。それで、電話に出るの怖かったん」と亮兵の胸に顔を寄せた。

そののち2日のあいだに、ユナは突然の出来事に動じることもなく肚を決めた。

京都府伏見区の〈信愛ホーム〉に電話を入れて、本多忠司の傷は重いものではないのを確かめ、亮兵に、この使われていない雀荘にしばらく潜んでいるように言った。重傷を与えたわけではないから警察が踏み込んで来ることはないだろうが、何が起きるかしれない。しかし亮兵さんがプサンに逃げようと言うなら一緒に行こう。

「どこでも行こ。そうしよ。亮さんはうちがおらんと駄目やもんね」

細い躰でしなやかなバレエを踊り、静かな声しか出さない女の、意外に勁(つよ)い芯を亮兵は見せられた。

亮兵の一連の決心と覚悟はすべて、ひとまわりほども歳下のユナに引きずられ、それから数週間を〈ロンロン〉で過ごした。ユナが日々の食い物を差し入れた。亮兵はサブさんにも満治さんにも、本多先生との約束をこれ以上破らないために連絡しなかった。

◯

1985年、満治たちはネイビーカレーサカイシロウ社長の郵便受けに〈応じるなら、泉南新聞に〈マサコぶじ〉と3行広告を出せ〉と春さんの打ったタイプ文字の紙1枚を投函した。3日後、広告が載った。

すぐに、ヨンヒが録音した声をネイビーカレー社長宅の電話に流した。

【コトブキ運輸の〈配送伝票の〈お届け先欄〉に〈御所市鴨神〉、〈宛先人、〈アヴェ・マリア〉と書け。〈ご依頼主欄〉には〈ネイビーカレー総務部〉、中身柿〉とせよ】

「丸互」の時と同じように〈ゲンソウ〉と〈サメ〉の追走劇を繰り返しては危険だ、警察も馬鹿ではない。今度はしくじらないだろう。いまどき、現金の振り込み、配送は宅配便がもっとも確実だ。バラバラ死体も布団圧縮袋に詰めて、これで送れる。〈丸互〉〈ナイコク〉から日が空いたのは騒ぎを分散する方が警察の力が拡散すると満治が読んだからだった。

2日後、午後2時20分。中型バンを停めてある御所市のニュータウン造成中の工場敷地事務所で、「ネイビーカレー総務部」の段ボールを、サブが運転席から降りて受け取った。

「ネイビー」は丸互通運、ナイコク製粉と同様に、鴨神の駐車場も裏金を送ったことも警察に通じなかった。

18　外套（がいとう）

〈むつ海峡テレビ〉の来客室で、青森県下北郡風間浦村下風呂の民宿〈いさり火〉主人赤岩作造は降り止まぬ雪を見ていた。

激しい降雪のため車は使えず、風間浦から青森駅まで青い森鉄道で3時間近くかけてやってきた。家を早朝に出てここまで遠かった。青森駅は、40数年前の正月、函館の恩師を訪ねて青函連絡船〈石狩丸〉に乗って以来だ。今は役を終えている連絡船のかつての栈橋に続く通路の入口を爪先を立てて覗いた。

ここを3等船室の畳敷きの快適位置を争う他の乗客と駆けて行ったのだった。

あの日、海は尖った波の牙を雪空に突き立てて荒れていた。0時05分第1乗船口出航の〈石狩丸〉3等枡席船室の薄べりに横たわって眠ろうとした。巨大な船体が荒海で左右に傾（かし）ぎ、鉄骨、鉄板がきしみ音を立てる。煤けた天井の褐色の染みがニンゲンの顔の輪郭を浮き出させている。

タンタンタンと繰り返す石炭蒸気のタービンの規則正しい音を耳にしながら赤岩の胸に、授業で子らに誦（じゅ）した啄木がせり上がってきた。

内地から妹を連れてこの船に乗った若き歌人は、あの日の赤岩の胸を曇らせた。珍しく感傷が湧いた。

船に酔ひてやさしくなれる
いもうとの眼見ゆ
津軽の海を思へば

〈石をもて追はるるごとくふるさとを出〉た啄木は職も家も失った家族離散の状況下、やっとの思いでこしらえた旅費で妹・光子と函館に渡る連絡船に乗った。

あの時に胸に蘇った啄木だけではない。風間浦、六ヶ所村の者も多くこの航路に乗り込んだ。小樽へ、江差へ、利尻へ。〈やん衆〉としてニシンの出稼ぎに行かなければ食っていけなかった。ニシン漁がしまえばこんどは東京、関東の飯場稼ぎに出る。

40年前のタービン音と啄木を思い出したあと、駅西口のニコニコ通りを小さなテレビ局のビルに雪沓で向かった。これから会う三ツ森夏希の父・義三さんもたしか3年続けて渡島に通った。連絡船の時代とはつづめて言えば貧窮と空腹の時代だった。

赤岩はテレビ局に行く間、そうして初めて北海道に渡った時、〈石狩丸〉の煤けた天井と啄木に囚われたことを思い出した。南部、下北、津軽の教壇に立つ者に啄木は懐旧と狂暴と貧苦を思い起こさせる。

家族を小樽に残し、釧路に赴任したものの送金せず、芸妓・小奴に対した啄木の切羽の光景を無二の友・金田一京助はのちに書き残した。

啄木は以下に詠んだという。

死にたくはないかと言へば

これ見よと
咽喉の痍を見せし女かな

青森県は陸奥湾を挟んで下北と津軽ふたつの半島が対い合い、赤岩らの故地・下北半島は誰もがいうようにまさかりのかたちをしている。同じ県内を行くのに列車で3時間近くもかかるのはそのぐるりとめぐるふたつの半島の位置とかたちのためだった。

「第3スタジオの収録は少し遅くなるかもしれません」

楽屋前の廊下で係の男に言われたが、何時になってもかまわない、雪で足止めを食う客がいるだろうが、どうにか駅前のホテルにありつけるつもりで来た。

民宿をやっている静かな日々に、風間浦共同温泉の扉に貼られたポスターで思いがけずその名を見た瞬間に、あれからどれほど経ったかと頭の中の指を折った。「デビューが遅ぐ23歳になってまった」とはにかんでいた昔だ。ならば70近い年齢になっているか。

赤岩は民宿を切り盛りし始める遥か前のベトナム反戦運動が広がっていた頃、3年間だけ六ヶ所村尾駮中学の代用教員を勤めた。

ポスターに発見したその教え子・三ツ森夏希をいま、〈むつ海峡テレビ〉で待つ。

卒業式を終え、集団就職列車で東京に出る朝だった。尾駮沼の坂を「泣ぐな、泣ぐな」と励ましてバスに乗せた。

バスの来る道まで歩いてともに歌を口ずさんだ一瞬と、頭の中で算えたあれからの年数がテレビ局の控室に来て同時によみがえった。

夏希は泣きながら〈おうまのおやこはなかよしこよし　ぽっくりぽっくり〉と繰返し、次いで

〈ありがたや　ありがたや〉と、ラジオで習い覚えた歌をさらえた。馬橇がバスに替わる時代だった。

あれからの時代の年数とその歌が、赤岩の皺だらけの胸中を懐かしくも苦くふさぐ。

そののちに会ったのが彼女の幾つの折りか。算えるにも茫漠とした記憶だが、たしか新曲発売のキャンペーンに来た時だったか。青森駅に近接した〈アウガ新鮮市場〉の入口でりんご箱に乗って歌った。たしか〈海峡つばき〉という歌だった。

今回の青森に来ることになったポスターは、〈けっぱれ　みちのくキャンペーン〉のイベントのひとつを告知していた。もともとは北海道弁の〈けっぱる〉が海峡を越えてきた。

下北半島は1年前、風水害に見舞われて海が荒らされ、ほたて網が流され、陸ではりんごが潰滅した。今年になってまだ疵痕は癒えない。

イベントは、国、県、市の助成の許、陸奥日報、むつ海峡テレビ、六ヶ所村原燃などの地元企業の後援で開かれる。六ヶ所村出身の三ツ森夏希の名が、市民文化会館で幾人かの歌手とともに出演するフェアに列せられていた。

イベントの公演は10日ほどあとで、この日は、前宣伝の番組の収録に来た。

窓の外を眺めていた赤岩の背のドアがノックされた。

「はい」

応えると、薄目に開けたドアのすき間にテレビで見憶えている夏希の顔が覗いた。

素ねずみ色の地に、淡い一斤染めの寒椿の花びらを散らした着物姿は間違いなくその人だった。

ドアを押し開けて来ながら発した「先生」の声が耳を搏った。後ろ髪を椿の花飾りで留めている。かつての濡れたような黒髪が銀色に変じているが、テレビであでやかな美貌を見せて歌っていたようすの残り香は70手前の歳になっているはずのいまも消えていない。目尻、頤に皺は目立つがいつか年納めの歌番組で目にしたテレビ越しの美貌の輪郭も衰えていない。

この日は、特別に尋ねたいことがあって夏希に面会を求めた。

むつ海峡テレビを介し、夏希が所属する東京の事務所に連絡を取ってもらった。

ほぼ1年来、胸に刺さっている棘があった。

東京から、元・大阪府警捜査一課の刑事と大阪地検の検事が風間浦に訪ねてきて訊かれた。思いも至せぬずいぶん昔のことに関してだった。

「昭和32、3年に風間浦あるいは近辺の漁港で、舟と重油を盗んだ者の記録、記事、史料が残っていないか。当時、15、6歳のその少年は風間浦のどこの中学かは分からないが、集団就職列車で東京に行くことが決まっていたものの旅費がなく、断念した。その後の行方も不明だが、私たちは、成人した名前も分からぬその男の跡を辿りたい」という主旨だった。

なんのために追っているか明かさなかったことが余計に胸に尖った。

ヒントはいま少しあった。名も分からず、就職列車に乗れなかった少年の一家は満蒙開拓から日本に戻ったが、辛酸の底を這いまわる生活で、元・満州特務機関の憲兵だった父親は乱酔により没し、母親は曳いていたリヤカーを巡査に蹴られて、積んでいたじゃがいも6個とともに沼に沈んだ。六ヶ所周辺のことであるのは間違いないからなにか手がかりになるようなものを思いだしたら教えてくれないか、ご連絡をいただけないか、というものだった。

尋ねられたその折にはあまりにも茫漠とした話で、赤岩になんの輪郭も糸口も摑めなかった。

泣ぐな泣ぐなと集団就職の見送りに行き、のちに、夏に希みを託すと親の願いのこもった本名のままの歌手になった夏希はデビュー何周年かの27歳の時、青森へ新曲のキャンペーンに来たことがある。

夏希とはその折り、駅前のホテルの一室で懇談した。

その時の満州帰りの話は記憶に残った。

大阪からの刑事と検事が帰って2、3か月経ってから、彼らが追っている男はひょっとして夏希があの祈りに話していた、ともに満州で地獄を這ったという隣家の少年だったかもしれないと思いがめぐった。その15、6の少年が荒波に巨大な船体を傾がせる津軽海峡を小舟で渡ったというのか。

このテレビ局の応接間で夏希の顔、姿を見るまでの赤岩の胸には、どれほど前の話になるか分からないが歳月の熱い思いに揺らされていた。

夏希もまた苦労の多い道を歩いて来た。東京の亀戸のスリッパ工場に就職して、その後作曲家の歌謡教室に通い、やがて住み込みとなって、師の運転手、家事手伝いを務めながらレッスンに励み、合間に、御徒町の菓子問屋、池之端のスーパーのバイトなどを転々とし、3年経ってデビュー曲〈北ホテル〉が決まった。

そののちさらに3年を要してテレビの歌番組に出られるようになった。松田聖子らと画面に出て、日航機が羽田沖に墜落した時代だった。しかし徐々にテレビの露出は減少し、カセットも売れなくなった。まだアイフォーンを使いこなす者はなかった。

若く、喝采を浴びる年齢は越し、着物で歌う恰好に変えた。その方が地方のキャバレーや創価学会系・民音、左派革新系・労音の主催する公演の注文がある。だが、地方のホール、文化会館のステージなどは月に2、3度で、合間はマネージャーとともに全国のレコード屋をバンでめぐった。3曲目の〈津軽おんな三味線〉が少し捌(さば)けた。

しかしそれも先細りになる。所属した事務所の社長の引導で、ひとりのタビ興行に出ることになった。キャリーバッグと着物ケースバッグ、ふたつをひきずって、長く芸能界で仕事をしてきた社長の縁故を頼り歩いて地方の仕事を貰い、ようやく暮らしを続けることができた。離婚した男とのひとり娘が残った。その後の生きる道は娘と数少ないファンに背を押された。六ヶ所村でも満州でも飢餓の淵を辿り歩いたが、東京に出てからはまずまず感謝しなければならぬ人生だったと夏希に悔いはない。

事務所から、こんど青森で会うことになる赤岩という恩師が、「六ヶ所村の写真や学校時代のものをまだ持っていたらありがたい」と言っていると連絡してきた。

夏希は控室に入って来るなり、鏡まえにバッグを置き、日焼けした大ぶり封筒を取り出した。

「先生」昔から引っ込み思案で、声も静かだった。雪を舞い散らせている窓の外の風音に夏希の声は消え入りそうだ。この細い躰でよくも演歌のこぶしを唸らせることができる。

「ずっとそんな小さい声だか？。雪に消されてまう」

「はい、なにも成長がないの。先生にご連絡をいただいてから、六ヶ所や下北のことをずいぶん思い出してきました」

「算えても分からん昔になるんだども」

「はい」

「でも、夏希さんはいまもきれいだな」

相槌はせず、俯く。俯いた時の瞼は、なだらかな丘を半分に切り取ったかたちをしている。近くで見ると小皺も深い溝も立っているが。しかしひいき目かもしれぬが、唇は堅く引き絞られて歳を感じさせない。

「みんな食っていけね時代だった」

「ほんと。ヒエ、アワ、ダイズが食べられたらうれしかったです。麦飯のお握りに味噌が塗られていればごちそうでした。いつもお腹を減らしていました」

「そうだね。腹が減るとまず口がきけなくなる、それから、頭がぼうっとして何も考えられない。なにもかも悲惨なもんだったね。開墾小舎の初めは、借りた鋸で仆したカラマツを二本斜めに立ててクマザサを載せただけの三角小屋でね。先生のとこも夏希さんのとこもみんなそうでした。あとになって、土を固めたブロック壁になったのかな。いや、その前は廃材の嵌め板張りでね。風避けは、夕方撒いた水だ。これが氷の隙間塞ぎになる。覚えてますか」

「なんとなくおぼろに。貧乏自慢をしてもしょうがないけど、両親とも鍬と馬だけを使って、朝から月明かりがなくなるまで働きに働いて。馬も泣いているみたいでした。一日中松の根っこを曳いたんですね。先生もよくご存じでしょうけど、人間も馬も風と雪と土の中で、ケラ虫みたいに生きたんでした。わたし、たしかに歌は好きでしたが、お父さんお母さんに家を建ててやりたいと、それだけを思って歌ってきました。声が小さいと歌唱の先生に叱られどおしでしたけど」

「東京に建てられたんだね、家」

「はいどうにか。歳を取りましたがいまはなんにも心配なく暮らしてくれていて、幸せです」

「よかったね」

「はい。とっちゃは、われども、日本の国に二遍も三遍も梯子はずされたども、涙も怒りもどこにも持って行き場がねがったと。しかし満州であったことはほとんど何も話しませんでした。あれっ、梯子どころか、日本から追い出されたんですね。そして戻ってきたら、捨てられ埋められました」

「夏希のおど、おがばっかりじゃねえ。結局、満州移民、戻ってきた弥栄平の六ヶ所村開拓民、みんなすべて壮大な徒労でしたな。一本一本、松の根っこを鍬で掘り起こしておよそ15年かがって やっとこさ、じゃがいも、ビートの穫れる畑にしたども、今度はプルトニウム、ウランを回収する再処理工場の下に村民の血もかすかな望みも涙も三角小屋も学校の机も埋めつくされた。墓も埋まっちまったんだからな。先祖もわしらも何をしてきたんだべかな」

「父っちゃ、母っちゃに楽さしてやりて、幸せになりて、それだけを思ってやってきました」

「そうだね」

「それでね、先生。ご連絡をいただいてから思い出しました。その、小舟で海峡を渡った子どもがいたのは聞いたことがありませんけど、2年ほど前の冬の初めにわたしこっちに来る仕事がありまして、さっきのお話の六ヶ所村尾駮弥栄平のお墓が埋められた場所に久しぶりにお参りに行ったの。いえほんとはそこが前にお墓があったかどうかよく分からないんですが、なにしろブルドーザーでざぁっと持って行かれちゃったと言うんでしょ。それで、ここかなと見当をつけた所でびっくりするほど懐かしい人に出遭いましてね。その人もお墓参りに。いつか尼ヶ崎の市民会館に楽屋お見舞いに来てくれた満治さんだったんです。福松満治さん。そうです。満州から一緒に逃げ帰ってきた隣りの小舎の」

「満治くんか同級生の。夏希くんより2、3歳下だったか。私は代用教員で数少ない生徒しか担任しなかったども、貧乏だったがよくでぎた子だった。覚えてます。そうか、夏希くんと小舎が隣りだったか。そうだね」

「小舎というより雑木林と開墾畑を挟んだ掘っ立ての、隣り同士で、幼なじみですね。一緒に遊んで、そして満州から引き揚げても同じように開墾の手伝いをしてと、ずっと一緒だった家族はもうひとつ、諸沢半二さんの家に私たちと同級の男の子がいました」

「満治くん、今何をしてるんですかね。東京で連絡を取り合ったり、会ったことはあるの？」

「いえそれがね、一度もないんです。あっ、弥栄村開拓団記念碑の除幕式で会ったかしら。古い話です。それとね、偶々（たまたま）で、神様の引き合わせだったのかしら。いまは無いどこにあるか分からないお墓に、お参りでね」

「なにをしてると言ってました？」

「満治さん？　いえ何も」

「どこに住んでるの？」

「聞いとけばよかったですか」

「いや、突然懐かしい名前を聞いたから。どこにいるかと」

「たしか東京の荒川の方だとか」

「荒川」

「一緒にお婆さんが来てましてね。『がっちゃ』と呼んでましたけど、満治さんのお母さんは満治さんが中学の頃に鷹架（たかほこ）沼か尾駮（おぶち）沼にはまったのかどうかで亡くなりましたから。ほんとのお母さんじゃないわね。そのがっちゃと荒川線沿いで暮らしているようすでした。居酒屋をやってるからこんど遊びに来てくださいって」

「満治が東京で居酒屋を。幸せそうだな。なにも消息を知らなかったけど良かった」

「それがね、お店の名は〈おっども〉っていうのよ先生。分かりますよね、先生なら。〈おっども〉ですよ」

夏希は笑顔をたやさず、一気に懐かしい人の名と覚えがあるに違いないという地の話を続けた。〈乙供・おっとも〉は、八戸と野辺地の中間地点に位置するむつ小川原湖に近い在所だ。赤ちょうちんに掲げた店の名・〈おっども〉は〈乙供〉がなまった。

赤岩は、満治と夏希が線香をあげに行った墓所の風景を目に泛べた。

東京から来た元刑事と元検事を車で案内した弥栄平の墓地は、ウラン濃縮工場と広大な使用済核燃料再処理工場を囲うフェンスの内側に組み入れられて、跪(ひざまず)くことはむろん、近寄ることもできない。

この辺りは、関東や日本の中間地帯に較べると、ひと月もひと月半も遅い春の池沼の縁(ふち)に、蕗の薹(とう)のあとアザミが一番早く咲く。

立ち入り禁止のバラ線の際に立てば、昔は、足許からなだらかに続く斜面の向こうで、小さな湖が青い白い鏡となって春の陽を撥ね返し、その白と青の隙間にアザミの赤紫が彩りを添えた。さらにその先の東に、太平洋の水平線がのたりと腕を拡げていた。

しかしかつて畑とススキの原がひろがっていた六ヶ所村開発区域11万3千ヘクタールは、51基の巨大なタンクが立ち並ぶ石油備蓄基地と、隣り合わせの核廃棄物最終処理工場、20を超す3階建屋の窓のない壁に断ち切られて消えた。再処理工場建設には2兆2千億円が投じられた。

緩やかな高低を成す段丘斜面にひろがっていた開拓地の、やわらかに縞目を描いていた光と影も塞がれ、墓どころか満治、夏希らの79戸の開拓舎も、赤岩が教鞭を執った2教室、小さな講堂、職員室があった48人の生徒が学んだ中学校も廃舎となった。わずかに、馬が躰を休めた小狭い防風林の丘が残っているだけだ。丘の向こうに高さ１５０ｍの放射能排気塔が背を伸ばしている。

光景を泛べながら、赤岩は夏希に訊く。

「昔、あそこのクマザサの丘を馬橇で行ったんだね。馬は太い脚を踏ん張って踏ん張って、鼻から白い大きな息を吐いてね。覚えてる？」

「はいわたしが小学校にあがってからも、馬橇でした。集団就職で初めて東京に行くとき、尾駮の停車馬からバスに乗って。それでわたし、〈おうまのおやこがぽっくりぽっくり〉と〈有難や節〉を歌ったのね。泣きながら」

「出来たばかりの停留所までね。それで満治君と墓参りは？」

「それがね先生。満治さん、変なことしたの」

「変なこと？」

「背中のバッグから、オーバーの切れ端を出してね。墓がないからバラ線のこっち側に埋めたんですよ。ほんとは墓石にかけてあげたかったたって」

「うん？」

「それで穴を埋めながら言うのね。『おがちゃ、やり返したど。仇は討ったど。ぶっ食らわしたど』って」

「仇？」

「はい。声をこらえて泣き崩れて、顔が土だらけになるのも構わず土を抱いたんです。すると隣にいたお婆さんが、満治さんの肩を後ろから抱きしめて一緒に泣ぐの。何があったのか、余程のことがなければお墓で土を抱いたりなんかしないでしょ。わたしも、泣いたっていいんだ、わけもわからず泣いたっていいんだと、もらい泣きをしました」

「オーバー？」

「はい、オーバーです。オーバーというか、肩から掛ける半コートのね。ところが、わたしもそのオーバーに関係があったんです。もうすっかり忘れてましたけど、わたし、土に埋められたのとおなじオーバーの写真を持っていたんです」

「写真ですか」

「そう。しかも、満治さんとわたし、そのお揃いを着て写ってるの。よれよれの。『いまのは』と満治さんに訊きますと『夏希は忘れたかもしんねけどだって。オーバーを羽織った写真があるはずだ』って』

「写真ですね、ふたりでお揃いで羽織った」

「はい。昔の人は外套って言ってた」

頷きながら夏希はまた、灼けた封筒を取り出してきた。

「これです。わたしたちの写真です。オーバーの写真です。東京に家を建てた時、お祝いした夜におどが行李の底から出してきたものです)

満州から舞鶴に戻り着いた引き揚げ船・興安丸のデッキで機関長に撮してもらったものだといった。

「満治さん。可愛いでしょ。セピアでちょっと見にくいけど、目がまん丸でぱっちりして、丸刈りの坊主頭で顔も丸っこくクリみたい。船の上は寒いからって、あたしたち子どもふたりは、ほら、オーバーを肩におぶわされてるでしょ。

六ヶ所に帰って満治さんのおがちゃが、二着のオーバーに目印の白い名札を縫い付けてくれて。満治さんのには〈満〉、わたしのには〈夏〉と。埋めたオーバーの切れ端は〈満〉でした」

「夏希さん、ひょっとして聞いたことはない？　満治くんは集団就職列車に乗れなかったって。廃線になった大畑駅か、下北駅から」

「さあ。就職列車に乗れなかったんですか。さあ、そしたらどうしたんですか」

　夏希は首を横に振ってから、赤岩に写真を差し出した。

「これ、そのオーバーを着た、引き揚げの時の写真です。先生に保管しといてもらうのがいいですね」

「はい。大事に預かっときましょうか。満治くんは、オーバーを、その切れ端ですが、埋めに墓参りに来たんですね。ほかには？」

「ほかに？　いえべつに。ああ、『ぶっ食らわしたど、復讐したぞ』って」

「復讐？　誰？　その仇？」

「さあ」

　窓の外はとうに日昏れている。雪の足が見えない。赤岩は、写真を丁寧に内ポケットにしまいながら思いを立ち止まらせた。

「そういえば、満治くんのお母さんは、尾駮か鷹架の沼にはまって亡くなったと夏希さん、あんたさっき言ってなかったですか」

「はい。どちらかの沼に落ちたと」

「リヤカーに積んだじゃがいもと一緒に？　満治くん、そのことを何か言ってませんでしたか。リヤカーが巡査に蹴られたとか」

「いえ」夏希は首を振った。

◯

「はい、三ツ森夏希くんにこの冬〈むつ海峡テレビ〉で会いましてね」

赤岩作造は、元校長・森村留一を訪ねていきなり伝えた。

六ヶ所村の中学に転々と奉職した教職者だ。

「やっ、三ツ森くんと。そういえば私も下風呂湯の入口で、〈けっぱれみちのくキャンペーン〉で三ツ森くんが青森の文化会館に来るらしいポスターを見かけました。そうでした。先生の教え子でしたね、そうですか、会われましたか。いつかテレビで見たども、相変わらず美人さんでした」

ヤマセの季節にはまだ少し日があるというのに、太平洋側・泊漁港の方角からの松林越しの風がガラス戸を揺する。もう少し早く話に来たかったがこの日になった。

森村校長も、大阪から来た刑事、検察官にその後、何か通信する手がかりがないかとずっと喉に小骨を刺されている気でいた。

加えて、赤岩に早く伝えたいことがあって、「お待ちしておりましたよ」と急いた。

「いや、私の方から先にお話いたしてよろしいですか。大阪の刑事さん、検事さんが見えたあのあと何か月かしてから私、思い立って諸星半二翁に連絡を取り、東京で会いましてね」

「ほう、諸星さんと」

森村留一校長は、霞が関の尚友会館で開かれる2年に一度の全国合同教育委員会に出て〈下北の学校教育の歴史〉について講演した帰りに、麹町の都市センターホール喫茶室で半二翁に会ったという。

諸星老人は、六ヶ所村から満蒙開拓に出て、1945（昭和20）年8月12日、ソ連軍の侵攻に遭遇した。

関東軍の避難命令により、佳木斯収容所から松花江沿いに哈爾浜に南下する途中で見た地獄絵を『静かの丘』と題簽をつけ、引き揚げ後に小冊子に著わした。

さらに、下北開拓農協の参事官を務めている折りに、村が発行する『弥栄村開拓要綱』の編纂に尽力し、その後、みちのく相互信金の理事長を勤めた人物である。

「満州、関東軍、六ヶ所村開拓のことなら生き字引きぞ。わしに訊け」というので知られた氏だった。引き揚げの悲惨については、幾ら言葉を尽くしても足りるものではないがと言いつつ、相手に聞く耳があろうとなかろうと艱難の過去を語りつづけて熄めない。

その日、都市センターホールに現れた半二翁は90歳を超えた老齢でアルミの折り畳みステッキを突き、白黒まだらの長い眉毛を乱れ生やして年齢を思わせない意気盛んのようすで疲れを見せなかった、という。

大きな目の下にぶらさがった脂袋に皺が寄っていたが、眼光も衰えていない。ステッキのグリップがテーブルからはずれ落ちて床にころがったとき、老人の口から声が漏れた。

「くそっ。よく落ちやがる」老齢に入ってなおなにかと癇癪を立てる癖の持ち主のようだった。

１９６６（昭和41）年4月15日、のちに六ヶ所村となる尾駮、倉内、鷹架・出戸、泊、平沼の六部落に満州から引き揚げて住み着いた者の上弥栄が加わって開拓20周年の記念式典があった。上弥栄はのちに弥栄平になる。

『下北バスが通うようになった日とこの日が六ヶ所村・上弥栄部落の栄光の一瞬でござっての』

ステッキのグリップを握りしめながら、ややしわがれた声を這わせた。

「それから諸星老人は、丸くくるめた巻紙をテーブルに広げて申されました。

『なんぞの役に立つかと持って来ましたがな。副知事、村長、村会議員、農業開拓組合の組合長、県の開拓課長らが上弥栄小学校の虫めがねみたいな講堂に集まって開拓農協組合長が式辞を読んだ。規模こそないがそりゃ、みんごど晴れやかなもんだったじゃ。これです』」

元校長・森村は半二翁に教えられたその式辞のことを赤岩に言った。

「私は式辞をゆっくり口の中で読ませてもらいました。こんなことが綴ってありましたよ」

《思ヒ起コセバ終戦トトモニ、満州、樺太カラ裸ヒトツノ身トナリ、食フヤ食ワズデ懐カシノ祖国へ引キ揚ゲテ参リマシタ。アレカラ食ワンガタメ、生キンガタメニ希望ヲ新タニシテ国土開拓ノ一念ニ燃エル同志トトモニ入植シ、部落建設ノ鍬ヲ打チイレタノガ20年前ノコンニチデアリマシタ。

主食ハ一日当タリ米一合ニ馬鈴薯ヲ混食シ、菜ハ大根ノ塩汁ガ精一杯ノ有様デシタ。シカシ私たち同志ハ祖国再建ノ夢ト希望ヲ胸ニ、タイシテ苦労トモ思ワズ、開拓一途ニ専心シテキタノデアリマス。長イヨウナ短イヨウナ20年デシタ。物故者モ10名ニノボリ、苦シサニ耐エカネテ開拓に見切リヲツケ、他産業へ離農転職シタ人モ数多クアリマシタ。

シカシ私タチノ努力ハ実リマシタ。ドロ道ニ砂利ガ敷カレ、ランプガ電灯トナリ、水道モ通ジ、大豆ヤ小豆ヅクリガ、ビート栽培、酪農経営ト変ワリ、トラクターノ爆音モ勇マシク作業ニ張リ切ッテオリマス》

テーブルに身を乗り出してこの式辞を口の中で読み終わった赤岩の頭上に、喉仏を狭めてむりやり発したような諸星老人の含み笑いが這ってきた。

『ふふっ、さようのことといまじゃ、みなみな石油タンクと核のごみの下よ。わしが生きておるうちにこんなざまになるとはな。開拓20周年の式辞の巻き紙などなんとなる。わしらの開拓は一から十まで徒労だった。誰が聞いてもまずたまげるぞな。あそこの者はどいつもこいつもわしも、みな一生を棒に振ったんだ。〈墓の下の土に骨を〉とはいうが〈墓が土の下〉というのは、六ヶ所しかねえぞ。

　あんたにあらためてそれだば知って欲しくて巻紙を持って参った。わしも歳取ってきていよいよ偏屈になったということがあるやもしれんが、なに、開拓の苦労など、核のごみの下に埋もれて、跡も残さず掻き消えてしまえということさな。あんたども知ってるか。六ヶ所の再処理工場から空や海へ放出される核物質はなんだべか。クリプトン85、トリチウム、ヨウ素、ウラン、プルトニウム、セシウム137。それが億どころか、兆や京(けい)単位のベクレルだ。海にはパイプ管で流し、空には塔から撒く。くそっ、手が震えやがる。行ぐとこまで行がんうちに、わしら死ぬ前に埋められたんさ』

　諸星老人は立とうとしない。グリップを撫でさすりながら、『あんたから連絡があって思い出さんでもいいことをな』

『森村校長、開拓の苦労もそうだけんどよ、関東軍が開拓民を見放してからの悲劇は、死んでもこの目、耳、脳から消えることはあるまいでな。わしは新京(シンチン)に向けて虎林(フーリン)県から山岳の泥道を逃げたが、食い物はねえ、水もない。その季節、耐え難い暑さの中を蠅、蚊、ぶよが襲ってくる。一緒に逃げておった夫婦が2つ3つの赤子をどうせ死ぬからと途中で捨てたさ。ところが、どうにか生き延びた夫婦は、新京近くに辿りついて、わが子を生きたまま置いてきたことに初めて気づいた。ふたりはもう足も動かぬ。口もきけぬ朦朧(もうろう)としたようすで走り帰ろうとして、二十歩行って果てた。

開拓団を守るのが務めのひとつであった関東軍は敗退に敗退を重ねて、追撃してくるソ連軍、匪賊からとうとう日本人を守ることはできなんだ。わしの見聞きしたものはむろん針先ほどの一部だども。あの折りの惨憺たる悲劇は、わしにとっくらついて離れね』

森村校長は諸星老人の、未だに下北なまりをまじえて無念を吐きつける関東軍とソ連軍への怨嗟を、元・小学校長、現・民宿屋の赤岩作造にそう伝えてから問い直した。

「諸星翁はさように関東軍のことを。しかしこんなことを未だにひきずっておるのはわしだけかと申されて。いやそれより赤岩先生、さきほど、福松満治くんが妙なことをして、妙なことをいうたそうでありましたと三ツ森夏希から聞いたのですね。なんのことでしたかな」

「満治が、バッグからオーバーいうか外套の切れ端を取り出してあそこの土の下に埋めたそうです」

「ほう。あの辺りは掘り返してあって柔らかいようだども」

「はい、もっとおかしげなのは。こう言って土を抱きしめたそうです」

「どう言うて?」

「『おがちゃ、仇は討ったぞ。ぶっ食らわしたど』と。

そして三ツ森に、『俺はこのために生きてきた』と」

「仇、復讐。なんのことでやんしょかね。まさか、大阪からの刑事さんが捜していたのは、福松満治じゃないでしょうが。三ツ森夏希は、満治くんが集団就職列車に乗らなかったこととか、ひょっとして風間浦辺りの港で舟を盗んだことを言ってませんでしたか」

「いえ、それは」

「外套を埋めて復讐ですか。復讐というなら相手が存在する。誰にでござんしょう。しかしこちらも、外套については、諸星老人に興味深いことを教えられました」

「ほう。大阪のおふたりが喜びそうな話ですか」

「いえ、諸星老人は大阪の元刑事さんらのお尋ねについてはご存じありませんでしたが、ひとつだけ、これも妙な話をされていました。

『時効になったのかどうかは知らねども』と前置きされ、丸互通運とナイコク製粉の一連の大騒動を新聞で読んだと老人は語り、その切り抜きも取り出しました。これです」

森村は手帳に挟んだ諸星老人からの切り抜きを赤岩に差しだした。

【国会ぎいんの　みなさんえ
あんたらわすれっぽいな　わしらの法りつ　どないなっとるねん　はよ死刑いりの　つくってや　腐警のえらいのが　死によった　あっこには　ナカマもアジトも　おらへんのにあほやな　わしらが　しゃちょう　さろうて1ねんと5か月　なにしとんねん　はよ　つかまえてや
わしらみたいな悪をほっといたら　あかんで　善良な　しみんに　めいわく　かけるで　しかし、男は　やりかけたこと　さいごまでやるもんや　とことんいったろかい　けん法にかいとるやろ　ほんにんの　じはく　だけでは　ゆうざいに　でけへん　けん法は　わしらの　みかたやで　はじいう名ァやったか　腐警のえらいのが　たたきあげで死んだ　ほめたるで　わしら　こおでんがわりに　マルゴ　ナイコク　いびめるの　もお　やめるわ　しかし　まだほかに　なんぼでも　いためつけなならんとこある　おやが悪いことしたら子ォがつぐなう
悪党人生　おもろいで　アヴェ・マリア】

「大騒動の犯人の最後通牒とも呼べる新聞の切り抜きを読んで、諸星老人はそれから補足したの

です。

『新聞では、犯人の遺留品のひとつに、戦時中の年代物の、表地(おもて)が黒いフランス綾の高級羅紗のオーバーがあったと出とりましたがな。わし思うのは、元は暗い緑いろを帯びた茶褐色で、それを黒に染め直した外套とちがうかと。その疑問はさておき、オーバーは何を意味するのか捜査を始めるとあった。わしは思わず胸を衝かれた』というのです。話はこう続きました。

『しかし、戦時中に左様な国防色を黒に染め直した高級羅紗地の外套いうのは一種類しかない。関東軍司令部、あるいは参謀局、あるいは満鉄とかもあったかもしれんが、まあそんなとこに出入りしていた者だけに国防色オーバーは着(ちゃく)すことが許された。

　こんな耄碌(もうろく)爺に、むろん生地や仕立て直しについて知ることは何もねえが、満州建国から張鼓峰(ノモンハン)一帯のソ連軍陣地集中攻撃の時分まで、師団長、参謀局参事官、軍務局司令官あるいは満鉄上級社員、拓務省の高官クラスの防寒軍服は、その染め直しの黒い外套だった。あとの者は、黒には染め直していない国防色だ。

　余談になるが、オーバーの話が出ていま思い出しましたよ。軍に納入されていたサージ地などの軍服やコート、外套などは〈サベリ織り〉と呼ばれておったな。全部が全部ではなかったろうが、サベリは新潟県村上市の山辺里(さべり)の在で織られた高級絹織物での』と、諸星老人は報道されたオーバーにこだわっていました」

　森村校長の説明に赤岩は思わず膝を打った。

「やっ、福松満治が墓地に埋めたのも〈黒いオーバーの切れ端〉。なにかの因縁があるかもしれない符合ですね。しかも満治くんは『おがちゃ、仇を討ったぞ』と。まさかあんな大事件につながるとは思えませんが、大阪の刑事さんに書いてきた手紙に、『私はキツネ目です。じゃがいも

6個積んだリヤカーごと巡査に蹴られて母親を沼に失いました』と。そのことについては三ツ森夏希はなにか知っているようすではありませんでしたか」

「いえ、それは何も」

「丸互通運社長監禁の遺留品に黒いオーバー。満治くんが墓土に埋めたのも黒いオーバーの布切れ。だとすれば、同じオーバーのものだということですか。それらは諸星老人がいうように本当に関東軍上級者のものでしょうか。

丸互、ナイコクの事件はもう時効になったんですか。結局、犯人が捕まったという報道はいまだに私は目にしておりません。どこかに出ておりましたか。私がうっかりしておったのでしょうか。警察に捕まらずに丸互、ナイコクから大枚の裏金を手にしたとしたら、それが、仇を討った、復讐を果たしたということになるのですかね。

しかし、かといって黒いオーバーが、満治くんが丸互、ナイコクに報復したという直截(ちょくせつ)の証拠にはならない。やはり、犯人が遺留品のオーバーにいかなる格別な意味を込めたか。その謎を解くのが近道のようですね」

森村が承ける。

「ああ、それについてもいま少し諸星老人が踏み込んで解いていました。丸互の社長は加藤義久と言います。ひょっとしてと、諸星老人は関東軍務局、参謀部の解散時の名簿を当たったそうです」

赤岩は問い返した。

「悪評を負って四分五裂した関東軍にそんな名簿が残っていたのですか。そもそも祖国に帰って来た者はいたのですか」

「ほとんど亡くなっておるでしょうが。そりゃいたでしょう。大陸から、南方に転戦したのち引き揚げてきた元・関東軍も大勢いたのですから。

　諸星さんは市ヶ谷の防衛研究所戦史研究センターに出向いて、〈帝国陸軍編制総攬〉〈近代日本軍事関係人物名簿〉〈満州東北地方特務機関〉の史料などに当たったそうですが『残念ながら、関東軍第１４８師団までめくって、それらしき人物を見つけることはできませなんだ』と。ええ、ここは希望者に一般公開されておるそうです。そこで、丸互運輸の資料室へ〈創業のあゆみ〉という冊子に当たりに行った。するとあったのです」

「えっ、何が？」

「丸互の社長・加藤義久の祖父・加藤義×の名に元関東軍参謀局次長の肩書が」

「丸互の創業は関東軍参謀局に淵源（えんげん）があったのですか」

「驚くのはまだ早いですぞ。諸星老人は、丸互と同様に脅迫されていたナイコク製粉の社史も当たった。すると予断に間違いはなかった」

「予断？」

「そうです。ナイコクの初代創業者・藪原雅××も関東軍の将官でした。終戦直前斉斉哈爾（チチハル）に転戦していた第十四師団参謀次長を務めていたそうです。

　両人とも戦後の混乱期、満州帰りの政商、政治家の支援を受けて通運会社と製粉会社を創業した。いまはその三代目・義久氏、雅紀氏が社長を継いでいる。

　まあ、警察は調べ尽くしているでしょうが、しかし遺留品の黒いオーバーに発して、六ヶ所村・上弥栄部落出身の福松満治に捜査の手は及ばなかった。まして、母親をリヤカーごと警察官に蹴られて沼に沈められた恨みの報復犯行であるとは想像もしていなかった」

「リヤカーを蹴ったのは巡査でしたね。元関東軍の巡査かどうかは分かりませんが、満州体験と、戦後の官憲から受けた非道が満治くんの中で長く鬱積していたということですか。それで、関東軍の祖父が興した会社の社長から巨額を掠め取り、同時に警察への復讐を果たした。そう考えるのが一番、犯人像と犯行の動機の謎を解いているように思えますね」

「風間浦かどこかの漁港で小舟を盗んで津軽海峡を渡ったというのはまだつながりませんが。もうひとつ、大畑駅か、下北駅から中学卒の集団就職列車に乗れなかった生徒が、満治くんであったと証す資料が出てくれれば、あの大事件の解明にうんと近づけるのですが」

「墓も寺も土に埋まって母親がどう死んだかいまは知る由もなく、満治くんが告白するか、打ち明けるのを聞くしかないですか」

　赤岩は森村校長の発した「告白する」の言葉に搏たれて、突然座布団の尻をあげた。

「あっ大事を忘れておりました。満治くんが埋めたオーバーについて夏希くんが『オーバーには〈満〉と墨書きした白い小さな布切れネームがついていたはずです』と私に」

「ネームが縫い込まれていたのですか」

「ええ。満治の母親が縫ったものだそうです。夏希のオーバーには〈夏〉と。これは夏希くんの証言です。つまり、大阪府警が保管しているものでしょうか。犯人の遺留品のオーバーには〈夏〉の字が入っているはずです。こちらの土を掘り返し、〈満〉と字体、書き癖が一致すれば証拠の決定になるかもしれません」

19　戸籍滅失

『謹啓　宮坂松雄先生　まことに永の無沙汰、御宥免ください。内地の北の果て、こちらは短い梅雨の季節を過ぎた途端にひと息に夏が来て、これから東の太平洋側から冷たく凍ったヤマセが吹き寄せて参ります。お変わりなく御健勝でお過ごしでおられましたでしょうか。当方、しがない民宿のおやじをなんとか細々と続けております。その節には、辛島壮介先生と御同道でご利用いただきました。あらためて御礼申しあげます。

さて、ご返答が徒に遅くなりましたこと先にお詫び申しあげますが、〈昭和32、3年に、風間浦漁港かどこか当地近辺の港で、小舟1艘、係留ロープ1本、A重油2缶を窃盗した〉者の記録が残っていないかとのお尋ねの一件でございます。

結論から申しあげれば残念ながら、域内近傍で左様な記録、調書の、残っておるようすはございませんでした。

さらにこれも御容赦願わねばなりませんが、あの時代の、下北駅、大畑駅から始発する集団就職列車〈しもきた6号〉〈むつ4号〉のいずれにも、電車賃が払えず乗車できなかった者の記録を六ヶ所村各中学で発見することは叶いませんでした。

御書状の主は、〈キツネ目の男〉と捜査上の重要対象人となりはしたが、それは警察の仮称で、本来の名で記載された〈窃盗調書〉と〈就職列車に乗車できなかった記録〉だけがおのれの生きた証だとおっしゃっていると。他には親に与えられた名の記録は一切ない。人は名や足跡を刻まれて初めて、生まれて生きた歴史を得る。たしかそのようなことを書いて寄越したと。ゆえに〈キツネ目の男〉ではない、親に与えられた名を捜し出して戴く今生最期の御慈悲にすがりたい。左様の切願でございましたね。

往時、日本は無条件降伏からの混乱期、明日に希望の見えぬ悲惨がまだまだ続いておる時期でありました。

〈キツネ目の男〉と手配されるように長ずる一方で、犯行のことは門外漢の私に何も申す資格はございませんが、一所不住で御国のために御苦労なされ、いま左様な朗報を待たれておりますれば、おそらく同郷人のこと、警察のかたがたには申し訳ないことながら、憐憫の情禁じえません。

昭和34年の台風洪水、さらに翌35年の大火によって風間浦を中心とした下北郡の各役場庁舎が流され、焼亡して原籍簿が失われました』

松雄が赤岩の手紙を読んでいる途中で壮介が思わず問い直した。

「戸籍原簿もない？」

松雄が返す。

「そうだ。赤岩さんはこう続けて書いてある」

『役所で聞きました。

〈戸籍法か、住民基本台帳法でしたか。災害などで戸籍簿が滅失した場合、戸籍再製が可能〉とあるそうです。いずれかの法に、〈管轄地方法務局ハ必要ナル調査ノノチ、再製ノ方法ヲ具シ、コレヲ法務大臣ニ具申シナケレバナラナイ〉とあるそうです。

左様であります。満治くんに当時母はすでに亡く、頼れる父もなく、中学を出たばかりで法務局か村の役所で相談する方法も知らず、おそらくそのまま放擲(ほうてき)していたのです。そもそも法務局などどこにあるのか分らない。

その後、〈満治くん＝キツネ目の男氏〉はかてて加えて、学校にあがらず、会社、工場に勤めることもない臨時雇用を続け、家族もなさず、とうとう一生どこにも帰属することがなかった。世間に通用する名もなかったといえますか。その場その場で、仮称か、あの人、その人と呼ばれておったでしょうか。荒廃の戦後から高度成長期を越えても左様な人生があったのですね。日本人でありながら、いわば無国籍人であります。しかも国策によって生家も土地も親の墓も土の下に埋められた。

宮坂さん、キツネ目氏のお手紙には「老い末枯(すが)れた身」とあった由でございますが、病気療養などで臥せっておられねばよいがと、私は次第に、氏の御身を案じる心持ちになりました。

しかし、喜ばしきことか悲しむべきことかは判然と致しかねますが、小生の耳にいくつか、お手紙の主・キツネ目らしき氏に関する挿話が届いて参りました。

キツネ目氏は、三ツ森夏希という今は歌手であります少女を覚えておいででしょうかね。夏希氏と引き揚げ船・興安丸のデッキで関東軍払い下げの外套を着て機関長に写真を撮ってもらったことに遠い心覚えはありましょうかね。覚えておいでであるなら福松満治殿、書状の主・貴兄こそが、世上をさわがせました〈キツネ目の男〉であります。

大阪府警に保管されておるであろう〈黒い羅紗のオーバー〉に墨字で〈満〉あるいは〈夏〉と白い布切れが縫いつけられておりますれば、さらに〈キツネ目の男〉に間違いはございません。

尚もうひとつ、六ヶ所村の有刺鉄線ぎわを掘り起こして、土の下から出てきた同種のオーバーコートに〈満〉〈夏〉いずれかの縫いつけがございましたら、愈々〈キツネ目の男〉は、すなわち、福松満治に相違なかろうと存じます。

しかしながら然りとて小生は、大兄からの宿題を未だ解いておらぬことに聊か落ち着きません。初めの疑問の、津軽海峡を渡るために少年が盗んだ小舟一件、および、就職列車に乗れなかった一件は小生を悩ませます。

私事でないながらいまに尚、いやもっと考えれば、小舟と列車の謎が解けるやもしれぬ、と思い至るようになりました。

そこでまことに御足労のことながらいまいちど当地にお運び願えませぬでしょうか。

小生の手許にございます〈キツネ目の男〉と思われる少年・福松満治氏の写真とともにお待ちしております。

なお、これまでの経緯と展望、貴兄ご来郷の折にご紹介いたしました当地の森村留一元校長も同様の思いでございますこと、添えさせて戴きます。　頓首

青森県下北郡風間浦村　赤岩作造』

○

『愚生がキツネ目だ』と名乗る男の手紙を初めに受け取ってから宮坂松雄は、荒川を背にする東大島の鉛筆ビル自宅1階に貸した塗装作業場のシャッター脇の郵便受けを、日に2度も見に降りる癖がついていた。

辛島壮介と下北風間浦をめぐる初めの調査から帰って、何年何月経つのか不分明な遠い日になった。季節もおぼろになっている。

〈キツネ目氏〉から第2信はいつ来るのか。もう来ぬのか。毎日、階段の上りの足を重くした。その折いつも、口癖が胸に這いだしてくる。

「本日も何事か為す気力湧かず、テレビの喧騒をほうけづらして眺めるばかりなり。救いは女房が元気なことだけ。いま少し頑張りたいものだが」

昨日もおとといも、壮介からの電話もなかった。

「お父さん、ちょっと土手歩きに出たらいかがですか。膝が痛い、脚が攣るばっかり言っててもどんどんボケますよ」1年半ほど、患いで床についていた細君は元気を取り戻して歩けるようになると途端にエンジンがかかり始めた。

「あたし、お父さんに感謝して寝ながら思ってたの。治ったら何しようかしらって。悪いけどもうお父さんのお世話はできないなって。こんどこそ、あたしひとりで出直そうって」

患いから治ったら治ったで、日々、脈絡もなく始まる連れ合いのその科白を、宮坂松雄は胸の中で「そうか」「まあそういうな」「やり直したいなら出て行くか」の三種の答えを応酬させ、ただし口には出さずいつも「うむっ」と頷く。

さっきもそうだった。4時10分、郵便の配達時間に日々、ほぼ狂いはない。「むっ」のあとで今日も来ているわけはないと口の中で呟きながら階段を降りて行った。

書状の裏、差し出し人の名を見て強い胸騒ぎに襲われた。

待ち人の〈キツネ目の男〉ではなく、赤岩作造氏、風間浦村・下風呂民宿の主人だったが、なにか手蔓を掴んで知らせて来てくれたか。久しぶりに心弾む連絡をくれたのか。

〈丸互、ナイコク事件〉から25年、時効から9年経った2009（平成21）年6月18日である。

二階の居間に戻り、封を切って丁寧な文面を目で追った。

「黒い羅紗のオーバー」「キツネ目の男であります」「キツネ目の男と思われます少年の写真とともにお待ちしております」というくだりに胸を奪われた。

「おばはん」と流し台に声をあげかけて、名を呼んだ。「としちゃん」

「あした、青森行く。お金ある？」

「まあまた青森へ。明日。ずいぶん急ですね。こんども辛島さんと御一緒ですか」

「うん」

「おいくらですか」

「いや、贅沢旅行じゃないから。新幹線代と民宿代に少しあれば足りる」

「あっ、それなら偶数月15日の共済年金が出たばかりですからなんとか」

「うん、助かる」

「気をつけて行ってくださいね」

茶箪笥の抽斗（ひきだし）からカネを出してもらって、壮介に連絡した。

壮介も久しぶりの電話に声をはずませ、一も二もなく同道に賛成した。

「ほんとか。やっぱり、キツネ目は青森で割れたのか。写真があるって？　おれも毎日なんの用もねえんだ」

「また行けるとはな」

「おまえんとこ大丈夫か、ヨメ」

「うん。どうして？」

「カネは？」

「それぐらいなら」

翌朝7時半に東京駅・銀の鈴で待ち合わせることを息も継がずに決めた。

前回とは違って野辺地からレンタカーで国道279号線をまっすぐ北上してむつ市を過ぎ、風間浦に着いたのは午後2時と早かった。

民宿〈いさり火〉の居間にあがった。本棚に啄木歌集、石川啄木伝がならび、壁に下北半島の大きな観光地図が貼ってある。松雄は座るなり性急に赤岩に尋ねた。

「お手紙ありがとうございました。福松満治氏の写真というのは、いまこちらに？」

「はい。用意してございます。引き揚げ船の甲板で撮られたらしいです。ただし、セピア色というべか、日焼けしたこんた色で」

書棚の抽斗を開け、封書を取り出してきた。褐色の写真が入っていた。

「ごらんくだっせ。4、5才ほどの子どもです。だども、こちらの原籍簿は、手紙でお伝えしたとおり、洪水、大火と打ち続いた災厄で役場もろとも焼失、流出して、この子の正確な出生地、生年月日の記録はどこにもありまっせん。開拓移民で渡った満蒙の入植地で生まれたのでしょうか。それとも内地で生まれてから渡満したのか。ソ連軍の侵攻によりほぼ裸同然の恰好で逃れてきた家族ともども、何の証明も残っておりません。しかし小学校は入学しているのですから一応年齢は算えてもらったのでしょう。内地生まれですかね。ただし、その記録がなんもないという。

いずれにしろ、出生地も生年月日も定かでなく、この子どもがどこの誰であるかを特定する証明はどこにもない始末で」

開拓部落特有の激しく流動する在の者のあやふやな記憶に依る卆業人名簿の写しがあるだけだ

という。

赤岩の説明を聞きながら松雄は、セピアに灼けた福松満治という名の子どもの顔に凝っと見入った。壮介も手にした。

愛らしい目をして、額が秀で、なにかの決意を訴えているのか、あるいはただの癖か、唇を堅く閉じている。

この少年が長じて〈わたしがキツネ目の男です〉と書いてきたのか。

戦乱から逃れてきた稚い面立ちに疲労は隠れているのか、裾をひきずっただぶだぶのオーバーから、ふっくらと頰が張った少年の丸顔が覗いている。痩せているに違いない躰のようすは大きなオーバーで窺えない。

泣き出さざるを得ない状況下にあるためにかえって意思を立て、唇を真一文字に結び、目をまっすぐカメラのレンズに向けているようにも見える。

引き揚げ船〈興安丸〉が舞鶴の湾に入ったときの写真だと言っていた。周りにあったはずの喧騒を一切感じさせない静寂をまとっているようでもある。

となりで、似た黒い肩掛け半オーバーを羽織った少女が三ツ森夏希だろう。成人して歌手になったこの人の顔はテレビで何度か見たことがある。ふくらんだオーバーから覗く顔はやつれてはいるがなるほどこの時から、目鼻の整った細面に澄んだ美貌を泛べている。セピアの地の下からその気配が薄い樺色に透けている。

「この少年が、キツネ目の男になるんですか」

泊まり客が食事を摂る居間で赤岩氏に問いながら、松雄は壮介から写真を返される。

赤岩の口許は動かない。

松雄はつづけた。

「そして中学を出て下北半島を放浪し、あるいはこの辺りの小湊から盗んだ舟で海峡を渡る」

「そう手紙に綴っていたのですね」赤岩が訊き返す。

「いかにも、ええ」

少年の写真を覗いていた壮介が深い溜息をおろした。

「この子がねえ。意志の強い、利発そうな面がまえですね」

赤岩が頷く。

「守ってくれるべき関東軍はわれ先に撤退し、ソ連軍の戦車部隊が背後から砲撃してくる地獄であったといわれております。飢餓をさまよいながら、満州から帰還していまやっとデッキで日本の山河を目にしたはずだども、喜色や安堵、あるいは逆に、絶望のかけらもない。この写真を何度か手に取りましたが、私は不思議でなりません。この少年は幼くしてこの世の涯てを見てしまったのでしょうか。こりゃ冷静というより、無常の表情でねがと」

壮介が引き取る。

「そう思えば、のちにこの子は〈キツネ目〉の男になって企業を恐喝するわけですが、あれはカネを追ったのではなく、おのれの刻印を望んだ一生最後の記念の犯行だったのかもしれないという気がしてきますね」

「あの事件は、カネが目的ではなかったのかと?」松雄が赤岩に重ねる。

「なるほど、捜査に門外漢のこんな北の涯ての田舎者に、なんの知恵も解答も持ち合わせねがだども、この少年があの事件の犯人とすれば、おのれの足跡を刻みたいというより、ひょっとしてこの子はこの写真の時からすべてを擲(なげう)った人生を受け入れたのかもしれねと思えてきますね」

「言われてみれば、数多く発送した挑戦状、脅迫状にも、短い一生のあっけない夢を追っている気配がありましたね。

しかしこの写真を見せていただいていま思ったのですが、役場は流され、焼けた、どこにも名が残っていない人生だとおっしゃいましたが、舞鶴引き揚げ援護局に家族の名と、これから引き揚げる地名の記録なども残っていないものでしょうか」

「ああ、引き揚げのことなど、しがない民宿のオヤジの私には知りようもないことですが、それについては〈六ヶ所村要綱〉を編んだり、下北からの満蒙開拓団についてずいぶん熱心に調査された、いま東京・中目黒にお住いの諸星半二さんというご老体がかつての六ヶ所村・弥栄開拓団の史資料を調べる延長で引き揚げ援護局の記録にもあたったそうでして。ところが、外地から引き揚げのいまでは考えられぬ混雑の中、ひとりひとりの略歴、戸籍、事績など、跡形もなく散逸しておったと」

「この辺りから満蒙に大勢が行かれたのですか」

「はい、国土開拓の一念に燃えて、というか、ここでは食い詰めて半島から何家族もが」

目の前に下北半島の地図がある。

「なにしろ、こん辺りは米は穫れね、何も穫れね、戦前戦後、日本で最も所得水準の低い一帯だで。さればとてここには、広大な土地はある。湖の水がある。背中に太平洋を背負っておる。大きな船が着岸できる。大資本の目には、近代化いう開発べえにこれ以上ない適地でありました。すでにご承知でしょうがこれ見てくだっせ。こんた縦に長く細い土地ですで」

赤岩は、壁の地図を指した。人体に例えれば、右腰に三沢市、左腰に野辺地町、臍にむつ小川原湖、そこから北にのぼる太平洋側の背骨に沿って六ヶ所村の尾駮沼、鷹架沼が連なり、背とは反対の腹の辺り、半島のへこんだ部分が陸奥湾になる。

そこからさらに北へ、背骨側の右肩が東通村、尻屋崎、左肩が恐山、さらに北が風間浦村、その先の長く伸びた地形の首が大間、津軽海峡に位置する。

「三沢の淋代海岸から大間まで車で2時間かかります」

「野辺地からここまではそれ以上だったでしょうか」

「青森市は野辺地からぐるっとまた津軽半島を北へ向かった先ですら、なにしろ、どこにいぐにも遠い遠い」

「はあ」松雄が返事をしたとき、赤岩が「あっ」と声をあげた。

「そんた話より、大事を忘れておりました。この前、青森市の放送局で三ツ森夏希くんと会って、福松満治くんの妹さんの話が出てきました」

「えっ？　キツネ目の男に妹がいたのですか」

松雄が思わず声をあげた。

「と、夏希くんが言っておりまして。だどもそんた境遇で、まっだぐ音信も行き来もなかった兄妹だそうです。そもそも満治くんに定まった居場所がねえんですから」

「えっ、そうすれば、妹さんから戸籍が辿れませんか」壮介が問う。

「さあ、それは。やはり流されましたでしょうし」赤岩は腕組みをする渋いようすの顔になって、満治の妹に会った夏希の話を披露した。

浅間山荘事件の前年だったか、ほぼ40年前になる。夏希は、正月昼夜公演を張った森進一の前座の舞台に立った。2曲だけ歌う仕事だ。

満治の妹は正月、工場の仲間と浅草見物に来て、国際劇場の看板に夏希の名を見つけて訪ねた。

正面入り口の真裏が楽屋出入口になっていた。裏口の周りには自転車が何十台も乱雑に停まっている。楽屋見舞い、訪問客の受付は入口の右手にある。そこで三ツ森夏希の名を告げると、二階の大部屋楽屋へと応えられた。

しかしここで妹は、訪ねて行ったのに急に臆する気持ちにせりあげられて受付から出て、駐輪してある自転車の陰にあとずさった。

夏希は、昼と夜の部の幕間で上映される〈男はつらいよ純情編〉の、壁にかかった楽屋スピーカーから聞こえてくるマドンナ若尾文子が、柴又のとらやに招じ入れられた科白を耳にしているところだった。

受付からマイクで呼ばれて「どうぞ」と答えたのに誰も上がってくるようすがない。楽屋口まで降りて夏希は駐輪場を覗いた。風呂敷包みを抱えた、満治の妹・セイがいた。

訪ねて来ながら外の自転車の間で待っていたセイのようすが長く印象に残っていて、話の中身は忘れてしまったが、満治さんと言えばと、赤岩にセイの話をする気になった。

ともに満州から帰り、六ヶ所村尾駮の上弥栄（いやさか）、弥栄、弥栄平の開拓部落では隣り小舎同士だった。亀戸のスリッパ工場に集団就職した夏希は、上京以来一度もセイに会ったことはなかった。

自転車置き場の隅でセイは、「琵琶湖の近所の紡績工場に勤めている。いまは3度とも白いごはんが食えて幸せだ。あまり時間がない」と伝えた。

風と雪と土埃（つちぼこり）に消えた弥栄の小舎のことも、あんちゃのことも話に出なかった。

赤岩は、あまりにも遠い昔の、しかしかすかな手づるになるかもしれないと、幾分かためらう気持ちを含めながら松雄たちにその話をつけ加えた。

「あんちゃと妹はほとんど音信不通で、分かるのは、妹のセイが琵琶湖の紡績工場で働いていた、それだけで、雲をつかむ話でした。

はあ、まことに。だども話の本筋ではありませぬが、夏希くんはいうでおりました。満ちゃんは妹を可愛がって可愛がって。食べるものは、じゃがいもばっかりだけど、熱い熱い。それをフーフーしてやってで。ほんとに仲がよく助けあってでと」

松雄が承けた。

「この少年がね。聡明で、情がある。貧乏でなければ穏やかな途を歩けたのかもしれませんね」

赤岩は軽く腕を組んで尋ねる。

「まことに刑事さんのいう通りの気がするだども、キツネ目として世間に出て来るまで、いったいどこで、何をしておったのでしょうか」

「そりゃ、丸互、ナイコクにどう復讐するか、ひたすら爪を研いでおったのですかね」

「大阪が舞台の犯罪の元が、まさかこんた北の涯てにあったとは。この辺りで誰も満治くんのことをいう者はおりません。顔、名を覚えている者もひとりもおらねと思いますども」

「はあ」松雄は力のない相槌を打つ。

集団就職も、小舟の一件を解くヒントも赤岩の口から洩れて来ない。

「ではね、赤岩先生。親兄弟との糸がすでに切れてしまっておるなら、どうでしょう。弥栄部落でかつてともに開拓に励んでいた家族、あるいは、満州から帰って母親を失い、父親に死なれて、預けられた親戚を転々としたと書いてありましたこのことから、親戚を捜し出して、当時の満治くんのようすはどうだったか。殊に半島を這いまわってそのあとはどう生きたのか、何か知る人はおらんでしょうか。

埋められていまは無い部落に、当時、三ツ森のほかにどのような家族がおりましたか、何か辿ることはできませんでしょうか」

「ああ、それなら、隣り小舎に田沢さんというおじさんがおったと三ツ森くんが言うとりました。その人なら辿れるやもしれません。さっき申しました諸星老人の〈六ヶ所村要綱〉をこないだ見る機会がございまして。田沢さんという人がたしかにおりましたな。青森に田沢姓は多いのですが〈要綱〉でお名前を拝見しました。田沢喜知次さんと申されたか。その方を尋ねられたらどうでしょうか、なにか満治くんの中学を出てからのようすが分かるかもしれません」

「やっ田沢喜知次さん。その方はいまどこに？」

むつ市大平（おおだいら）は、恐山（おそれざん）地蔵堂まで車で40分ほど行く道先の小暗（おぐら）い雑木の森の在所だった。赤岩に教えられた道を途中で尋ね尋ねしてここまで来た。目の前にずっと釜臥山（かまふせやま）のなだらかな稜線が見える。頂きの航空自衛隊のレーダーサイトが陽にときどき光る。森を縫うように畑地と住戸が点在していた。

人影を捜す。石積みに板壁の裾を乗せた家の庭先に動く影があった。

車を降りた松雄が「田沢喜知次さんという方はご近所にお住まいですか」と話しかけた。

白黒混ざった額の髪を手ぬぐいで締めた八十にさしかかったような老婆が、疑わし気な視線を寄越して「はあ？　なんの用だべや」と返し、その者がいるともいないとも答えない。

「田沢喜知次さんです」

「でれ、何の用事ぞ」

「ちょっとお尋ねしたいことがありまして」

「車にまあひとり。なして降りて来ん」

「ああ、これは失礼いたしました。大勢でお尋ねするのもご迷惑かと思いまして」

「どっから来だ」

「風間浦で喜知次さんの名前をお聞きしまして」

「だぁ、なんの用だべかと訊いておるだども。あんたら警察か」

「いえいえ、昔の開拓団の調べものをやっておるだけで」

開拓というと柔和な表情に変わった。

恐山の麓のめったに人の近づいて来ない雑木の森の中で長く暮らして、ことのほか警戒心を募らせる。この聚落の者はみなそうかと、松雄は老婆の心持ちを半分ほど了解できた気になって一歩踏み込んだ。

「はい。六ヶ所の開拓でご苦労なされた田沢喜知次さんに、少しお尋ねしたいことがございまして、突然すみません」

「そうか。六ヶ所か。おれには分がんねども。あっごのこどなら、喜知次が知ってるべや」

「はあ。いらっしゃいますか」

「おらん」

「今日は帰ってこられますか」

婆ぁは手ぬぐいをほどきながら首を横に振った。

「来ん」

「はあ、いまどちらに」

「メディカルトラストのガーデンだ」

「それはどちらで？」

「田名部（たなぶ）のな」

商業施設が集中し、下北の各地に向かうバスターミナルがあるむつ市の中心地だ。そこの介護リハビリ施設にいるという。朝からやってきた風間浦の方角で逆戻りとなる。捜査、調査は、そううまく測ったようにいくものではない。

しかし行き着けそうだ。車に戻った松雄は壮介に声をうわずらせた。

「近づいてきたっぽい」

「そうか。あと一息ならいいな。キツネ目の男のヒントがよもや恐山（おそれざん）の麓にあるとはな」

２階の大部屋、Ａの５が田沢喜知次のベッドだと、受付で案内された。

「Ａの５、Ａの５」と口で算えながら進んだ。14、５床もあるほどの部屋の廊下側の奥隅だった。

進み入ると、その人は、顎を極端に下げ、口を大きく開けて息をあえがせ、閉じた目からヤニを伝わせていた。

低声で、名を呼んでみた。突然の見知らぬ客に、だが、田沢喜知次は愕いたようすを見せるではなく、力のない視線を向けた。老人環と呼ばれるものか右眼の周辺部が死んだ魚のように白く濁っている。嗄（しわが）れた細い喉に太い褐色の血管が浮きあがり、皮膚が鶏の首肌のように毛羽立っている。

「あい」喜知次の喉から力ないかすれた声が這いだしてきた。

問うと、六ヶ所の弥栄平か、新弥栄か、いずれかの弥栄部落にいたのは間違いないことが分かった。

ナースセンターに行って看護師に尋ねた。

「田沢さんを車椅子で外にお連れしてもよろしいか」

外はだめだ、3階の談話室にと導かれた。

談話室の窓に、釜臥山のふたつの椀を伏せたかたちの稜線がまだ追いかけて来ていた。

あらためて訊き直す。

「尾駮か鷹架か、弥栄、いずれにしろ六ヶ所部落に福松さんという家族はおられましたか」

「やっ、福松?部落が消える前でろ。おらべは満州から引き揚げて十年ほど弥栄におったども」

鶏がらを思わせるほどに痩せさらばえているが、意外にも発音と記憶は壊れていないようだった。

松雄は大きな声で問い返した。

「福松さん、おりましたか」

「あい」ヤニを伝わせた目のままで頷く。瘧でも患っているのか、胸の前で右手を間欠的に顫わせる。しかし、発語に不自由はなさそうだった。

「それは御両親と子どもがおったときのことですか」

「福松とはな、一緒に満蒙に行っで一緒に戻ってぎた。親も子もずっと」

「戻って来てまた弥栄の開拓で、福松さん一家と一緒でしたか」

「ああ、村べ、消えてなくなるまでな。いんや、あれどもの父親母親は満州から戻って、さほどもせんうちに死んだか。いつ時分に死んだや。なんもかんも遠い昔だ。忘れた」

「田沢さんもご苦労されたですね」

「ああ、開墾も苦労だども、目がな」

「目？　目ってなんですか」

「目だ。村や町の目じゃど。満州から戻ってきたわしらに、皆、ええ顔しなかったぞ。なんだ戻ってきたのがよ。食うものも土地もねぞ。開拓べは、わしらのものを盗みに戻ってきだにちげえねと。芋の蔓一本分けてぐれんだぞ」

「はあ。では、満州から戻った者同士、福松さんらと助け合ったですか」

「待で。それならええがな。一緒に戻ってきた隣り同士でも、食うものは別だや。みな食うや食わずだかんな。人のこと構ってられねべさ。おら、もう二度とあの時代はやんたな。思いだすのもやんたな。あんたらには分がんねべが、毎日、死ぬの生ぎるの時代があったんさ」

田沢老人はこれをひと息に話したのではない。しかし、松雄と壮介の短い問いと相槌に応えてホームでリハビリしているとは思えぬ元気を見せた。

「三ツ森さんというお家もございましたか」

「ああ、あっだ。娘っこが歌うたいになったな。あっごは特別だべし、首の皮つながっだ」

それから、田沢老人は病み疲れているという形容とはむしろ逆で、不意に訪問してきた客に謝意を含む口調で対した。ときおり、車椅子の尻の位置を皺の手で直す。

やがて老人は、六ヶ所村がいかなるようすで立ちあがってきたかを右手と喉仏を震わせながら話し始めた。

そういえば、いまは石油備蓄タンクが立ち並び、核廃棄物処理工場に変じた六ヶ所村にはいかなる過去があったたか。松雄と壮介はほとんど知らない。ふたりは耳を傾ける気になった。

「原野さ。なんも説明いらん。それしか、ねの」

地味は悪く耕地もわずかで作物は穫れない。寒冷、海霧、日照不足で要するに何も穫れない。ところどころに沼が散在して水の便だけはある。明治大正から昭和の戦中まで御料牧場、国営牧場が進出してきて、陸軍の軍馬補充の地となった。

以来、馬とは切り離せぬ暮らしが続いた。開拓民は同じ屋根の下で馬とともに寝起きする。

「人間の息も馬の息も凍る、そったなところっでやんす。だども土間で一緒に暮らすとおらべも馬もあったけえんだわ。おらべは自慢だったぞ、血筋、体格の優れた馬さ育てるんでな。ずっとアオいう名だ。いっぺん、おらべを主人と認めると死ぬまでついで来るかんな。大雪の日に荷馬車に乗ってなにもいわんでも、おらべが思うとこに連れでいってくれっぞ。六ヶ所でいいごどがあったというたら、アオのこどぐれえか。初代アオから九代アオまでな」

田沢老人の馬の話は止みそうになかった。

検温の時間の館内放送を機に、松雄が話を変えた。

「ご老人、ときに、さきほどの福松さんに満治という男の子はおりませんでしたでしょうか」

松雄と壮介ともにしばし、田沢老人の次の呼吸を待つ。

「あい。満治」しわ首を折って肯定した、ように見えた。

「いましたか」松雄が念を入れる。

「田沢さんは、満治が中学を出て集団就職で東京に行く列車に乗れなかった話をお聞きになったことはございますか」

「なに？　聞くも何も、おらべどこのあんちゃが福松んとこのせがれと同級でな。おらべのあんちゃは東京のどっかへ働きに出たが満治は汽車に乗れなんで、おらべが慰めた」

「慰めた？」

「やあ、部落の開拓明神社の石段に坐ってじっとしておったもんでな。わけさ訊いた。あんせがれは唇を嚙み締めておるばっかりでなんも言わん。

おっがあは死んだ。お父は飲んだくれておっだか、もう死んでおっだか、どっちだか忘れたども。慰めるいうでも、こっつもカネもコトバもねえ。食い物も分けてやられん。開拓べえはみんなそうだあ。飢餓の釜の底を這いまわって毎日、雲に隠れたお天道さまに手ェ合わせるだ。食い物をお恵みくだっせ。せめて、ガキどもになんじょでもええ、食わせてやってくだっせと。そったらもんだ。東京に行かれんだ満治に食わせる芋っ葉もねかっだ」

「満治くんはそれからどうしたんでしょうか」

「さあ。銭っこがなければ東京へは行けんな」

「では。この近辺で？」

「ある時な、妹と一緒におらんよになってまった」

「突然ですか。まだ小さいのに
「いや、どっかおやぐ（親戚）に行っで。借子になっで水汲みやら子どもの世話やらの、だどもじきに追い出されて、あとはたらいまわしになっだと聞いたことがあったども。そん先はよう分からんな」

「どうしたか、消えてしまったのですか、小さなことでも心当たりはございませんか」

「ねな。なんも。おめども、開拓のこどより、満治のことをなんじょ調べてなさるか」

「はい、開拓のことと一緒に、昔の事ですが、満治くんがそれからどうしたか分かれば」

「それを調べに？　あっいや待っでくだっせ。明神社で慰めたのがあんせがれと会った最後で、あるときのう、妹と一緒におやぐに引き取られたか、ふうっと消えてまって。それからどれぐらいべ経ったか、調べといえば、おらべどもの小舎に、風間浦か大間の駐在が根ほり葉ほり尋ねに見えたごどがあったさ」

「駐在さんが訊ねに？　何を」

「いや満治の仕業ときまっだわけではねどもが、風間浦の漁港で、舟ひとつと油の缶が盗まれたべしと」

松雄と壮介は顔を見合わせることも忘れた。松雄は握りしめた膝のこぶしに湧いてくる汗を覚え、壮介は、凝っと田沢老人の白濁りした目を覗きこんだ。

壮介がポケットをさぐった。

「この写真の子どもに覚えはございませんか」

「写真？　おらべは目が悪りいじゃども」

「はあ、こんなに灼けて、ちっと見にくいですが」

老人は顫える指で挟んだ写真に凝っと見入る。

「わがらね」首も振る。

「ほんとに分かりませんか。弥栄で隣りの小舎にいた福松さんの」

「知らん」

「福松は四平街（スーピンガイ）の特務機関に入隊して奉天で憲兵となった男だ。しめえにはおらべに後ろ足で砂かけて。最期はな、引き揚げてからだども。嗤ってやるべしよ」

「何があったのですか」

「酒と悪さでな、哀れとどめだ。いや、いまさらこった年寄に、まあええが。そこいくとシノさんは気の毒じゃった。満治の母親じゃ」

「どうされたんですか」

「新政府の巡査にな、沼に蹴り落とされて。それを見たのは満治だけだども。アレはなんも言わねべし。おらべどもが葬式を出した。そりゃ、気の毒だったぞ。開拓べは皆、泣きの涙も出んさ。わしは悪運、強ぐでな、生き残っだ。まだしぶとう生ぎとる」

老人の話は「私がキツネ目の男です」と明かしてきた手紙と重なり合った。

しかし尋ねたかったのは、満治はそれからどのように生きたのか、だった。

中学を卒業したばかりだから14、5歳か、それとも開拓の手伝いで年次が遅れて16歳になっていたか。父母を亡くし、妹と生まれ部落を後にして、どのように風間浦漁港に辿り着いて舟に乗ったのか。それからまことに津軽海峡を渡ったのか。

◯

「なあお前、まさかこんなかたちで、キツネの尻尾に辿り着くとはな」

宮坂松雄、辛島壮介は、田沢老人に話を聞いた足で、風間浦に来た。

「うん。前に来た時、ここのバス停に降りたのにな」

運転している松雄の耳の中で田沢老人の言葉が舞う。

「言ってたなあ田沢さん、『調べといえば、風間浦か大間の駐在が根ほり葉ほり尋ねに見えたごどがあった。満治の仕業ときまっだわけではねどもが、舟ひとつと油の缶が盗まれた』と」

「そうだな、舟と油缶。惜しむらくはいつのことか分かればいいんだが」

「まっ、それはまた詰められるかもしれない。それより、集団就職の列車に乗れなかったという証言もありがたかった。妹と一緒にいなくなったのもな」

「うん、解ける時はするするっとだな。しかし、15、6歳の少年と10歳ほどの妹はそれからどこをどのようにさすらったのか。〈丸ナイ〉事件の原点のような気もするな」

車を降りた眼前に津軽海峡がひろがった。夏に向かう雨粒を孕んだ風が顔に吹きつける。突堤の先まで歩く。

「満治が海峡にのりだしたのはこの突堤だったのか」松雄の声が風に巻かれる。

20 マテ小屋

開墾畑に積まれた藁ぼっちに蹲っている少年の耳に「満治どぉ、満治どぉ、セイや」と呼ぶ声が聞こえてくる。藁まみれの妹が満治にかじりついている。

戦後13年目・1958（昭和33）年5月20日。15歳の兄と11歳の妹は六ヶ所村鞍内部落のおやぐの小舎を飛び出した。

絶対に見つかってはならなかった。呼ぶ声は優しげに聞こえるが、また叩かれる。粥は取り上げられる。親戚に預けられるのはこれで3軒目だった。預けられるのではない。夜明けから暗くなるまで働かされる。

幼い兄妹は耳にした手蔓を頼りに、移住開拓村の外の在郷・横浜まで、「なんぼか働かせてけろ」と行き当たった百姓小舎の破れ戸を叩いた。飼い葉切りも子守りも雑木曳きもできた。そしてなんとか飢えをしのぐ。だが快く迎える戸口など1軒もない。その小舎にも、兄妹と同じように戦中戦後すぐに生まれた者がいる。当時、子どもがあふれている時代だった。それでもなかには、とびこんできた遠縁の幼い兄妹・満治とセイの難儀を見かねて土間、厩に招じ入れるおやぐもあった。居間、仏間、寝間に入ってはいけない。粥も一膳のヒエめしも、土間に敷かれた藁ござの上で戴く。その上で使役された。親を喪った幼い者には苛酷な境涯だった。
しかし、居間のラジオ第一放送から聞こえてくるニュースは難しくてよく分からなかったが、夕刻の連続ラジオドラマ〈笛吹童子・どくろの旗〉の子ども合唱のテーマ曲には胸が小躍りした。
〈♬ヒャラリ　ヒャラ〜リコ　ヒャリ〜コ　ヒャラレド　誰が吹くのか不思議な笛だ　タタタン　タン　野を越え山越え　時はオウニンの乱　ここタンバマンゲツジョウに〉
初放送ではなかったかもしれないが、胸の弾みに変わりはなかった。
ほかにも厩にラジオが聞こえてきた。〈尋ね人の時間〉に耳を寄せた。
《昭和20年5月、舞鶴港に帰還した引き揚げ船雲仙丸で京都市周山町出身と名乗られてお世話してくれた丸顔のおじさん》
《旧満州国三江省に第二次福知山・天田郷開拓団として入植されたハナワダタカシ様ご一家》
《旧満鉄奉天鉄道総局にお勤めで、片腕を失くされていた坊主頭の神戸長田区出身のイッチャンさま》
投稿された尋ね人をアナウンサーが順に読み上げて、日本放送協会の係宛て、心当たりを返信されたいと、時期によって前後したが昼の3時から5時まで流しっぱなしの放送だった。
家電と呼べるものはラジオのほかは天井から引く二股ソケットの電球だけだ。小屋は昼間も薄暗い。3軒目に転がりこんだ遠戚の小舎は、同じほどの歳の子どもが4人あった。満治とセイは、子守り、飼い葉切りをなんとかやりおおせたが、なにしろ食うものがない。アワ粒をひとつ、フキの薄皮を1枚でも残せば、叱責の竹棒が飛んできた。ともかく、食うことに尋常ではない厳しさがあった。

晩い春を越した。さらに陽気がゆるんでくる。満治はセイに「どこでも寝られる、逃げべ」と耳打ちした。「やんた」セイが応える。「バガこげ。逃げたら、もう叩かれねぞ。この小舎の子とおんなじものがおんなじだけ食えっぞ」「おらもか」「ああ、おめも、おらども」「したども、どうやって?」「沼でサカナ獲って、原の草、森の草食ってな。海べ行けば、フノリもカイもあら」「叩かれねが?」「そったらアザできねえ。もう痛ぐねぞ」

月光が足許を照らしてくれる夜に小舎を脱けた。朝になって厩にいないのに気づいた小舎の婆ぁちゃが畑まで呼びにきた。藁ぼっちに半日、身を隠してから逃げた。

方角が分かるのは、鷹架沼、むつ小川原湖、それに太平洋側の海岸線だった。セイは草に、泥に、山道に、砂場に、すぐ足を取られて転んだ。そのたびに「おがちゃ、おがちゃ」と泣いた。満治が抱き起し、泣きやませて手を引く。起きてから日暮れるまでひたすら歩く。歩けば空腹が忘れられる。頭がぼうっとしてこない。野良犬や狐、狸の小禽獣と変わりなかった。外をさすらう者も動物もひと所にとどまらずに歩き続けるのは、食い物にありつくためだ。セイは腹が減って泣く、がっちゃ、疲れたとへたりこむ。おぶって歩き続け、エサを捜した。これより季節がずれこんでくれば寒冷の海霧が陸に吹きあがってくる。

来る日も来る日もふたりは朝から晩までほとんど無言だった。「はらあ減った」「辛抱しべえな」「まんだ歩くの?」声を交わすのはそれだけで、あとは草や水溜まりや赤土を踏む音だけがその日生きた証しの響きになった。

4年前に終戦した朝鮮戦争の特需がまだ続いている時代だった。だが北の半島で食い物を捜してさまよい歩いている幼い兄妹に特需で上向いている好景気の風はそよとも吹いて来ない。たらふく食える者からこぼれ落ちてくるめしもない。むしろ、取り残された。何も知らずに、毎日、森、山、沼、海岸を黙々と歩き続けた。

　鷹架沼で、少し糸のほつれた流れ網を拾ってワカサギ、サヨリを追い込んだのは収穫だった。水流が海と行き来する汽水湖で、川魚もイカもウミタナゴも獲れるのは聞き知っていた。小魚やザリガニを狙ってハクチョウ、カモメ、オジロワシが飛来する。

　森裾の馬小舎で、ランプの火を燃え木に移してワカサギ、イカを焼いた。たきぎが燃え、躰がぬくまって、サカナの熱い身をほおばることができた。叩かれない。土間に坐って貰い粥にありつくのではない。兄妹はこの時ばかりはなんども「うんめえな」と言い交わして幸せだった。満治は、死んだおがちゃに食わせてやりたかった。

　季節はゆっくり動いた。歩き疲れた塒は開拓農協の仕度小屋、サイロ、海際のほら穴、営林署事務所、神社の床下と、知恵を働かせば困ることはなかった。突然雨が降ってきたら、馬小舎に飛び込む。セイはもう歩けないとまた泣く。負うた満治の背中で泣き疲れて寝入ってしまう。腹は空き、脚は疲れ、背は重いが、しかし他家の土間でおどおどと生きているより、妹の温みを感じられるうちは喜びに浸された。

　天を衝いて枝葉を拡げる青森ヒバの脇の洞穴に潜り込んだ。乾いた杉の葉で榾火をくべれば野犬や、セイの大きさほどもある獰猛な狸が襲ってくることもない。夜寒の雨に濡れることもない。両腕にセイの背中を巻き付けて抱きしめる。ぐずって思い出したように泣き声をもらしていたセイは満治の腕と胸の中で腹をへらしたまいつのまにか寝つく。榾火の薄赤い光に、セイの目から涙が這っているのを覗く。

　目を醒まして行方を定めることができぬうちにまたさまよい始める。この日もほとんど黙す。

原野を突き切り、海岸線を伝い、森を抜けて牧草地を這ってきたのは、満治の思いの底に、行き着く場の心象があったからだった。マテ小屋だ。

日本の湖沼で11番目の大きさと言われるむつ小川原湖に浮かぶ三角屋根の浮き小屋である。床下にヤナが仕掛けてある。あそこに行けば空腹はしのげ、屋根がある。

鷹架（たかほこ）でウミタナゴ、ワカサギを焼いて食った苦境が満治をその汽水湖に導く。海に向かって高瀬という川が通じている。川にも湖にも、北の海のニシン、ニジマスが来る。足許のヤナにひっかかる魚を待つ。小屋に潜んで針を落とす、草地で掴まえてきた虫、水際のトビケラ、カゲロウなどの水棲昆虫を足許の網に這わせるやり方もある。魚が食いつく。

セイも泣き熄んでコロコロと小さな喉を鳴らし嬉しがって釣ったり掬ったりする漁だ。大人に追い出されなければ十日も二十日もいられるかもしれない。

ほぼひと月を、そうして魚を釣りながらむつ小川原湖のマテ小屋で寝暮らした。いつも、躰が揺れていた。黍（きび）の葉が風に吹き仆され、顔にも手にも冷気を感じ、ヤマセが吹き始めてきたかと不安をおぼえた七月の末になったある日、海に向かう水路の高瀬川の縁でサクラマスを焼く煙をみつけた物乞い風体のおんちゃが寄ってきた。

訊かれて兄妹で名乗ると、「ほだ、わいは伊佐甚六いうでば」と応えた。

焼いていたサクラマスを一匹頒けた。

「ここなら、飢餓（けがつ）ことは、ねな。だどもあんちゃ、いづまでおられっか」

セイが傍らで目を伏せてちぢこまっている。開拓の小舎から逃げだして来て初めて出遭った大人だった。

「いづまでもここにはおられねぞ、じきにヤマセだべしさ」

甚六と名乗ったおんちゃは、いってから、鼻をうごめかした。

「おっ、おめども、くっ、臭せえな。風呂さ、入えったのはいづだや」

満治は自分たちが臭いとは思っていなかった。そもそも何も、臭わなかった。

おのれのぼろ着の腕、次いで、セイの髪に鼻を寄せた。

マテ小屋を離れることになったのは、その折の臭と、吹き始めて来るに違いないヤマセを避けるためだった。

甚六は笑った。「おんちゃもなんぼか臭せえべ。温泉に行くべか。来い」

笑うと、相手に安心を覚えさせるような皺を鼻の筋と目尻に寄せる。

結局四十数日、小川原湖、高瀬川のほとりにいた。

「東に行ぐとヤマセっコだ。逆べ行ぐと、横浜、有畑あたりさ出らっべ」

ついて行った。

陸奥湾に沿う大湊線をくだる方角だ。湾に沿った野辺地と大湊の中間地点に、吹越、有畑の在がある。かつては満治の死んだおがちゃらが六ヶ所村から馬橇で早朝に荷を運んで深夜に戻って来た村だ。雪の日も往復した。

しかし甚六はそれ以上どこに行くとも言わなかった。結局子どもの足で、ヤマセの薄い、波の低い陸奥湾を左手に見ながら大湊を過ぎ、釜臥山の麓をまわり込んで、開拓森のなかの薬研温泉に着いたのは四日後だった。山あいの峰から流れ落ちてくる渓谷に取りすがった空き地にかろうじて開けた温泉場だ。

満治は、湯流しの脇で拾った石鹸をセイの躰にぬたくった。

「おうおうこりゃだば、別嬪になっだ。たまげだの」

甚六はセイの躰に目を細めた。

宿代も、風呂からあがって腹におさめた料理の代金も甚六が出した。

次の日も歩いた。半島の先端の風間浦に知り合いがある。そこなら漁の手伝いをして食い物に困らね、銭っこにありつけるかもしれないと言った。

薬研温泉を朝出て、夕刻、半島先端のひとつ手前の風間浦の港に着いた。

甚六はここでも宿代とめしのカネを出した。

翌朝、宿を出て3人で漁港の突堤に立った。

海は陸奥湾とはまったく違う様相で黯（くら）い波を切り立たせていた。

「へば、あんちゃ、ここ渡ったら北海道だべし」

声が波音に掻き消えてよく聞こえない。

「なっ、内地で這いまわってるより、あんちゃ、北海道に行ってでみるのも、どだべな」

「セイも？」

「ばがこぐでね。こんたな海さ、小さい娘っこが渡れるか。わい、薬研の温泉場で思っだ。セイは玉（たま）さ、なる。大塚だ。池袋の隣りだ東京だ。大湊でも売れっが、いま大湊は安くなっだかんな」

満治もセイも、おんちゃの言っていることが分からない。

甚六は鼻筋と目尻に善良そうに見える小じわを寄せ、セイの手を摑んだ。

「なあん、こん娘っこ、大湊で売るつもりがはずれてまっただば、朝鮮戦争ば落ち着いて、大湊から出る兵隊さ退いで商売あがったりだべし。娘っこが昔みでえに高く売れんよになっだだと。そこでわいも考えたさ。だら、これがおめどもの幸せの道だべし」

何をいわれているのか分からないが、満治に敵う相手ではない。甚六の話すのを聞いているほかない。

「なあん、あんちゃ、心配せんで、いが。大塚さ、なんぼか向いでなかっだら、おんちゃ、琵琶湖の大津べいうとこの紡績工場知っでっから、これまで娘っこ、いっぺい預げだで。そこに世話してもいいんさ。その前にまんず、大塚の三業地は稼げっかんな。けっぱってみべえ、なっ心配、ねから」

唇を固く結んだのは、悲しみの場に出会うたびに見せる満治の仕草だ。

初めて声をあげた。

「おらいやだ。セイと離れっぺなんど、おもっだこともねえさ。おんちゃは、セイを売っぱらおとしてただか」

セイが満治の腰の帯革を掴む。

「おら、あんちゃと離れてどっこもいがれね。いぎたぐね」

「とんでもねえガキどもだ。おめども小川原湖から無事にここまで連れできでもらったのは誰のおかげとおもっでけつかるだ」

甚六のもともと青白い顔面に、さらに尖った青を刺したような血の筋が浮かびあがった。

「こんたなとこまできで、わしに手ぶらで帰れ言うのかや。温泉も入れでやっだ。宿でめしも食わせだ」

目を吊りあげ、尖った顎をしゃくった。粗野で冷酷に生きてきた男だ。幼いふたりに、怒りと初めからカネに替えるつもりだったたくらみを隠そうとしない。

「ふたりとも海い投げこむっぞ。こっつさ来」

セイの腕を奪りにかかる。

恐ろしい形相に、セイが「ぎゃっ」と鳥が羽をもがれた時と同じに違いない叫びをあげた。

「こん強情っぱりのきょうだいめが。来い」

カネのカタにしようと思い定めている甚六はここでこいつらを放してはこの数日の苦労は泡になるとさらに憤怒の気にせりあげられた。

セイは逃げる。

「おりゃぁ、いぐど」

甚六は、相手が逃げるとかえって依怙地をかたまらせた。殺気の形相でセイの頭を殴りつけた。親類の者に殴られないために逃げ出してきたのにまた殴られる。

セイは膝を折り背を丸めてうずくまった。

「あんちゃ」

泣き声をあげるかわりに力なく呼びかけた。

あんちゃは「セイ」とだけ呼び返す。

「わがったわがった」

甚六は腹巻から戦後新圓の聖徳太子百圓札一枚を抜き出した。もう一枚を足した。

「言うとぐが。おれは人買いなんかじゃねぞ。朝鮮戦争が終わっで景気がすっこんだこういうご時世だ。万事おれに任せれ。んだばセイは食っでいけっかんな」

セイの口から何も漏れない。

カモメの啼き声がうるさい。

突堤に波しぶきが寄せてくる。廃タイヤのゴム靴が濡れた。

「んだばな、あんちゃ」

甚六がセイの腕を強く引いた。

満治・セイ兄妹、二度と会うことはない生涯の別れになった。

21　8階会議室

本多忠司は本部8階に上る踊り場で中津の雀荘で亮兵がユナとともにこれから逃走する緊迫に追いかけられていた。

「そこ逃げえ。ユナと一緒に逃げえ」

7号刑事部屋から携帯に声を入れた。


時効より9年目の2009（平成21）年8月1日。8階会議室。本多は最後列窓寄りのパイプ椅子に坐った。皆の着席を確かめてから宮坂松雄が立ちあがった。背広の裾にでもひっかかったか、パイプ椅子がいびつな音を立てて傾いた。

「いや失礼。かような会議は定年退職以来のことでございまして。懐かしいお顔、初めてお目にかかる諸先輩の前でいささか緊張を覚えます」

中央区大手町・大阪府警本部庁舎・刑事部8階会議室が12列、70人ほどの者で埋まった。咳声（せきごえ）ひとつなく静まっている。窓の向こうに、緑青に光る大阪城天主の屋根が浮かぶ。

いかんいかん。場をほぐさねば、と焦る。

「いやね今日は、かような老体に突然、一課長様より少し話をせよと。手にどっと汗をかいてお
ります。先日、リーマンブラザーズが経営破綻するなど世情は相変らず騒々しいですが、今日は
それとは関係なく」

雛壇に横並びした大阪府警刑事部捜査一課長、刑事部管理官、情報管理課調査官、特殊班捜査
課長、機動捜査隊長、それに警務部長、監察官室長、さらに警察学校の警視正教頭までの幹部ら
が、口元を緊き結んで、宮坂に視線を向ける。

折りたたみパイプに坐る眼前の捜査員70人の表情もゆるがない。

元・大坂地検の辛島壮介、府警元特殊班の本多忠司の顔もあった。ふたりは後列2番目の窓際
に倚っている。元〈丸ナイ〉の捜査員だった本多忠司は、辛島と宮坂が「ぜひ出席を」と〈適正
捜査委員会〉に申請してこの席にいる。

ワイヤレスの小型マイクをさらに口元に近づけて宮坂は、いま一度、息を吸い込む。

「退職致した者が時効案件を捜査会議でご報告申し上げるのは不調法、変則のそしりをまぬかれ
かねませんが、しばしお耳を拝借致します。なお先に申しあげますが、ここにおられる皆さま方
は全員、〈適正捜査推進〉の委員長、本部副本部長より、この会議出席の許諾を頂戴いたしてお
ります」

ここにいない捜査員には、保秘事項である。

「では本題に入る前に、地検の辛島さんと前の特殊班の本多さんに簡単にご挨拶願えますか」

辛島が立つ。

「辛島です。よろしく」

本多忠司が続く。

「皆さま、お久しぶりです。神崎川事件・瀧本譲二の手指を切り落とした本多でございます。ご厄介をおかけ致しました。いまは法務教官観察官をやっております。本日は、宮坂先輩、辛島先生のご苦労を傍聴させていただきます」

本多が坐ると、長テーブルに手帳や筆記資料を拡げた者が一斉にボールペンを構えた。

宮坂松雄が立つ。

「順を追って申しあげます。丸互通運、ナイコク製粉のヤマで皆さんが追っておられた者から小生の許に、そうですね、あとで申し述べる仔細によって半年ほど前に、『私がキツネ目の男だ』と名乗る手紙が届きました。私はむろん手帳もバッジも令状もなく、その折りには相手にする気もありませんでしたが。ただ今は、おそらく、いえほぼ確実に、フクマツマンジと申す者が、このヤマの首謀者、リーダーであると捜し当てた気でおります。幸福の福に松木の松、名のマンジは満州の満に、治めるです。この名に含められた因縁由来はあとで申し述べます。昭和17年、１９４２年生まれ。犯行当時は40を２、３過ぎた歳でありましたか。これも後で申し陳べる事情により、正確な生年月日を捕捉し得ておりません」

聞いている捜査員の幾人かが「うっ」と喉を詰めた。当時、膨大に挙がってきた容疑者にはなかった初めて耳にする予想にも入っていなかった名だ。皆のペンの音が一斉にノートを走った。

宮坂は、手紙について続けた。

初めは信じずにほおっておいた。ひと月経ってからだったか抽斗(ひきだし)から出してあらためて読んでみた。

自分に宛ててきたのは、『捜一に帰属していた折りの小生の名と顔をどこかで知り、住之江競艇場で何度か、さらに出張先の川崎市の図書館で偶然出くわして顔と名を確かめ覚え、のちに〈ＫＫＲ（国家公務員共済組合連合会）〉に問い合わせて住所を知った』と書いてあった。

「住之江の2階観覧席です。どの椅子の辺りかと申してきたことも正しく、川崎の図書館へ調べものに行ったことがあるのも間違いなく、ひょっとして信じてよいのかと思い返しましてですね。本日そこにお出で願いました、というか今日のご報告に至る調査をともに辿って参りました元大阪地検刑事部・辛島壮介先生に相談いたしましたところ、貴重な情報だ、時効ではあるが〈割る〉値打ちはあると相成りまして、本日」

テーブルに用意されたペットボトルの水を口にし、この一年で急速に前髪があがり、てかり始めた額を撫であげた。

「然とした面識はむろん、声を交わしたこともない小生に、その男・福松満治は、ではなぜ告白の書状を送ってきたかという疑問は当然で、意想外の理由を述べておりました。

愚生がこの世に生きてきた証しをひと目でよいから見たい。世間からはキツネ目と呼ばれたが、愚生にはついぞ、戸籍原簿も住民票もなく、出生地も分からぬ。生年は推測されているが月日は不詳で、親が満治と呼ぶだけで社会的な記載はどこにもない。中学校卒業の雑記がわずかに残されているだけだ。

会社や事務所に正規の就職をしたこともないゆえに、本名の痕跡はない。60半ばを超した歳になって、まことの名がどこにも刻まれずに生涯を終えるのかと思うと強い焦燥に駆られる。どうぞ、御慈悲をお授けください、私の足跡の欠けらを発見していただけまいか。手早く申せば『オレを捜せ』というものでありました。いえ、先ほども申しあげましたように、ほぼこの男・福松満治がホシであろうことに間違いはないという前提でお話しいたすのですが」

繰り返した。

「戸籍がない。出生の地も生年月日も不詳。生涯に一切の足跡がない。私たちはそんな男を追っていたことになります」

隣りに坐った警察庁二課長代理が声を寄せた。眉毛と綽名されている、濃い八の字眉の警察庁刑事局のはた迷惑組だ。

「んなことがあるんですかね。宮坂さん」

松雄は強く首を折った。

「はい。左様なことが本当にございますのです。事件が未解決になった大きな要因は、社会に一切の痕跡を残していない男を追わなければならなかったからであります。役所にもどこにも、一生に一度の記録もない。本来なら私はここに容疑者・キツネ目の戸籍謄本、原籍簿、住民票、またパスポート、運転免許証、健康保険証など、顔写真付きの証書を持ってこなければならないのでありますが、まことに残念ながら、そういう類いのものはついぞ手に入れることができませんでした」

「なるほど。昔の役所の関係は？」

「はい。それもございません」

「津波か震災で役所庁舎が？」

「いえ津波でも震災でもなく、戦後、在所一帯が集中豪雨に襲われて戸籍簿など重要書類が庁舎もろとも流失し、と申しても小さな教室ほどの役場ですが、そののち大火が起き、その後また不幸が重なりまして台風で川が氾濫し、その上に34年には再び大火に見舞われ、役所は幾たびも火に焼亡、水に流失したのであります。

これは青森県下北郡風間浦村の正史に残っております。容疑者の在所は本来は近隣の六ヶ所村弥栄平（いやさか）という部落ですが、ここは開拓村で、村民の原籍簿などは風間浦村役場に吸収保管されていたようです。

キツネ目は後年になってこちらの西成に潜んでいた形跡がありましたので、生活保護の申請書も当たってみましたが、丸互とナイコクを襲う計画を慎重に期していたためか、足のつく保護は受け取っておりませんでした。まことに用意周到、細心の計算が出来、その上に辛抱強い男のようであります。

ひと月生きるに、米は欠かせません。みなさまご存じのとおり、保護を受けている者はみな支給日にひと月分の米を買いに走りますが、フクマツマンジの名は、西成の保健福祉センターの窓口にも、米屋の通帳にもありませんでした。したがって、本人が訴えますように、この男の生きた目印はまったく何もないのでございます。偽名で各地の飯場を転々としたようですが、御承知のとおり、土木や建築の従業施設は住所姓名の確認も必要のない日払い、月払いで、当時のその伝票すらなく。何十年も偽名で暮らしたのでしょうか。どんな偽名であったのか解けておりませんが」

今度は、総務部参事官の隣りの府警捜査一課長が顔を向けた。顎が長いために〈カオウ石鹸〉と呼ばれていたが、いまはただの〈石鹸〉らしい。尖った顔に時々意味不明な笑みを泛べる油断のならない人種だ。

「松っちゃん、その男、70年近くを生きてきて、んなことがあるとは信じられんが。生まれてから東京や大阪で？」

「申しましたように在所の書類、簿籍はそうして災厄に遭い、長じてからは東京、大阪、どこに足場を置いたかそれすら判然とせず、住所不定の時期が長く、あとは女名義のアパート住まいであったのかもしれません。ここはまだ当たっておりません」

「戸籍のない男に子はないかもしれんが、自分は生まれたんだから親はあったでしょう。親のようすは？」

「それもございません」

「なに、親もない？　誰から生まれたの」石鹸は松雄に顔を向けたままだ。

「墓を訪ねましたが、墓もありませんでした」

「墓もない？　どこに行った？」

「土の下、です」

「松やんさん、それは骨壺とか遺体でしょう？」

「いえ、墓です。墓石(はかいし)です。埋められました。いや墓どころか、部落ごと、人数については他人(ひと)聞きで確かめておりませんが、三百人か四百人の村ごと土に埋められたという人もあります」

「村ごと埋められた。そんなところがあるのかね？　ダムに沈んだの？」

「いえ、ダムではなく、さきほども申しあげました青森県下北郡六ヶ所村・弥栄平という旧開拓部落です。行って参りました」

「はあ、耳にしたことがありますね」石鹸が促す。「新全総」はなんといいましたか。〈新全国総合開発計画〉ですか、あれで巨大コンビナートがつくられ、そののちいま問題になっている核のごみ処理施設場になった村のことやね」

「ええ、それで、容疑者・キツメ目の両親の墓も土の下になりまして。いわば、核のごみ・プルトニウムとウランですか、あれと一緒に埋められて。要するに、この男に関しては、本人が手紙に書いてきたとおり、何の記録も残っておらんと。手紙には、ひとつふたつ、遠い痕跡を綴って参ったのですが。

ひとつは、中学を出て上京する〈集団就職列車〉にカネがなくて乗れなかった記録が弥栄中学校か、陸奥下北駅、あるいは隣りの陸奥大畑駅に残っていないかと。これも当たってみましたが、駅伝票もない。学校日誌にも生徒指導要録にも残っておりませんでした。下北交通・大畑線は廃線により、駅舎はいまバスの待合所になっております」

パイプ椅子最前列の一課捜査員が、ペンを置いてふうっと大きな息を洩らした。

石鹸課長が挟む。

「大阪管内に重点ローラーかけたが、松やんさん、ありゃ無駄だったということですか」

「いえ無駄だったとは申しあげたくありませんが。あっ、今日は本多先輩も来てくれています。昔の特殊班エースの本多さんにここまでなにか有益なヒントがありましょうかね」

後列に坐っていた本多忠司は、だしぬけに名を出されて狼狽した。

本多に意見など何もない。7号刑事部屋から携帯に「逃げれ」と言った時から亮兵の逃走の首尾にひきずられていた。切羽詰まっている状況は変わらない。亮兵はどの辺りまで逃げたのか。何をするにも頼りないのが気になる。

本多のアタマの中では、亮兵は、阪急・三宮で地下鉄に乗り換え、新神戸駅の2階コンコースに向かっていた。これより博多までの新幹線チケットを買う。

プサンに逃走するのは新大阪でも伊丹でもなく、新神戸から博多に行き、対馬比田勝(ひたかつ)港からフェリーに乗れと、本多は指示していた。

しかし、ユナと対馬フェリーの出る比田勝港ターミナルビル前のイ・スンシンホテルで夕刻待ち合わせている亮兵はまだこの昼過ぎの時間、府警本部8階会議室に坐っている本多が思っている状況にはなかった。

亮兵は潜んでいた中津の雀荘ロンロンから外に出た途端、中津キリスト教会の前で警官の尾行に気づいた。紺スーツが二人、グレイがひとりの3人組だった。紺のひとりはサングラスをかけていた。振り返った一瞬でそれらの男の恰好が目の端をかすめた。表通りに出てタクシーを拾うわけにはいかない。すぐにパトカーの応援が入る。

足を早めて旧市場のシャッターの降りた小料理屋・おかんの裏に走りこんだ。空き地に草が繁っている。その空き地で寸刻、ようすを窺い、中津駅とは反対方角の淀川河川(かせん)公園に橋を渡った。公園の西端から西中島南方(みなみかた)駅の高架ホームに上り、阪急京都線・梅田で降り、JR森ノ宮に向かう。階段をくだり、あがり、まがり、コンコースを走る複雑な逃走路は、ロンロンで過ごすうちにユナと打ち合わせ、予行演習も済ませていた。

亮兵がロンロンに飛び込んできた翌日に、宇治市六地蔵の〈信愛ホーム〉に電話をして、本多忠司がホーム併設の〈信愛病院〉を一泊だけで出たことを確かめたのはユナだった。ユナは亮兵が寮から宅配便で運び入れた大袋のビニールバッグのカネもすぐにプサンに大阪港コンテナターミナルから国際便で送った。ユナは次から次へ行動を起こす。

本多の無事を確かめたユナと亮兵は繰り返し気持ちをすりあわせ、逃走の段取りを話しあった。本多には電話で簡単に幾つかの経緯を明かした。本多からは「そうだ、日本にいない方がいい。幸せになれよ」と励まされた。

大阪からふたりで逃げては目立つ。ユナが先に対馬に渡り、亮兵が後を追う。フェリーには一緒に乗る。プサンにはユナの姉・ヨンヒが貸しビルの一室で美容学校を興していた。

幸いにも浅傷（あさで）で信愛病院を退院していた本多忠司の御幸辻の家に堺中央署の木村、畠山ら二人の刑事と、本部捜査一課の清瀬が、矢庭にしかし慇懃を尽くして訪ねてきたのは、本多が亮兵自身から、これまでのようすと韓国への逃亡計画を聞かされ、久しぶりに畑に出た日だった。

「大先輩にまことに申しわけございませんが、少しお尋ねしたいことがありまして」

七十度に腰を折り、居間の畳に手をついた清瀬が顔をあげた。髪がもじゃもじゃの男だ。もじゃ髪を掻きながらいう。

「本多先輩が〈信愛ホーム〉で腹を刺されたのはたとえ浅傷でもれっきとした傷害です。容疑人は、あなたが以前観察しておられた堀口亮兵ですね。先輩、なんで届けを出されなかったんですか。瀧本譲二と申しましたか、アレの手首を落とした一件は時効になりましたけど。もし逃走した堀口が本多さんに傷を負わせていれば傷害がつきます。刑訴法改正では傷害罪の時効は適用外ですが少し調べに協力してもらうことになるかもしれません。

逃走、潜伏している堀口は余罪を起こす可能性がないとはいいきれませんので。前科（マエ）もあります。潜伏している堀口の逮捕にご協力願えませんか」

「そうか」本多は頷きながら、捜一の清瀬の整然とした依頼にひとつの決心を固めた。

畠山と名乗った堺中央署の背の高い男が急いだようすでつけ足した。

「先輩は、丸互、ナイコク事件の特殊班で御苦労されたんですよね」

「ああ、そういうこともありました。しかし聞いておると思うけど、私は途中で不祥事を起こしてな。特殊班どころかカイシャをクビになった」

「はあ。いや。不祥事のことではのうして同じ特殊班の宮坂松雄さんを覚えておられませんか」

「覚えておるどころか。年賀状も毎年マメに寄越してくれるお方で、当時からのお付き合いの数少ないひとりです。宮坂さんが何か？」

「はあ、本多さん宮坂さんに大事の会議に出るように本部から近いうちに連絡が来ると思いますが」清瀬はそれだけを告げて帰った。


堀口亮兵は森ノ宮・中道（なかみち）タウンを抜けた餃子の王将、酔虎伝、アパッチスロットが軒を並べる狭い路地、脇道をなんどもくぐった。

警官の尾行をまくにはうってつけの逃げ道だった。

後ろを振り返り、息を切らして自治会館の地下にもぐった。本多先生への御礼、逃走資金をユナが亮兵の代りにコトブキの国際宅配便でプサンに送った14億5千万円の分け前・2億9千万円は国際便の頑丈な段ボール3個に分けた。ほぼ8キロの重さになった。税関にかかることなく、船便送料は1万4950円だった。本多先生への謝礼現金・5千万円もユナが宅配便で御幸辻の先生の家に送った。

本多忠司が、堀口亮兵をユナと望むままにプサンに逃がしてやりたい気になったのは、手に入るそのカネも理由になった。それだけあれば、法務官を退いてからも畑仕事をしながら生活の不安なく暮らしていける。

もともと、懲戒解雇で本部を馘になった口惜しさがある。まともに退職しても5千万円の額には程遠い。カネにウラオモテもきれいも汚いもない。亮兵がどんなヤマを踏んだのか、想像がつく気もしないではないが、礼を言いたい気が強かった。

プサンに逃げる資金の1千万円を詰めたリュックサックは、亮兵の細く薄い背に重たかった。自治会館脇のすっぴん道を伝い、干し物がぶらさがっている民家の庭先からどぶ川を越え、学童の通学路の細道に出た。

配達車、バイクが行き交っている。辺りを窺ってからタクシーを拾った。ここからなら尾行もない。走っているうちに背中の荷はさほど重くなくなった。JR駅至近の森ノ宮に戻るのではなく、新神戸駅を告げた。尾行の危険の高い阪急線も神戸市営地下鉄も使わなかった。ユナが待っている。刑事の追尾に囚われて時間は無駄にできない。新神戸駅の1階に着いた。バス、車寄せ場から2階改札口を抜け、3階のホームへエスカレーターを上がる。と、改札口の待ち合いコーナー側の柱の背にふっと躰を引くグレイのスーツ姿が目の端をかすめた。中津キリスト教会前の3人のうちのひとりに違いない。こんな所に先回りしていた。

咄嗟に、エスカレーターが上り始めるスカートガードに身を竦めた。背中のリュックを腹に抱え直した。

グレイが向こう柱の陰から顔を覗かせたように見えた。だがまたすっと身を引く。

エスカレーターのステップに足をかけてから、正面上方に視線をあげた。紺スーツとサングラスのふたりが、上った一番上のステップに立ちはだかっている。

会議室で坐わる本多らの耳に石鹸捜一課長が繰り返す。

「はあ。新全総・青森の六ヶ所村？　さような地名をここで耳にするとは思ってもおりませんでした。いや、本日は本多先輩も久しぶりにお見えで。昔の特殊班のエースと言われた方です。今日の会議、ここまででなにか有益なヒントがありましょうかね」

　ＪＲ森ノ宮辺りかそれとも新神戸のホームまでは逃げただろうか。亮兵の逃走の経路と時刻ばかりに気を取られていた本多は「はあ」と、頼りなく首を折っただけで石鹸に何を問われているのか分からなかった。会議の中身に立ち入ってみようとも思わない。それより亮兵に打ち明けていない大事に思いが募った。瀧本の手首を切り落としてやった2年後の１９８２年4月7日、亮兵、お前はその同じ日にバット傷害事件を起こした。私達は人の理解を超えるつながりと縁で結ばれていたのだ。しかしふたりとも凶悪を隠し持つ人間だった。そのことを話し合えぬまま、ここまで来てしまった。私にはお前を教導する資格などなかった。

　石鹸はこんどは宮坂松雄に問う。

「その弥栄という地が墓まで村ごと埋もれて何も残っていないと。まことにまったく、なにか手がかりはないんですか」

　宮坂が答える。

「いえ、ありますたったひとつ。しかも、この足許にございます」

「えっ、何？」

「ここの本庁の地階倉庫に。丸互の社長が拉致された水防倉庫の遺留品です」

「時効後は、ロープとバケツとオーバーか外套か、そんなもんしか保管してないですよ」

「その外套です。キツネ目の男・福松満治の出自を証しております」

〈遺留品〉という言葉が、全席に緊張を尖らせた。パイプ列も雛壇も宮坂の話に聞き入る。

総勢のうち、宮坂から視線を外している者は、本多忠司だけだった。

本多は、堀口亮兵の無事だけに思いが向かっている。チケットは買えたか。新幹線で博多まで無事に行き着けるのか。いや、時刻は過ぎてきた。私が教えた裏屋からパスポートを手に入れ、フェリーの税関をすり抜けられたか。


立ったままマイクを握っている宮坂松雄は張り詰めた空気に、ふっと息を抜いた。

「いえその前に話しておかなければなりません。キツネ目の男の母親について、です。実に犯行の動機は、この母親から発していると申し上げても過言ではありませんのでして」

「母親が犯行の動機、ですか」石鹸がまた問う。

「はい、戦後新政府の警察官であります官憲・巡査に殺された、と満治は思っています。その恨みを晴らすのが終生の目標になった。さようです。キツネ目の犯行動機は、警察への憎悪、復讐であります。それが大阪府警であらねばならなかった理由は分かりませんが、いえ、想像はつきます。おそらく、青森から出てきて大阪に長く潜んだ土地勘、大阪弁を駆使するのが犯行に手っ取り早いと計算したのでしょうか。

とにかく母親を奪った警察に恨みを叩きつける。丸互、ナイコクを脅迫して何十億のカネを奪おうとしたのは、いわば行きがけの駄賃だった」

「宮坂さん、ちょっと待ってくれますか」八の字眉のサッチョウ二課長代理が手を挙げた。

「巡査に殺されたとは。まさか、穏やかではありませんな。どういう？」

松雄は同じ姿勢で、ワイヤレスマイクの右手に力を込めた。満治の復讐の根を説く。

「証言がございます。のちに必要とあれば、こちらで正式な参考人の供述調書を取っていただくのがよろしいでしょうか」

松雄は以下を丁寧に説明した。

満州から戻った開拓者は、禍々しい者、穀つぶしの者と蔑まれ、〈グイズ〉、あるいは〈カイタクベ〉と呼ばれていた。〈グイズ〉の語源は、中国語〈リーベングイズ〉で、〈日本鬼子〉と当て字する。満州国末期、満蒙開拓者に投げかけられた蔑称だった。

〈カイタクベ〉は嘲りを込めた「開拓べえ」である。満州に渡った日本人開拓者は当初、内地にはない広大肥沃な地で食うには困らず朝鮮人、満州人、中国人を使って労少なく、益をあげた。だが、思いがけずその地は戦場と化し、地獄を這いまわってまた故地に戻ってきた。その経緯が渡満しなかった者に溜飲を下げさせた。満蒙開拓とは日本人には〈開拓〉だったが、満州人、中国人にとっては植民地主義の侵略以外の何ものでもない。

充部隊分厩場で裾分けされる残飯、餌汁を日々運ぶカイタクベの姿をかねて苦々しく眺めていたカイタクベではなかった巡査が、あるとき在所の沼のほとりで満治の母親のリヤカーに出くわして、足で蹴って突き落とした。

リヤカーには桶樽いっぱいの豚の餌汁と、じゃがいもを6個積んでいた。それらもずるずると泡を噴かせながら沼底に消えた。一緒にリヤカーを押していた幼い満治に抗う力はない。

「このあたりのことは、葬式を出してやった部落の近隣の者の証言によります」

宮坂は説明した。淀みがなかった。

「ついでのことですが、少年の父親は特務機関の憲兵で、帰郷後、それをたったひとつの誇りとしてサーベルを持ち出し、近郷の者に斬りかかる狼藉を働き、少年の母の死後、乱酔の果てに窃盗、傷害に及び、没したそうであります。これも元・開拓部落の者の証言です。

ひょっとして息子の少年・満治には、元憲兵の父親への憎しみなどもあったのかもしれません。要するに、彼にとってはことごとく警察が敵であったと考えてよろしいかと」

「警察が敵とはね。そのふた親の墓がプルトニウームとウラン回収の処理施設に埋められたんですね」

「はい、いかにも」

「親は死んでも兄弟はいなかったの？」

「いいえ、妹がおったようです。これも冒頭申しあげました通り、戸籍も何もありませんから、近在の者、あるいは村の歴史に通じております古老の証言によるわけでありますが。集団就職の列車に乗れなかった兄は15、6歳ほどでしょうか。妹は10歳を越したばかりかと。いやしかし二人とも、その後の一切の足跡が消えております。どこを放浪し、どこに落ち着いたか」

「高度成長期ですよね。なにかの働き口があったとかアミにかからなかったのですか」眉は追いかける。

「たしかに。私どももそれに頭を痛めました。70年近く生きて来た兄のみならず妹にも生きた痕跡のかけらもないのか。そんなことはあり得ぬ。なんとしてもそれを見つけ、これは犯人捜しではなく、すでに死んでおれば彼らの霊を慰藉し、私に手紙を投函したあともなお生きておりましたなら、ここにこれまで生きてきた証しがございました、あなたを捜しましたよ、と届けてやりたい気がだんだん育って参りました。そうして私どもは北の半島の先を歩きまわりました。もっともバッジも手帳もありませんから捜査ではないのでありますが」

長机の端に坐っている警察学校の警視正教頭が初めて声をあげた。

「いやもう少し、宮坂先輩。先ほどの遺留品の外套の話をお伺いしたいと存じますが」

「はい、その幼い兄の生きた痕跡が遺留品の丸互の社長を拉致監禁した時の外套に残っていたのです」

一同の息が止まった。

「お願いします」

宮坂は会議室入口に立つ若い事務官に軽く手をあげた。

事務官は、宮坂の机に持ってきた書画拡大のフルHD解像の液晶投影プロジェクターの横穴にUSBメモリを挿し込んだ。宮坂が内ポケットの封筒から褐色に灼けた一葉を取り出す。

四隅が折れ曲がり、そそけている。

事務官が、写真に光学レンズを近づけた。壁に掛けたスクリーンに少し不鮮明ながら、ふたりの子どもらしき顔がアップで映しだされた。

「少年、少女です。しかしこの子らが着ている物を見てください。だぶだぶの大人の外套、オーバーと申しますか肩掛けのコートです。足許はひきずっておりません」

一同から大きくはない「うおっ」という声が放たれた。

「左様です。この左側、少年の着ている外套が、こちらの地下保管庫にあります、丸互・ナイコクを脅迫したキツネ目の遺留品であります」

「まさか」教頭と一課長が同時に呻く。

「いまよりほぼ60年前の写真です。この少年こそ、冒頭お話し申しあげました、福松満治、キツネ目の男の少年時代であります」

一課長があげかけた手を肩口でおろした。

「はい。生きた痕跡がたったひとつ、ここに存在していたわけです。しかもいまの私どもの足許です」

「隣りは？」

「ええ、この少女は、少年とともに放浪に出た妹ではありません。皆さまもテレビで見たことがあるかもしれません、歌手の三ツ森夏希です」

宮坂はマイクを長机に置いていきさつを説明した。

満治と夏希は同じ村の隣り小舎に住んで、ドラム缶の風呂湯を、互いに、裾分けする行き来であったこと。ふたりの家族はともに北の涯ての開拓部落から満州に渡り、ソ連軍の侵攻で日本に逃げ帰ってきたこと。戦時から敗戦にかけて食い物のない貧窮の底を這いまわったこと。

「この写真は、満州からの引き揚げ船・興安丸が舞鶴に入港した時、デッキで機関長に撮ってもらったものです。外套は大変な高級品で、関東軍将校あるいは、大連参謀本部の将官クラスが着たシューバと呼ばれたものだそうです。ふたりを哀れんだ機関長が与えたもののようです。その後、六ヶ所村に帰った満治の母親がこのオーバーに白い布切れを縫いつけ、墨字のネームを入れました」

みな、スクリーンに見入っている。

石鹸が声をあげた。

「どこからこの写真を手に入れたんですか」

「右側の少女・三ツ森夏希からです。あっ、いや私が直接託されたのではなく、三ツ森がいまだに連絡、往き来のある地元恩師に預けたものを拝借して参りました。興安丸のデッキで機関長に、というのは三ツ森本人の証言です」

「松やんさん」石鹸が重ねる。

「縫い付けた布切れですか、それにはなんと？」

「はい。貴重のオーバーゆえに帰郷後もう一度母親が、弥栄開拓部落の惣代に写真を撮ってもらったという、その布切れのついたオーバーの写真も三ツ森は持っておりました。写真機などそうそう誰も持っていない時代の大変大事な一枚です。満治の母親が名前を縫い付けたその折りの写真がそれです。つまり正確には興安丸のデッキの時の写真ではありませんが、いずれにしろ機関長から与えられたシューバであります。スクリーンでは不鮮明ですが。ルーペで覗けば少年には〈満〉、少女の三ツ森のものには〈夏〉とあるはずです。但し、このいずれが保管庫にあるのか、小生は確かめ得ておりません」

「〈満〉と〈夏〉ですか」

「さようです〈満〉はむろん満治。冒頭申しあげかけました満治のいわれは、ご賢察の通り、満州を治めるの意であるようです。三ツ森夏希は芸名ではなく、本名で歌手になりました。馬も人も息が凍るという地で、親が、夏に希みを託してつけた名だと思われます」

　ここまでほぼひと息で報告した宮坂の髪の生え上がった額に汗の粒が浮きだした。

　パイプ椅子に並ぶ捜査員らも、雛壇の幹部らも声を失くした。あの大騒動のホシが本州最北の半島の出であると考えた者はおそらくひとりもいない。まして満蒙開拓から戻った一家だったとは。

　当時の捜査本部とはあまりにもかけ離れた異域と犯人像である。

「この少年の面影と、キツネ目のモンタージュは似ても似つかん。同一人と想像するのは到底困難ですな」

　Yシャツが汗じみ、妙に好戦的な印象を与える目付きの監察官室長が訊ねた。

「はい、それにつきましては後ほど仔細な検討を加え、さらに参考人供述はむろん下北半島で引き当たり捜査が必要かと存じますが、犯人は10年あるいは20年ほどの長い年月をかけて万全の用意をしたようであります。すなわち、住まいのまわりはむろん、働く場でもずっとシルバーのキツネ目メガネとはまったく印象の違う太セルあるいはウエリントンとよばれている黒いフレームなどのメガネをかけておのれの顔を周囲に覚えさせた。

キツネ目の男をたとえ、下北に追っても当人に行き着かないのは道理でありました。さらに犯行直前に目尻、瞼を整形したと思われます。医者にかかると割れますので、おそらく、グループに、それぐらいの整形ならできた者がいたか。

犯行仲間につきましては私の手には負えません。皆さま方の追捜査に待ちたいと存じます」

石鹸の声が大きくなった。

「しかし松やんさん、大っきな疑問が残ります。警察への復讐、それは考えられぬでもありませんけど、ではなんで、丸互とナイコクがターゲットになったんですかね」

「ああ、それを先にお話しなければいけませんでした。丸互の社長監禁の水防小屋になぜ先のオーバーが故意のように残されておったのか」

「それは当時、マークした。最後まで追えんかったがな」

「写真のこれは、申しあげました通り、関東軍司令官クラスが着するものでした」

監察官室長も石鹸も頷く。

「そして丸互のいまの社長に遡ります。丸互初代の創設者は関東軍の高級参謀でした。大佐か、中尉か、このことはまだ調べ得てありませんが、何個師団かの師団長であったかとも。いずれにしろ、満州で高級武官であったのは間違いない。御承知のとおり、満州末期はソ連軍の侵攻で、日本陸軍、関東軍は民間日本人を見棄て、いち早く故国に逃げ帰ったり、南方に転戦した。あるいは、足手まといだと同胞を斬り捨てた師団もあったといわれています。

　丸互の初代は帰国後、満州国統治で縁を結んだ政商、政治家の後ろ盾を得て通運会社を成したそうであります。キツネ目の怨念はそうして丸互通運に向けられた。ナイコク製粉も元は、関東軍の参謀次長が興しています。ふたりともいまで三代目です。なおいわずもがなのことでありますが」と断って〈関東軍〉の謂われを付け加えた。

「万里の長城の最東端の関〈関外〉よりさらに東の地を関東州と呼んで、そこに進めた軍権が始まりだと申します。もう一説には、海側の大連以北を関東州と呼ぶとも。小生にはよく分かりませんが」

　石鹸がはさむ。

「当時、捜査会議で関東軍に遡（さかのぼ）るまでを追う議論がなかったわけではないが、いうてみれば盲点のようなもんだったんかね」

「はい、小生もまさかこんな容疑者に行き当たるとは」

「ところで松やん先輩、肝心をひとつ。キツネ目の男はあなたに手紙を書いてきて、いまも生きているのですか」

「いや、お答えを濁すつもりはございませんが、代紋も令状も持たない小生、ある者との約束でいまは断言しかねます。いずれみなさま方にさらに詳細なキツネ目・福松満治氏についてお話しできる機会があるかもしれません」

「期待しております。しかしわれわれも、今日の会議で話を伺ったこれを機に、たとえ時効を越していようと、本部の威信回復にかけて引き当たりでもなんでももういちど洗い直してみましょう。松やんさん最後に何かいい加えることは？」

本多忠司は石鹸の発している声を聞き、時効が蒸し返され、キツネ目のホシが府警に顔を見せる日が来ることなどあるのかとめまいに近い感慨を覚えつつ、腕時計に目を落として博多から対馬に着いた時刻に違いない亮兵に話しかけた。「バッグをしっかり抱えていけよ。裏屋のパスポートは私の言った通りやればうまくいく。管理局出張所を堂々とした態度で脱けよ」

宮坂松雄が関東軍の説明をしている同時刻。

堀口亮兵は、まだ博多にも行き着いていなかった。新神戸駅3階に上るエスカレーターで尾行警察官の姿に身をすくめた。ユナの待つ対馬まではまだ遠い。博多で降り、タクシーを拾って福岡港でジェットフォイルに乗り対馬・比田勝港をめざす。煩わしい行き方だ。

いやそれでも彼らは追って来てだしぬけに姿を見せるのか。

そもそも、容疑は何か。先生が訴状を出さず、いわば示談のかたちで片を付けてくれた刺傷事件で追われているのか。示談になっても逮捕されるのか。それとも、丸互・ナイコクの誘拐、拉致、脅迫、一連のヤマのアミが引き絞られたのか。

新神戸駅上りのエスカレーターのステップが動きだした。一番上段で尾行のふたりが待ち構えている。3段目をあがったところで、亮兵は咄嗟にガードパネルの非常停止ボタンを押した。駆動機が止まり、ステップが一斉に動かなくなった。その隙にステップ床板に転がり落ちた。バッグを胸に抱えなおし、博多行き1番とは逆の、東京行き〈のぞみ〉が入る2番乗り場エスカレーターに向かって、最近になって覚えた祈りの言葉をとなえながら走る。

《スターバースト・スターバースト》。

最後尾博多寄り自由席1号車まで行けば、奴らを撒ける。ホーム中ほど〈旅弁当・神戸〉の売店脇を擦り抜けるとき振り返った。

レールを挟んだ1番線で奴らは2番ホームを窺っていた。売店の裏にまわりこんでまた走る。最後尾車両の停車位置に差しかかった時、〈のぞみ〉が入線してきた。

1号車に飛び入った。進行方向右側のA席をめざした。2番ホームからは見えない窓際の列だ。背をこごめ、座面の真上に顔を落として発車を待った。長い1分30秒だった。
二、三の案内放送のあと列車は音も立てずに滑り始めた。デッキに出てユナに連絡したかったが、新大阪まで我慢した。新大阪でものぞみは少し停車する。
「お待たせしました。上り、次は京都です。24番線に停車中の〈のぞみ104号〉東京行き11時24分発はまもなく発車します」

案内放送が終わってホームに一瞬の静寂が戻ったあと、やっと対馬のホテルで待つユナと携帯でつながった。本多に捨てよと言われていたが携帯はまだポケットに残していた。ふたりとも、互いに急いた声を交わして、なんとか無事に移動できていることを喜び合った。

乗り換えた博多行きの下り〈のぞみ〉でも、亮兵は肩をこごめ、シートに顔をうつむけて低く小さく過ごした。幸い、尾行の刑事たちの姿や、隣りの席に乗って来る者はなく、極端に低めた姿勢をいぶかしまれることはなかった。初めて乗った西行き新幹線は次々に風景を飛ばしていく。トンネルが多かった。

本多先生に胸で呟いた。ぜぜりは出てこなかった。

「ひろしまでです。こんなに、とおく来ました。ふくおかで、見つからずに、いけますか」

本多には、対馬のホテルに着いてから無事だったと報告しようと決めていた。

プサンへのフェリーに乗ったらすぐに海に携帯を投げ捨てよといわれていた。警察のＧＰＳ測位の無線チップも格段に精密になっている。

ユナへの連絡はしばらく出来ない。早く会いたい。

出入国管理局・対馬出張所をどう脱するか。先生の指示を受け、ユナとも打ち合わせてある。

14時10分、博多駅に着いて、尾行がまわっていないかと気を張り詰め、視線を四周にまわしたが、それらしき男の影はなかった。

逃走のためのカネを詰めたバッグを抱きしめて、博多港ターミナル第2埠頭からジェットフォイル〈BEETLE（ビートル）〉に乗ることができた。15時20分になっていた。博多港からプサン行きもあるが、先生に、対馬にいちど降りてから行けと指示された。先生の手配してくれた裏屋がいる。毛足の短いカーペットが敷かれた2等客室でバッグを枕にして目をつぶった。ここまでうまくすり抜けてきた。

これからもアクシデントはなにも起きない。そう思えば、必ずプサンに行き着くことができると胸に刻めた。ジェットフォイルのエンジン音が背中に急げ急げと響く。

緊張がほどけて寝入った17時40分、プサン行きのフェリーが目の前に入港している対馬比田勝港に面したスンシンホテルのロビーに入った。追いかけてくる者の姿はなかった。3階の部屋でユナは待っていた。窓から白地にブルーの流線を走らせた船体が見える。おずおずとユナを抱きしめた。

森ノ宮の〈東亜通航自治会館〉で初めて抱いた時のトゥシューズを履いてくるくると回転するユナの躰は細く薄く、折れそうだった。しかしいま、掌（てのひら）、腕の中に女らしい胸と腰の重みがある。さらに強く抱きしめた。

「さっき、ひとりで踊ってたのよ」

「見たかったです」

「あ・と・で」

まず、本多に指示されたことをこなさなければならない。

ホテルを出て、尾行がないか、後ろを振り返り、左右を確かめる。

先生のメモを手にひらきながら路地に入って行った。右へ左へ曲がりくねる細道沿いに壁板を石垣に載せた、屋根の低い、小屋に近い家の背面が続く。その先、行き止まりが先生のメモの店だった。小さな立て看板に〈伽耶薬局（gaya yaggugu）とある。〈漢方〉〈薬用海産物取り扱い〉の日本文字も見える。

店前に立って、また振り返った。路地に入ってくる人影はない。

ガラス戸を開けた。「お、おねがいします」

「あいなあ」奥から店主らしき者の声が返ってきた。丸穴が開いたように頭頂が禿げ、両サイドには強（こわ）い髪が逆立っている妙に年寄りじみた五十ほどの〈旅券屋〉だ。薄暗い店に辛うじて差しこむ外光を分厚いメガネが一瞬撥ね返した。

「わたし」

言いながら　ポケットのメモを受付台に差し出す。

男は頭を振って後ろの煤けたカーテンに目を送った。後頭にも円い穴開き禿げがあった。

「大阪からやね。ああ、分かっとります。心配ないわ。ノープロブレムちゅうこっちゃ」

「もうひとり女の人のも」

「ファンゲ（ewangye関係）ないよ。用意してる」

「あっ、はい」

「こっちよ」

男の後ろに続く。カーテンの裏側に入る。小さなデコラテーブルを前にして、パイプ椅子に坐っていた30手前の男と女が亮兵に軽く頭を下げた。テーブルに安湯呑みが載っている。

裏屋は、すぐにからくりを説明した。

「このおふたりは2時間前にプサンからこっち着いたばかりの、これから大型の観光バス7台でな、雲仙、鹿児島まわる350人の団体観光客ですわ。

あんたにパスポート貸してくれよる。あんた、プサンで降りたら、それをこれから私の言う店に返したってください。それだけのことや。ここで借りて、むこで返す。なんにも難しことない。シュッゲ（簡単）エよ。管理事務所、顔写真見ない。男か女かだけよ」

「はあ」俄かには呑み込めないところはあるが頷いた。

「最近、毎日こんなんでな。嬉しい悲鳴でおますわ」

穴開きはいま少し説明をくわえた。

「なんも心配ないよ」

福岡出入国管理事務所の対馬出張所は、一気に出入りする団体客のひとりずつの顔など照合できないことが多い。男女の別をわずかに目にするだけで、団体の人数をチェックするのに手一杯になる。

プサンに降りて返したパスポートはまた次のプサンからの協力者に託してこの店に戻って来て、日に何度も稼ぐ。

フェリーだからかつては、大型トラック、セダンに隠れて密かに出入りできた時代もあったが、いまではこれが一番リスクの少ない方法だと、穴開き禿げの店主は、年季の入ったソファーに坐る二人と亮兵に緊張をほどかせるつもりか笑みをつくった。

もし普通の団体客ではなく、目の前の者らが出入国の管理官だったらと、警戒を怠らない癖が不自然な笑みをこしらえさせるのか。

「やっ、カネが先だ。堀口さんいうた、あんた。４１６万ウォン出す。日本円40万。安い」

内訳は、パスポートを貸してくれるふたり、この旅券裏屋、プサンの裏屋にそれぞれ１０４万ウォンずつ。裏屋には濡れ手に粟の商売だ。ただリスクはついてまわる。

完全に公平にするのは、あとに遺恨を残して密告（タレコミ）などされぬためだと、亮兵にも分かった。

指に唾をつけて札束を数えた穴開きは、テーブルの男にカネを渡す。

彼らの背中が消えるのを見送った店主は、うっすらと口元に安堵を泛べ、「いえね」と亮兵にいった。

「いえね、あたしも悪いことしましてね。入ったのよ、都島の大阪の。ナカに。んで出てきて本多先生の観察を4年受けましたんや。それからこっち来たですよ。韓国語が少し分かるもんで、こんな人様にはいえん商売を。本多先生（せんせ）のおかげでなんとか元気でやっとるの」

亮兵は渡されたパスポートをブルゾンジャケットの胸ポケットにしまった。

予想外に簡単だった。あとは裏屋のいう通り、出入国審査官は本当にひとりずつの顔をチェックせず、連日数百人に及ぶという団体旅行の人数と旅券の枚数を照合するだけか。

「今日はこれからまた大型着いて、４００人プサン戻るよ。近頃毎日こうやけど」

裏屋は、亮兵の不安を見透かしたように、また無理につくり笑いの声をあげた。

ユナは変わらずに部屋で待っていた。

「ああ、よかったわ。ここまで来てなにも起きるはずはないと信じてたん」

亮兵はユナの肩から腕をまわして細い躰を抱きしめた。出航までにまだ時間はある。

「だ、だいじょうぶ。ぜんぶ、うまくいった」

旅券を「ほら、これです」と見せた。

ユナは自分のをめくってみた。

「わっ、うち、ちょっと若すぎるかな」

出航までに1時間半を残す。

18時10分、亮兵は窓際に倚(よ)って、停留している船をもういちど目にしてやっと落ち着いた気が戻った。先にプサンに1億2千万円を送り、尾行を撒き、逃亡費の2千万円をリュックに運び、旅券を手に入れた。何も怖れることがないと思った通りに事は上々に運んでいる。うまくいく。

本多先生、かならずうまくいきます。さらに胸の中で最近になってやりだしたおのれに向ける祈りの言葉を切った。

《スターバースト、スターバースト》星々が爆発的に生まれた銀河星団で生き残れる塵になろう。

後ろから近づいてきたユナが声をかけてきた。「踊るね。見ててね」

「はい」

「ピアノと一緒やの。一日休んだら、勘取り返すのに3日かかるんよ」

窓から離れたユナは、モノを掬い取る手つきで軽く右手を胸の前に持って行き、膝を折ってお辞儀した。

蓄音器の代わりに、ラジカセで音を流す。

「ヨハンシュトラウスⅡ世のこうもりっていうの」

いきなり、くるくると舞う軽快な音が響く。聞いたことがない気がしないでもない曲だ。初めて〈東亜通航自治会館〉で聞いたふんわりと円みのある音に包まれたバレエ音楽ではなかった。あれとはちがって忙しい。

ユナはさほど広くない部屋を窓からドア、壁からベッドと動きまわり、急に踏みとどまってターンする。痩せ型の姿のよい躰が、広くのびやかに舞った初めての時とはちがって活発に動く。

ベッドの端に尻をおろして、ユナの動きを瞪める。

「もっと足を後ろに滑らせて大きく踊らんといかんのやけど。ピルエットのときの、こう、足の運びがまだ小さいの。ステップステップトゥゲザー。アームスの使い方もだめなんよ。向こう行ったらね、まだまだこれから稽古するわね」

心細いようすを見せたユナはしかし突然、トウシューズを履いていないのに、揃えた右と左の足先を垂直に立て、全身を力強く突き立てた。

頭から背、踵まで一直線の棒になった。

次の一瞬、左にターンした。細くかたちのよい脚を隠していたスカートがひるがえった。すんなりとしすぎた細い棒のようでなく、ふくらはぎと大腿の肉が婉曲を描いて、亮兵の目に女らしさが映る。

〈こうもり〉はまだやまず、さらに突然速くなってリズムを強く刻んだ。

額にうっすらと汗がにじんできていた。

ホテルの窓の外は暮れかけ、波のない港で船が揺らめいている。カーテンの隙間から覗く岸壁に大阪からの尾行の影がないかもういちど確かめる。数百人はいるかと思える予想外の数の団体客がぞろぞろと岸壁からのタラップをのぼっている。何十疋もの犬が、リードをつながれて人間に続く。フェリーの底にトラックやセダンとともに積まれるのか。

人、犬、こんなにいっぱい乗るなら大丈夫。

本多先生の指示通りに、中津から森ノ宮の自治会館をまわり新神戸に出て、新大阪にいったん引き返し、なお博多港から直接プサンをめざさない経路は複雑であっただけ、成功の道だった。

旅券も、本多先生に恩義を感じている裏屋から無事に手に入れることができた。

しかし、最後まで気は抜けない。ホテル脇の岸壁に沿う観光客の行列に紛れこんだ。

みな、両手、背中に持ちきれないほどの荷物を運んで列をつくっている。電気釜、掃除機の段ボールを抱えている者もある。犬のキャリーバッグを抱き、あるいはペットカートを曳いている男や女も多い。ともかく犬の目立つ行列だ。九州で即売会や品評会でもあったのか。韓国のブリーダーたちか。

列に犬の臭いが漂っている。先頭から十列ほどの一匹が突然鳴き始めると、競うように他のも鳴く。列は一気に吼え声につつまれた。

ゆっくり行列が前に向かう。

踵(かかと)をあげて先頭を覗いた。ブリッジに続くタラップの脇に管理局出張所がある。

本多先生や裏屋がいったとおり、本当に旅券の顔を照合しないのか。

「次」「次の人」

いや、係官は、差し出されたパスポートの写真と目の前の顔に強い視線を向けてゆっくりひとりずつ検問している。

「団体客をひとりずつ確認することなんかできませんからな。旅券の数と人数、男か女かどうかだけや」

裏屋に騙されたのかと、くずおれそうになった膝に力を込めて亮兵はユナにささやいた。

「うしろ行こ」

ここで見つかっては、ユナと一緒になれない。最後尾に近い列で足踏みをした。

と、前方が突然にぎやかになった。よくは見えないが、列が崩れたようだった。

「逃げた。落ちた」声がした。

ユナの手を引いて岸壁の下の湾を覗きこんだ。白い小犬が波のない海面に顔だけあげて浮き沈みしている。

亮兵はユナを引き、一気に最前列まで駆け、素早く出張所の前を過ぎながら審査官にパスポートをかざした。

審査官は、騒ぎと犬の行方に気をとられたのか、亮兵たちの顔を見ることもなく、「行け」と手合図した。

矩形に閉ざしてある行列整理のガイドポールを押しやり、ブリッジに続くタラップを上った。

携帯を海面に投げた。

◯

大阪府警の8階会議室で宮坂松雄はふたたび、入口際の事務官に手を挙げた。「では、もういちどお願いします」

事務官が書画カメラの下に地図写真を置き、ライトを向けた。つないだケーブルの先のスクリーンに今度は、本部捜査員たちのあまり目にしたことのない地形が映しだされた。

「本州北の涯ての半島であります。この一番先端をごらんください。なんども焼亡し、洪水に流失した村というのはここです。そのすぐ下、ここが、キツネ目の男と、三ツ森夏希が生まれ育った開拓小舎のある、まるごと土の下に埋められたと申しあげた下北郡六ヶ所村、旧上弥栄いまは弥栄平という地であります」

松雄はひとつひとつその辺りに、指し棒の代わりのメディカルライトの先を当てる。

「ごらんのように幼虫が躰をよじったかたちというか、見ようによっては人体の上半身のようでもございます。こちらが太平洋側で背中、こちらのゆるくカーブしているのが対岸の津軽半島陸奥湾で、腹です。先ほどの北端の上が頭で、これが津軽海峡であります。

明治維新で敗れた三十二万石の会津藩が三万石に減石、移封された厳寒荒蕪の地です。藩士1万7千人が途炭の苦しみを舐めたと史書にあります。

11歳の妹と15歳の兄は、ほとんどを原野、森に覆われておりますこの半島をさまよい歩いたのです。戦後まもなくです。食うものはない、ふた親はすでに死んでいる。頼る所もない。いえ、ひとつだけ、兄の満治に宛(あて)がございました。

この地図の、ここです。ちょうど臍に当たるここに、日本で何番目にか大きい湖がございます。むつ小川原湖と申します。兄は半島をさまよいながらここをめざした。幸い季節は、ヤマセと呼ばれる冷風も吹かず、ものみな凍るような時でもなかった。この湖は海水が混ざる汽水湖で、湖面に小舎(こや)が浮かんでおります。床板の下に小柴、松の枝、青森ヒバの葉を括りつけたヤナを仕掛けております。〈待て〉の意でしょうか、〈マテ小屋〉といいまして、汽水ですから、ここにイワシ、コイ、ハヤ、サクラマスまで、海のものも川魚もかかる。野地や雑木の森から捕まえてきた虫をヤナに落とせば魚はもっと寄ってくる。そうして、詳しくは分かりませんが、ここで都合半年ですか、その前後は、この地図の上から下まで、さらに下から上まで、兄妹は歩き続けたのです。
　そこから先は小生のとぼしい頭で想像するしかないのでありますが、ふたりはまた在所に近い風間浦に戻り、ここでどういうようすであったのかこれも仔細は分かりかねますが、今生の別れとなったようであります。さてそれから、妹はどこに行き、兄はどうしたのか」

　八の字眉サッチョウ二課長が性急に問う。

「どうしたんですか、ふたりは」

「妹はわかりませんが、兄は津軽海峡を渡りました」

「えっ？」

「わたしども、そこにおいでの辛島壮介先生と、とうとうその痕跡を発見いたしました。福松満治の手紙は、『舟、重油缶、オールを盗んだ。その記録に小生の名が残っていまいか』と書いてございました。それを捜しました。すると、これも、土地の元教育者の証言で、たしかにそのような事件を当時の巡査が調べていたことがあったと。

　いえ、これも残念ながら、さきほど来申しあげております同地の火災洪水で、駐在所も小さな港の漁協事務所も消滅し、書類は一切残っておりませんが、福松満治は盗んだ舟で密かに海峡に漕ぎだしたのではないかと想像いたします」

「対岸は北海道ですね。どれくらいあるのですか」

「いえ、そう距離はない。皇居を3周、大阪城公園なら4周半ほどです。されど子どもの乗る舟であります。その忍びがたい絶望と孤独に私の貧しい想像は及びません」

「15、6歳の少年が、ですか」

「いえ、ひょっとしてまだ14であったかもしれません。正確な年令は分かりません」

「いずれにしろ、海峡を渡った。重油は焼玉エンジンに使うのですか。あとはオールで手漕ぎですね」

「はいその通りでしょう。私どもも、ほぼ60か70年前に当地の巡査が調べたというその漁港の突堤に立ってみました。

ただし繰り返し申しあげますように、少年がいかに漕ぎ渡ったか、私どもはただただ思いを巡らすほかはございません」

○

少年が津軽海峡をいかに漕ぎ渡ったか。

想像は及ばないと大阪府警8階でマイクを握った宮坂松雄が繰り返し述べる会議は続いていた。ペットボトルを口にしてから脇に居並ぶ雛壇の者と、前面のパイプ椅子に坐っている男たちを松雄は見まわした。

みな固唾（かたず）を呑んでいる。

本多忠司は後ろの席で初めて、耳を立てた。腕時計に目を落とした。

亮兵たちは裏屋からパスポートを手に入れ、対馬のフェリーに無事に乗った時間に違いない。そう思い込むと、成功が確かな輪郭をかいて両目に結べるようだった。

マイクを握った松雄は列席者に続ける。

「まことに以って、空想を交えるほかはございませんが、私どもは、キツネ目氏・福松満治少年が海峡に小舟を漕ぎだした突堤に立ちました」

一課長が挟む。

「えっあなた方も津軽海峡を渡ったんですか」

「いや、渡ろうとすれば渡れたんですが」

首を振った。ついで、釣り舟を雇えば海峡越えは不可能ではないこと、乗り合いか、個人かで船賃は違うが5時間7、8千円で行けることを言った。

「渡りたかったですね」

「まあ」

「めったにない機会だから」

「いえ、そういうことではなく、60数年も前、戦後の混乱期、15、6の少年がいかなる思いで目の前の海を漕ぎ渡ったのか、苦難と恐怖だらけだったろうと。

釣り船を雇えば、私どもはデッキ、キャビン内から足許の海峡を見ることができます。しかしそれだけのことです。あの日、満治少年の目には何が映ったのか。その折りの光景の切れ端があるいは、今回起こした度はずれたヤマにつながったか。そういうことを思いつつ、渡ればよかったのですがと」

「なるほど。14、15、16で津軽海峡を渡る胆力の主か。いずれにしろ中学だ。そりゃ、凄い」

「しかしながら皆さま」

松雄はここでまた一瞬、息を呑んだ。

「あとさき逆になりましたが、いえ、のちほど申しあげると勿体をつけていたわけではございませんが。私ども、そののち彼が漕ぎ出した海峡の対岸に位置する、北海道のさる場所で50年後のその少年に会うことができたのです」

「えっ、まさか。今日は松やんさん、愕かしてくれます。本当に？　キツネ目に？」

「はい、間違いございません。遺留品の外套の男です。小生に『オレを捜せ』と手紙を呉れた男です。まったく怪訝も抵抗もみせず、キツネ目であることを認め真情の一端を披露してくれました」

「松やんさん」

「はい、福松満治。キツネ目氏です。【アヴェ・マリア】の名で挑戦状・脅迫状を出していた男です。仲間というか、挑戦状をパンライターで打った女も一緒でした」

「えっ、たしかナイスナインといっていたその者も、ですか」

「はい。満治より年上の婆ぁさんです。キツネ目は『がっちゃ』と呼んでおりました」

「がっちゃ？」警察学校・警視正教頭が素っ頓狂の声をあげた。細い目をした前歯のやや突き出た男だ。

「がっちゃって？」

「母親のことです。『お母はん』と」

会議室に、男たちの熱気を孕んだ、声にならない声が一気にあがった。

宮坂の耳には「うおっ」と、全員が声をあげたように聞こえた。

誰かが、がたっと音を立てて椅子を立った。

一課長が制する。

「あっ、やっや、ちょっと待って。冒頭申したように、今日のこの場の話はすべて保秘だ。この会議に出た者の名も保秘です。総務や監査室にも漏れることのないよう。

　そのがっちゃのほかには？」

「あれだけのヤマです。ほかにもいたでしょうが残念ながら。時効が成っております。もっと詳しく話が聞けるかもしれませんが、私はそこまでは」

「よしまず、保管庫のオーバーだ。オーバー確認」

　今度は、捜一課長が音を立てて椅子から立った。

22 海釜

　海は鏡を敷き置いたように凪いでいる。長梅雨に入る直前のこの時期、突然怒りを忘れたか、これまで荒れていた波涛は静まる。

　１９５８（昭和33）年７月26日。満治は海峡を瞠めた。

　東方からあがった月光が一直線に波間を突き切り、満治に向かって射しこんでくる。

　夜が明けぬうちにこの光の筋を辿れば北海道亀田半島・汐首岬に行き着ける。港の入口の防波堤灯台のほかに、灯りはない。星もない。月光と、手許のブリキ壺のカンテラだけが頼りだ。

　この凪なら、渡れる。

　風間浦の突堤で、人買いだった男に妹のセイと生き裂かれた満治は、船具小屋から引きずりだしてきたロープ、重油缶とともに、焼き玉エンジンを、半分朽ちかけた木造の釣り舟に乗せた。

突堤内側の舟出し丸太に乗せた舟を、慎重に湾に押し出した。少し先までオールを漕いでゆく。密かに舟を出す音を県道沿いの民家や漁港のなまこ、ふのり加工の作業場に聞かれてはならなかった。
3、40メートルも漕いだ先で発火綱を引いた。1回目、2回目、かからない。焙烙玉が爆ぜるようなシリンダーを動かす音がドッドッドッドと強くあがらないことをなお願って3回目に引いた綱の先でエンジンに火がついた。
ドッドッドが軽いポンポンという音に変わった。ナスのかたちをした鋳鉄の発動機の腹が震え始めた。

見えない夜空に、重油の燃える煙が筒先からあがる。横になれば隙き間がなくなる幅の舟を油の臭いが覆う。エンジンはベルトに繋がったピストンに伝わって、発動機の車軸から舟尾のプロペラを回す。波のない沼か湖面をゆっくり滑るように海に這い出した。

必要な用具のこと、焼玉エンジンのかけ方を知っていたのは、中学生になって陸奥湾・横浜の小粒な港で部落の年寄に、木舟を浮かせる初歩を教えてもらった機会があったからだった。爺さんは年端もいかぬ満治に言った。

「なっ、これがわかっとりゃ、津軽海峡も越えられっべしよ」

灯台の明かりが淡くなった。

ここまで来れば、エンジンの音は波間に吸われる。

ロープ、油のほかに、莚2枚、抄い網、大きいフック釣り針、マッチと付け木、りんご4個、水を一升瓶2本に詰めて来た。

セイと半島をさすらって、素手で生きるには何が要るのか知恵がついていた。

船具庫の隅に隠されていた小舟は、ポンポン蒸気と呼ばれる通りの軽やかな音を立てて静かな波の上を滑って行く。

んだ、んだ、これでいいべ。いぐべ。

おのれに声をかけ、莚を敷いた。瓶の水を呑んだ。月の光しか射さない空を見上げた。

生きられっぺか。15歳の胸に希みが湧いてきた。りんごをかじった。もうひと口かじった。

海峡の対岸の汐首岬に辿りつけるかどうか分からないが、集団就職などせずとも、海を越えればなんとか食えっぺ。舟端（ふなばた）に白い背が寄ってきた。タモで掬うとイカだった。手で引きちぎってむしゃぶりついた。塩気が強かった。

闇を照らす月光の向こうに、まな板を思わせる平べったい陸地が薄青く横たわっている。まっすぐに向かえば北海道まで18キロというが、それがどれくらいの距離か少年には不分明だ。マテ小屋の浮かぶ小川原湖の対岸までより、遠いのか近いのか。

焼玉を燃やし、千島海流が流れ込んでくる右方の太平洋側に舟を持って行かれぬよう、オールを漕ぎ続ければ行き着ける。

怖いものは何もなかった。〈海釜（うみかま）〉に突っ込まないのを願う。

海底の低い地点から、山地、尾根が急に高く盛り上がって円形、楕円形、三日月形の〈窪〉を成し、潮流を掻きまわし、荒れ立つのが〈海釜〉だ。

行く手左方の津軽半島・竜飛岬をまわりこんできた対馬暖流が太平洋側に向かって海峡を抜ける最初に波立つ衝突の地が〈松前海釜〉で、〈大間海釜〉〈汐首海釜〉と釜は次々に現れる。釜にひそむ海底の岩塊、山稜に、潮流は複雑に阻まれる。

マグロ漁船など、なにごともなく操業しているように見えるが、マグロが泳ぎまわっている岩塊に阻まれた海底4、50メートルでは時に、潮は予期せぬ方角に奔る。海底にはその〈釜〉だけではなくほかに〈脚〉〈崖〉と呼ばれる険阻もある。

満治は、〈海釜〉のようすも〈脚〉も〈崖〉も知らないが、近づけば海底にひきずりこまれると聞いたことがあって恐ろしい。

夜に行く漁船のあとに続けば、汐首や大間の〈海釜〉を避けられる。ほかに舟の行く先を過(あやま)たぬ術はない。一本釣りでも、さし網でも、それらの船の航跡を辿るつもりでいる。

ポンポンとエンジンピストンの規則正しい音を聞きながらセイが男に連れられてどこまで行くのか、満治は初めて涙がこみあげてきた。セイの後ろ姿を見送ってからここまでずっと悲しみを抑え込むのに我が身が忙しかった気がする。

伊佐甚六と名乗った男の言っていた大塚とはどんなとこか。「稼げっかんな、それでだめだば、琵琶湖のそばの大津だべし」と甚六はセイの肩を抱いたが、本当にその大津というとこまで連れて行かれるんだべか。紡績工場とは何をする所か。セイとまともな別れの言葉を交わしたわけでもなかった。

小川原湖のマテ小屋で、セイはヤナにかかったワカサギを何匹も掬った。ふたりで焼いた。慌ててかじって口をやけどしそうになったのにセイはまたそのままかじろうとする。ふうふうして、冷ましてやる。

半島をさまよう間じゅう、ほとんど言葉はかわさず黙したままだったが、セイは足が痛いとずっと泣いた。自転車の廃タイヤのゴム靴はセイの小さな足に合わず、おまけに、粗悪のために履き始めてたちまち底がやぶけた。

ほかに草履も靴もない。草葉で拭いても血はすぐに滲みだす。また歩く。また滲んでくる。拭いてもだめだ。舐めて口で吸い取ってやる。セイの血は錆びた釘を舐めた味がした。

すぐ近場で十艘ほどのイカ釣り舟が集魚灯の光を黒い海面にぎらぎらと突き刺している。ふなばたからこぼれ落ちるほどの集魚灯を吊るしたイカ釣り船が脇を過ぎて行った。

その船の灯りとかたちを一瞬認めただけで、満治は頭から莚をかぶった。どこに行っても、誰にも見つからないようにする習性が身についていた。国防服仕立て直しの古着の袖口で拭いた涙が、いまになってあとからあとから湧きだしてくる。

月は舟を出したときよりはるかに上方にのぼっていた。だが、月の動きを見ても、港を出てどれぐらいの時間が経ったか鮮明ではない。時間を考えぬことにして、莚の中で虫のように強く小さく躰を丸めた。そうしていれば誰にも見つからず、細い舟幅から海に落ちることもない。一番安心できそうな気がした。

目を閉じ、涙を拭いた袖口をおでこに載せ、いつもの癖になっている唇を噛み締めた。

ややあってから突然、細幅の舟底が岩にでも当たった音を立てて傾いだ。焼玉は変わらぬエンジン音を立てて舟を前進させているが、さらにもう一度舟底が叩かれた。莚をはねのけて月を見上げた。月も闇空も揺れている。

「おうい、おうい」エンジン音にかぶさって、声が聞こえた。すぐ後ろに、さし網漁の中型船が迫っていた。昼間に仕掛けた網を引きあげる時間か。ならば一回目の引きあげの真夜中か。

声は、満治にさかんに手を振っている。

見つかったか、大人に捕まるのかと、舟端に身をすくめた。

「おうい、三角波にやられとるべさ。行ぐな　行ぐな。寄っとる」

〈海釜〉があたまによぎった。〈汐首海釜〉に寄せられているのか。舟底をこづいているのは、三角に切り立った波か。

舟はまた鋭くなにかに突き刺された音を立てて揺れた。

近づいてきた船の頭上で、鉢巻きを締めた爺さんがわめいている。

「こんガキが、なしてよ」

風にちぎれる声に、応えられない。

「死にてえだかや」

爺さんはロープを投げおろしてきた。

「そっちさ。釜だべし。これ、おめの舟に結べ」

投げられた綱を艫につなげという。

しかし、舟は右方の太平洋側に向かって奔る対馬暖流と、逆に海峡に流れ込んでくる千島海流に巻き込まれ、さらに、海底の山塊、岩稜で掻き混ぜられて、舳先と尻の方角を失った。釜でなくとも潮目に入ったのか。潮目は、タテ波ヨコ波がぶつかり合う。舟は旋回し始めた。焼き玉は変わらぬエンジン音を立てている。だが、旋回するだけで前に進めない。また襲ってきた尖り波の強い衝撃で、踏んだオールに足をとられ、甲板に昏倒した。

なんどかゆすぶり起こされたあとで、鉢巻きの爺さんに気づいた。分厚い甲羅をかぶった蟹に似た赤黒い顔の年寄だった。

「おめ、死ぬ気だかや」

この人は接舷して飛び乗ってきたのか。満治の意識が輪郭をもってきた。

「こっつべ、窪だ。潮目だ。こんたな舟で引きずりこまれっべさ」

男はそれからも喋り続けた。

「おめ、どっから来たべや」

「こん舟、盗んで来たじゃな」

「ここはおっとろしいとこじゃど。おいが見つけとらんと、死んだど」

「おいどもは巻き揚げがあっから戻るが、おめは、こっからなら死ぬのさ諦めてアイヌモシリさ渡れ。モシリ、分かるな、北海道だ。空明るぐなってきたらよ、こっつの方角にかたちのええ山が見えっからな、向かっていげ。モシリの蝦夷駒ヶ岳だあ。そっつに行げ」

顔にかかるしぶきを拭く。

「歳なんぼだべしゃ」

それだけは答えられた。「15」と絞りだした。分からなくなって「16」とつけ足した。

「そんなら歳に不足はねえけんどな。おいの船には15も16も乗っとるでば」

「だどもおめ、死んだら身も蓋もねえかんな。死ぬるためにこったなとこへ漕ぎだしてきちゃなんねえよ。まだ若い。モシリでがんばんべな」

蟹の爺は、満治が死ぬために舟を出したと決めてかかっているようだった。

爺の船から若い衆の声が降って来た。

「爺っつぁん。ホッケ揚げるべ。キハダも入ってるで」

蟹爺は満治の頭をぽんとひとつ叩いた。

「あんちゃはこれからだ、いつかいい風も吹いて来るべさ」

さし網船の短い梯子に手をかけ、一瞬のうちに満治の視界から姿を消した。

旋回していた満治の小舟は不意に力を失くして、静まった海面に舳先と艫をまっすぐに伸ばした。投げられたロープは艫につないだが結局、蟹爺の船に曳かれなかった。セイもがんばって生きるべな、と思った。

月光は依然として衰えていない。月は風間浦の突堤を出てきた時より、西に向かって降(くだ)り始めていた。

重油は途切れていないが、汐首岬にまっすぐ行けるとは限らない。舟は、汐首をまわりこんでくる暖流で東へ持って行かれる。と、函館本線の長万部(おしゃまんべ)寄り、森町(もりまち)、鹿部(しかべ)の浜や岸壁に着くことになる。重油の一斗缶を振って確かめてからまた莚に躰を横たえ、目を閉じた。すぐ脇の宙をキハダが飛んだ。

〈海釜〉に巻き込まれかけた突然の騒ぎが満治を疲れさせた。

ポンポンの音が静かな海面を規則正しく搏つ。やがて寝入った。またやがて、東から紅赤に射しこんでくる朝日で目があいた。

蟹の爺さんがいった通り、稜線が左右均等になだらかに流れている山が眼前に横たわっている。舟を出したとき、薄青いまな板のように平たく這っていた手前の陸地が、いま濃い藍いろに変じて、ある。

函館に近い予定通りの汐首か、長万部に近い岬なのか分からない。

それからさらに3日半も東へ流されたか。形の良い山は後方に去った。と気がつくと海面は赤土色に変じていた。陸(おか)の木々、草を吹き飛ばす強風が海に土を降り敷いて海面を赤く染める襟裳岬だった。

切り落とされたかたちの崖を見上げて、小狭い砂浜と岩間の連なる赤い磯に舳先を向けた。アザラシが群れている岩場に足をついた。切り立った崖は、砂浜の両脇から空に伸びている。

強風に吹き飛ばされる潮を全身に浴びながらヤモリかカエルになって崖に取りつき、ひと手、ひと足ずつ攀じ登る。

23 馬

大阪府警の会議に出るひと月前の２００９（平成21）年7月6日、宮坂松雄、辛島壮介のふたりは、北海道日高郡浦河町〈エブエファーム〉を訪ねた。バスを降りた向こう側の広大な放牧地に2、30頭の馬がギャロップし、草を食んでいる。

長い牧柵をまわり込む泥の轍を避けながら厩舎に向かった。濡れそぼつほどではない霧雨が正面の山並みから牧草地を這って背後の海に流れて行く。煙を思わせる雨滴に顔だけが湿気る。

サイロの脇に立つその男は、近寄るにはまだ距離があるのに、軽く片手をあげてから、二度、三度辞儀を繰り返した。松雄たちも慌てて返す。

男に近づいていく松雄に、キツネ目氏にやっと会えるという熱い感慨はなかった。

いや、私がこれから会うのは、キツネ目氏ではなく、１９５８（昭和33）年、15歳で津軽海峡を渡った少年の50年後の福松満治氏だ。

サイロの飼料取り出し口の前で、藁と泥、糞にまみれた作業中の汚れた恰好の満治氏に迎えられた。膝丈の業務長靴を履いている。

松雄が先に礼を尽くす。

「宮坂松雄と申します。三ツ森夏希さんからお聞きして電話を致しましたとおり、訪ねて参りました。もうずいぶん昔のことになりますがお手紙をいただきまして」

「はい、宮坂先生。福松、福松満治です。手紙を出してから、この日をずっと」

満治は、日々農事に精を出している荒れた太い手を差し出した。

いくらか線の細い、神経質な男を想像していた松雄には意外な人物像だった。

男振りのよい、70手前のはずなのに馬の飼養に精を出しているからか、腕にも肩にも筋骨を歳以上に蓄え、鼻筋が隆く張り、もみあげから頬、顎までに白い髭を生やしている。声は低く耳に這う。太い黒フレームメガネの中の視線は鋭い。顔はやや角張った輪郭だ。

それらが、少しのことではへこたれないたゆまぬ強靭さを具えているように映る。

警察組織にあっては、忠実に勤める恪勤、忍耐を賞される一方で、武人気質の強情人として疎んぜられる型か。しかし目元には、厳しいばかりではない、温かそうな微笑が浮かんでいる。

福松満治の初対面のようすに触れてから松雄は、隣りは元大阪地検の辛島壮介だと紹介した。

「〈丸ナイ〉では、皆様にご迷惑をおかけいたしました」満治が頭を下げる。

「私とは住之江ボートと、川崎の図書館でお目にかかったことがあるんでしたね」松雄が添えた。

「ええ。彼方に消えた昔のことです。よもや北海道の牧場でめぐり会えますとは。夏希からも電話がありました。お待ちしておりました」

風間浦の赤岩氏に頼んで、これより2か月ほど前、満治の居場所を確かめるため三ツ森夏希を尋ねていた。〈70年代懐かしの歌謡曲フェス〉出場者のひとりで、〈中野サンプラザホール〉1階の大部屋楽屋で会うことができた。

夏希には先に赤岩氏から、「福松満治くんの居場所を宮坂松雄氏に教えてやってくれ」という話は行っていた。赤岩は、大阪府警と地検の者が、満治に関わる古い話をわざわざ尋ねにきたことで、満治に何か大きな出来事があったのではないかと知りたい気持ちが芽生えていた。

満治の昔も今も知るのは、夏希以外にない。

楽屋の夏希は、訊ねて行った松雄に、何の不審も示さずファームの所在を教えた。

「北海道の浦河で骨を折ったり年を取った馬のお世話をしているようですよ」


函館本線を苫小牧で日高本線に乗り換えて来た。浦河絵笛の停留所でバスを降りると、前方が日高山脈で、後方に太平洋を背負う牧草地が広がっていた。

「ずいぶん遠くにやって参りました」

「私には第2の故郷です」

満治が答えているとき、サイロの取り出し口の向かいの馬房から、長い柄のピッチフォークを持った年寄が出てきた。

「あっ、がっちゃです。重症蹄葉炎という厄介な病気に罹りました子を抱いてひと晩中寝てないのでして」

婆さんは髪をおおった手ぬぐいを取って「福松春です」と、馬の病気については何も言わず、松雄と壮介に頭をさげた。

額に深い皺を刻んだ七十半ばか。足が幾分不自由のようで、腰を右に傾がせてまた馬房に戻った。

婆さんと満治のようすを垣間見せられて松雄は、尋ねることは何もない気に押しやられた。生きておってくれれば、それでよい。そう思う隙き間に三ツ森夏希の

〈♬おうまのおやこはぽっくりぽっくり歩く〉

と歌った声が浮いて出てきた。

大坂府警が百三十万の捜査員をかけたキツネ目の男は、ぽっくりぽっくりと馬の世話をしてこんな所にいた。

あっけない出遭いだ。しかし、時効を越している。名と、終の棲家、いま何をやっているか分かれば十分ではないか。

「まっ、はるばる訪ねて来ていただいてこんなとこではなんです。仮の小屋住まいですが、こちらへ」満治は仮設住宅に似たプレハブに、慇懃で親しみを含んだ顔を向けた。

奥には、このファーム主の住まいか、赤い三角屋根の一軒家がある。

泥道を歩きながら満治は〈蹄葉炎〉を説明した。蹄の血管が炎症して重い馬体を支えられず、投薬を経て安楽死に至る確率の高い病気だという。

「馬は躰がでかいので、歳を取ると心臓だけでは血液を全身に送れんようになり、多くの名馬もこれで死にました。私らはその世話をやっとります。ここは普通の牧場ではのうて、養老馬、余生馬のリハビリ、心に傷を負った子のケアをやっております。口がきけんから何があったのか分からんですが、ニンゲンでいうなら50を越してちょっとしたことにも怯え、震えが止まらん子もおります。平穏に長生きしてもらおとそのお世話です。というより、私らはそんな余生馬に相手をしてもらい、慰めてもらっとるんです。」

事故でレースを引退し、筋弛緩剤で心臓を停止させられる前に引き取った馬もいるという。飼い葉代になる月6万を預託すれば誰でも世話に参加できると満治は短く説明した。給料を戴いて雇用される仕事ではない。

「預託金まで出して、無給で余生馬のお世話ですか。そりゃいいですね」

強い風雪を防ぐための二重扉の玄関ポーチから、仮設住宅のプレハブ舎の中に招じ入れられた。流しのついた居間には、デコラテーブルとテレビ、石油ストーブ、柏に重ねた蒲団、パイプハンガーからズボン、寝着が吊るされている。テーブルの上に文庫本が一冊載っている。

座布団に坐わるなり、松雄は口を切った。

「風間浦の突堤に立ちました。いまはない大畑の駅にも行ってみました」

「はあ。自分は手紙に集団就職列車に乗れず、下北半島をさまよい、海峡を渡るのに、小舟と重油缶を盗んだと書いたのでしたね。六ヶ所村のことも書きましたか」

「いや、六ヶ所村の現在についてはそれほど。ご迷惑にならなかったら良いのですが、わたしどもふたりで、いまは土に埋まったあなたのご両親のお墓にお参りさせてもらいました。

生きてきた痕跡を見つけていただきたい。オレを捜せという手紙でしたね。

残念ながら、その証左は持って参れませんでしたが、福松満治氏の名を捜し出してこちらにお訪ねにあがることができましたこのことがご返事です。興安丸の外套は大阪府警が保管しておりますよ。

戻ったら府警に確認いたします」

「ありがとう存じます」

それから少時、壮介が満治と競争馬の話になった傍らで、松雄はテーブルに伸ばした文庫のページをめくってみた。入ってきたときから気になっていた。満治氏はいったいどんな本を読んでいるのか。

表紙に『自省録』とあった。

長い期間読み込んだのか、ページの端がそそけ立ち、まくれている。

解説を目読で要約して追った。

『古代ローマ帝国第16代皇帝・マルクス・アウレーリウスが自身に向かって省察した哲学断簡集で、古代精神の最も崇高な倫理的産物』とある。

松雄のめくったページから幾つかの箴言(しんげん)が立ち上ってきた。

『人生は短い。褒める者にとっても褒められる者にとっても、記憶する者にとっても記憶される者にとっても、すべてこの地域のこの小さな片隅でのこと。その上そこでは、万人互いに一致しているわけでもなく、個人にしても一人として自己と一致している者はいない。また地球全体は一点にすぎない』

『(先人の) カエサルらを思い浮かべてこう考えてみよ。彼らはいまいずこと。いずこにもいない。いずこにでもいる。そう考えれば、人間に関するものはすべて煙であり、無であるとつねに見なすようになるであろう。殊にひとたび変化したものは永遠にわたって存在しない』

文庫から目をあげて満治に向き直った。

「ローマ五賢帝のひとり、紀元160年ほどの人とありますが、その時代に『地球は一点にすぎない』といってるのですね」またページを繰る。「あっ、こんなことも」

『束の間に人は死んでいく。人間のすることはすべてかりそめでつまらぬものである。昨日は少しばかりの粘液、明日はミイラか灰』

満治が応える。

「何度も読み返しましたが、自分は学校も出ておらず、この人のようには、むろん達観できておりません。私は一生、怒りと叛心の原罪を負って生きて参りました。しかし今ようやく、私は生かされてきたのだと思い、天地に罪の贖いを希うようになりました。祈りとともにもう少しずつ生きようと」

60の半ばを越した初老とは見えぬ活舌で返し、皺のない目元に若々しいおだやかな笑みを泛べた。

松雄が膝を進める。

満治の隣りで、白い髪を紐で無造作にしばった婆さんが頷く。髪に藁がたかっている。縦にも横にも走っている顔面の皺が深い。労働に明け暮れた証しに見える。

「胸に釘さ打たれたよな時もありましたども、こん歳になると過ぎた時代は蹴飛ばした小石のよなもんだで。

誰も彼もはあ、時代が時代がというが、新年ったって除夜の鐘から元日の朝までひとまたぎさね、時代いうのはあれと似とる。あらよっとまたぐだけだ。足許の荒川線の線路っぱたで、はあ、毎年ちっこいすみれの双葉が、誰に頼まれんでも忘れんと出てくる。生きる死ぬいうのはほかの誰にも関係ねえさ。ひとりで、黙ってりゃいいの。

おらどはわらしこの時から食い物もとめでフナやドジョウみたく池の縁で口ぱくぱくさせてな。なあん、過ぎてみっと屁のよなもんだ。今年の次は来年。来年の次は死ぬ。おれが死ぬとまた次のもんがぱくぱく」

「やあ、お元気ですね」訪ねていった二人は同時に首を折った。

「バブルの時代とか昭和とかありましたが」

「ほれみろ、そんたなものは吹けば飛ぶ。みんな、風に飛ばされて終わったのを忘れていぐだけさね」

「いや、お元気で、なによりです」

「おらどか。そんだ。好きな馬と満と一緒にいられっからだんべ。馬と生きて馬と死ぬ。それだけのことさね、生まれてきて黙って働いて黙って死ぬ。以上終わり」

松雄が向きなおった。

「満治さん、ひとつお伺いしてよろしいですか」

「はい。なんでしょうか」

「盗んだ舟は風間浦の対岸の汐首岬に無事着いたのですか」

「いえ、いえ、東へ東へ、とんでもね潮流に、汐首からさらに3日半流されまって、吹っとんでくる赤土で海面が茶色に灼けとる襟裳岬の浜まで。北海道の陸地が海に落ち込む断崖でして、天下一、風の強いとこです。風と、下から吹き上げて来る潮にずぶ濡れになって絶壁を這い上りました。冬なら死んでまったね。いま、上から覗いても足がすくみます」

「そんな崖ですか」

「はい、生ぎるも死ぬも並大抵ではねかったです。母を恋うるばかりの一生で、婆っちゃに出会えてなんとか。しかし上ったり落ちたりしながらいつも、我にもう一瞬を与えてくれと願ってやってきたです。圧し潰されかけたのは、不運ではなかった、生かされている一瞬も気高く生きよとその本に教えられて幸運でありました。

掃除の行き届いた寝わらと馬房と、ゆったり歩きまわれる草地があれば、馬も私も生きていかれってすよ」

「よくぞ手紙をくださいました」松雄はひとつ息を区切って、ブルゾンの胸ポケットから満治に差しだした。

写真１枚だった。

「これを見ていただけますか」

見入った満治は、ひと呼吸ふた呼吸大きく吸ってから「ううっ」と喉を詰まらせた。

登場人物現在

ホ・ヨンヒ　プサン・ナムポドン6街　ホ・ヘジン美容学院長
堀口亮兵　ホ・ユナと結婚　プサン広域市カンソ区在　同区で電気工に就業
本多忠司　和歌山地方法務局橋本支局委嘱少年観察官
サブ　西成区天下茶屋で雑貨商
ユキコ　西成あいりん地区で雑貨露天商兼・屋台業　サブと同居
花　名護市パイナップルランド保育園・保育士
瀧本譲二　三犯　X県X刑務所服役中
三ツ森夏希　新曲〈海鳴り〉発売　台東区子ども食堂〈おなかいっぱい〉プレイリーダー
加藤義久　丸互通運監査役
藪原雅紀　ナイコク製粉退社（株）テクノコレクト代表

主な参考図書・史料　映像

自省録　マルクス・アウレーリウス　神谷美恵子訳　岩波文庫
六ヶ所村の記録　蒲田慧　講談社文庫
村が消えた　本田靖春　講談社文庫
北上山地に生きる　河北新報社編集部編　勁草書房
未解決事件　グリコ・森永事件　NHKスペシャル　2011年7月29日、30日放映
未解決事件　グリコ・森永事件　NHKスペシャル取材班　新潮社
緊急報告　グリコ・森永事件　朝日新聞大阪社会部　朝日新聞社
レディ・ジョーカー　監督・平山秀幸　製作・日活　配給・東映
警官汚職　読売新聞大阪社会部　角川書店
警視庁捜査一課特殊班　毛利文彦　角川書店
関東軍　中山隆志　講談社
関東軍　島田俊彦　講談社
満州事変　臼井勝美　講談社
移民たちの満州　二松啓紀　平凡社
墓標なき八万の死者　角田房子　中央公論新社
青森県方言集　菅沼貴一　国書刊行会
おらおらでひとりいぐも　若竹千佐子　河出文庫
一条さゆりの真実　加藤詩子　新潮社
釜ヶ崎語彙集　寺島珠雄編著　新宿書房
啄木歌集　久保田正文編　岩波文庫
風間浦村史
青森県史
下北郡史
上北新誌　柴田徳右衛門、柴田喜一郎　上北新誌編纂所
満洲開拓史　満洲開拓史刊行会
満州の終焉　高碕達之助　実業之日本社
満鉄全史　加藤聖文　講談社

著者紹介

山本音也（やまもとおとや）

82年、「宴会」で中央公論新人賞。83年、「退屈まつり」で芥川賞候補。02年、「ひとは化けもんわれも化けもん」で第9回松本清張賞、16年「本懐に候」で第10回舟橋聖一文学賞。著書に「抱き桜」（小学館）、「コロビマス」（文藝春秋社）、「四十一人の仇討ち」（小学館）、「あたしの夜」（講談社）「夜明けの舟」（文藝春秋社）、「高野山」（小学館）他

JASRAC出 2108826-101

原罪 キツネ目は生きていた

2021年11月23日 初版第1刷発行

著者 山本音也
発行者 鈴木崇司
発行所 株式会社 小学館
〒101-8001
東京都千代田区一ツ橋2-3-1
電話 編集 03-3230-5955
販売 03-5281-3555

DTP ためのり企画
編集協力 市川洋一
印刷所 凸版印刷株式会社
製本所 牧製本印刷株式会社

 ISBN978-4-09-386625-5